Die Stimmen des Bösen

KAY HOOPER

Die Stimmen des Bösen

Deutsch von Alice Jakubeit

Weltbild

Originaltitel: *Whisper of Evil*

Dieses Buch ist Mama gewidmet

Besuchen Sie uns im Internet:
www.weltbild.de

Das Werk einschließlich aller seiner Teile ist urheberrechtlich geschützt. Jede Verwertung außerhalb des Urhebergesetzes ist ohne Zustimmung des Verlages unzulässig und strafbar. Dies gilt insbesondere für Vervielfältigungen, Übersetzungen, Mikroverfilmungen und die Einspeicherung und Verarbeitung in elektronischen Systemen.

Deutsche Erstausgabe 2006
Weltbild Buchverlag –Originalausgaben–
Copyright © 2002 by Kay Hooper
Copyright © der deutschsprachigen Ausgabe 2006 by
Verlagsgruppe Weltbild GmbH, Steinerne Furt 67, 86167 Augsburg
Alle Rechte vorbehalten

This translation is published by arrangement with
The Bantam Dell Publishing Group, a division of Random House, Inc.

Projektleitung: Almut Seikel
Redaktion: Christine Schlitt
Übersetzung: Alice Jakubeit
Umschlag: Hauptmann & Kompanie Werbeagentur GmbH, München
Umschlagabbildung: © Regös, München
Satz: AVAK Publikationsdesign, München
Druck und Bindung: GGP Media GmbH, Karl-Marx-Straße 24, 07381 Pößneck

Gedruckt auf chlorfrei gebleichtem Papier

Printed in Germany

ISBN 3-89897-277-1

Prolog

Mai ... 12 Jahre zuvor

Sie wusste nicht, was schlimmer war, die Übelkeit oder das Entsetzen. Das eine drohte sie zu ersticken, das andere war ein kalter dumpfer Schmerz, der ihr durch und durch ging.

Da war so viel Blut.

Wie konnte in einem Körper nur so viel Blut sein?

Sie sah hinab und erblickte einen scharlachroten Streifen, der über den Holzboden kroch und nach der Spitze ihres hübschen Schuhs griff. Der Boden war alt und schief, gerade eben schief genug. Gerade eben schief genug. Das war natürlich die logische Erklärung, die verstandesmäßige Lesart, dass das Blut in Wirklichkeit nicht nach ihr griff, sondern einfach nur den Weg des geringsten Widerstands nahm und bergab floss und sie nur im Weg stand.

Ihr Verstand wusste das. Doch das Entsetzen drängte Logik und Verstand völlig in den Hintergrund. Das Blut war ein scharlachroter Finger, der sich auf sie zuwand, langsam, anklagend. Es wollte sie berühren, wollte sie ... brandmarken.

Ich habe es getan. Ich habe das getan.

Die Worte hallten in ihrem Kopf wider, während sie den anklagenden Blutfinger anstarrte. Zu beobachten, wie das Blut ihr immer näher kam, darauf zu warten, dass es sie berührte, war ein beinahe hypnotisches Erlebnis. Es war dem Anblick dessen, was sich sonst noch in diesem Raum befand, beinahe vorzuziehen. Sie bewegte sich, ehe das Blut sie erreichte, trat mit langsamen abgehackten Bewegungen zur Seite. Entkam. Und zwang sich hochzusehen, das Zimmer zu betrachten. Es anzusehen.

Der Raum war ein Trümmerfeld. Überall lagen umgeworfene Möbelstücke mit zerrissenen Bezügen, die Polster im Zimmer verstreut, und muffig riechende Zeitschriften. Die Flickenteppiche auf dem Boden verknäuelt oder sinnlos über einen umgeworfenen Tisch drapiert. Und überall karminrote Flecken, die beim Trocknen eine dunklere Rostfarbe annahmen.

Ein verzweifelter roter Händeabdruck fand sich dort an der Wand, wo das Telefon hätte hängen sollen, doch das Gerät war aus der Wand gerissen worden und lag nun in einem Kabelgewirr ohnmächtig in der Nähe des Kamins. Auch die hellen Gardinen am vorderen Fenster trugen einen blutigen Händeabdruck. Auf einer Seite war die Gardinenstange abgerissen, offenbar bei dem vergeblichen Versuch, auf sich aufmerksam zu machen oder gar zu entkommen.

Es hatte keine Hilfe gegeben, kein Entkommen.

Der Tod war nicht schnell eingetreten. Da waren so viele Stichwunden, die meisten oberflächlich. Schmerzhaft, aber nicht tödlich – zumindest nicht unmittelbar. Das ehemals weiße Hemd war fast völlig rot, hier und dort glänzte es, wo das Blut noch feucht war. Wo es begonnen hatte zu trocknen, verfärbte es sich zu einem dunkleren Rostrot. Und das Kleidungsstück war zerrissen und zerfetzt, ebenso wie die Hose – beides war von diesen wütenden Messerhieben durchlöchert.

Wut. So viel Wut. Sie hörte so etwas wie ein Wimmern, und für einen Augenblick stellten sich ihr die Nackenhaare auf bei der entsetzlichen Vorstellung, die Toten könnten solche kläglichen Laute von sich geben. Doch dann begriff sie, dass das Wimmern aus ihrer eigenen Kehle stammte, aus ihrem tiefsten Inneren, wo keine Sprache mehr war, nur primitives Entsetzen.

Meine Schuld. Meine Schuld. Ich habe das getan.

Wieder und wieder sprach ihr Verstand diese Worte, teilnahmslos, wie eine Litanei, während aus den Tiefen ihrer Seele dieses wortlose Wimmern aufstieg, wie ein verirrtes Tier, das Schmerzen litt.

Beinahe blind blickte sie um sich und versuchte, das Blut, die blinde Wut und den Hass nicht zu sehen, und mit einem Mal fiel ihr ein metallisches Glitzern ins Auge. Sie konzentrierte sich darauf. Silber. Eine Silberkette mit einem herzförmigen Medaillon, die in der Nähe der Leiche lag, nur wenige Zentimeter von ihren blutbefleckten Fingern entfernt.

Silberkette. Medaillon. »Nein«, flüsterte sie.

Wie betäubt sah sie, dass der Blutfinger plötzlich eine Kehrtwende vollzog und sich zielstrebig auf sie zuwand. Ehe sie sich rühren konnte, erreichte er die helle Spitze ihres Tanzschuhs. Das dünne Material sog sich rasch mit Blut voll, der scharlachrote Fleck breitete sich aus und hüllte ihren zurückschaudernden Fuß ein.

Meine Schuld. Meine Schuld. Ich habe das getan.

Sie stöhnte auf und bedeckte mit zitternden Händen ihr Gesicht, unfähig, auch nur einen Augenblick länger hinzusehen. Wartete darauf, dass der Blutfinger ihren Fuß ganz einhüllen und danach ihr nacktes Bein heraufkriechen würde, der Schwerkraft trotzend, um sie zu verschlingen.

Sie wartete auf diese kalte, feuchte Berührung. Doch die kam nicht. Stattdessen umhüllte sie Stille, dicht und sonderbar gedämpft wie ein verschneiter Morgen, wenn alles unter mehreren Zentimetern Weiß begraben lag. Sie merkte, dass sie aufmerksam lauschte, dass sie wartete auf … etwas.

Es war schlimmer, nichts zu sehen. Ihre Fantasie malte ihr mehr aus als das Blut, das nach ihr griff. Sie malte ihr eine blutige Hand aus, ein anklagendes, von scharlachroten Streifen beflecktes Gesicht, das sich ihr entgegenhob, einen leidenden Blick, aus dem Verdammung sprach …

Sie schnappte nach Luft und riss die Hände vom Gesicht.

Da war keine Leiche. Kein Blut.

Kein gewaltsam auf den Kopf gestelltes Zimmer.

Sie blickte sich in einem Raum um, der so aussah wie immer: karg und ein wenig schäbig, die geblümten Stoffe des Couchbezugs und der Gardinen mit der Zeit von der Sonne ausgeblichen, die bunten Flickenteppiche der Versuch, ein wenig Farbe hineinzubringen und die beschädigten Stellen auf dem alten Holzboden zu verbergen.

Sie sah hinab und stellte fest, dass ihre Tanzschuhe makellos waren – nicht blutbefleckt oder auch nur schmutzig –, weil sie an diesem Abend so vorsichtig gewesen war, denn sie hatte unbedingt so gut wie möglich aussehen wollen.

Ganz langsam ging sie rückwärts aus dem Haus. Sie warf einen weiteren langen Blick auf das unberührte Zimmer, dann zog sie die Tür mit einer Hand zu, die nicht aufhören mochte zu zittern. Sie stand auf der Veranda, starrte die Tür an, und allmählich verwandelte sich das Wimmern tief drin in ihrer Kehle in Lachen, und das Lachen sprudelte empor.

Sie konnte gar nicht mehr aufhören zu lachen. Als führte es ein Eigenleben, strömte das Lachen aus ihr heraus. Es waren sehr hohe Töne, so hoch, dass sie sicher war, sie müssten jeden Moment auf den harten Holzboden der Veranda fallen und in tausend Stücke zerspringen. Sie schlug sich die Hand auf den Mund. Das Lachen sprudelte weiter aus ihr heraus, bis ihr die Kehle wehtat, bis das Geräusch des Lachens ihr beinahe ebenso viel Angst einflößte wie der unerklärliche Anblick kurz zuvor.

März ... Gegenwart

Es war schon spät, als George Caldwell zu Bett ging, hauptsächlich deshalb, weil er auf der Suche nach den besten Reiseangeboten im Internet gesurft hatte. Er plante eine Reise nach Hawaii.

Irgendetwas plante er immer. Er stellte gern Listen auf, regelte gerne die Einzelheiten, machte gerne Pläne. Manchmal bereitete ihm das jeweilige Ereignis weniger Vergnügen als dessen Planung. Nun ja, meistens, wenn er ehrlich war. Doch diesmal nicht. Dies würde die Reise seines Lebens werden, wenn alles nach Plan ging.

Als das Telefon klingelte, meldete er sich aus den Tiefen eines angenehmen Traumes heraus. »Ja, was ist?«

»Sie werden büßen.«

Caldwell tastete nach der Lampe auf seinem Nachttisch und blinzelte, als das Licht anging und ihn blendete. Es dauerte einen Augenblick, ehe er die Uhr erkennen konnte und sah, dass es zwei Uhr war. Morgens.

Er schob die Bettdecke beiseite und setzte sich auf. »Wer sind Sie?«, wollte er empört wissen.

»Sie werden büßen.« Es war eine leise Stimme, eigentlich ein Flüstern, ohne Erkennungsmerkmale. Er vermochte nicht zu sagen, ob er mit einem Mann oder einer Frau sprach.

»Wovon reden Sie denn da? Wofür büßen? Wer zum Teufel sind Sie?«

»Sie werden büßen«, flüsterte der Anrufer ein letztes Mal, dann legte er sanft auf. Caldwell nahm den Hörer vom Ohr und starrte ihn an. Dann legte er ebenfalls langsam auf.

Büßen? Wofür büßen, um Himmels Willen?

Er wollte lachen. Versuchte es. Bestimmt nur ein dummer Junge, oder aber ein Spinner, der alt genug war, um es besser zu wissen. Anstatt ihm einen schlechten Witz zu erzählen, hatte er anderen Quatsch von sich gegeben, das war alles.

Das war alles.

Dennoch grübelte Caldwell eine Weile über der Frage, wen er in letzter Zeit verärgert hatte. Auf Anhieb fiel ihm niemand ein, und so zuckte er mit den Achseln, legte sich wieder hin und schaltete das Licht aus.

Nur ein dummer Junge, das war alles.

Mehr war das nicht gewesen.

Er verbannte die Angelegenheit aus seinen Gedanken und schlief schließlich wieder ein. Erneut träumte er von Hawaii, von tropischen Stränden, weißem Sand und klarem blauem Wasser.

George Caldwell hatte Pläne.

Zu sterben kam darin nicht vor.

1

Dienstag, 21. März

Wer diese Stadt Silence – Schweigen, Stille – getauft hatte, musste eine feinen Sinn für Ironie gehabt haben, dachte Nell, als sie auf dem Bürgersteig neben ihrem Jeep stand und die Tür zuschlug. Trotz ihrer vergleichsweise geringen Größe konnte man diese Stadt wahrhaftig nicht friedvoll nennen, selbst an einem durchschnittlichen Tag nicht. An diesem milden Wochentag Ende März versuchten offenbar mindestens drei Gruppen von Schülern, mit lautem vergnügtem Autowaschen auf zwei kleinen Parkplätzen und dem Verkauf von selbst gebackenem Kuchen auf einer großen Rasenfläche mitten in der Stadt Geld für irgendeine gute Sache zu sammeln. Und die Kinder hatten reichlich willige Kundschaft, obwohl sich bereits Wolken zusammenbrauten und ein Unwetter ankündigten.

Nell zog die Schultern hoch und steckte ihre kalten Hände in die Taschen ihrer Jacke. Ruhelos und wachsam ließ sie ihren Blick über das Gelände schweifen. Hin und wieder musterte sie ein Gesicht, während sie zugleich den Gesprächsfetzen der Passanten lauschte. Entspannte Gesichter, harmlose Gespräche. Nichts Ungewöhnliches.

Weder sah es so aus noch klang es so, als sei die Stadt in Schwierigkeiten. Durchs Fenster betrachtete Nell die zusammengefaltete örtliche Zeitung auf dem Beifahrersitz ihres Jeeps. In der Ausgabe vom Vortag hatte nicht viel auf Probleme hingedeutet. Nicht viel, aber Hinweise hatte es doch gegeben, besonders für jemanden, der zwischen den Zeilen zu lesen verstand.

Ganz in ihrer Nähe stand ein Zeitungsverkäufer, der die aktuelle Ausgabe feilbot, und sie konnte die Schlagzeile leicht erkennen. Sie verkündete, der Stadtrat habe beschlossen, ein Grundstück für den Bau einer neuen Schule zu erwerben. Soweit sie sah, stand auf der Titelseite nichts von größerer Bedeutsamkeit.

Nell ging hin und kaufte eine Zeitung. Dann stellte sie sich wieder neben ihren Jeep und überflog sie rasch. Was sie gesucht hatte, entdeckte sie, wo sie es erwartet hatte, bei den Todesanzeigen.

George Thomas Caldwell,
42, unerwartet zu Hause verstorben.

Selbstverständlich stand dort noch mehr. Eine für den vergleichsweise jungen Mann lange Liste von Leistungen, lokale und bundesstaatliche Ehrungen, Wirtschaftsauszeichnungen. George Caldwell war sehr erfolgreich gewesen und ungewöhnlich beliebt für einen Mann in seiner Position.

Doch es war dieses *unerwartet*, über das Nell nicht hinwegkam. Jemandes ausgesprochen geschmacklose Vorstellung von einem Witz? Oder weigerte sich die Polizei, die erst ungefähr einen Tag alten Spekulationen der Medien über die gewaltsame Ursache von George Caldwells Tod zu bestätigen?

Unerwartet. O ja. Das war Mord für gewöhnlich.

»Mein Gott, Nell!«

Sie faltete die Zeitung akkurat wieder zusammen, steckte sie unter den Arm und wandte sich zu ihm um. Es fiel ihr nicht schwer, dafür zu sorgen, dass ihre Miene nichts verriet, ihre Stimme fest war. Sie hatte viel Übung gehabt – und dies war eine Begegnung, auf die sie sich vorbereitet hatte.

»Hallo, Max.«

Max Tanner stand weniger als eine Armeslänge von ihr entfernt. Sie fand, er sah sie an wie etwas Widerwärtiges, das er an der Unterseite seines Schuhs entdeckt hatte. Vermutlich kein Wunder, dachte sie.

»Was machst du denn hier, verdammt noch mal?« Seine Stimme klang gerade bewegt genug, um ihr zu verraten, dass er nicht so unbeteiligt und gleichgültig war, wie er vorgab.

»Ich könnte sagen, ich bin zufällig vorbeigekommen.«

»Könntest du. Und in Wirklichkeit?«

Nell zuckte beiläufig mit den Achseln. »Ich denke, das kannst du dir vorstellen. Das Testament ist endlich gerichtlich bestätigt worden, daher habe ich einiges zu tun. Alles durchsehen, das Haus ausräumen, den Verkauf in die Wege leiten. Wenn ich es denn wirklich tue natürlich nur.«

»Du meinst, du weißt es noch nicht?«

»Ob ich es verkaufe?« Nell gestattete sich ein kleines, sarkastisches Lächeln. »Mir sind ein paar Zweifel gekommen.«

»Verscheuch sie«, sagte er knapp. »Du gehörst nicht hierher, Nell. Du hast nie hierher gepasst.«

Sie tat, als verletzte sie das nicht. »Nun, soweit sind wir uns einig. Trotzdem, die Menschen verändern sich, besonders in – wie lange ist das jetzt her, zwölf Jahre? Vielleicht lerne ich ja, wie man hierher gehört.«

Er lachte kurz auf. »Ja? Warum solltest du? Was könnte dich an dieser popeligen Stadt auch nur im Mindesten reizen?«

Nell hatte in diesen zwölf Jahren gelernt, Geduld zu haben und auf der Hut zu sein. So lautete ihre Antwort auf diese provokative Frage lediglich: »Vielleicht nichts. Wir werden sehen.«

Max atmete tief durch und schob die Hände in die Taschen seiner Lederjacke. Sein Blick wanderte in Richtung der Schüler, als faszinierte ihn der Kuchenverkauf.

Während er darüber nachdachte, was er als Nächstes sagen sollte, musterte Nell ihn. Er hatte sich nicht sehr verändert, dachte sie. Älter natürlich. Kräftiger nun mit Mitte dreißig; vermutlich joggte er immer noch, praktizierte noch die

12

Kampfsportarten, für die er sich schon immer interessiert hatte. Natürlich zusätzlich zur täglichen körperlichen Arbeit eines Rinderzüchters. Was immer er auch tun mochte, es hielt ihn jedenfalls ausgezeichnet in Form.

Das Leben hatte sein schmales Gesicht ein wenig mehr gezeichnet als früher, doch wie bei so vielen wirklich gut aussehenden Männern waren die beinahe zu hübschen Züge des Jünglings zu echter eindrucksvoller männlicher Schönheit herangereift – einer Schönheit, der sein schmaler, grimmiger Mund kaum Abbruch tat. Die Jahre hatten in diesem Gesicht kaum negative Spuren hinterlassen. Vielleicht waren da ein paar silberne Fäden im dunklen Haar an seinen Schläfen, und die Lachfalten an den Ecken der schweren Lider seiner braunen Augen kannte sie auch noch nicht …

Ein Schlafzimmerblick. Dafür war er die ganze Schulzeit hindurch bekannt gewesen, für seinen Schlafzimmerblick und sein Temperament, beides vererbt von seiner kreolischen Großmutter. Die Reife hatte die Glut, die in jenen dunklen Augen schwelte, nicht gedämpft. Nell fragte sich, ob sie ihn gelehrt hatte, sein Temperament zu zügeln.

Nell hatte sie es jedenfalls gelehrt.

»Du hast vielleicht Nerven, das muss man dir lassen«, sagte er schließlich und wandte ihr seinen eindringlichen Blick wieder zu.

»Weil ich zurückgekommen bin? Du musst gewusst haben, dass ich das tun würde. Hailey ist fort, da war sonst niemand, der sich … um alles kümmern konnte.«

»Du bist nicht zur Beerdigung gekommen.«

»Nein.« Sie bot ihm keine Erklärung, keine Rechtfertigung. Sein Mund wurde sogar noch schmaler. »Die meisten Leute hier haben gesagt, du würdest nicht zur Beerdigung kommen.«

»Was hast du gesagt?« Sie musste das fragen.

»Ich war ein Idiot. Ich habe gesagt, du würdest kommen.«

»Tut mir Leid, dich enttäuscht zu haben.«

Max schüttelte ein Mal den Kopf, eine beinahe ungestüme Verneinung, und seine Stimme war schroff. »Du kannst mich nicht enttäuschen, Nell. Ich habe zehn Mäuse bei einer Wette verloren, das ist alles.«

Nell wusste nicht, was sie darauf erwidern sollte, doch die Antwort blieb ihr erspart, denn eine erstaunte Frauenstimme rief ihren Namen.

»Nell Gallagher? Mein Gott, bist du das?«

Nell wandte sich halb um und erzeugte ein schwaches Lächeln für die überwältigende Rothaarige, die auf sie zueilte. »Ich bin's, Shelby.«

Shelby Theriot schüttelte den Kopf und wiederholte: »Mein Gott«, als sie die beiden neben Nells Auto erreichte. Ganz kurz schien es, als wollte sie die Arme um Nell werfen und sie ungestüm umarmen, doch dann grinste sie nur. »Ich habe mir gedacht, dass du noch hier auftauchen würdest, mit dem Haus und allem, worum du dich kümmern musst, aber ich habe wohl gedacht, du würdest später kommen, vielleicht im Sommer oder so, ich weiß auch nicht, wieso. Hi, Max.«

»Hi, Shelby.« Mit den Händen in den Jackentaschen stand er da, die Miene nunmehr ausdruckslos, der Blick seiner dunklen Augen schoss zwischen den beiden Frauen hin und her.

Nell selbst hielt ihren Blick auf Shelbys strahlendes Gesicht gerichtet. »Ich habe darüber nachgedacht, bis zum Herbst zu warten oder bis die Sturmsaison mehr oder weniger vorbei ist«, sagte sie leichthin, »aber es hat sich so ergeben, dass ich ein bisschen Zeit habe, bis ich eine neue Stelle antrete, also bin ich runtergefahren.«

»Runter von wo?«, wollte Shelby wissen. »Als wir das letzte Mal von dir gehört haben, warst du irgendwo im Westen.«

»Habt ihr das von Hailey?«

»Ja. Sie meinte, du hättest dich mit einem Mann in Los Angeles – na ja, ich glaube, sie sagte *eingelassen*. Oder vielleicht war es Las Vegas. Irgendwo im Westen jedenfalls. Und du würdest abends studieren. Ich glaube jedenfalls, dass sie das gesagt hat.«

Statt diese Informationen zu kommentieren, sagte Nell lediglich: »Ich lebe jetzt in D. C.«

»Hast du jemals geheiratet? Hailey hat gesagt, du wärst ein, zwei Mal nahe dran gewesen.«

»Nein. Ich habe nie geheiratet.«

Shelby verzog das Gesicht. »Ich auch nicht. Ehrlich gesagt scheint die Hälfte unserer Abschlussklasse heute Single zu sein, obwohl die meisten von uns die Dreißig hinter sich haben. Deprimierend, findest du nicht?«

»Vielleicht geht es manchen von uns allein besser«, meinte Nell leichthin.

»Ich glaube, die haben uns was ins Wasser getan«, erklärte Shelby düster. »Ganz ehrlich, Nell, diese Stadt wird allmählich unheimlich. Hast du von den Morden gehört?«

Nell hob eine Augenbraue. »Morde?«

»Ja. Vier bis jetzt, wenn man George Caldwell dazuzählt – du erinnerst dich doch an ihn, Nell? Klar, der Sheriff war nicht gerade erpicht darauf, diesen letzten Todesfall zu den anderen auf die Liste zu setzen, aber …«

Max fiel ihr ins Wort. »Wir hatten hier früher schon Morde, genau wie alle anderen Städte auch.«

»Aber nicht solche«, beharrte Shelby. »Wenn hier jemand umgebracht wird, liegt der Grund normalerweise auf der Hand, und man weiß sofort, wer der Mörder ist. Keine Morde im verschlossenen Zimmer oder sonst wie vertrackte Krimifälle, nicht hier in Silence. Aber diese Morde hier? Alles feine respektable Männer mit fast lupenreiner Weste. Dann werden sie ermordet, und schon kommen all ihre garstigen Geheimnisse raus, als wäre da ein Damm gebrochen.«

»Geheimnisse?«, fragte Nell neugierig.

»Aber hallo. Ehebruch, Veruntreuung, Glücksspiel, Pornografie – such dir was aus, es war garantiert dabei. Die reinste Soap. Über George haben wir bis jetzt noch nichts erfahren, aber das kommt schon noch. Bei den anderen dreien waren die Geheimnisse innerhalb von zwei Wochen nach ihrem Tod in aller Munde. Ich fürchte also, es ist nur eine Frage der Zeit, bis wir mehr über George herausfinden, als wir je wissen wollten.«

»Hat man die Mörder denn geschnappt?«

»Nein. Und das ist auch ziemlich merkwürdig, wenn du mich fragst. Vier prominente Bürger innerhalb von acht Monaten ermordet, und der Sheriff klärt nicht einen der Morde auf? Er wird es verdammt schwer haben, wenn er wiedergewählt werden will.«

Nell blickte zu Max, der leicht die Stirn runzelte, jedoch nichts dazu sagte. Sie sah wieder Shelby an. »Es klingt wirklich ein bisschen merkwürdig, aber ich bin sicher, der Sheriff versteht was von seiner Arbeit, Shelby. Du hast dir immer schon zu viel Sorgen gemacht.«

Shelby schüttelte den Kopf, doch sie lachte. »Ja, wahrscheinlich hast du Recht. Oh, verdammt – ist es schon so spät? Ich muss los, bin spät dran. Hör mal, Nell, ich würde wirklich gern hören, was du so getrieben hast – darf ich dich in ein, zwei Tagen anrufen, wenn du dich ein bisschen eingewöhnt hast? Wir könnten zusammen zu Mittag essen.«

»Sicher, gerne.«

»Super. Und wenn du dich in diesem großen alten Haus einsam fühlst und vorher mit jemandem reden möchtest, ruf mich an, okay? Jederzeit, ich bin nämlich immer noch eine Nachteule.«

»Alles klar. Bis dann, Shelby.«

Der Rotschopf winkte Max kurz zu und eilte davon. Nell murmelte: »Sie hat sich kaum verändert.«

»Nein.«

Nell wusste, das Beste, was sie tun konnte, war, sich ins Auto zu setzen und einfach davonzufahren, doch stattdessen hörte sie sich bedächtig sagen: »Diese Morde klingen wirklich ziemlich ungewöhnlich. Und dass die Aufklärung so lange dauert … Hat der Sheriff nicht wenigstens ein paar Verdächtige?«

Max stieß ein sonderbares kleines Lachen aus. »O ja, er hat schon ein paar. Insbesondere einen.«

»Einen?«

»Ja, einen. Mich.« Er lachte nochmals auf, drehte sich auf dem Absatz um und ging davon.

Nell sah ihm nach, bis er um die nächste Ecke verschwand. Dann betrachtete sie wieder die geschäftige kleine Stadt, die anscheinend blind war für die heraufziehenden Sturmwolken, und murmelte leise: »Willkommen zu Hause, Nell. Willkommen zu Hause.«

Ethan Cole stand am Fenster seines Büros und sah hinab auf die Main Street. Er hatte ausgezeichnete Sicht auf den Großteil der Straße, besonders auf das Gebiet um den Zeitungskiosk herum. Daher sah er auch die sichtlich angespannte Begegnung zwischen Nell Gallagher und Max Tanner, sah, wie Shelby Theriot sich einige Minuten lang zu ihnen gesellte, ehe sie in der für sie typischen Eile davonstürzte. Sah, wie Max davonging und Nell ihm nachblickte, bis sie ihn nicht mehr sehen konnte.

Soso. Was sagte man dazu?

Ethan hatte selbstverständlich gewusst, dass Nell zurück nach Silence kommen würde. Wade Keever war in den juristischen Angelegenheiten, die er betreute, nicht so diskret, wie er hätte sein sollen, zumal wenn er ein, zwei Drinks intus hatte. Ethan spendierte ihm normalerweise mindestens zwei Mal im Monat zwei, drei Drinks, einfach um auf dem Laufenden zu bleiben. Daher wusste er, dass Nell sich – Wade zufolge ein wenig widerstrebend – bereit erklärt hatte, wenigstens so lange nach Hause zu kommen, wie sie benötigte, um das alte Haus auszuräumen, die Teile des Familienbesitzes auszuwählen, die sie behalten wollte, und alles Übrige zu erledigen, was der letzte leibliche Nachkomme der Gallaghers, der noch Bindungen an diese Stadt hatte, erledigen musste.

Ach was, vielleicht würde sie einfach einen Riesentrödel bei sich im Hof veranstalten, dann ihr angestammtes Heim den Flammen übergeben und ihrer Vergangenheit ledig nach D. C. zurückkehren.

Ethan bezweifelte, dass sie viel behalten würde, zumindest nicht, wenn an den ganzen alten Geschichten und Gerüchten auch nur ein Körnchen Wahres dran war. Da sie in den vergangenen zwölf Jahren nicht einmal zu Familienbegräbnissen zurückgekehrt war, sah es so aus, als entsprächen zumindest einige Geschichten der Wahrheit.

Unbewusst schürzte Ethan die Lippen, als er beobachtete, wie Nell wieder in ihren sehr schönen Grand Cherokee stieg und davonfuhr. Er würde das Nummernschild später durch den Computer laufen lassen, beschloss er. Vorsichtshalber. Doch er erwartete nichts, was er nicht bereits wusste.

Er wusste eine Menge.

Das musste er als Sheriff einer kleinen Gemeinde, in der jeder jeden kennt, natürlich auch. Gute Polizeiarbeit im Landkreis Lacombe Parish, und insbesondere hier im Städtchen Silence, war meist eine Frage dessen, was er über die Menschen hier wusste, lange ehe er ein Verbrechen aufzuklären hatte. Und so interessierte er sich dafür, was die meisten Leute vorhatten, gleichgültig, ob legal oder illegal.

»Sheriff?«

Er wandte sich vom Fenster ab und erblickte einen seiner Detectives, Justin Byers, der vor seinem Schreibtisch stand. Ethan ermunterte seine Mitarbeiter, ihn gleich aufzusuchen, wenn sie etwas zu besprechen hatten, und die veraltete Gegensprechanlage zu meiden – hauptsächlich weil sie veraltet war, aber auch, weil Ethan den blechernen, beinahe gespenstischen Klang, den das Gerät allen Stimmen verlieh, nicht leiden konnte.

»Was gibt's, Justin?«

»Ich habe ein paar Schwierigkeiten beim Zusammentragen der Informationen über George Caldwells finanzielle Situation. Nichts, was richtig verdächtig wäre, aber die Kapitalanlagen sind ziemlich verstreut, und für meinen Geschmack gibt es ein paar ungeklärte Details zu viel. Ich dachte, wenn wir vielleicht einen Durchsuchungsbefehl für seine persönlichen Unterlagen bekommen könnten ...«

Ethan lächelte. »Ich weiß Ihr Engagement zu schätzen, Justin, aber ich bezweifle, dass Richter Buchanan uns aufgrund unseres Unbehagens einen Durchsuchungsbefehl ausstellt. Finden Sie heraus, so viel Sie können, aber bedrängen Sie niemanden, und wenden Sie sich nicht an seine Witwe, okay?«

»Sieht Sue Caldwell sich überhaupt als seine Witwe? Ich meine, die beiden waren ja getrennt – seit wie vielen Jahren? Zwei oder drei?«

»Ungefähr.« Ethan zuckte mit den Achseln. »Aber sie waren immer noch verheiratet, und sie ist seine gesetzliche Erbin. Nach allem, was ich höre, trauert sie. Also lassen Sie sie in Ruhe.«

»Klar, in Ordnung. Nur damit Sie Bescheid wissen – es wird ein Weilchen dauern, bis ich alle Informationen zusammengetragen habe, die Sie haben wollen ...«

»Verstanden.« Ethans Lächeln hielt an, bis der Detective den Raum verlassen hatte, dann erlosch es. Er traute Justin Byers nicht ganz. Andererseits traute er mindestens drei der sechs neuen Mitarbeiter nicht, die er hatte einstellen müssen, seit mit dem neuen Highway vergangenes Jahr viel mehr Leben in diese Stadt gekommen war. Ethan hatte gerne Leute um sich, die er kannte, und drei der Neueinstellungen – darunter auch Byers – waren nicht in Silence geboren und aufgewachsen.

Sicher, das war kein Verbrechen, und alle hatten ausgezeichnete Zeugnisse und Referenzen vorzuweisen gehabt, ganz zu schweigen von ihrer großen Erfahrung. Trotzdem.

19

Er kehrte zu seinem bequemen Stuhl hinter dem Schreibtisch zurück, schloss die mittlere Schublade auf, öffnete sie und zog eine blassbraune Mappe heraus. Darin lagen Kopien von drei Berichten, die er wie gewünscht dem Staatsanwalt eingereicht hatte.

Der Bericht über den ersten Todesfall klang durchaus unkompliziert. Peter Lynch, fünfzig Jahre alt, war plötzlich verstorben, scheinbar an einem Herzinfarkt. Nur auf beharrliches Drängen seiner hysterischen Ehefrau hatte man eine Autopsie vorgenommen, bei der man unerwartet Gift gefunden hatte. Da das Haus nicht sofort als Schauplatz eines Verbrechens behandelt worden war, hatte die spätere Durchsuchung nichts zutage gefördert, das hätte belegen können, was geschehen war. Doch der Gerichtsmediziner meinte, vielleicht hätte ja jemand ein paar Kapseln mit Nitroglyzerin in eine der Flaschen mit Vitaminkapseln gesteckt. Es war allseits bekannt, dass Lynch Vitamine en gros einnahm, und sonst hatte man keine weiteren Drogen oder Medikamente gefunden. Daher war es auf jeden Fall möglich, dass der Arzt Recht hatte.

Wirklich interessant war jedoch, dass sie, als sie einmal begonnen hatten, das Haus zu durchsuchen, um herauszufinden, ob Lynch Drogen besessen und genommen hatte, im Boden seines Kleiderschranks ein Geheimversteck mit wirklich widerlichen Pornos entdeckt hatten.

Kleine Mädchen, aufgetakelt und geschminkt wie Nutten und mit Männern fotografiert, die ihre Väter hätten sein können. Oder ihre Großväter. Beim bloßen Gedanken an das, was sie auf den Fotos taten, drehte sich Ethan heute noch der Magen um.

»Widerliches Schwein«, murmelte er kaum hörbar.

Lynchs Frau war verständlicherweise entsetzt und gedemütigt gewesen, zumal diese erste Entdeckung zu weiteren geführt hatte. So hatte man Belege für Ausflüge von Lynch gefunden, die nichts mit seinen Geschäften zu tun gehabt hatten; vielmehr waren sie zur Gänze der Befriedigung seiner abnormen Gelüste gewidmet. Er hatte nicht nur häufig in New Orleans ein Haus für Männer mit seinen speziellen Neigungen aufgesucht, sondern sich außerdem eine Geliebte in dieser Stadt gehalten. Ein Mädchen, das jünger war als seine jüngste Tochter.

Mit gerunzelter Stirn wandte Ethan sich dem nächsten Bericht zu. Auch dieser Todesfall hatte zu Beginn ganz normal gewirkt. Luke Ferrier, achtunddreißig Jahre alt, hatte anscheinend Selbstmord begangen, indem er mit seinem Auto in einen sumpfigen Flussarm gefahren war. Das Wasser in seiner Lunge bewies, dass er ertrunken war, und Selbstmord schien als Schlussfolgerung durchaus zutreffend. Doch ein Kollege von ihm beharrte sehr entschieden darauf, Ferrier habe keine Selbstmordabsichten gehegt. Daher hatten Ethans Leute noch einmal genauer hingeschaut.

Weil sie davon ausgingen, dass Geld das wahrscheinlichste Motiv war, wenn ein gesunder junger Mann ohne große familiäre Verpflichtungen beschloss, sich das Leben zu nehmen, hatten sie seine Finanzen und die des Unternehmens, bei dem er angestellt gewesen war, unter die Lupe genommen. Erneut waren sie überrascht worden – und zwar nicht, weil sie Belege für Veruntreuung entdeckt hatten, sondern weil Ferrier offenbar jeden Cent, den er sich »geborgt« hatte, ein paar Monate vor seinem vermeintlichen Selbstmord zurückgezahlt hatte.

Niemand hatte ihn verdächtigt. Eigentlich war er fein heraus gewesen.

Warum also Selbstmord begehen?

Der Gerichtsmediziner hatte eingeräumt, es gebe wohl gewisse Barbiturate und Muskelrelaxanzien, die nicht lange im Körper verweilen; man hätte Ferrier betäuben und seinen Wagen in den Fluss fahren können, während er besinnungslos war, und bei der Autopsie hinterher hätte man nichts mehr gefunden. Das war möglich.

Doch der entscheidende Beweis war aufgetaucht, als sie ein wenig tiefer gegraben hatten – und nicht nur auf eine offenbar chronische Spielsucht gestoßen waren, sondern auch auf ein dickes Bankkonto in Baton Rouge und ein Schließfach, in dem sich unter anderem ein Flugticket nach Südfrankreich befand, das auf einen Monat nach Ferriers Tod datiert war. Weitere Papiere in der Kassette stützten die Annahme, dass er kurz davor gestanden hatte, seine Zelte abzubrechen und aus Silence fortzugehen. Warum also Selbstmord begehen?

»Nicht Selbstmord«, sagte Ethan, erneut kaum hörbar. »Gottverdammt!«

Der dritte Bericht betraf den Tod von Randal Patterson, sechsundvierzig Jahre alt, vor gerade zwei Monaten. An diesem Punkt, als das Unbehagen der Einwohner von Silence bereits deutlich zu spüren gewesen war und die Gerüchteküche gebrodelt hatte, hatten Ethans Deputys und Detectives nicht den Fehler gemacht, irgendetwas zu unterstellen – bis auf das Schlimmste. Einen anscheinend gesunden, vergleichsweise jungen männlichen Erwachsenen ganz gleich aus welchem Grund tot aufzufinden hätte sie ohnehin in Alarmbereitschaft versetzt. Dass besagter männlicher Erwachsener vermittels eines durch ein nahe gelegenes Fenster in seinen Whirlpool gelegten Stromkabels durch Stromschlag hingerichtet worden war, hatte sämtliche Alarmglocken schrillen lassen. Sie schrillten umso lauter, als die nachfolgenden Ermittlungen Randal Pattersons schmutziges kleines Geheimnis zutage gefördert hatten: einen Raum in seinem Keller, der mit allerlei sadomasochistischen Gerätschaften sowie sehr viel Gummi und schwarzem Leder bestens ausgestattet war. Peitschen. Masken. Ketten.

Bisher hatten sie nicht in Erfahrung bringen können, mit wem Patterson seine Spielchen gespielt hatte, aber das war wohl nur eine Frage der Zeit.

Nur eine Frage der Zeit.

»Scheiße«, murmelte Ethan sanft.

Über George Caldwell gab es bisher selbstverständlich noch keinen vollständigen Bericht. Schließlich hatte man ihn erst vor ein paar Tagen gefunden. In den Kopf geschossen, aber keine Schusswaffe in Sichtweite. Schwer, das nicht als Mord zu bezeichnen.

Doch bisher war nichts Anstößiges oder Illegales aufgetaucht.

Bisher.

Ethan schlug die Mappe zu und starrte ziemlich grimmig quer durchs Büro. Das gefiel ihm nicht.

Es gefiel ihm überhaupt nicht.

Nell stieg aus ihrem Jeep und sah zu dem großen weißen, mit Holzschindeln verkleideten Haus, das ein wenig von der Straße zurückgesetzt stand und von hoch aufragenden Eichen umgeben war.

In architektonischer Hinsicht war das Haus ein Gebilde ohne roten Faden, was nicht sehr überraschend war, denn das ursprüngliche, nunmehr hundert Jahre alte Gebäude war in den vergangenen Jahrzehnten mehrfach umgestaltet und erweitert worden, im gleichen Maße, wie die Familie darin gewachsen war.

Welche Ironie, dachte Nell, dass sie hier stand, ein Jahrhundert, nachdem die ersten Gallaghers an diesem Ort Wurzeln geschlagen hatten, vermutlich mit großen Hoffnungen und entschlossen, eine Familie zu gründen.

Hier stand sie nun.

Allein.

Die letzte ihrer Familie, zumindest in Silence.

Und obendrein stand sie hier wider Willen.

Nell seufzte und öffnete die Hecktür des Jeeps. Der Gepäckraum war voll, denn er enthielt neben ihrem Koffer und der Laptoptasche mehrere Tüten mit Lebensmitteln, die sie in der Stadt eingekauft hatte. Sie wollte soeben zwei der Taschen nehmen und zum Haus gehen, als ein Sinn, der nicht

23

ihr Gehör war, dafür sorgte, dass sie sich umdrehte und zur Straße blickte.

Ein Streifenwagen bog in die Einfahrt.

Eigentlich nicht überrascht, lehnte Nell sich an den Boden des offenen Kofferraums und wartete.

Der Streifenwagen parkte hinter ihrem Jeep, und zwei Deputys stiegen aus. Unerwarteterweise war der größere der beiden Polizisten eine Frau. Sie mochte etwa eins achtzig sein, schätzte Nell, und ihre Playmate-Maße waren in dem von ihr gewählten Beruf vermutlich eher ein Fluch denn ein Segen. Zudem besaß sie eine dunkle exotische Schönheit, die auf ein in dieser Gegend weit verbreitetes kreolisches Erbe schließen ließ.

Ihr älterer Partner war vermutlich eins fünfundsiebzig bis eins achtundsiebzig, blond und auf jungenhafte Weise gut aussehend, mit einem breiten, herzlichen Lächeln. Er war einer dieser Männer, die zwischen zwanzig und sechzig unverändert aussehen und erst dann zu altern beginnen.

»Hallo, Miss Gallagher. Ich bin Kyle Venable, und das ist Lauren Champagne.«

Nell konnte nicht anders, sie blickte die Frau mit erhobener Augenbraue an. Die versetzte ohne Umschweife: »Und das ist nicht mein einziges Martyrium.«

»Schön, Sie beide kennen zu lernen«, sagte Nell schwach lächelnd. »Glaube ich jedenfalls. Habe ich ein Stoppschild überfahren oder so etwas?«

»O nein, Ma'am«, versicherte Deputy Venable ihr hastig. »Der Sheriff hat uns nur hier rausgeschickt, damit wir das Haus für sie überprüfen. Es hat eine Weile leer gestanden, wissen Sie, und wir versuchen zwar, alles im Blick zu behalten, aber es sind trotzdem Landstreicher in der Gegend – besonders so weit draußen. Wenn Sie uns den Schlüssel geben, sorgen wir dafür, dass alles auszieht, bevor Sie einziehen.«

Nell holte den Schlüssel ohne zu zögern aus der Tasche. »Danke. Ich weiß das zu schätzen«, sagte sie.

»Es wird nicht lange dauern, Ma'am«, sagte Venable, nahm den Schlüssel und tippte sich höflich an die Mütze, ehe er und seine Partnerin gemächlich über den Fliesenweg zur Vordertür gingen.

Nell blieb, wo sie war, und beobachtete, wie die beiden ins Haus gingen. Sinnlos, auch nur sich selbst gegenüber vorzugeben, sie sei nicht unglaublich angespannt; sie konnte nur versuchen, sich nichts anmerken zu lassen. In der linken Schläfe verspürte sie einen nur allzu vertrauten stechenden Schmerz und massierte den Bereich mit drei Fingern in wohltuenden Kreisbewegungen.

»Nicht jetzt«, flüsterte sie. »Verdammt, nicht jetzt.« Sie rieb fester, zwang Körper und Geist, ihrem verzweifelten Kommando zu gehorchen.

Es dauerte wohl nicht länger als zehn Minuten, bis die beiden Polizisten wieder erschienen, doch ihr kam es viel länger vor.

»Die Luft ist rein«, sagte Venable fröhlich, als sie sich wieder zu Nell gesellten. »Sieht so aus, als hätten alle Fenster und Türen solide Schlösser, aber vielleicht denken Sie mal darüber nach, ob Sie eine gute Alarmanlage einbauen lassen, Miss Gallagher. Oder Sie schaffen sich einen großen Hund an.«

»Danke, Deputy.« Sie bezog beide in ihr Lächeln und ihr dankbares Nicken ein, als sie den Schlüssel zurückerhielt, und fügte hinzu: »Ich werde wohl nicht lange genug hier sein, um so eine langfristige Entscheidung zu treffen, aber ich werde das Haus auf jeden Fall immer abschließen, solange ich hier bin.«

»Wir kommen auf unserer regulären Streife ziemlich oft hier vorbei und können ein Auge auf das Haus haben.« Venable deutete auf ihren vollen Kofferraum. »Einstweilen helfen wir Ihnen auch gerne, die Sachen da reinzutragen.«

»Ach, nein, danke, das schaffe ich schon. Aber danke für das Angebot.«

Er tippte nochmals an die Mütze und lächelte. »Okay. Aber wenn Sie irgendwas brauchen – einfach Bescheid sagen. Egal, worum es geht.«

»Mache ich.«

Die beiden Polizisten stiegen wieder in ihren Streifenwagen, und Nell wandte sich bewusst ab, um den Jeep zu entladen, statt ihnen nachzusehen. Als sie mit einem Arm voller Einkäufe zur Haustür kam, war sie sich bewusst, dass der Streifenwagen mit den Polizisten das Ende der langen Einfahrt erreicht hatte und auf die Straße Richtung Stadt abbog.

Sie sah ihnen nicht nach.

Sie hatten die Eingangstür offen gelassen. Nur die alte Fliegengittertür schirmte das Haus gegen Eindringlinge ab, und ganz kurz blieb sie stehen und versuchte, sich mental und emotional zu wappnen.

Ein weiterer Stich in der Schläfengegend trieb sie ins Haus, ehe sie sich ganz dazu bereit fühlte, doch womöglich war das nur gut so. Sie war sich nicht sicher, ob sie ohne einen solchen Ansporn fähig gewesen wäre, das Haus zu betreten.

Sie trat in einen offenen Eingangsbereich, der beunruhigend vertraut war mit seinem polierten Holzboden und dem runden Tisch mit dem Säulenfuß. Natürlich hätten Blumen auf dem Tisch stehen müssen, und hatte darunter nicht ein Teppich gelegen?

Nell schüttelte diese vagen Gedanken ab und ging zielstrebig an der Treppe vorbei in Richtung Küche. Ganz bewusst sah sie nicht durch die Türen, an denen sie vorbeikam. Auf der einen Seite das formelle Speisezimmer, auf der anderen das Wohnzimmer, unter der Treppe das Gäste-WC – unnötig, diese Zimmer zu überprüfen.

Noch nicht. Noch nicht.

In der Küche stellte sie die Einkaufstüten auf die Arbeitsplatte. Nur flüchtig blickte sie sich in dem hellen gelb-weißen Raum um, dann ging sie unverzüglich wieder hinaus zum Jeep. Sie musste alles hereinholen, und zwar so schnell wie möglich. Das Stechen in ihrer Schläfe war zu einem schmerzhaften Pochen geworden, so regelmäßig und zwangsläufig wie ihr Herzschlag.

Beinahe hätte sie es nicht mehr geschafft. Das Gepäck ließ sie im Eingangsbereich zu Boden fallen und schloss die Vordertür ab, ehe sie auf wackeligen Beinen zurück in die Küche ging. Sie tastete in den Tüten nach den wenigen verderblichen Lebensmitteln, die in den Kühlschrank mussten, und kämpfte gegen die Benommenheit an, wobei sie sich sagte, sie sollte sich zumindest einen Stuhl suchen, ehe …

Schwärze spülte über sie hinweg. Lautlos sank Nell auf den staubigen Fliesenboden.

2

Er war zu dem Schluss gekommen, dass es ein bisschen wie Meditation war. Wenn er die Augen schloss und sich konzentrierte, sich richtig konzentrierte, schien sein Körper sehr leicht zu werden, beinahe gewichtslos, und ein Teil von ihm konnte dann für eine Weile davonschweben. Manchmal trieb er ohne Richtung dahin, und es war ihm eigentlich nicht wichtig, wohin es ihn verschlug. Er genoss einfach nur das Gefühl, ohne die Beschränkungen des Körpers dahinzutreiben.

Echte Freiheit. Er hatte ja keine Ahnung gehabt.

Doch manchmal konzentrierte er sich mit all seiner Energie und seinem ganzen Willen darauf, die Richtung vorzugeben, einen bestimmten Ort zu erreichen, weil dort jemand war, den er finden musste.

Wie sie. Sie war so leicht zu finden. Die vor so langer Zeit hergestellte Verbindung führte ihn mühelos und rasch zu ihr.

Sie ging in der Küche umher, räumte Lebensmittel ein. Sie war besorgt, vielleicht auch bestürzt oder entnervt wegen des Unwetters, das an diesem ruhelosen Frühlingsabend überall grollte. Ein wenig blass sah sie aus, fand er, und da war ein Pflaster auf ihrer Stirn, genau über der rechten Augenbraue.

Er fragte sich, ob sie gestürzt war. Fragte sich, was geschähe, wenn er die Hand nach ihr ausstreckte und sie berührte.

Er hätte es beinahe getan, doch dann hielt er inne. Nein. Nicht jetzt. Noch nicht.

Es gab Dinge, die er zuvor erledigen musste. Eine Arbeit, die er beenden musste. Er war schließlich kein Mann, der sich vor seinen Pflichten drückte. So war er nicht erzogen, das lag nicht in seinem Charakter. Ein Mann beendete, was er begonnen hatte.

Außerdem blieb noch viel Zeit für Nell. Zeit, die Wahrheit darüber herauszufinden, warum sie nach Hause gekommen war. Zeit herauszufinden, an wie viel sie sich erinnerte.

Sie ging an ihm vorbei, weil sie zwei Kartons in einen Hängeschrank stellen wollte, und er war sich fast sicher, dass er ihr Haar riechen konnte, einen sauberen Duft wie Sonnenschein.

Er hätte beinahe die Hand ausgestreckt und sie berührt.

Beinahe.

Mittwoch, 22. März

Nell wachte so unvermittelt auf, dass sie noch hörte, wie ihr eigener seltsam erstickter Schrei abbrach. Sie saß in ihrem Bett und starrte auf die Arme, die sie immer noch ausgestreckt vor sich hielt, als hätte sie nach etwas gegriffen. Die Hände zitterten deutlich sichtbar. Sie fühlte sich so steif, so angespannt, dass ihre Muskeln mit stechenden Schmerzen protestierten. Ihre Finger krümmten sich langsam, und sie zwang sich, die Arme zu entspannen, sie zu senken. Sie nicht mehr von sich zu strecken.

Das Schlafzimmer war vom Morgenlicht durchflutet, das Unwetter der vergangenen Nacht hatte sich längst verzogen, und durch das einen Spalt weit geöffnete Fenster kam eine kühle, feuchte Brise herein, welche die Gardinen flattern ließ. Es roch nach feuchter Erde, nach Frühling.

Sie musste sich nicht anstrengen, um sich an den Traum zu erinnern. Es war immer der gleiche Traum. Kleine Einzelheiten variierten, doch das Grundgerüst des Traums veränderte sich nie. Und wenn er auch nicht jede Nacht kam, so doch oft genug, dass er Nell nur allzu vertraut war.

»Ich hätte nicht hierher zurückkommen sollen«, hörte sie sich murmeln.

Sie hatte gehofft, dass die Rückkehr nach so vielen Jahren es nicht schlimmer machen würde. Doch sie hätte es besser wissen sollen. Schon auf der Fahrt hierher hatte sie gespürt, wie sich dieses Zerren, mit dem sie so lange gelebt hatte, allmählich verstärkte, als würde jemand nachdrücklich an einer Schnur ziehen, die an etwas tief drin in ihr befestigt war.

Das Ziehen war nunmehr stetig, hartnäckig. Unmöglich zu ignorieren.

Steif schlüpfte Nell aus dem Bett und ging duschen. Sie ließ das heiße Wasser auf sich herabprasseln und konzentrierte sich währenddessen darauf, ihre Abwehrmechanismen zu verstärken. Es war schwer, schwerer als jemals zuvor, doch als sie sich angezogen hatte und nach unten ging, war das Ziehen in ihr zumindest erträglich, hinabgedrängt und zum Schweigen gebracht, sodass sie nicht mehr das Gefühl hatte, entzweigerissen zu werden.

Ich hätte nicht hierher zurückkommen sollen. Wie soll ich mit diesem Gefühl in mir das tun, was ich tun muss?

»Nell.«

Auf halbem Weg durch den Eingangsbereich blieb sie abrupt stehen und drehte sich einmal um sich selbst, blickte hinter sich und überall um sich. Doch da war niemand. Absolut niemand.

»Ich hätte nicht hierher zurückkommen sollen«, murmelte sie.

»Das ist doch eine ganz einfache Frage.« Ethan lächelte liebenswürdig und sah über seinen Schreibtisch hinweg Max Tanner an. »Wo warst du Samstagabend, Max?«

»Du meinst, wo ich war, als George Caldwell erschossen wurde?« Max schenkte dem Sheriff ein Lächeln, das genauso unecht war wie dessen eigenes. »Ich war zu Hause, Ethan. Allein.«

»Keine Zeugen.«

»Und deshalb kein Alibi.« Max zuckte so gelassen wie

möglich mit den Achseln. »Tut mir Leid, ich wusste nicht, dass ich eins brauche.«

»Wirklich nicht?«

»Nein.«

Ethan nickte, den Mund geschürzt, was vermutlich Nachdenklichkeit darstellen sollte. »Du und George, ihr hattet so eure Meinungsverschiedenheiten, glaube ich.«

Glaubte er. Er wusste das verdammt gut, aber er musste ja seine Spielchen spielen. Also spielte Max mit.

»Er wollte hier in der Stadt ein Grundstück kaufen, und ich wollte es nicht verkaufen. Er hat sein Angebot verdoppelt, ich habe gesagt, ich verkaufe nicht – das war's. Deswegen würde man wohl kaum jemanden umbringen.«

Ethan nickte erneut, die Lippen immer noch geschürzt. »Aber da war noch etwas, stimmt's? Irgendwas mit einer Belastung auf deiner Ranch?«

»Er hat das Darlehen gekündigt. Ich habe es zurückgezahlt. Ende der Geschichte.«

»Wirklich? Nach allem, was ich gehört habe, musstest du ein Drittel deiner Rinder verkaufen, um diese Schuld zu bezahlen.«

»Und? Mir bleiben immer noch zwei Drittel der Herde, und ich habe keine Schulden mehr bei der Bank.«

»Aber du hast bei dem Geschäft Geld verloren. Die Rindfleischpreise waren ziemlich weit unten, als du verkaufen musstest.«

»Der Zeitpunkt hätte besser sein können«, räumte Max ein. »Aber es war ein Geschäft, Ethan, mehr nicht. George hat das Darlehen gekündigt, ich habe es zurückgezahlt. Er war im Recht; ich bin meinen Verpflichtungen nachgekommen.«

»Du warst stinksauer, das wusste doch jeder. Hast den armen George einen Blutsauger genannt, wie ich höre.«

Max dachte grimmig, dass man in einer Stadt, in der der Sheriff verdammt viel »hörte« – darunter viel zu viele private

Gespräche –, leicht paranoid werden könnte. Doch er sagte nur: »Ich war sauer. Ich bin darüber hinweg. Und das ist zwei Monate her.«

Ethan runzelte leicht die Stirn, und Max wusste, er war, wenn auch widerwillig, halb davon überzeugt, dass Max zwar aus der Wut heraus gewalttätig reagieren mochte, er aber wohl kaum unbesonnen handeln würde, wenn die Wut erst verraucht war. So sehr er sich auch bemühte, der Sheriff konnte sich nicht einmal selbst davon überzeugen, dass er ein Motiv gefunden hätte, weswegen Max George Caldwell ermordet haben sollte, geschweige denn Beweise für die Tat vorlegen. Jedenfalls bisher nicht.

Dennoch blieb Max wachsam. Er kannte Ethan Cole.

Unvermittelt sagte der Sheriff: »Tja, Nell Gallagher ist wieder in der Stadt.«

»Ja. Ich habe sie gestern gesehen.«

»Und auch mit ihr gesprochen, nicht wahr?«

Max sah zum vorderen Fenster von Ethans Eckbüro und begriff, was für eine wunderbar freie Sicht auf die Main Street man von dort aus hatte. »Wir haben uns begrüßt. Viel mehr war da nicht.«

»Ich schätze, sie ist hier, um das alte Haus auszuräumen und den Familienbesitz zu ordnen.«

»Das hat sie gesagt.«

»Will sie bleiben?«

»Das bezweifle ich.«

»Ist sie immer noch so hübsch wie damals?«

»Ich würde sagen, sie ist umwerfend«, erwiderte Max ruhig. »Das war sie schon immer.«

Nachdenklich sagte Ethan: »Ja, aber ich meine mich zu erinnern, dass sie ein bisschen komisch war. Nicht unbedingt schüchtern, eher … in sich gekehrt. Eine Einzelgängerin. Bei dem Gesicht sind ihr die Jungs allerdings hinterhergelaufen, seit sie zwölf war. All die Jahre, und keiner von uns ist bei ihr richtig vorangekommen – außer dir natürlich.«

Da dies eher eine Feststellung als eine Frage war, entgegnete Max lediglich: »Es war nicht einfach, ihr nahe zu kommen.« Er würde nicht zugeben, dass er ihr im wörtlichen Sinne nur ein einziges Mal nahe gekommen war – und einen hohen Preis dafür bezahlt hatte. »Wenn man die Geschichte dieser Familie bedenkt, und die Tendenz der Gallaghers, sich da draußen abzuschotten, war das vermutlich kein Wunder.«

Ethan betrachtete ihn mit erhobenen Augenbrauen. »Du glaubst, das war es? Na ja, vielleicht. Die Familie hat ja wirklich ein paar Möchtegernfreier der Mädchen vergrault, das ist mal sicher, besonders diese gruselige Oma. Und ich weiß noch, dass Vater mich gewarnt hat, ich sollte nichts tun, was Adam Gallagher verärgern könnte – und einer seiner Töchter zu viel Aufmerksamkeit zu schenken gehörte auf jeden Fall dazu.«

Max zuckte mit den Achseln. »Bei Hailey war er besitzergreifender, fand ich damals. Vielleicht weil sie älter war und mehr oder weniger den Platz ihrer Mutter eingenommen hatte, nachdem Grace davongelaufen war.«

»Davonzulaufen scheint in dieser Familie im Blut zu liegen.«

Max wusste, was nun kam. Er wartete.

»Das war am Abend von Nells Abschlussball auf der Senior Highschool, nicht wahr? Sie hat eine Tasche gepackt und ist abgehauen – und du standst da, adrett und herausstaffiert, und wusstest nicht, wohin.«

»So war's in etwa«, erwiderte Max.

»Gerüchteweise hattet ihr zwei einen heftigen Streit.«

»Die Gerüchte stimmen nicht, wie üblich.«

»Was ist also passiert?«

»Weiß der Geier.«

»Du hast wirklich nie erfahren, warum sie durchgebrannt ist?«

»Ich habe es wirklich nie erfahren.« Erneut mit den Achseln zuckend sagte Max: »Ich habe hinterher einen Haufen verquere Gerüchte gehört wie alle anderen auch. Vielleicht stimmte ja eins davon. Vielleicht hat ihr Vater sie aus irgendeinem Grund rausgeworfen. Vielleicht war da jemand, den sie viel lieber mochte als mich, und in jener Nacht ist sie mit ihm davongerannt. Oder vielleicht hatte sie herausgefunden, wo Grace war, und wollte zu ihrer Mutter, und dafür hat sie sich eben diesen Abend ausgesucht. Vielleicht war ja eins dieser Gerüchte die Wahrheit. Vielleicht auch nicht. Die Einzige, die uns die Wahrheit hätte sagen können, war weit weg – und hat sich nicht die Mühe gemacht zu schreiben, wenigstens mir nicht.«

»Autsch.« Ethan lächelte. »Du hättest stattdessen die ältere Schwester ins Visier nehmen sollen. Ich habe mich immer gefragt, warum du das nicht getan hast, zumal du ja mit ihr zusammen zur Schule gegangen bist.«

»Du warst immer mehr an Hailey interessiert als ich.«

Trocken entgegnete Ethan: »Alles, was Hosen trug, war an Hailey interessiert. Sie hat zwar nicht besonders toll ausgesehen, aber Junge, Junge, das Mädel hat vielleicht Signale ausgesendet. War nicht leicht, die Augen von ihr zu lassen, wenn sie über die Straße ging.«

Max schwieg.

»Glaubst du, es ist was Wahres dran an den Geschichten über sie?«

»Weiß der Himmel. Irgendwie hat sie dafür gesorgt, dass ihr Vater sie enterbt hat.« Max schenkte dem Sheriff ein schiefes Lächeln. »Ich hätte ja gedacht, wenn irgendjemand die Wahrheit kennt, dann du, wo du doch so gut informiert bist über alles, was in Silence vor sich geht.«

»Oh, ich denke, am Ende erfahre ich die Wahrheit schon noch.« Ethan erwiderte das Lächeln. »Irgendwann erfahre ich immer die Wahrheit.«

Max kam zu dem Schluss, dass die Befragung beendet war, und erhob sich. »Nun ja, ich weiß, du hast dieser Tage Wichtigeres zu tun. Bei vier suspekten – und ungeklärten – Todesfällen in den letzten acht Monaten wissen wir doch alle, worauf sich deine Aufmerksamkeit richten sollte.«

Ethan stand ebenfalls auf, reichte Max jedoch nicht die Hand. »Du brauchst mich nicht an meine Aufgaben zu erinnern.« Als Max sich abwandte, fügte er im selben liebenswerten Tonfall hinzu: »Ach – Max? Ich habe dir doch gesagt, dass du die Stadt nicht verlassen darfst, oder?«

»Ja. Mach dir keine Sorgen. Ich fahre nirgendwohin.«

»Das will ich dir auch geraten haben.«

Max wusste nur zu gut, dass der Sheriff unbedingt das letzte Wort haben wollte. So nickte er nur und verließ sein Büro. Wie angespannt er gewesen war, merkte er erst, als er auf der Straße um die Ecke gebogen war, sodass er von Ethans Bürofenster aus nicht mehr zu sehen war. Da fiel ihm auf, dass er halb unbewusst die Schultern rollte, um sie zu entspannen.

Verflucht sei Ethan Cole.

Schlimm genug, wenn man mit ansehen musste, wie aus einem Jungen, den man gemocht hatte, ein Mann wurde, den man nicht mochte.

Man gebe diesem Mann eine Polizeimarke und beinahe unbegrenzte Macht, obendrein noch einen Groll, und dann konnten die Dinge sehr rasch eine unschöne Wendung nehmen.

Max versuchte, die sinnlose Bitterkeit, die ihn überkam, abzuschütteln, ging zu seinem Pickup und stieg ein. Er ließ den Motor an, legte jedoch nicht gleich einen Gang ein. Stattdessen saß er da und dachte an Nell. Wieder einmal.

Die ganze letzte Nacht hatte er dem Unwetter gelauscht, das in und um Silence getobt hatte, hatte sich hin- und hergeworfen und über Nell nachgedacht. Sich Fragen gestellt. Was für ein Leben mochte sie sich in den vergangenen zwölf Jahren geschaffen haben? Warum war sie nicht einmal zu den Beerdigungen ihres Vaters und ihrer Großmutter nach Hause gekommen? Was lag dem sonderbaren spröden Lächeln zugrunde, das Haileys Lippen umspielte, wann immer die Rede auf ihre jüngere Schwester kam?

Vor allem aber hatte er sich gefragt, ob ihr wohl auch nur ein Mal ein anderer Mann hatte nahe kommen können.

Sie hatte sich verändert, das war deutlich zu erkennen. Sie war immer noch schön, da hatte er Ethan nicht angelogen. Doch der Blick ihrer unglaublichen grünen Augen, den er als geradezu beängstigend eindringlich in Erinnerung hatte, war nun zurückhaltend und vorsichtig, und da war eine Stille an ihr, eine Gelassenheit, die Jahre zuvor nicht da gewesen war.

Damals war sie alles andere als still gewesen.

Max dachte an das sechzehnjährige Mädchen, das ihm an jenem heißen Sommertag vor beinahe vierzehn Jahren zum ersten Mal aufgefallen war. Sie hatte eine ungesattelte, kleine stichelhaarige Stute geritten, ihre unzüchtig kurzen Shorts hatten einen Großteil ihrer langen gebräunten Beine sehen lassen, und der Stoff ihrer weißen Baumwollbluse war viel zu dünn für seinen Seelenfrieden gewesen. Sie war ihm sehr wild erschienen, nicht ganz von dieser Welt, ihr Lächeln unsicher und ihr plötzliches, beinahe unkontrolliertes Lachen wie Quecksilber in der schweren feuchten Luft. Ihr offenes honigfarbenes Haar hatte ihr um die Schultern geweht und im Sonnenlicht geglänzt, und ihre großen grünen Augen hatten ihn mit einem eigenartig erschütterten Blick des … Erkennens … angesehen.

Halb begierig, halb furchtsam.

Max schüttelte die Erinnerung an diesen Blick, der ihn nie mehr losgelassen hatte, ab und legte grimmig den Gang ein. Genug. Genug davon. Nell Gallagher würde gerade lange genug hier bleiben, um ein paar Fotos und Puppen aus Kindertagen zusammenzusuchen, und dann würde sie Silence auf Nimmerwiedersehen den Rücken kehren.

Er war kein solcher Narr, dass er sich nochmals mit ihr einlassen würde.

»Diesmal nicht«, murmelte er. »Nicht noch einmal.«

Das Haus rief erstaunlich wenig Erinnerungen – weder gute noch schlechte – in ihr wach, möglicherweise, weil es sehr stark umgestaltet worden war, seit sie es zuletzt gesehen hatte. In den dunklen Stoffen und den gemusterten Tapeten, mit denen die meisten Zimmer ausgestattet waren, erkannte sie unschwer Haileys Vorlieben. Tatsächlich war die Präsenz ihrer Schwester beinahe überwältigend.

Das verursachte Nell ein Unbehagen, mit dem sie nicht gerechnet hatte, und dies so sehr wie alles andere trieb sie schließlich am späten Vormittag hinaus.

Das Haus der Familie Gallagher stand auf einem Grundstück, das einst, vor langer Zeit, eine blühende Zuckerrohrplantage gewesen war. Im Lauf der Jahre hatte man Land verkauft, und das verbleibende Familienland wurde von Pächtern bestellt, die zumeist Sojabohnen und Süßkartoffeln anbauten. In den letzten fünfundzwanzig Jahren hatte sich das Familienvermögen nur noch aus den Pachteinkünften und den Gewinnen aus Adam Gallaghers höchst erfolgreichen Spekulationen am Aktienmarkt zusammengesetzt.

Es war stets genügend Geld da gewesen, häufig sogar mehr als genug, um bequem davon zu leben. Sie und Hailey hatten als Kinder Pferde besessen, und zu ihrem siebzehnten Geburtstag hatten sie von ihrem Vater sehr schöne Autos geschenkt bekommen – deren Gebrauch allerdings so streng reglementiert war, dass Adam die meiste Zeit über die Schlüssel hatte.

Dem Vermögensverzeichnis zufolge, das Nell vom Anwalt der Familie erhalten hatte, waren Pferde und Autos längst fort. Adam Gallaghers alter Lincoln war das einzig verbleibende Fahrzeug. Es stand auf einem Parkplatz in Silence und wartete auf seinen Verkauf.

Anderes würde ebenfalls verkauft werden müssen. Nell hatte keine Ahnung, wie viel übrig bleiben würde, wenn die Schulden und Steuern bezahlt waren, und sie verschwendete auch nicht viele Gedanken darauf. Sie war schließlich nicht nach Hause gekommen, um vom Tod ihres Vaters zu profitieren.

Nun entfernte sie sich ohne zurückzublicken vom Haus und gestattete ihrem Instinkt oder ihrem Unterbewusstsein, aus mehreren schwach erkennbaren Wegen in den Wald hinein einen auszuwählen. Rund zwanzig Hektar Waldland mochten das Haus der Gallaghers von den umliegenden Farmen und Ranches trennen. Der Laubbaldachin hoch über ihr bildete einen kühlen, dämmrigen Zufluchtsort. In ihrer Kindheit hatte Nell viele Stunden hier verbracht, besonders während der feuchtheißen Sommer.

Nun fühlte es sich nicht mehr so friedvoll an wie damals.

Dennoch ging Nell weiter. Sie verspürte einen Drang, der ihr keine Ruhe ließ, viel zu vertraut, um ignoriert zu werden. Mehrfach blieb sie stehen und blickte sich suchend um, doch sie sah nur das stille unbewegte grüne Unterholz, teils noch nass vom Unwetter der vergangenen Nacht.

Gerade hatte sie dies zur Kenntnis genommen, da hörte Nell tiefes Donnergrollen. Sie blinzelte, und von einer Sekunde zur anderen veränderte sich der Schauplatz um sie herum vollkommen.

Nun war es Nacht, nicht Tag, und ein Unwetter tobte. Sie spürte, wie der windgepeitschte Regen ihr in die Haut stach, sie sogar vorübergehend blendete, bis es ihr gelang, seiner gewaltigen Kraft den Rücken zuzuwenden. Sie wischte sich den Regen aus den Augen und blinzelte, versuchte, im Stroboskoplicht der Blitze das zu erkennen, was sie sehen sollte.

Eine Gestalt in einem dunklen Regenmantel ging einen Pfad entlang, der von dem abzweigte, auf dem sie stand. Sie dachte, es sei ein Mann, war sich aber nicht sicher; sein Regenmantel besaß eine Kapuze, die seinen Kopf bedeckte, und da er sich in einem ungünstigen Winkel von ihr entfernte, konnte sie sein Gesicht nicht sehen.

Der Körper über seiner Schulter hingegen war sehr gut zu sehen.

Es war eine Frau, da war Nell sicher. Langes nasses Haar und nackte Arme hingen herab. Sie schien in ein Laken oder ein anderes helles Tuch gewickelt zu sein, das ihr feucht auf der Haut klebte, und hing schlaff da. Völlig schlaff.

»*Nell?*«

Nell ignorierte diesen Ruf und versuchte, ihm nachzugehen und herauszufinden, wohin er ging. Wollte er ein Mordopfer vergraben? Trug er eine bewusstlose Frau noch tiefer in den Wald hinein, um – mit ihr zu tun, was immer er mit ihr zu tun beabsichtigte? Wer war er? Wer war die Frau?

Sie versuchte, dem Mann zu folgen, doch irgendetwas griff nach ihr, hielt sie auf, und als sie an sich hinabsah, erblickte sie dicke Ranken, die sich um ihre Handgelenke wanden, sie festhielten. Es gelang ihr, die Arme ein Stückchen zu heben. vor Anstrengung krümmten sich ihre Finger zusammen, doch die Ranken gaben nicht nach.

»*Nell!*«

Rasch blickte sie wieder in den stürmischen Regen und versuchte wenigstens zu erkennen, welche Richtung die verhüllte Gestalt nahm. Doch das dichte windgepeitschte Unterholz war derartig in Bewegung geraten, ihre Sicht derart verzerrt vom heftigen Regen und den hell zuckenden Blitzen, dass sie ihn nicht mehr sehen konnte.

Er war fort …

»Nell!«

Sie blinzelte. Der Tag war zurückgekehrt. Das Unwetter war fort. Kein Regen, kein Donner oder Blitz, kein Wind. Und die Ranken, die ihre Handgelenke umschlangen, waren zwei starke Hände.

Sie hob den Blick und sah Max, der stirnrunzelnd auf sie herabblickte. Einen Moment verweilte sie bei dem Gedanken, dass das Universum schon einen schrägen Sinn für Humor hatte. Entweder das, oder es wollte sie quälen.

»Mir geht es gut«, sagte sie, bestürzt darüber, wie dünn ihre Stimme war. »Du kannst mich jetzt loslassen.«

»Da bin ich mir nicht so sicher.« Die Falten auf seiner Stirn vertieften sich noch. »Was zum Teufel ist denn passiert, Nell? Du warst etwa eine Million Meilen weit weg!«

Sie war versucht, ihm zu sagen, dass sie weiter entfernt gewesen war, als man in Meilen messen konnte, doch stattdessen antwortete sie: »Ein Tagtraum, das ist alles.« Dann ging sie zum Gegenangriff über. »Was tust du überhaupt hier?«

»Ich bin ausgeritten und habe etwas gehört«, sagte er. Er entschuldigte sich nicht dafür, dass er über das Land der Gallaghers geritten war statt über seine eigenen beträchtlichen Ländereien. Nun erst schien ihm aufzufallen, dass er ihre Handgelenke festhielt. Abrupt ließ er sie los.

»Was gehört?«, fragte Nell stärker verunsichert, als sie sich oder Max eingestehen mochte. Geistesabwesend massierte sie ihre Handgelenke, da fiel ihr ein großer kastanienbrauner Wallach auf, der mit zu Boden hängenden Zügeln geduldig einige Meter von ihnen entfernt dastand.

»Dich. Du hast geschrien.«

»Was habe ich denn geschrien?«, fragte sie widerstrebend. Doch sie musste es wissen.

»Du hast ein paar Mal ›Nein‹ gerufen, bis ich dich erreicht hatte, dann warst du still. Ein Tagtraum? Erzähl mir nicht so einen Scheiß, Nell. Du klangst, als würde dir jemand wehtun, und du warst weiß wie ein Laken. Bist du übrigens immer noch.«

Nell wählte ihre Worte mit Bedacht. »Ich habe sehr ... lebhafte ... Tagträume. Aber wie du siehst, tut mir hier niemand was. Niemand belästigt mich. Mir geht es gut. Ich weiß deine Sorge zu schätzen, aber mir geht's gut.«

»Ach ja? Und was ist damit?« Er deutete auf das Pflaster über ihrer rechten Augenbraue.

Nell zuckte mit den Achseln. »Ich habe mich noch nicht wieder eingewöhnt im Haus und bin gegen eine Schranktür gestoßen, als ich nicht aufgepasst habe. Es ist nur ein Kratzer.«

Max runzelte nun nicht mehr die Stirn, doch sein Blick war beunruhigend fest. »Es passiert immer noch, nicht war?«

»Ich weiß nicht, was du meinst.«

»Die Ohnmachtsanfälle. Du bist ohnmächtig geworden, dabei hast du dich verletzt.«

Sie hätte es beinahe geleugnet, doch schließlich zuckte sie nur mit den Schultern und sagte in bewusst abschätzigem Tonfall: »Jeder hat seine Macken. Ich werde eben von Zeit zu Zeit ohnmächtig, das ist alles.«

»Hast du jemals die Ursache herausgefunden?«

»Stress, sagen die Ärzte. Ich vermute, die Rückkehr hierher war anstrengender für mich, als mir klar war.«

»Und das ist hier gerade passiert?« Doch er schüttelte den Kopf, ehe sie antworten konnte, und gab sich die Antwort selbst. »Nein, du warst nicht bewusstlos. Deine Augen waren weit offen. Aber deine Pupillen waren erweitert, und ich hatte das Gefühl ... du warst irgendwo anders.«

»Ich war ganz offensichtlich nirgendwo anders. Ich war genau hier.« Nell wusste nicht genau, warum sie so stur an dem Märchen festhielt, bei ihr sei alles in bester Ordnung – und normal. Je nachdem, an wie viel er sich erinnerte, wusste Max Dinge über sie, die sonst niemand in Silence wusste. Doch solange er sich nicht zu diesem Wissen bekannte, würde sie ihn nicht daran erinnern.

Er nickte halb, als hätte er erwartet, dass sie es leugnen würde, doch er sagte: »Ja, du warst hier. Warum, Nell? Wo du so viel im Haus zu tun hast, warum bist du jetzt hier rausgekommen?«

»Ich wollte einen Spaziergang machen, das ist alles.« Wieder ging sie zum Gegenangriff über. »Was ist mit dir, Max? Dieses Land gehört immer noch den Gallaghers, und ich habe jedes Recht, hier spazieren zu gehen. Ich habe noch nicht an dich verkauft.«

Sein Mund wurde schmal. »Falls du vergessen haben solltest, was Shelby dir gestern erzählt hat, hier sterben in letzter Zeit Menschen. Du bist nicht gerade sicher, wenn du hier allein im Wald herumspazierst.«

»Ihr habt gesagt, es sind Männer gestorben. Keine Frauen.«

»Bis jetzt. Aber du musst das Schicksal ja nicht herausfordern, Nell.«

»Ich kann auf mich aufpassen.«

»Wirklich?« Er lachte kurz auf. »Du warst völlig blind für deine Umwelt, als ich kam. Da hätte jeder kommen können und – dir alles Mögliche antun.«

»Es geht mir gut, und ich kann wirklich auf mich aufpassen«, beharrte sie und trat einen Schritt zurück, um diese Selbstständigkeit zu untermalen. »Ich will dich nicht von deinem Ausritt abhalten, Max.«

Für einen Moment sah es so aus, als wollte er mit ihr streiten, doch dann murmelte er nur einen Fluch und ging wieder zu seinem Pferd. Er nahm die Zügel auf und wendete das Tier in Richtung seines eigenen Besitzes. Dann hielt er nochmals inne, um eine letzte, kategorische Warnung auszusprechen, ehe er davonritt.

»Sei vorsichtig, Nell. Wer auch immer diese Männer umgebracht hat, will offenbar, dass Geheimnisse ans Tageslicht kommen. Und wir wissen beide, dass du eine Menge Geheimnisse hast.«

Sie regte sich nicht und antwortete ihm auch nicht. Sie sah ihm lediglich nach, bis der Wald ihn verschluckte.

War sein Erscheinen hier so zufällig gewesen, wie es gewirkt hatte, oder steckte Absicht dahinter? Und was war mit der Vision, die er unterbrochen hatte? Hatte sie hier in diesem Wald das Nachspiel eines Mordes gesehen oder etwas, das in jeder Hinsicht genauso böse war? Wer war der Mann gewesen, wer die Frau?

Nell blieb noch einige Minuten stehen, wo sie war, blickte sich um, suchte nach einem Zeichen, das vielleicht ihre Fragen beantworten würde. Doch der Wald war friedvoll und gab überhaupt nichts preis, und die eigenartige Tür in ihrem Geist mochte sich nicht öffnen lassen.

Großartig. Einfach toll. Das Universum gewährte ihr einen flüchtigen Einblick, aber keine echte Hilfe.

Wie üblich.

Seufzend blickte Nell noch einmal um sich und erkannte erst jetzt, wo sie sich befand. Zwölf Jahre hatten alles verändert, vielleicht hatte sie es deshalb nicht sofort erkannt.

Die große Eiche sah kaum verändert aus; ein Dutzend Jahre waren nichts im Leben dieses Baums. An seinem Fuß wuchsen Ranken, die damals nicht dort gewesen waren, Ranken, die Nell beiseite ziehen musste, um das kunstlos in den Baumstamm geritzte Herz und die beiden Initialenpaare zu finden.

An einem Herbsttag vor langer Zeit hatte er sie hier dabei erwischt, wie sie ihre Hoffnungen mit einem rostigen Taschenmesser in den Baum geritzt hatte, und danach hatte es keinen Sinn mehr gehabt, ihm etwas vorzumachen.

Nell beobachtete, wie ihre Finger das *NG* und das *MT* nachfuhren, dann seufzte sie und ließ die Ranken zurück vor den Baum fallen. Und erst da merkte sie, um was es sich bei diesen Ranken handelte.

Giftefeu.

Sie musste lachen, wenn auch kläglich. Das Universum wollte sie ganz eindeutig quälen. Sie wandte sich um und machte sich auf den Rückweg durch den Wald zum Haus der Gallaghers, in der Hoffnung, den Pflanzensaft von den Händen zu waschen, ehe ihre mangelnde Vorsicht zu einem Hautausschlag führte.

Einem schlimmen.

3

Ethan Cole sah von seinem Schreibtisch hoch. Es gelang ihm gerade so, nicht das Gesicht zu verziehen, als die Bürgermeisterin von Silence sein Büro betrat. Im Gegensatz zu ihm mochte sie Telefone nicht und erschien daher meist ohne jede Vorwarnung.

Eine kurze Vorwarnung hätte er aber gebrauchen können.

»Ethan, gibt es was Neues über George Caldwells Tod?«, fragte sie ohne Einleitung.

Ethan tat so, als wollte er sich erheben – eine ohnehin vergebliche Mühe, da sie sich sofort auf einem seiner Besucherstühle niederließ –, dann lehnte er sich zurück, zog umständlich eine Mappe aus dem Stapel in seinem Posteingangskorb und las stirnrunzelnd darin.

»Leider nein, Casey, ich sehe hier nichts, was Sie nicht bereits wüssten. Das hätte ich Ihnen übrigens auch am Telefon gesagt, dann hätten Sie sich den Weg hierher sparen können.«

Bürgermeisterin Lattimore zuckte mit den Achseln, die dunkelblauen Augen auf sein Gesicht geheftet. »Ich kam gerade hier vorbei und dachte, ich schau mal rein. Ethan, ich hatte heute ein Dutzend Anrufe – und nicht eine einzige Antwort auf die Fragen, die man mir gestellt hat.«

»Was für Fragen?«

»Das Übliche. Was hier los ist. Warum *wir* nicht herauskriegen, wer George Caldwell und die anderen umgebracht hat, und ihn aufhalten, bevor er noch jemanden tötet.«

Ethan erstarrte. »Selbst wenn man davon ausgeht, dass alle vier Männer ermordet wurden, wer sagt denn, dass sie alle von ein und derselben Person getötet wurden?«

»Du liebe Güte, Ethan, ich hoffe doch, Sie wollen nicht andeuten, in Silence liefen vier verschiedene Mörder frei herum.«

»Das könnte aber das geringere von zwei Übeln sein«, sagte er seufzend. »Uns fehlt doch nur, dass der Begriff *Serienmörder* die Runde macht, dann kriegen wir hier garantiert eine Panik in der Stadt, verdammt noch mal.«

»Womöglich haben wir die Panik schon«, meinte die Bürgermeisterin. »Die Leute haben Angst, das hört man an ihren Stimmen.«

»Das weiß ich.«

»Also, was soll ich ihnen sagen?«

Gereizt erwiderte Ethan: »Sagen Sie ihnen, sie sollen nachts ihre Türen abschließen, vorsichtig sein und sich um ihre eigenen Angelegenheiten kümmern.«

»Und was sage ich, wenn sie mich fragen, warum wir gewählten Amtsträger nicht die Arbeit erledigen, für die wir gewählt wurden?«

»Sagen Sie Ihnen, wir tun hier sehr wohl unsere Arbeit, verdammt. Schauen Sie, Casey, ich weiß nicht, was ich Ihnen sonst sagen soll. Meine Leute reißen sich den Arsch auf, um dieser Sache auf den Grund zu gehen. Ich habe seit Januar keinen Tag mehr freigehabt, und mein Überstundenbudget ist schon vor Monaten zum Fenster rausgeflogen. Wir führen Ermittlungen durch – und mehr können wir nicht tun. Wenn irgendwer einen praktikablen Verbesserungsvorschlag hat – ich höre.«

»Sie haben immer noch für keinen einzigen der Morde einen Verdächtigen?«

Er zögerte, dann sagte er: »Ich prüfe Max Tanner im Hinblick auf die Todesfälle Ferrier und Patterson.«

Sie hob eine Augenbraue. »Bis gerade eben haben Sie nicht einmal zugegeben, dass Luke Ferriers Ertrinken kein Selbstmord oder Unfall war.«

»Es sind ein paar Dinge ans Licht gekommen, die einen

Mord ebenso wahrscheinlich aussehen lassen wie einen Unfall.«

»Verstehe. Und wo ist die Verbindung zu Tanner?«

Ethan musste gegenüber der Bürgermeisterin weder über sich noch über seine Ermittlungen Rechenschaft ablegen – jedenfalls nicht unmittelbar –, aber er hatte gelernt, dass Casey Lattimore Antworten erwartete, wenn sie Fragen stellte. Und sie konnte einem verdammt auf die Nerven gehen, bis sie sie hatte.

Also antwortete er zögernd: »Offenbar hat Ferrier sich ein paar Wochen, bevor er starb, Geld von Max geliehen.«

»Haben Sie das von Max?«

»Nein. Von jemandem, der gehört hat, wie Max Ferrier sagte, er wolle das Darlehen schnell zurückgezahlt haben.«

Die Bürgermeisterin runzelte die Stirn. »Korrigieren Sie mich, wenn ich mich irre, aber wäre es nicht ziemlich dämlich, Ferrier umzubringen, wenn man sein Darlehen von ihm zurück will?«

»Max ist jähzornig, das weiß doch jeder. Vielleicht hat er im Affekt zugeschlagen, auch wenn er es hinterher bereut hat.«

»Zugeschlagen? Indem er Ferriers Wagen in einen Flussarm schiebt? Wäre diese Theorie nicht plausibler, wenn jemand Ferrier so richtig zusammengeschlagen hätte, anstatt ihn zu ertränken? Ich meine, wenn Sie Max schon des Mordes an ihm verdächtigen?«

Ethan verabscheute logisch denkende Frauen. »Ich habe gesagt, ich prüfe Max, nicht, dass ich ihn für einen lupenreinen Verdächtigen halte.«

Ohne auf seinen unwirschen Tonfall einzugehen, sagte sie lediglich: »Und Patterson? Was lässt Sie denken, Max könnte auch in diesen Todesfall verwickelt sein?«

»Wir wissen, dass der Mörder eine Zeit lang vor diesem Badezimmerfenster gestanden hat, bevor er das Stromkabel hineinfallen ließ, und wir haben einen Fußabdruck gefunden.

Art und Größe passen zu den Stiefeln, die Max normalerweise trägt.«

»Ich gehe davon aus, dass sie Max' Stiefel schon überprüft haben?«

»Ja.«

»Und?«

»Und nichts. Allein durch den Fußabdruck können wir nicht beweisen, dass er da vor dem Fenster gestanden hat.«

»Was haben Sie sonst noch?«

»Nicht viel«, räumte Ethan ein.

Anstatt ihn zu diesem Punkt weiter zu befragen, seufzte sie lediglich und meinte: »Ich nehme an, Sie sind immer noch dagegen, Hilfe von außen zu holen?«

Mit verbissener Miene erwiderte er: »In der Tat. Das hier sind Morde aus Groll, und das bedeutet, alle Antworten liegen direkt vor unserer Nase in Silence. Ob es sich nun um einen Mörder handelt oder um mehrere – niemand, der von außen kommt, wird die Teile dieses Puzzles besser oder schneller zusammensetzen als wir.«

»Es sind schon acht Monate, Ethan.«

Der Sheriff atmete tief durch und sagte bedächtig: »Und die ersten achtundvierzig Stunden nach einem Mord sind entscheidend. Ja, Casey, das weiß ich. Ich weiß auch, dass Sie sich befähigt fühlen, meine Ermittlungen zu kommentieren, weil Sie letztes Jahr diesen FBI-Lehrgang belegt haben.«

»Das ist nicht …«

»Ich sage nicht, dass das keine gute Idee von Ihnen war. Ein Bürgermeister sollte sich befähigt fühlen, die meisten Aspekte der Verwaltung und Führung einer Stadt zu beurteilen. Aber Polizeiarbeit ist ein Spezialgebiet, und ein einziger Grundkurs in Methoden der Verbrechensaufklärung entspricht wohl kaum fünfzehn Jahren Erfahrung in diesem Job.«

Casey Lattimore war völlig klar, dass er sie ganz bewusst in die Defensive drängte. Dennoch hörte sie sich sagen: »Ich habe nie behauptet, ich wäre eine Expertin, Ethan. Und ich will Ihnen hier keinesfalls erzählen, wie Sie Ihre Arbeit machen sollen.« – »Das weiß ich zu schätzen, Casey.«

Sie stand auf und fügte sanft hinzu: »Aber den Anrufen nach zu urteilen, die ich bekomme, wollen die Bürger von Silence, dass etwas passiert, und zwar bald. Trotzdem können wir es uns nicht leisten, Fehler zu machen. Das heißt, Sie sollten sich Ihrer Beweise verdammt sicher sein, ehe Sie den Scheinwerfer des Verdachts auf jemanden richten.«

Auch bei Max Tanner. Diese letzte Bemerkung sprach sie nicht laut aus. Das musste sie auch nicht.

»Keine Sorge«, sagte der Sheriff. »Ich beherrsche mein Metier.«

Anstatt ihm beizupflichten, sagte sie nur: »Halten Sie mich auf dem Laufenden, ja? Der Stadtrat steht unter ebenso großem Druck wie wir, Ethan. Es wird sich bei den Wählern nicht gut machen, wenn es so aussieht, als würden wir die Hände in den Schoß legen.«

»Will heißen, der Rat würde unter Umständen handeln?«

Die Bürgermeisterin sprach weiter mit sanfter Stimme. »Gewählte Amtsträger können es sich nicht lange leisten, untätig zu sein, das wissen Sie.« Ohne eine Antwort abzuwarten, wandte sie sich zur Tür. Über die Schulter fügte sie hinzu: »Wir sprechen uns, denke ich.«

»Ja«, stimmte der Sheriff zu. »Da bin ich mir sicher.«

Donnerstag, 23. März

Als Nell am Donnerstagmorgen durch die Innenstadt von Silence schlenderte, stellte sie fest, dass die meisten Leute die alten Skandale und Fragen vergessen hatten. Die meisten Leute. Es gab eine ganze Reihe von Zuzüglern, besonders seit der neue Highway im vergangenen Jahr fertig gestellt worden war und ein größeres Verkehrsaufkommen dicht an der Stadt vorbeiführte.

Sie zählte ein Dutzend offenbar neue Geschäfte in der Innenstadt, zumeist von der Art, die sie auch erwartet hätte: Boutiquen und Geschäfte für Sammlerbedarf. Alle hatten sie reichlich Laufkundschaft. Außerdem, so fiel ihr auf, herrschte eine ungewöhnlich starke Polizeipräsenz in der Stadt. Sie zählte drei verschiedene Streifenwagen sowie zwei Polizisten, die zu Fuß auf den Bürgersteigen unterwegs waren.

Für Nells Fahrt in die Stadt gab es mehrere Gründe. Sie musste den Anwalt ihrer Familie aufsuchen, um verschiedene Papiere zu unterzeichnen. Sie ging zu einem Versicherungssachverständigen, um sich Gutachter empfehlen zu lassen, die sich einige der Möbel und der Kunstwerke im Haus ansehen könnten; und sie verbrachte einige Zeit in der Bibliothek und im Gerichtsgebäude.

Es war schon nach Mittag, als Nell wieder aus dem Gerichtsgebäude trat. Nach einem Blick auf die Uhr ging sie in ein Café in der Innenstadt, wo sie sich eine ruhige Sitznische im hinteren Teil aussuchte. Die Kellnerin war glücklicherweise nicht neugierig, das Essen gut, und Nell erfreute sich eine friedvolle halbe Stunde lang allein ihrer Gedanken.

»Wade Keever sagt, du hast mein Angebot abgelehnt.«

Sie sah hoch. Max blickte sie finster an. Nell lehnte sich zurück und trank einen Schluck Kaffee, um Zeit zu gewinnen. Dann erwiderte sie: »Das stand ihm nicht zu. Ich habe gesagt, ich würde darüber nachdenken, mehr nicht. Ich habe mich einfach noch nicht entschieden.«

»Es ist ein faires Angebot. Ein besseres wirst du nicht bekommen, Nell, nicht für dieses Land.«

»Das ist mir schon klar.«

»Warum zögerst du dann?«

Sie blickte um sich und war froh, dass das Café größtenteils leer war und niemand auf sie zu achten schien. Dennoch sprach sie mit leiser Stimme. »Das habe ich dir gesagt. Ich bin mir gar nicht sicher, ob ich alles verkaufen will.«

Max glitt neben sie in die Sitzecke. »Warum nicht?«

Nell verschwendete keine Zeit oder Energie darauf, sich zu seinen Manieren zu äußern. »Weil ich mir nicht sicher bin. Schau, Max, ich weiß, du willst das Land, und ich weiß, du willst, dass ich fortgehe. Aber vielleicht habe ich es nicht so eilig, meine letzten Bindungen an diesen Ort zu kappen. Trotzdem, du brauchst dir keine Sorgen zu machen … ich werde das Land an niemand anderen verkaufen. Es grenzt an deinen Besitz, und du bekommst als Erster die Gelegenheit zum Kauf. Wenn ich mich denn entscheide zu verkaufen.«

Anstatt zu protestieren oder ihre Worte infrage zu stellen, wechselte Max unvermittelt das Thema. »Bist du noch mal ohnmächtig geworden?«

Nell schüttelte den Kopf.

»Was ist mit diesem … Vorfall da im Wald weiter passiert? Ist das noch mal passiert?«

»Nichts ist passiert, Max.«

»Jetzt komm mir nicht schon wieder mit diesem Tagtraum-Scheiß, Nell. Glaubst du, ich erinnere mich nicht mehr daran, was dir früher immer passiert ist? Diese Visionen?«

Mühsam brachte sie ein schiefes Lächeln zu Stande. »Ich hatte irgendwie gehofft, du hättest es vergessen.«

»Es passiert immer noch, was? Genau wie die Ohnmachten.«

»Hast du gedacht, es würde weggehen? Sich mit der Zeit auswachsen?« Nell musste lachen, aber es klang nicht fröhlich. »Flüche bleiben einem ein Leben lang erhalten, Max, wusstest du das nicht?«

»So hast du das immer genannt: den Gallagher-Fluch.«

»In den meisten Familien scheint es irgendetwas zu geben. Cousins, die nicht miteinander auskommen. Zank über den Besitz. Eine wahnsinnige Ehefrau, die auf den Dachboden gesperrt wurde. Bei uns gibt es eben einen Fluch.«

»Du hast mir nie erzählt, wer ihn in deiner Familie außer dir noch hatte.«

Nell schüttelte den Kopf und sagte sich, dass es einem bei

manchen Menschen viel zu leicht fiel, sich ihnen anzuvertrauen. Bei ihm, um genau zu sein. »Egal. Um deine Frage zu beantworten – ja, es *passiert* mir immer noch. Ich sehe Dinge, die nicht da sind. Manchmal höre ich sogar Stimmen. Wenn du also beweisen möchtest, dass ich nicht fähig bin, Entscheidungen über den Besitz zu treffen, könntest du dem Richter sicherlich zumindest etwas zum Nachdenken geben.«

Sein Mund wurde schmal. »Darum geht es doch gar nicht, verdammt.«

»Nicht?«

»Nein.«

Nell zuckte mit den Achseln, doch sie wandte den Blick nicht von ihm ab. »Na ja, du wirst verzeihen, dass ich in diesem Punkt ein bisschen empfindlich bin. Keever war so indiskret anzudeuten, dass jemand infrage gestellt hat, ob ich tauglich sei, den Besitz zu erben.«

»Jemand? Wer, hat er nicht gesagt?«

»Ganz so indiskret war er dann doch nicht.«

Max runzelte die Stirn. »Hailey wurde enterbt, und nach allem, was ich gehört habe, gab es in diesem Teil des Testaments keine Schlupflöcher. Stimmt das?«

»Das stimmt, zumindest vom rechtlichen Standpunkt her. Ich bin die Alleinerbin.«

»Könnte es Hailey gewesen sein?«

»Sicher.«

»Aber du glaubst es nicht?«

Erneut zuckte Nell mit den Achseln. »Ich glaube, es sähe ihr gar nicht ähnlich, im Hintergrund zu lauern, wenn sie darum kämpfen will, aber vielleicht hat sie sich in den zwölf Jahren ja auch verändert.«

»Aber wenn sie es nicht ist, wer hätte dann etwas davon, wenn man dich für unzurechnungsfähig erklärt oder dich vom Erbe ausschließt, jetzt, wo es in Silence keine anderen Gallaghers mehr gibt?«

»Soweit ich weiß ... niemand.« Sie klang nachdenklich.

»Es sei denn jemand, der Land kaufen will, das du nicht verkaufen willst? Mein Gott, Nell, ich hätte gedacht, du kennst mich gut genug, um zu wissen, dass ich so etwas nicht mache.«

»Bis zu dieser Woche hatte ich dich zwölf Jahre nicht mehr gesehen und nicht mit dir gesprochen.«

»Und wessen Schuld ist das?«, fragte er schroff.

Zum ersten Mal wich Nell seinen dunklen Augen aus und fixierte die halb leere Kaffeetasse vor ihr. Sie ignorierte die Frage, die zwischen ihnen in der Luft zu hängen schien, und sagte ruhig: »Wie gut ist wohl die Menschenkenntnis mit siebzehn? Ich habe damals geglaubt, ich wüsste ach so viel. Und würde ja so viele Menschen kennen. Meistens lag ich falsch.«

»Nell …«

Sie wollte nicht auf die Frage antworten, von der sie wusste, dass er sie stellen wollte, nicht hier und nicht jetzt, deshalb fiel sie ihm ins Wort, ehe er sie stellen konnte. »Ich lasse dich wissen, wie ich mich wegen dem Land entscheide, wenn es so weit ist. Unterdessen haben wir, glaube ich, sonst nichts zu besprechen, oder?« Sie ließ ihre Stimme völlig unbeteiligt klingen.

Max erstarrte sichtlich, dann glitt er wortlos aus der Sitzecke und ging steifbeinig aus dem Café.

Von hinten vernahm Nell eine leise, leicht amüsierte Stimme. »Sieht so aus, als wüsstest du immer noch genau, welche Knöpfe du bei ihm drücken musst.«

Sie hob ihre Tasse und trank von dem nahezu kalten Kaffee, wobei sie den Raum absuchte, um sicherzugehen, dass niemandem auffiel, wie sie mit jemandem in der Sitzecke neben sich redete, den sie nicht ansah. Sie sprach mit ebenso leiser Stimme wie er. »Sein Temperament war immer schon seine Achillesferse.«

»Eine kleine, aber tödliche Schwäche? Das wollen wir doch nicht hoffen.«

»Du nimmst immer alles so wörtlich«, meinte sie trocken.

Er gluckste. »Ja, das höre ich öfter. Meine einzige Schwäche. Wusstest du übrigens, das Tanner dir den ganzen Vormittag gefolgt ist?«

»Ich war mir ziemlich sicher.«

»Irgendeine Ahnung, wieso? Ich meine, abgesehen vom Offensichtlichen?«

»Vielleicht hat er einen Verdacht.«

»Dir gegenüber? Warum sollte er?«

»Ich weiß nicht.«

»Hm. Bist du immer noch sicher, was ihn betrifft?«

Nell atmete tief durch. »Ich muss mit einer Gewissheit anfangen. Das ist meine Gewissheit.«

»Okay. Dann halte ich mich an den Plan.«

»Tu das. Ach – warst du übrigens zufällig draußen beim Haus?«

»Ich habe diese Stelle da im Wald überprüft, von der du mir erzählt hast, habe aber nichts gefunden. Aber ich bin nicht in die Nähe des Hauses gekommen. Wieso?«

Sie zögerte kurz. »Wahrscheinlich ist es nichts. Ich hatte nur ein paar Mal das Gefühl, dass mich jemand beobachtet.« *Und meinen Namen ruft.*

»Im Haus?«

»Vielleicht durchs Fenster, ich weiß es nicht.«

»Mist. Das gefällt mir nicht.«

»Hör mal, wahrscheinlich habe ich mir das einfach nur eingebildet.«

»Wir wissen beide, dass du dir nie irgendwas einbildest.«

»Ich bin auch noch nie zurück nach Hause gekommen. Und zwölf Jahre sind eine lange Zeit. Wahrscheinlich ist das auch schon der Grund.«

»Oder vielleicht Geister?«

»Ach, verdammt, fang bloß nicht mit Geistern an. Das hat mir gerade noch gefehlt, noch ein Grund, nachts nicht zu schlafen.«

Nach einer Weile sagte er in unerwartet sanftem Tonfall: »Es ist schlimm genug, wenn man mitten hineingeworfen wird in so eine Situation, auch ohne dass man seine eigenen Altlasten mitschleppt. Manchmal ist es dann ... ziemlich schwer, die Dinge im richtigen Verhältnis zu sehen. Wenn das zu schwer für dich wird, sag es einfach.«

»Mir geht es gut.«

»Vertu dich da bloß nicht, Nell. Der Einsatz ist hoch. Hier sterben Menschen, denk daran.«

»So etwas würde ich wohl kaum vergessen.« Sie stellte ihre Tasse ab, ließ der Kellnerin ein Trinkgeld liegen und schickte sich an, die Sitzecke zu verlassen. »Rück mir nur nicht zu sehr auf die Pelle, okay?«

»Verstanden.«

Nell sah weder zurück, noch bekundete sie sonst wie Interesse an dieser zweiten hinteren Sitzecke, sondern ging einfach nach vorn, um ihre Rechnung zu begleichen, und verließ dann das Café.

Justin Byers hatte keine großen Eingewöhnungsschwierigkeiten gehabt, seit er vor ein paar Monaten nach Silence gekommen war.

Er hatte Kleinstädte schon immer gemocht und sie Großstädten wenn möglich vorgezogen. Daher fühlte er sich hier heimisch. Zudem waren ihm seine Pflichten als Detective bei der Kriminalpolizei bestens vertraut. Die Arbeit war faszinierend, besonders in letzter Zeit.

Doch was ihm an dieser Stadt am meisten gefiel, hörte auf den Namen Lauren Champagne. *Deputy* Lauren Champagne.

Justin hatte nie zu Wunschträumen geneigt – jedenfalls nicht überdurchschnittlich –, doch er hatte festgestellt, dass sein Unterbewusstsein einen eigenen Willen hatte. Praktisch jeden Morgen erwachte er völlig in seine Bettdecke verheddert, mit wild schlagendem Herzen und der beunruhigenden

Erkenntnis, dass er mehr als nur ein wenig … heftig geträumt hatte.

Das machte es verdammt schwer, kühl und professionell zu reagieren, wenn Lauren ihm im Laufe des Tages begegnete.

»Hi, Justin«, grüßte sie ihn ungezwungen, als sie sich Donnerstagnachmittag auf dem Gehsteig vor dem Gerichtsgebäude begegneten.

»Hi, Lauren.« Hastig unterdrückte er eine flüchtige Vorstellung von samtiger nackter Haut und bemühte sich um einen geschäftsmäßigen Ton. »Wo ist Kyle?«

»Drinnen. Wir hatten ein paar Papiere für die Urkundsbeamtin.« Sie zuckte mit den Achseln. »Was hast du vor?«

»Ich versuche immer noch, unsere Infos über George Caldwell zu vervollständigen. Weißt du, für einen feinen respektablen Banker sind seine Finanzen ganz schön verwickelt.«

Lauren lächelte schief, die dunklen Augen blickten ernst. »Ist das bei diesen Mordfällen denn nicht normal?«

»Schon, offenbar hinterlassen sie alle irgendeinen Schlamassel. Nur dass wir bei George noch auf kein geheimes Laster gestoßen sind.«

»Glaubst du, das kommt noch?«

Unwillkürlich hörte er sich antworten: »Na ja, sagen wir mal, es gibt da ein paar Kleinigkeiten, die mir Sorgen machen. Zum Beispiel, dass die Unterlagen über seine Finanzen überall verstreut sind. Ich habe immer noch nicht alle finden können. Was seine privaten Konten bei der Bank, bei der er gearbeitet hat, angeht, gab es zumindest auf einem ein paar regelmäßige Einzahlungen, bei denen die Herkunft des Geldes völlig ungeklärt ist. Es waren weder Gehälter noch Prämien, und bis jetzt sieht es auch nicht nach Einkünften aus Kapitalanlagen aus.«

»Vielleicht weiß es seine Frau.«

»Vielleicht, aber ich habe Anweisung, sie nicht mit Fragen zu belästigen.«

Mit erhobener Augenbraue fragte Lauren: »Anweisung vom Sheriff?«

»Ja.«

»Tja«, sagte sie nach kurzem Nachdenken, »ich bin sicher, er hat seine Gründe.«

Justin machte sich Sorgen, dass der Sheriff dafür womöglich wirklich seine Gründe hatte, doch er sagte sich, dass Lauren schon länger dabei war als er und Ethan Cole womöglich loyal ergeben war. Deshalb entgegnete er nur: »Es erschwert die Dinge ein bisschen, das ist alles. Caldwell wusste, wie man mit Geld umgeht, und natürlich auch, wie man es versteckt.«

»Damit er es nicht versteuern muss?«

»Vielleicht. Oder aber um einen Teil auf die Seite zu schaffen für den Fall, dass er und Sue sich am Ende doch noch scheiden lassen. Was sie nicht finden kann, muss er auch nicht teilen.«

»Nicht so ungewöhnlich für einen Mann, der an Scheidung denkt.«

»Nein«, stimmte Justin zu. »Aber es wäre schön, genau zu wissen, was sein Motiv war.«

Lauren nickte, sagte jedoch nichts dazu, da ihr Partner Kyle Venable sich nun zu ihnen gesellte und trocken bemerkte: »Wir haben hier ein paar gerichtliche Anordnungen zuzustellen. Klingt das nicht spannend?«

»Total«, pflichtete sie ihm im selben Tonfall bei. »Justin, viel Glück bei deinen Nachforschungen.«

Justin sah ihnen – nun ja, Lauren – nach, bis sie in ihren Streifenwagen stiegen und davonfuhren, dann ging er seinen eigenen Verpflichtungen nach. Fast eine Stunde verbrachte er im Gerichtsgebäude mit der Überprüfung von Grundbucheinträgen, dann stattete er der Bank, in deren Vorstand George Caldwell gesessen hatte, einen Besuch ab.

Als er wieder herauskam und sich auf den Rückweg zur Polizeistation machte, war er mehr als nur ein wenig frustriert. Es war zwar nicht so, dass rundheraus gemauert wurde. Da Caldwells Tod eindeutig Mord war, hatte der Richter nicht gezögert, die Bank anzuweisen, den ermittelnden Polizisten ihre Bücher zur Verfügung zu stellen. Das Problem war nur, die Aufzeichnungen der Bank sahen sauber aus.

Die Unterlagen über Caldwells persönliche Finanzen hingegen wirkten suspekt, doch da war nichts, worauf Justin den Finger hätte legen können, um zu belegen, warum er dieses Kribbeln im Nacken verspürte, das ihm sagte, er solle weitergraben.

Er *wusste* es einfach, verdammt. Er wusste, dass an der Geschichte mehr war, als er bisher entdeckt hatte.

Das Problem war, es zu finden, verflucht noch einmal.

Der Sheriff hätte es ihm leichter machen können, doch stattdessen hatte er ihm praktisch die Hände gebunden. Justin beabsichtigte jedoch nicht, sich darüber zu beschweren, so gern er dies auch getan hätte.

Er war sehr vorsichtig im Umgang mit dem Sheriff, war sich absolut bewusst, dass Ethan Cole ihm nicht völlig vertraute, und auch, dass der Sheriff etwas verbarg. Oder es versuchte.

Das war noch etwas, das Justin wusste, aber nicht beweisen konnte. Alles in allem betrachtet war er sich auch nicht ganz sicher, ob er das überhaupt versuchen wollte. Doch er hatte keine andere Wahl.

Justin war nicht begierig, früher als unbedingt nötig in die Polizeistation zurückzukehren, und so machte er auf dem Rückweg in einem Café in der Innenstadt Halt, um einen anständigen Kaffee zu trinken. Er setzte sich allein an einen Tisch im vorderen Teil und blickte grübelnd auf den vorbeiziehenden Verkehr.

So eine nette kleine Stadt.

»Hallo, Detective Byers …« Eine der jungen Kellnerinnen, mit der er vielleicht zwei Mal gesprochen haben mochte, stand mit einem Briefumschlag an seinem Tisch. »Das lag hier für Sie.«

Auf der Vorderseite stand in Blockbuchstaben sein Name – nur sein Name, nichts, was auf seine Zugehörigkeit zur Polizei verwies. Aus irgendeinem Grund störte ihn das.

»Wer hat den abgegeben, Emily?«

Sie zuckte mit den Achseln und ließ eine Kaugummiblase platzen. »Weiß nicht. Vinny hat ihn gerade auf der Theke gefunden und mir gesagt, ich soll Ihnen den bringen. Wahrscheinlich hat sich da wer gedacht, dass Sie bestimmt mal reinschauen. Tun Sie ja normalerweise auch, an den meisten Nachmittagen.«

»Ja. Danke, Emily.«

»Bitte.«

Als sie davonschlenderte, nahm Justin sich fest vor, nicht mehr so verdammt berechenbar zu sein. Dann besah er sich den Umschlag und drehte ihn dabei in den Händen. Ein ganz normaler Geschäftsumschlag, blickdicht gemacht, sodass der Inhalt nicht sofort zu erkennen war, jedenfalls nicht durch das Papier hindurch. Doch er konnte etwas ertasten, das von den Umrissen und vom Umfang her eindeutig ein kleines Notizbuch war.

Der Umschlag war schon durch so viele Hände gegangen, dass es keinen Sinn mehr hatte, ihn auf Fingerabdrücke untersuchen zu lassen, das wusste er. Was den Inhalt betraf …

Einige Minuten lang versuchte er, sich davon zu überzeugen, dass ihm da jemand eine verfrühte Geburtstagskarte geschickt hatte – okay, vielleicht eher ein verfrühtes Geburtstagsbüchlein. Dann seufzte er und zog die nur leicht zugeklebte Lasche vorsichtig auf.

Es handelte sich tatsächlich um ein kleines schwarzes Notizbuch von der Art, wie man sie in der Jacken- oder der Handtasche mit sich tragen mochte, um Telefonnummern oder Ähnliches zu notieren. Justin packte es ganz vorsichtig am Rand, auch wenn sein Instinkt ihm sagte, dass es einen

Grund für die glänzend polierte Oberfläche gab und man darauf keinerlei Fingerabdrücke finden würde. Mehrere der linierten Seiten wiesen Notizen auf. Zwei Initialen oben auf jeder Seite, gefolgt von, wie es schien, einer Liste mit Terminen und Dollarbeträgen.

Die Daten auf den einzelnen Seiten lagen mindestens einen, manche auch drei oder vier Monate auseinander, und zumindest auf einer Seite standen nur zwei Termine, die mehr als sechs Monate auseinander lagen.

Er war kein Fachmann für solche Dinge, doch die spitze Handschrift – eine andere als die Druckschrift auf dem Umschlag – kam ihm bekannt vor. Sie sah aus wie die Schrift von George Caldwell.

Mit gerunzelter Stirn holte Justin sein eigenes Notizbuch hervor und übertrug die Daten sorgfältig in chronologischer Reihenfolge. Am Ende hatte er ein Datum aus beinahe jedem Monat der vergangenen drei Jahre. Und als er diese Daten mit eigenen Notizen abglich, stellte er grimmig, allerdings nicht überrascht fest, dass sie mit den Terminen der regelmäßigen Einzahlungen auf eines von Caldwells Bankkonten übereinstimmten.

Mit jenen ungeklärten Einzahlungen.

Jenen ungeklärten Einkünften.

»Erpressung«, murmelte Justin kaum hörbar. Es war eine Möglichkeit. Vielleicht sogar mehr als nur eine Möglichkeit. Jeder der Toten hatte ein Doppelleben geführt, ein geheimes Leben gehabt, seine Verbrechen und Laster verborgen, bis der Tod die Wahrheit ans Licht gebracht hatte.

Anscheinend war da jemandem angesichts von Justins Unvermögen, George Caldwells garstiges kleines Geheimnis aufzudecken, die Geduld ausgegangen, und er – oder sie – hatte beschlossen, dem ermittelnden Polizisten zu helfen.

Eines der Erpressungsopfer?

Der Mörder?

Und falls es eine dieser Personen gewesen war, warum hätten sie ihm das Büchlein geben sollen? Warum hätten sie einem Kriminalpolizisten, der im Mordfall George Caldwell ermittelte, auf diese Art ein Beweisstück zukommen lassen sollen? Um für Gerechtigkeit zu sorgen?

Oder aus einem anderen Grund?

Justin besah sich die Initialen, die oben auf den Seiten standen. Sie entsprachen vermutlich jeweils einem Namen. Die meisten sagten ihm nichts, deuteten auf niemanden hin, den er kannte. Zu zweien jedoch fielen ihm Namen ein – glaubte er jedenfalls.

M.T. – Max Tanner?

Und E.C. – Ethan Cole?

»Oh, Scheiße«, fluchte Justin leise.

4

Max hatte eigentlich nicht beabsichtigt, Nell den ganzen Tag überallhin zu folgen. Wirklich nicht. Und nachdem sie ihn im Café so kühl hatte abblitzen lassen, hätte ihm nun wirklich nicht mehr der Sinn danach stehen dürfen, sie noch einmal aufzuspüren. Aber dann drückte er sich doch wieder dort herum, wo er ihren Jeep im Auge behalten konnte, und als sie wenige Minuten später die Stadt verließ, folgte er ihr in diskretem Abstand, bis sie in die Einfahrt des alten Gallagher-Hauses bog. Da war es bereits später Nachmittag, und er hatte Verschiedenes auf der Ranch zu erledigen. Er fuhr nach Hause und versuchte, sich auf seine Arbeit zu konzentrieren, doch er ertappte sich immer wieder dabei, dass seine Gedanken abschweiften. Er hatte das ungute Gefühl, er sollte in diesem Augenblick eigentlich anderswo sein, und das ließ ihm keine Ruhe.

Dieses Gefühl hatte er schon einmal gehabt, vor Jahren, einen Drang, dem er nicht nachgegeben hatte – er würde es ewig bereuen. Und kürzlich hatte er es wieder gespürt, als ihn etwas dazu getrieben hatte, sein Pferd zu satteln und in Richtung des Besitzes der Gallaghers zu reiten, wo er Nell mitten im Wald gefunden hatte, mitten in einer ihrer »Visionen«, die sie erschreckend verletzlich zurückließen.

Er hatte beinahe vergessen, wie beunruhigend sie waren, diese Vorfälle. Körperlich war sie dann zwar anwesend, hatte die Augen offen, atmete – doch zugleich war sie woanders. Irgendwo, wohin ihr niemand folgen konnte. Und wo immer das auch sein mochte, nach der Anstrengung, dorthin zu gelangen, oder vielleicht auch wegen etwas, was sie dort sah, war sie hinterher jedes Mal bleich und zitterte.

Einmal hatte sie – zögernd – erzählt, dass sie das, was da mit ihr geschah, nicht unter Kontrolle hätte, dass sie keine Ahnung hätte, was diese Vorfälle auslöste – doch was sie dann sah, war stets etwas, das ihr Angst einflößte. Als er sie vor all den Jahren bedrängt hatte, mehr ins Detail zu gehen, hatte sie nur geantwortet, dass »manche Orte sich daran erinnern«, was an ihnen geschehen sei – oder noch geschehen würde.

Das hatte er nicht verstanden. Er verstand es immer noch nicht.

Doch wie er auch zu ihren eigenartigen Fähigkeiten stehen mochte, es änderte jetzt nichts an seinem Unbehagen und seiner Sorge. Es gab einen Ort, an dem er jetzt sein musste, und das war nicht hier auf der Ranch. Als ein milder Frühlingsabend anbrach, machte ihn dieser rastlose Drang, anderswo zu sein, etwas zu *tun*, allmählich verrückt. Er widerstand ihm, solange er konnte, doch die Empfindung wurde immer stärker, bis er sie nicht mehr ignorieren konnte.

Als er mit seinem Lastwagen um die Kurve vor der Einfahrt der Gallaghers bog, sah er Nells Jeep auf die Straße fahren. Er war kaum überrascht.

Acht Uhr abends. Wo mochte sie hinwollen?

Nach wenigen Minuten wurde deutlich, dass sie sich von Silence entfernte. Sie nahm den neuen Highway und fuhr in Richtung Süden, Richtung New Orleans.

Max folgte ihr umsichtig. Er machte sich nicht einmal die Mühe, nach vernünftigen Gründen für das, was er da tat, zu suchen. Es gab keine. An dieser ganzen Sache war nichts auch nur ansatzweise vernünftig, und das wusste er verdammt gut.

Der Verkehr war an diesem Donnerstagabend nicht besonders dicht, deshalb blieb Max so weit zurück, wie er glaubte, riskieren zu können, ohne die Rücklichter von Nells Jeep aus den Augen zu verlieren. Und so wäre ihm beinahe entgangen, dass sie etwa ein Dutzend Meilen von Silence entfernt eine Ausfahrt nahm.

Max musste den Abstand verringern, wollte er nicht riskieren, sie in der Dunkelheit zu verlieren. Über mehrere Meilen folgte er ihr auf einer gewundenen Landstraße, bis sie an einem kleinen, ziemlich heruntergekommenen Motel vorfuhr. Ein Schild verkündete, dass die Zimmer stundenweise wie auch pro Nacht vergeben wurden. Da vor den Wohneinheiten nur zwei Autos standen, lief das Geschäft wohl nicht gerade gut.

Was immer Max erwartet haben mochte, dies jedenfalls nicht. Er blendete das Licht ab und hielt ein Stück hinter der Hotelzufahrt. Von dort aus beobachtete er, wie ihr Jeep vorbei am flackernden Neonschild, das auf die Rezeption hinwies, direkt zum letzten Zimmer des Gebäudes fuhr. Sie parkte davor, stieg aus und öffnete die Tür zu Nummer zehn offenbar mit einem Schlüssel.

Max sah im Zimmer ein schwaches Licht angehen. Die Vorhänge waren zugezogen, daher konnte er nicht erkennen, was drinnen vorging. Mit den Fingern trommelte er aufs Steuerrad, runzelte die Stirn, fluchte dann beinahe unhörbar, wendete den Wagen und fuhr zurück.

Er parkte ganz in der Nähe am Straßenrand und schlich zu Fuß zum fraglichen Zimmer, wobei er sorgfältig darauf achtete, sich auch nicht durch das leiseste Geräusch zu verraten.

Nicht sorgfältig genug.

Er hörte ein Klicken, das er sofort einordnen konnte, und erstarrte, noch bevor er den kalten Stahl eines Pistolenlaufs im Nacken spürte.

»Mir will einfach nicht in den Kopf, warum du heute schon tagsüber und jetzt wieder unbedingt so viel Zeit damit verbringen willst, mir überallhin zu folgen.« Nell ging um ihn herum, sodass er sie sehen konnte, hielt die Pistole jedoch weiter auf ihn gerichtet. Es war eine große Pistole, und sie handhabte sie mit fachmännischer Leichtigkeit.

Ihm fiel nichts Besseres ein als: »Wie bist du hier rausgekommen? Ich habe die Tür beobachtet.«

»Fenster an der Rückseite.« Nell tat noch einen Schritt, dann deutete sie mit der Pistole in Richtung Tür. »Wollen wir?«

Max ging vor, halb besorgt, was ihn dort in dem Zimmer erwarten würde. Doch was sich seinem suchenden Blick dann darbot, war einfach ein billiges Motelzimmer: Das einzelne Bett hing in der Mitte durch, daneben stand ein verkratzter Nachttisch, ein kleiner Fernseher war auf einer abgenutzten Kommode auf der anderen Seite des Raums festgeschraubt, und durch die offene Tür zum Bad sah er, dass ihm auch von dort keine Gefahr drohte.

Nell schloss die Tür hinter ihnen, dann lehnte sie sich an die Kommode. Die Pistole hielt sie immer noch in der Hand, allerdings nicht mehr auf ihn gerichtet. »Und jetzt lass hören, Max. Warum bist du mir den ganzen Tag gefolgt?«

»Kannst du mir mal die Kanone da erklären?«

Sie zuckte mit den Achseln, dann lächelte sie ganz fein. »Eine Frau allein muss vorsichtig sein. Jetzt du.«

»Vielleicht habe ich ja nichts Besseres zu tun, als dir zu folgen.«

»Ich weiß genug über Viehzucht, um zu wissen, dass das gelogen ist. Du hast mehr als genug zu tun. Neuer Versuch, Max.«

Er wollte ihr eigentlich nicht die Wahrheit gestehen, doch etwas in ihren Augen und dieses kleine Lächeln um die Lippen sagten ihm, er sollte sowohl sie als auch die Pistole, die sie so scheinbar nachlässig hielt, lieber sehr ernst nehmen. »Ich habe mir Sorgen gemacht«, sagte er schließlich. »Ich fand, jemand sollte ein Auge auf dich haben.«

»Warum?«

»Leute sind gestorben, weißt du noch?«

»Das reicht mir nicht. Männer sind gestorben, vier in acht Monaten. Und selbst wenn dem auch Frauen zum Opfer fallen würden, weshalb bist du so sicher, dass ich dazugehören würde? Ich war zwölf Jahre weg, ich bin erst seit ein paar Tagen wieder da, und das auch nur, um etwas zu erledigen, bevor ich wieder weggehe. Ich bin nur auf der Durchreise. Warum sollte mich also jemand umbringen wollen?«

»Du hast selbst gesagt, dass jemand deine Eignung zum Erben des Besitzes infrage gestellt hat.«

»Ja, aber niemand hat mich juristisch herausgefordert, und das Testament ist gerichtlich bestätigt. Ich erbe. Und ich habe ein Testament, das jetzt Vorrang hat. Wenn also jemand hinter dem Besitz her ist, hilft es ihm nicht, wenn er mich umbringt.«

»Das weiß der Mörder doch nicht unbedingt«, wandte Max ein.

»Ich denke, darum würde er sich kümmern, ehe er mich um die Ecke bringt. Und da ich Wade Keever heute von meinem Testament erzählt habe, könnte ich mir vorstellen, dass ganz Silence das bis, sagen wir mal, morgen Nachmittag weiß. Oder früher, falls ihm heute Abend jemand was zu trinken spendiert.«

Sie hielt kurz inne, ihre grünen Augen blickten ihn fest an, dann fuhr sie fort: »Außerdem scheint der Mörder nicht zur persönlichen Bereicherung zu töten. Nein. Ich weiß nicht, warum du mir gefolgt bist, aber es hat garantiert nichts mit dem Nachlass meines Vaters zu tun. Ich wüsste also gerne deine echten Gründe, Max. Die Wahrheit wäre schön.«

»Ich habe dir die Wahrheit gesagt. Ich habe mir Sorgen um dich gemacht.«

»Dann sag mir, warum.«

Er zögerte, dann stieß er heftig den Atem aus. »Weil du eine Bedrohung für den Mörder darstellst, Nell. Und ich weiß nicht, wie viele Menschen davon wissen.«

Jeder, der schon einmal in einer amerikanischen Kleinstadt gelebt hat – besonders in den Südstaaten –, würde wahrscheinlich rasch einräumen, dass es gar nicht so einfach ist, aus welchem Grund auch immer unbemerkt abends umherzuschleichen. Zum einen gibt es reichlich Straßenlaternen, zum anderen lassen die Leute meist die Lampen auf ihren Veranden brennen.

Willkommen, Nachbar. Komm rein und bring mich um.

Sie schüttelte den Kopf und trat aus einem zu hell erleuchteten Bereich am Rande der Silencer Innenstadt heraus. Wachsam beobachtete sie den Verkehr. Dafür, dass die Leute so nervös waren, waren an einem Abend mitten in der Woche verdammt viele Menschen unterwegs.

Sicher, so war die menschliche Natur. Die meisten Menschen glaubten einfach nicht, dass ihnen etwas wirklich Schlimmes zustoßen könnte, auch wenn sie sich noch so große Sorgen machten.

Bis es dann doch geschah.

Sie hörte Schritte und zog sich sogleich tiefer in die Schatten zurück. Von dort aus beobachtete sie, wie ein junges Pärchen Hand in Hand an ihr vorbeiging. Blind gegen jedwede mögliche Bedrohung.

Sie war sich der Pistole bewusst, die hinten in ihrem Hosenbund steckte, verlagerte ihr Gewicht und seufzte. Die bloße Tatsache, dass bisher nur Männer gestorben waren, bedeutete nicht, dass die Frauen in dieser Stadt sicher waren, doch das schien niemandem klar zu sein. Es sollte wenigstens eine Sperrstunde geben …

Plötzlich erwachten alle ihre Sinne, und sie wurde völlig still. Wartete. Die Verkehrsgeräusche ebbten ab. Die feuchte Brise trug keine Abgase mehr herbei. Das grelle Licht der Straßenlaternen wirkte nun gedämpft – bis auf eine Stelle einen Block weiter, wo ein einsamer Mann die Straße entlangging, die Schultern hochgezogen, die Hände in den Taschen. Jedes Mal, wenn er an einer Straßenlaterne vorbeiging, schien diese heller zu leuchten, beinahe so, als folgte ihm ein Scheinwerfer.

Gedankenverloren lächelte sie, den Blick fest auf ihn gerichtet. Die feuchte Brise trug ihr nun den Duft seines Herrenparfüms zu. Er verwendete »Polo«. Sie konnte beinahe spüren, wie die Erde unter seinen Füßen kaum merklich erbebte, als er sich näherte.

Oder vielleicht war es auch ihr eigener Herzschlag.

Sie sah ihn auf sich zukommen, mit gesenktem Kopf, offensichtlich tief in Gedanken versunken. Blind für seine Umwelt. Unbewusst schüttelte sie den Kopf. Schlecht, wenn man so in Gedanken versunken war, dass man verletzlich wurde. Umso schlechter, wenn man in einer Stadt lebte, in der feine, scheinbar respektable Männer im Leichenschauhaus endeten.

Vorsichtig sah sie sich um, um sich zu vergewissern, dass niemand in der Nähe war, und wartete, bis er sie beinahe erreicht hatte. Dann trat sie aus den Schatten heraus.

»Hi«, sagte sie.

Er machte einen großen Satz. »Meine Güte! Sie haben mir einen Heidenschreck eingejagt.«

»Oh, tut mir Leid«, sagte sie leichthin, und ihre Finger schlossen sich um den Griff ihrer Pistole, die sie nun langsam aus dem Bund ihrer Jeans zog. »Das wollte ich natürlich nicht.«

Nell wirkte nicht beunruhigt von Max' Warnung. »Warum sollte ich für irgendjemanden eine Bedrohung darstellen?«

»Sag mir eins: Was hast du gestern im Wald gesehen? Was hat dir deine Vision gezeigt?«

Sie blinzelte nicht, wandte nicht den Blick ab, doch sie zögerte lange, ehe sie schließlich antwortete. »Ich habe einen stürmischen Abend gesehen. Einen Mann in einem Regenmantel, der eine Frau über der Schulter trug. Ich weiß nicht, wer er war. Ich weiß nicht, wer sie war. Ich weiß nicht, ob sie tot war oder lebendig.«

»Es könnte also der Mörder gewesen sein, den du da gesehen hast.«

»Könnte. Oder jemand anders, vielleicht sogar bei etwas völlig Harmlosem.«

»Glaubst du das wirklich?« – Den Blick unverwandt auf Max gerichtet, schüttelte Nell den Kopf.

»Eigentlich nicht. Egal, was er da getan hat … es war nichts Harmloses daran.«

»Und jetzt die Preisfrage: Hast du die Vergangenheit gesehen? Oder die Zukunft?«

»Das weiß ich auch nicht.«

»Das kannst du immer noch nicht unterscheiden?«

»Normalerweise nicht. Nicht, wenn es in der Vision nichts gibt, anhand dessen ich es zeitlich einordnen kann.«

»Kannst du es denn wenigstens irgendwie steuern? Kannst du diese Visionen … auslösen, wenn du willst?«

»Eigentlich nicht. Ich kann mich an einen Ort begeben, an dem so etwas wahrscheinlich ist, an einen Ort, wo etwas Gewaltsames passiert ist, aber das funktioniert nicht immer. Es gibt da keinen Knopf, den ich drücken könnte, Max, keinen Schalter, den ich umlegen kann, wenn ich etwas sehen möchte.«

»Und das macht dich unglaublich verletzlich, ob du es nun zugibst oder nicht. Wenn du den Mörder sehen könntest, ihn identifizieren könntest, die Polizei auf seine Fährte setzen könntest, dann wärst du vielleicht sicher. Sicherer jedenfalls. Aber das kannst du nicht. Und es ist doch so: Die Leute verstehen deine Fähigkeiten nicht, Nell. Sie verstehen nicht – und trotzdem reden sie. Stellen Mutmaßungen an. Fragen sich, was der Gallagher-Fluch eigentlich ist. Ich habe mindestens drei Leute laut überlegen gehört, ob der flüchtige Mörder sich jetzt, wo unsere lokale Hexe wieder da ist, wohl noch lange versteckt halten kann.«

Leise ergänzte sie: »Also fragt er sich das vielleicht auch.«

»Vielleicht.«

»Oder vielleicht«, sinnierte sie, »weiß er auch nichts von dem verdammten Gallagher-Fluch.«

»Er versteht was von Geheimnissen, Nell, vergiss das nicht. Jeder von den Männern, die er umgebracht hat, hatte ein Geheimnis, und diese Geheimnisse sind jetzt bekannt beziehungsweise werden bekannt sein. Ich verstehe nicht viel von Mördern, aber dieser hier scheint doch seinen Schlachtplan fertig ausgearbeitet zu haben, und zu diesem Plan gehört, die Schattenseiten der Leute aufzudecken. Also, wenn du mich fragst, dann hast du eine doppelte Chance, zum Opfer zu werden. Du hast nämlich ein Geheimnis, und dieses Geheimnis – diese Fähigkeit – stellt eine Bedrohung für ihn dar.«

»Es ist wohl kaum ein Geheimnis, wenn die Leute darüber reden.«

»Es ist etwas, das du geheim zu halten versuchst, folglich ist es ein Geheimnis.«

»Ein ... dunkles Geheimnis?«

»Manche würden es so nennen. Diese Stadt hat sich nicht so sehr verändert, Nell, und deine Familie hat nie versucht, um Verständnis für den Familienfluch zu werben, den Leuten ihre Ängste zu nehmen. Die Menschen fürchten sich vor dem, was sie nicht verstehen, und für manche sind übersinnliche Fähigkeiten immer noch etwas Düsteres. Wenn nicht gar etwas Böses.«

»Und deswegen nennen sie mich Hexe.«

»Deswegen nennen manche dich so, ja.«

Sie atmete tief durch. »Und deshalb bist du mir gefolgt? Weil du glaubst, das, was ich tue, macht mich zu einem potenziellen Opfer?«

»Deswegen, ja.« Er lächelte schwach. »Ich wusste natürlich nicht, dass du eine Waffe hast. Ich vermute, du weißt, wie man damit umgeht?«

»Ja, das weiß ich.« Sie drehte ganz leicht den Kopf und blickte mit schwach gerunzelter Stirn zur Tür. »Das bringen sie uns bei.«

»Sie? Wer sind sie?«

Ehe Nell antworten konnte, öffnete sich leise die Tür, und Casey Lattimore betrat das Zimmer. Die Bürgermeisterin von Silence schloss die Tür und sagte trocken zu Max: »*Sie* sind das FBI. Die Ausbildungsstätte für FBI-Agenten ist in Quantico. Stimmt's, Nell?«

»Ja.«

»Letztes Jahr«, ließ sich Bürgermeisterin Lattimore aus dem einzigen Sessel des Zimmers vernehmen, »ein paar Wochen nach dem Tod von Peter Lynch, war ich total entmutigt. Man konnte zwar noch nicht sicher davon ausgehen, dass es Mord war – da noch nicht –, aber die Ermittlungen schienen nicht voranzukommen. Schlimmer noch, ich habe nicht richtig verstanden, wie die Polizei vorgeht. Ich war aber der Meinung, ich sollte es verstehen.«

»Also sind Sie ab nach Quantico«, führte Max ihre Ausführungen zu Ende. »Und haben diesen Kurs für Angehörige der Zivilbehörden belegt.« Ein wenig befangen setzte er sich aufs Bett.

Sie nickte. »Und da ist mir Nell über den Weg gelaufen.«

Nell lehnte immer noch an der Kommode. Sie sagte: »Meine Einheit operiert von Quantico aus, und manchmal greifen sie da auf uns zurück, und wir müssen beim Unterrichten der Kurse aushelfen. Ich befand mich gerade zwischen zwei Aufträgen und musste dem Dozenten helfen, den Caseys Gruppe in der Woche hatte. Wir haben uns wiedererkannt.«

»Nach zwölf Jahren?«, fragte Max.

Casey meinte: »Vergessen Sie nicht, ich habe Sie beide in der Highschool unterrichtet. Lassen Sie es sich nicht zu Kopfe steigen, Max, aber an manche Schüler erinnert man sich eher als an andere. Sie und Nell habe ich nicht vergessen.«

Max beschloss, nicht nach dem Grund zu fragen. »Okay, Sie haben Nell also wiedererkannt. Und dann?«

»Nun, dann ist erst mal nicht viel passiert. Wir haben ein paar Mal zusammen mittaggegessen. Haben kurz über Silence gesprochen. Ich habe Nell von meinen Sorgen erzählt, von dem damals gerade frischen Todesfall, dessen Aufklärung unserem Sheriff und seinen Leuten so schwer zu fallen schien.«

»Aber es gab nicht viele Ansatzpunkte«, fuhr Nell fort, »besonders aus der Entfernung nicht. Ich konnte also eigentlich gar nichts tun, außer guten Rat anzubieten. Casey hat ihren Lehrgang beendet, und wir haben uns verabschiedet. Vor ein paar Monaten rief sie mich dann an. Da waren bereits drei Männer tot, und der eigenartige kleine Zusatzeffekt, dass später ihre Laster ans Licht kamen, schien stark darauf hinzudeuten, dass es sich um ein und denselben Mörder handelte. Um einen sehr ungewöhnlichen Mörder.«

»Und das hat das FBI auf den Plan gerufen?« Max sah sie mit fragend erhobener Augenbraue an.

»Und das hat die Aufmerksamkeit meines Chefs erregt, des Leiters meiner Einheit. Er ist Profiler, von Natur aus wie auch von seiner Ausbildung her. Ich habe ihm sämtliche Informationen gegeben, die Casey mir gegeben hatte, und damit hat er ein vorläufiges Profil erstellt, aus dem hervorgeht, was für eine Persönlichkeit der Täter wahrscheinlich hat.«

»Und?«

Nell warf der Bürgermeisterin einen Blick zu. Die sagte: »Und wir hatten sofort ein Problem. Agent Bishops Profil zufolge war der Täter wahrscheinlich ein Cop.«

Max pfiff leise. »Das könnte erklären, warum die Morde noch nicht aufgeklärt wurden.«

»Das könnte es erklären.« Casey seufzte. »Schlimmer noch, es bedeutete, dass wir den hiesigen Polizisten nicht trauen konnten – keinem von ihnen. Sie waren alle verdächtig, von Sheriff Cole bis runter zu seinen Deputys, und sogar die, die nicht unmittelbar verdächtig waren, haben ihre Loyalitäten, die ihr Denken beeinflussen. Ich konnte also mit meiner Erkenntnis, dass der Mörder wahrscheinlich ein Cop ist, wohl kaum zu einem von ihnen gehen.« Sie schüttelte den

Kopf. »Wir brauchten Hilfe von außerhalb, und wir mussten Stillschweigen darüber bewahren, denn wir konnten natürlich nicht verlauten lassen, dass unsere eigene Polizeibehörde unter Verdacht steht.«

»Allerdings ist das FBI sehr pingelig, wenn es darum geht, Agenten zu entsenden, ohne dass die örtlichen Behörden uns um Hilfe gebeten haben«, fuhr Nell fort. »Bundesstaatliches Recht, verschiedene Zuständigkeiten – das kann schnell sehr verwickelt und unschön werden, wenn wir nicht ganz, ganz vorsichtig vorgehen. Aber Casey war in der Position, uns um Hilfe in einer Ausnahmesituation zu bitten und uns mit den Ermittlungen zu beauftragen, also fiel die Entscheidung.«

»Dich herzuschicken?« Max versuchte immer noch zu begreifen, dass Nell – das halb wilde elfenhafte Mädchen, an das er sich so lebhaft erinnerte – jetzt bei der Bundespolizei war.

»Verdeckte Ermittlungen anzustrengen«, berichtigte sie ihn. »Keine Agenten, die offen durch die Stadt laufen und ihr Abzeichen zur Schau tragen oder gegenüber den örtlichen Cops die Muskeln spielen lassen. Da wir wussten, dass wir ebendiese örtlichen Cops überprüfen und zugleich an der Aufklärung dieser Mordserie arbeiten mussten, konnten wir wohl kaum offen operieren.

Hier waren deutlich leisere, subtilere Methoden gefragt. Logisch. Und ein Agent, der nicht auffallen würde wie ein bunter Hund. Die Wahl fiel zum Teil deshalb auf mich, weil ich einen hübsch harmlosen – und echten – Grund habe, hier zu sein: den Nachlass meines Vaters zu ordnen.« Ihr Tonfall war völlig sachlich. »Selbst die misstrauischste Person würde mich wohl kaum für etwas anderes halten als eine Tochter, die widerstrebend nach Hause zurückkehrt, weil es Dinge gibt, um die sie sich kümmern muss. Ich war also ideal für den Job.«

Max schüttelte den Kopf. »Sie haben dich doch bestimmt nicht allein hergeschickt, oder?«

»Nein.« – Er starrte sie fragend an, dann sah er zu Casey.

»Nell ist mein Kontakt«, sagte diese. »Den – oder die – anderen Agenten kenne ich nicht.«

»Und so wird es auch bleiben«, meinte Nell und sah Max fest in die Augen. »Verdeckte Ermittlungen bedeuten, die Decke wird nicht gelüpft. Die Sicherheit eines Agenten hängt oft davon ab, wie sicher die Tarnung ist; was du nicht weißt, kannst du auch nicht absichtlich oder ungewollt verraten. Wenn du nicht zu einem besonderen Problem geworden wärst, indem du mir heute – ziemlich auffällig übrigens – den ganzen Tag gefolgt bist, hätte auch kein Anlass bestanden, dir das alles zu erzählen.«

»Na, vielen Dank«, murrte er.

»Keine Ursache.«

Casey lächelte schwach, sagte jedoch: »Sollte noch anderen Leuten aufgefallen sein, dass Sie Nell gefolgt sind, Max, schreiben die es bestimmt – nun, sagen wir, neu aufgeflammtem Interesse Ihrerseits zu. Alter Tratsch kann ja auch seine Vorteile haben. Da Sie beide früher schon ein … Geheimnis umgeben hat, werden die Leute sich sicher wie wild darauf stürzen.«

»Großartig«, bemerkte Max, ohne Nell anzusehen. »Ich wollte schon immer wie ein liebeskranker Volltrottel dastehen.«

»Besser als wie ein Stalker oder Mörder«, gab Casey nüchtern zu bedenken.

»Wir wissen doch alle, dass ich schon als Mörder verdächtigt werde.« Er hielt seinen Blick auf sie gerichtet. »Was mich zu der Frage bringt, warum Sie sich entschieden haben, mich ins Vertrauen zu ziehen. Das kann doch nicht nur deshalb sein, weil ich Nell den ganzen Tag gefolgt bin. Gehen Sie da nicht ein ziemliches Risiko ein? Ich könnte immerhin der Mörder sein.«

»Sie sind kein Cop«, erinnerte ihn Casey.

»Nein, aber das Täterprofil könnte falsch sein.«

»Das ist es nicht«, sagte Nell. »Jedenfalls nicht in den wesentlichen Punkten. Bishop ist sehr gut in dem, was er tut.«

Max zuckte mit den Achseln. »Mag sein, aber auch die Besten machen mal einen Fehler. Ich könnte trotzdem der Mörder sein.«

»Das bist du nicht«, sagte Nell.

»Das kannst du nicht wissen.«

»Doch, das kann ich.« Sie wartete, bis er ihr widerstrebend in die Augen sah, und fügte ruhig hinzu: »Und du weißt, wieso ich das kann.«

Max war sich bewusst, dass Casey interessiert lauschte. Daher sprach er nichts von dem aus, was er Nell so gerne gesagt hätte. Er wusste nicht, wie viel Casey wusste, doch er würde bestimmt nicht an alte Wunden rühren und riskieren, dass Nell womöglich Salz hineinstreute.

Deshalb sagte er nur: »Also bin ich von der Liste eurer Verdächtigen runter. Wer steht denn drauf?«

Casey erwiderte: »So ziemlich alle Übrigen, wenn Sie die Wahrheit wissen wollen. Praktisch alle Männer jedenfalls.«

»Sie sind sicher, dass der Mörder ein Mann ist?«

Nell nickte. »Ziemlich sicher. Bishops Profil zufolge ist er wahrscheinlich weiß, Mitte dreißig bis Mitte vierzig und beinahe sicher ein Cop. Es könnte allerdings auch jemand sein, der die Polizei zu seinem Hobby gemacht hat, dessen Interesse an der Polizei obsessiv ist. Wie auch immer, er kennt die polizeilichen Vorgehensweisen, er versteht was von Spurensicherung, und er hat nicht die Absicht, einen Fehler zu machen, durch den man ihn schnappen könnte.«

»Er will nicht geschnappt werden? Ich dachte, die meisten Serienmörder wollten das, zumindest in gewisser Weise.«

»Der hier ist kein Serienmörder, zumindest nicht im herkömmlichen Sinne. Dieser Mörder wählt seine Opfer nicht zufällig aus oder sucht sich welche, zu denen er keine Verbindung hat. Das ist was Persönliches für ihn, etwas sehr Persönliches. Er sucht sich seine Opfer aus, um ihre geheimen

Untaten, ihre Doppelleben ans Licht zu bringen. Und das bedeutet, er kennt sie, wahrscheinlich sogar ziemlich gut. Er mag keine Geheimnisse. Irgendwann in seinem Leben, vielleicht in seiner Kindheit, hat ihm ein Geheimnis einmal Schaden zugefügt und irgendwie seine Welt oder seine Wahrnehmung von sich selbst für immer verändert.«

Max runzelte die Stirn. »Also will er, dass die Wahrheit ans Licht kommt, koste es, was es wolle.«

»Das scheint seine Motivation zu sein, zumindest teilweise. Wir glauben auch, dass er versucht, diese Männer für ihre Geheimnisse zu bestrafen, indem er sie umbringt. Derjenige, der für das Geheimnis in seinem eigenen Leben verantwortlich war, war für ihn wahrscheinlich außer Reichweite und ist der Bestrafung für seine Sünde oder sein Verbrechen irgendwie entgangen. Und weil er für sich selbst keine Gerechtigkeit erlangen konnte, versucht er jetzt, sie für die Unschuldigen im Leben dieser Männer zu erreichen – das glaubt er zumindest.«

Nell hielt inne, sie runzelte die Stirn. »Bishop glaubt, es gibt da noch etwas, ein weiteres Element in der Argumentation dieses Mannes, etwas, das uns helfen würde, entweder seine Handlungen oder die Auswahl seiner Opfer zu erklären.«

»Na, das ist ja herrlich vage«, bemerkte Max.

Casey warf ein: »So wie ich es verstehe, besteht die Arbeit eines Profilers im Wesentlichen aus begründeten, intuitiven Mutmaßungen. Es ist eher eine Kunst als eine Wissenschaft. Ein bisschen Unbestimmtheit liegt in der Natur der Sache.«

Nell runzelte immer noch die Stirn. »Bishop ist normalerweise nicht vage, glaub mir. Und seine Profile treffen meistens genau ins Schwarze. Aber an diesem Mörder stört ihn irgendetwas, und ich glaube, nicht einmal er weiß, warum. Wenn er nicht auch bis zum Hals in einem schwierigen Fall stecken würde, wäre er schon hier und würde versuchen, das Puzzle selbst zusammenzusetzen. So wie die Dinge liegen, hab ich immerhin eine Direktverbindung zu ihm, und er hat mich angewiesen, ihn auf dem Laufenden zu halten.«

»Aber du bist hier nicht allein?«, fragte Max nochmals.

»Nein.«

»Wie effektiv kann ein Agent sein, wenn er oder sie so tut, als wäre er jemand anders?«

»Ehrlich gesagt arbeiten wir so ziemlich gut. Meine Einheit ist ... besonders gut geeignet für verdeckte Einsätze.«

»Warum?«, wollte Max wissen.

»Na ja, sagen wir, unter anderem, weil wir alle daran gewöhnt sind, Geheimnisse zu bewahren.«

Er sah sie stirnrunzelnd an. »Ich hätte gedacht, das gilt für die meisten FBI-ler.«

»Du hast zu viel ferngesehen.«

Casey lachte und meinte: »Sie haben ihm jetzt schon so viel erzählt, da können Sie ihm auch den Rest erzählen, Nell.«

Die zuckte mit den Achseln. »Das FBI hängt das nicht an die große Glocke, aber unsere Spezialeinheit, die Special Crimes Unit, besteht hauptsächlich aus Agenten, die alle mindestens eine ... unorthodoxe Ermittlungsfähigkeit haben.«

»Will sagen?«

»Übersinnliche Fähigkeiten, Max. Ich habe endlich eine sinnvolle Verwendung für den Gallagher-Fluch gefunden.«

5

Shelby Theriot war in Silence aufgewachsen, genau wie ihre Eltern. Und im Gegensatz zu einigen ihrer Freunde war sie nicht einmal zum Studieren fortgegangen. Es gab ein kleines College in der Nähe, und dort hatte Shelby so viel zusätzliche Bildung erhalten, wie sie nach der Highschool noch hatte ertragen können.

In der Highschool hatte man sie zu demjenigen Mädchen gewählt, das mit größter Wahrscheinlichkeit eines Tages eine Titelseite zieren würde, was nur bewies, dass Teenys miserable Menschenkenner sind.

Shelby gab nichts darauf, wie sie aussah, und hatte sogar mehrere Angebote ausgeschlagen, die sie mutmaßlich auf den Weg zu Ruhm und Reichtum als Model geführt hätten. Auf der anderen Seite der Kamera zu stehen gefiel ihr jedoch sehr, und im Lauf der Jahre waren ihre Fotos allmählich in verschiedenen Zeitschriften und Magazinen erschienen.

Es war immer noch eher ein Hobby als ein Beruf, hauptsächlich deshalb, weil Shelby eigentlich nicht arbeiten musste. Zudem war sie nicht im Mindesten ehrgeizig. Arbeiten musste sie nicht, weil ihre Eltern ihr sowohl ein Haus als auch Aktien einer Reihe von erfolgreichen Unternehmen hinterlassen hatten. Sie war nicht ehrgeizig, weil das nicht in ihrer Natur lag. Sie fotografierte, weil es ihr Vergnügen bereitete, und sie benötigte weder Geld noch andere Anerkennung, um eine Tätigkeit zu rechtfertigen, die aus sich heraus Spaß machte und befriedigend war.

All dies erklärte, warum Shelby den Tag damit verbracht hatte, mit dem Fotoapparat umherzustreifen und zu fotografieren, wann immer eine Szene oder eine Person ihre Aufmerksamkeit erregt hatten. Die Silencer waren zu sehr daran gewöhnt, um sich dagegen zu wehren. Shelby hatte es sich angewöhnt, den von ihr Fotografierten Abzüge zu schenken, und auf Nachfrage händigte sie ihnen auch die Negative aus. Da sie nie ein Bild ohne Zustimmung verwendete, hatte selbst gegen die teils wenig schmeichelhaften Schnappschüsse, die sie manchmal erhielt, wenn sie ihre Opfer unvorbereitet ablichtete, niemand etwas einzuwenden.

An diesem Donnerstag war das Licht besonders gut, und so verbrachte Shelby praktisch den ganzen Tag draußen und hörte erst auf, als die Dunkelheit sie dazu zwang. Sie ging ins Café, um zu Abend zu essen, weil ihr nicht danach war, sich selbst etwas zuzubereiten, flirtete danach kurz mit Vinny und ging nach Hause.

Ihr kleines Haus am Stadtrand war praktisch ein Postkartenmotiv: ein weißes Cottage mit einem weißen Lattenzaun. Sie liebte Blumen, hatte jedoch keinen grünen Daumen, daher bezahlte sie einen Gärtner dafür, dass er die beiden Gärten vorne und hinten ganzjährig schön aussehen ließ. Um die übrigen Instandhaltungsarbeiten kümmerte sie sich selbst – sie konnte sowohl mit dem Pinsel als auch mit dem Hammer umgehen.

Sie fuhr einen kleinen feinen Honda und lebte mit einem Kater namens Charlie zusammen, dem gegenwärtig einzigen männlichen Fixpunkt in ihrem Leben. Allen wohlmeinenden Versuchen ihrer Freunde zum Trotz wartete Shelby noch darauf, dass ihr ein Mann begegnete, der sie auch nur ansatzweise in Versuchung führen könnte, ihre Unabhängigkeit aufzugeben – oder die Freiheit, bis zum Morgengrauen in ihrer Dunkelkammer zu arbeiten oder um Mitternacht kalte Pizza im Bett zu essen, während sie ihre Lieblingshorrorfilme ansah.

Nachdem sie den Tag nun zufrieden mit ihrer Kamera verbracht hatte, beabsichtigte sie, sich abends in ihrer Dunkelkammer einzuschließen und die Filme zu entwickeln. Sie freute sich auf diese arbeitsamen Stunden und war neugierig zu sehen, was sie eingefangen hatte, denn es gab nahezu immer irgendeine Überraschung.

Die heutige Überraschung hatte es allerdings in sich.

»Was zum Teufel …«, murmelte sie und hielt das letzte Foto eines Films hoch, den sie mitten am Nachmittag aufgenommen hatte.

Amüsiert war ihr aufgefallen, dass Max Tanner Nell Gallagher den ganzen Tag durch die Stadt zu verfolgen schien. Mindestens zwei Mal hatte Shelby ihn fotografiert, während er auf der Lauer gelegen und Nell sehr aufmerksam beobachtet hatte, wobei ihm offenbar nicht bewusst gewesen war, dass er alles andere als unauffällig vorgegangen war. Shelby glaubte, Max gut genug zu kennen, um sicher zu sein, dass er Nell nicht mit irgendeiner todbringenden Absicht verfolgt hatte. So konnte sie unbesorgt über seine Gründe spekulieren.

Sie kam zu dem Schluss, dass es irgendein Verlassenheitstrauma sein musste. Oder war es nur eine besonders demütigende Art, jemanden sitzen zu lassen, indem man die Verabredung zum Abschlussball platzen lässt?

Jedenfalls hatte sie einen Schnappschuss von Max aufgenommen: Er lauerte an einer Ecke des Gerichtsgebäudes, während Nell, offenbar ohne ihn zu sehen, die Treppen hinab zu ihrem Jeep ging. Soweit war alles normal, wenn auch interessant.

Nicht normal hingegen war die sonderbare nebelhafte Gestalt nur zwei Schritte hinter Nell.

Wie jede gute Fotografin wusste Shelby einiges über Licht und Schatten. Sie war auch wohl vertraut mit den Streichen, die ein Fotoapparat einem spielen konnte – manche sonderbar oder gar unheimlich. Sie wusste Bescheid über verschmutzte Linsen, doppelte Belichtung, Spiegelungen, schlechtes Filmmaterial.

»Das ist eindeutig unheimlich«, murmelte sie vor sich hin,

nachdem sie mehrere Erklärungen durchgespielt und eine nach der anderen wieder verworfen hatte. Die Kamera, der Film, das Papier, alles war in Ordnung. Als sie das Negativ sorgfältig prüfte, entdeckte sie auch darauf die sonderbare schattenhafte Gestalt, die hinter Nell zu schweben schien. Also war da eindeutig etwas gewesen, das zumindest die Kamera gesehen hatte. Das bloße Auge jedoch nicht, denn Shelby hatte nichts gesehen, als sie das Foto aufgenommen hatte.

Sie schaltete das weiße Licht an und trat zurück, um den rund zwanzig mal fünfundzwanzig Zentimeter großen Schnappschuss zu betrachten, der über den Schalen hing.

Das Foto war bis ins kleinste Detail scharf. Das Gebäude, Max, Nell. Sämtliche Konturen waren, wie sie sein sollten, selbst der Lichteinfall und die Schatten waren, wo sie hingehörten. Doch hinter Nell ragte mehrere Zentimeter über der Treppe ein rund ein Meter achtzig großer Schatten auf, der nicht hätte dort sein dürfen. Er hatte grob menschliche Umrisse und war zwar körperhafter als Rauch, aber eindeutig kein fester Körper.

»Was zum Teufel *ist* das?«, fragte Shelby sich laut. So sorgfältig sie den Schnappschuss auch untersuchte, ihr wollte kein handfester Grund für den Schatten einfallen.

Dennoch war er unleugbar da. Mehr noch, man benötigte nicht viel Fantasie, um zu sehen, dass der Schatten drohend über Nell aufragte und sogar nach ihr zu greifen schien.

Als wollte er sie packen. Bedrohlich.

Erst nach einer Weile fiel Shelby auf, dass sie sich geistesabwesend den Nacken rieb, weil sie dort ein sonderbares Kribbeln spürte, und es dauerte noch eine Minute, bis sie begriff, was da geschah.

Ihr stellten sich die Nackenhaare auf.

Vielleicht war es ja nichts. Wahrscheinlich war es nichts. Aber Shelby hatte immer schon auf ihre Instinkte gehört, und die flüsterten ihr jetzt eine dringende Warnung zu.

»Du meine Güte.« Shelby sah auf die Uhr, dann kam sie zu einem Entschluss und verließ die Dunkelkammer. Zu spät für einen Besuch vielleicht, aber noch nicht zu spät für einen Anruf.

»Du brauchst das nicht zu tun«, sagte Nell, als Max ihr in den Flur des Gallagher-Hauses folgte.

»Lass mich einfach«, forderte er sie auf.

Nell sah ihn einen Augenblick an, dann zuckte sie mit den Achseln. »Wie du willst. Aber vielleicht sollte ich dich daran erinnern, dass ich diejenige mit der Waffe bin.«

»Unwahrscheinlich, dass ich das vergesse.« Doch er versuchte gar nicht erst, mit ihr darüber zu diskutieren, da er nur zu gut wusste, dass er in diesem Punkt nicht besonders logisch handelte. Er ging einfach durch die Räume im Erdgeschoss, schaltete überall das Licht ein und prüfte Fenster und Türen. Als er sich davon überzeugt hatte, dass im Erdgeschoss alles in Ordnung war, ging er nach oben und überprüfte auch dort jedes Zimmer.

Als er wieder nach unten kam, fand er Nell in der Küche, wo sie darauf wartete, dass der Kaffee fertig wurde.

»Zufrieden?«, fragte sie trocken.

Anstatt zu antworten, stellte Max in scharfem Tonfall selbst eine Frage. »Gibst du wenigstens zu, dass deine Anwesenheit hier eine Bedrohung für den Mörder darstellen könnte?«

Sie lehnte sich an die Arbeitsplatte und sah ihm fest in die Augen. Dann seufzte sie. »*Wenn* er von dem Gallagher-Fluch weiß, *wenn* er an übersinnliche Fähigkeiten glaubt und *wenn* er Genaueres über meine Begabung weiß – vielleicht.«

»Mein Gott, bist du stur.«

»Ich bin ein Cop, Max, weißt du noch? Da gehört ein gewisses Risiko dazu.«

»Aber kein unnötiges Risiko.«

»Wie definierst du in dieser Situation *unnötig?* Ich kann

auf mich selbst aufpassen, weißt du? Ich bin bewaffnet. Ich bin in Selbstverteidigung ausgebildet. Und ich bin hier, um nach einem Mörder zu suchen. Das ist mein Job.«

»Mehr nicht? Nur dein Job?«

»Was sollte es sonst noch sein?«

»Du bist auch hergekommen, um den Nachlass deines Vaters zu ordnen.«

Nell wandte sich ab und holte Tassen und Löffel aus dem Schrank. »Nimmst du Milch oder Zucker? Ich glaube, das habe ich noch nie gewusst.«

»Beides.« Er beobachtete, wie sie das Benötigte neben die Kaffeemaschine auf die Arbeitsplatte stellte. »Antwortest du noch auf meine Frage?«

»Ja, ich bin auch hergekommen, um den Nachlass meines Vaters zu ordnen.«

»Wärst du auch gekommen, wenn es nicht zugleich dein Job gewesen wäre?«

»Ich glaube, du weißt die Antwort auf diese Frage.«

»Du hast ihn gehasst, oder?«

Nell goss den Kaffee ein und schob ihm seine Tasse über die Arbeitsplatte zu, damit er selbst Milch und Zucker hineingeben konnte. Sachlich erwiderte sie: »Ja, ich habe ihn gehasst. Und ich finde, es ist der Witz schlechthin, dass ich am Ende seinen ganzen Besitz geerbt habe.«

Es gab eine Fülle von Fragen, die Max gerne gestellt hätte, doch alles in ihm drängte ihn, vorsichtig zu sein. Er bewegte sich hier mit Nell auf einem emotionalen Minenfeld. Ein unvorsichtiger Schritt, und Zerstörung drohte. Sämtliche Instinkte warnten ihn davor, sie nicht zu sehr zu bedrängen.

Nicht jetzt.

Noch nicht.

Deshalb sagte er lediglich: »Hat er gewusst, dass du zum FBI gegangen bist?«

»Nein. Ihm habe ich auch nicht geschrieben.«

Max nahm den Köder nicht an. »Was ist mit Hailey? So

wie sie geredet hat, hörte sich das an, als hätte sie gewusst, wo du warst und was du getrieben hast.«

»Hat sie nicht. Seit ich Silence verlassen hatte, habe ich Hailey nicht mehr gesehen oder mit ihr gesprochen.«

Er runzelte die Stirn. »Dann hat sie sich alles ausgedacht?«

Nell trank einen Schluck Kaffee, dann lächelte sie. »Sie hat sich immer alles Mögliche ausgedacht, Max. Wusstest du das nicht?«

»Du meinst, sie war eine Lügnerin?«

»Die süße, freundliche Hailey. So charmant, so gutmütig. Und sie hatte so eine gewinnende Art, nicht wahr? Eine Art ... die Leute auf ihre Seite zu bringen. Sodass sie ihr glaubten. Nicht gerade meine starke Seite, hm?«

»Nell ...«

Unvermittelt sagte sie: »Ich frage mich, was sie getan hat, um unseren Vater so zu vergrätzen, dass er sie enterbt hat. Weißt du es?«

»Man nahm an ... dass sie mit Glen Sabella durchgebrannt ist. Er ist Mechaniker, und er war verheiratet. Es hieß, dein Vater sei fuchsteufelswild gewesen, zumal ...«

»Zumal schon sowohl seine Frau als auch seine andere Tochter ohne ein Wort der Erklärung davongelaufen waren.«

»Darüber waren sich alle einig, ja. Ich kann mir nicht vorstellen, dass jemals irgendjemand gewagt hat, Adam direkt danach zu fragen. Aber es war allgemein bekannt, dass er sein Testament wenige Wochen, nachdem sie abgehauen war, geändert hat.«

»Wade Keever schwatzt gern«, murmelte Nell.

»Er ist nicht der verschwiegenste Anwalt in der Stadt. Allerdings hatte man auch den Eindruck, dass es Adam scheißegal war, wer davon wusste.«

»Ja, normalerweise war das so.«

»Um manche Sachen hat er aber sehr wohl ein Geheimnis gemacht. Um den Gallagher-Fluch zum Beispiel.«

Nell sah ihn an. Dann sagte sie: »Er hat ein Geheimnis darum gemacht, weil er ihn nicht verstanden hat. Genauso wenig wie wir anderen. Für ihn war es aber noch schlimmer. Er selbst hatte die Gabe nämlich nicht.«

»Was? Ich habe immer gedacht …«

»Ja, jeder hat das gedacht. Weil es der Gallagher-Fluch hieß, hat jeder immer gedacht, dass er uns alle trifft. Und er hat nichts getan, um die Leute davon abzubringen. Seine Mutter hatte die Gabe und seine Tochter – und ich glaube, sein Vater hat sie auch gehabt. Vielleicht fühlte er sich ja ausgeschlossen.«

»Tochter. Nur du? Hailey nicht?«

»Hailey nicht.«

»Sie hat immer Witze darüber gemacht. Sie hat doch sogar bei Schulfesten die Wahrsagerin gespielt. Nach allem, was ich gehört habe, war sie ziemlich gut darin.«

»So etwas ist nicht schwer, solange man nur genug über die Nachbarn weiß und eine gewisse … theatralische Begabung hat. Auf Hailey traf immer schon beides zu.«

»Aber eine echte Gabe hat sie nicht?«

»Keine übersinnliche Gabe, nein.«

Darüber dachte Max einen Augenblick nach. »Aber deine übersinnliche Gabe ist echt. Und sie hat dich zum FBI gebracht?«

»Sie hat mich in die Special Crimes Unit gebracht, wo man für besondere Verbrechen zuständig ist. Ich musste all die üblichen Tests bestehen, um beim FBI aufgenommen zu werden.«

»Warte mal – du hast doch die Highschool nicht abgeschlossen?«

»Doch, habe ich. Nur nicht hier. Ich habe auch studiert.«

»Auf eigene Kosten?«

Nell zuckte mit den Achseln. »Ich habe fünf Jahre gebraucht statt vier, weil ich die ganze Zeit arbeiten musste, aber ich habe es geschafft. Im Hauptfach habe ich Informatik studiert. Im Nebenfach Psychologie.«

Max hatte sein offensichtlich fehlerhaftes Bild von Nell in den letzten Stunden so häufig berichtigen müssen, dass ihm allmählich ein wenig schwindlig davon wurde. »Und danach bist du zum FBI gegangen?«

Sie zögerte, dann schüttelte sie den Kopf.

»Nein, dann habe ich einem guten Freund geholfen, dessen kleine Schwester entführt worden war. Da war ein sehr aufgeschlossener Polizist, der hat mir zugehört, und dann haben sie das kleine Mädchen gefunden, bevor man sie umbringen konnte.«

»Du hattest eine Vision?«

»Ja. Ich lebte damals in einer kleinen Stadt an der Westküste. Ab und zu kam besagter Polizist mit einigen seiner schwierigeren Fälle zu mir. Manchmal konnte ich ihm helfen. Er hat mich dann einem FBI-Agenten vorgestellt, der zu einer neuen Einheit gehörte, die sie damals gerade aufgebaut haben: die Special Crimes Unit, kurz SCU. Sie fanden, ich würde hervorragend in diese Einheit passen. Wie sich herausgestellt hat, stimmt das.«

»Also eine sinnvolle Verwendung für den Gallagher-Fluch?«

»Genau. Sie behandeln mich nicht wie eine Missgeburt. Sie flüstern nicht hinter meinem Rücken oder mustern mich nervös. Sie denken nicht mal, dass ich auch nur im Mindesten sonderbar bin. Das bin ich nämlich nicht. Ich bin nur eine von ihnen, eine Ermittlerin mit ein, zwei einzigartigen Werkzeugen, die mir bei meiner Arbeit helfen.«

»Mörder zur Strecke zu bringen?«

»Mörder. Vergewaltiger. Entführer. Pädophile. Wir bekommen im Allgemeinen die echten Bestien, weil die normalerweise schwerer zu schnappen sind.«

Nach einer Weile sagte er: »Das klingt schwierig. Emotional schwierig, meine ich.«

»Bishop sagt, es ist kein Problem, Leute mit echter übersinnlicher Begabung zu finden. Übersinnlich Begabte zu finden, die mit dieser Arbeit auch psychisch fertig werden, das ist durchweg das Problem. Ich kann es.«

»Bis jetzt, meinst du.«

»Ja. Bis jetzt.«

»Also … setzt du deine Visionen als Werkzeuge ein? Und versuchst, damit Verbrechen aufzuklären?«

»Ich versuche, damit Fragen zu beantworten. Puzzleteilchen zu suchen. Mehr nicht, normalerweise. Nur eine kleine Unterstützung für die konventionelleren Ermittlungsmethoden.«

»Was ist mit deinen Ohnmachten?«

»Was soll damit sein?«

»Du weißt, was ich damit meine, Nell. Wie wirst du damit fertig? Wie bereitest du dich auf sie vor? Was passiert, wenn du bei der Arbeit ohnmächtig wirst?«

»Ich versuche, dafür zu sorgen, dass ich auf etwas Weiches falle.« – Er stellte seine Tasse ziemlich nachdrücklich auf der Arbeitsplatte ab. »Sehr witzig.«

Sie lächelte schwach, doch ihre grünen Augen blickten wachsam. »So ist es aber. Die Ohnmachten kündigen sich immer an. Wenn ich eine bestimmte Sorte Kopfschmerzen bekomme, sorge ich dafür, dass ich irgendwo bin, wo ich alleine bin und nicht gestört werde. Wenn ich mit einem Partner arbeite, sorge ich dafür, dass er Bescheid weiß, dass ich … für etwa eine Stunde außer Gefecht gesetzt sein werde. Mehr kann ich nicht tun.«

»Und deine Kollegen verstehen das?«

»Meine Kollegen schleppen normalerweise selbst Ballast mit sich herum. Unsere Art Begabung geht oft mit … Nebenwirkungen einher. Manchmal mit schwierigen. Wir haben alle gelernt, damit umzugehen und innerhalb unserer Beschränkungen zu arbeiten.« Nell sprach weiterhin ruhig, beiläufig. – »Du auch?«

»Ja.« Kaum hatte sie das Wort ausgesprochen, da veränderte sich ihre Umgebung schlagartig. Es war immer noch ihre Küche, immer noch abends, doch kein Max blickte sie noch aus grüblerischen dunklen Augen an.

Stattdessen sah sie ihren Vater durch die Hintertür in die Küche kommen, das dunkle Haar feucht, das Gesicht wie eine Gewitterwolke. Sie wollte zurückweichen, wegrennen. Fliehen. Doch sie konnte nur dastehen und wie betäubt beobachten, zuhören, wie ein toter Mann leise murmelnd in der Küche umherstolzierte.

»Sie hätte es mir sagen sollen. Verdammt, sie hätte es mir *sagen* sollen …«

Er ging durch die Tür, die ins übrige Haus führte, und Nell starrte ihm hinterher. Wie immer war sie sich absolut darüber im Klaren, dass sie eine Vision hatte, war sich des stets damit einhergehenden eigentümlichen Gefühls bewusst, aus der Zeit gefallen zu sein.

Was sie sah, hatte immer etwas zu bedeuten, immer. Was hatte dies nun zu bedeuten?

Sie drehte den Kopf zur Wand gegenüber der Hintertür, wo immer ein Kalender gehangen hatte. Er hing tatsächlich dort und zeigte ein Datum im Mai des vorhergehenden Jahres an.

Der Monat, in dem Adam Gallagher gestorben war.

»Nell!«

Jählings war sie wieder im Hier und Jetzt, das Schwindel erregende Gefühl, aus der Zeit gefallen zu sein, war so unvermittelt fort, als wäre eine Seifenblase geplatzt. Sie sah auf zu Max. Nur undeutlich war sie sich seiner Hände bewusst, die ihre Schultern gepackt hielten, doch etwas in seinem Gesicht veranlasste sie, ihre Gedanken laut auszusprechen.

»Er wurde auch umgebracht. Mein Vater wurde ermordet.«

In Chicago regnete es.

Special Agent Tony Harte stand am Fenster, sah hinaus in den tristen Abend und trank von seinem Kaffee. Er hatte generell etwas gegen verregnete Abende. Ganz besonders mitten in einem schwierigen Fall, in dem alles schief lief. Und er war nicht der Einzige. Im Raum hinter ihm herrschte so dicke Luft, dass man sie mit dem Messer hätte schneiden können.

Obendrein war Bishop immer rastlos und besorgt, wenn Miranda ohne ihn im Außeneinsatz war. Es gab vermutlich niemanden auf der Welt, der Mirandas Stärken und Fähigkeiten höher achtete als Bishop, doch das hielt ihn nicht davon ab, sich um sie zu sorgen.

Tony wandte sich vom Fenster ab und brachte ein Thema zur Sprache, von dem er hoffte, dass es seinen Chef zumindest vorübergehend ablenken würde. »Hast du das Profil von dem Killer in Silence noch mal überarbeitet? Ich meine, seit wir die neuesten Informationen haben?«

Special Agent Noah Bishop sah von den Fotos von Beweisstücken und –stückchen, die er gerade untersuchte, hoch und schüttelte mit leicht gerunzelter Stirn den Kopf. »Nichts, was wir in letzter Zeit erfahren haben, verändert das Profil.«

»Immer noch ein Cop?«

»Immer noch wahrscheinlich ein Cop.«

»Wie sicher bist du dir da?«

Bishop lehnte sich auf seinem Stuhl zurück und blickte sich im Wohnzimmer der Hotelsuite um, als erhoffte er sich von dort Antworten. Der Blick seiner wachsamen hellgrauen Augen war so scharf wie immer. Er ließ sich Zeit mit der Antwort. »Inoffiziell? Verdammt sicher. Aber es bleibt immer Raum für Zweifel, Tony, das weißt du.«

»Ja. Aber sonst liegst du immer so schrecklich richtig. Wenn du sagst, verdammt sicher, dann ist er höchstwahrscheinlich ein Cop. Übel für unsere Leute, dass sie nach einem Mörder suchen, gleichzeitig die vor Ort ermittelnden Beamten überwachen und sich bei all dem auch noch bedeckt halten müssen.«

Bishop nickte, die Stirn immer noch gerunzelt. Die Narbe auf seiner linken Wange trat deutlicher als gewöhnlich hervor, wie immer, wenn er angespannt oder aufgebracht war. Ein nützliches exaktes Stimmungsbarometer in Zeiten, in denen es selbst einem anderen übersinnlich Begabten schwer fiel, ihn zu durchschauen.

Allerdings war dies keine solche Zeit.

Tony beobachtete ihn. »Dich stört noch etwas anderes, stimmt's? In Silence.«

Seit Bishop vor langer Zeit gelernt hatte, dass es sinnlos war, Gedanken oder Gefühle, die ein anderes Teammitglied aufgeschnappt hatte, zu leugnen, sagte er einfach: »Da ist noch eine Unterströmung, die ich nicht zu fassen kriege.«

»Was für eine Unterströmung? Emotional oder allgemein psychologisch?«

»Beides.«

»Bei Nell? Oder beim Mörder?«

Bishop verzog das Gesicht.

»Bei Nell gibt es in dieser Sache reichlich Unterströmungen, aber das wussten wir vorher. Nein, es ist etwas, das mit dem Mörder zu tun hat, etwas, was mir immer wieder entgleitet. Ich glaube, er hat noch einen anderen Grund für die Auswahl seiner Opfer. Nicht nur die Geheimnisse, die er aufdecken will. Da ist noch etwas.«

»Seine eigene Geschichte mit den Opfern vielleicht?«

Bishop zuckte mit den Achseln. »Vielleicht. Es fühlt sich beinahe an, als ob ... als wäre es etwas Persönlicheres für ihn. Als wären die Verfehlungen, für die er sie bestrafen will, womöglich nicht nur die, die durch ihre Ermordung oder durch die Ermittlungen ans Licht kommen. Als wäre da noch etwas, wenn wir nur darauf kämen, was.«

»Du meinst also, er redet sich ein, dass er sie umbringt und dadurch bestraft, damit den Unschuldigen, die sie geschädigt haben, Gerechtigkeit widerfährt, aber eigentlich will er nur sich selbst rächen?«

»Zumindest teilweise sich selbst. Aber er hält sich trotzdem für einen Richter. Er glaubt trotzdem, er würde der Gesellschaft einen Dienst erweisen, indem er diese Männer für ihre geheimen Laster verurteilt und hinrichtet, das hat er sich eingeredet.«

»Aber auch, weil sie ihn verletzt haben.«

Bishop fuhr sich rastlos mit den Fingern durch sein schwarzes Haar und derangierte dabei die strahlend weiße Strähne über der linken Schläfe. »Ich habe den Eindruck, er verachtet sie – alle, und alle aus demselben Grund.«

»Weil sie ihn verletzt haben? Ihn belogen haben?«

»Vielleicht. Verdammt, ich müsste da unten sein. Ich würde ein besseres Gespür für diesen Kerl bekommen, wenn ich vor Ort wäre.«

Tony sagte: »Tja, zum einen dürfte es dir ein bisschen schwer fallen, da unten mit dem Hintergrund zu verschmelzen, seit dein Gesicht vor ein paar Monaten auf sämtlichen Zeitungen das Landes geprangt hat, als wir diesen Entführungsfall geknackt hatten. Und abgesehen davon wäre da noch diese kleine Sache mit einem aktiven Serienmörder hier in Chicago, der windigen Stadt.«

»Daran brauchst du mich nicht zu erinnern, Tony.«

»Nein, das habe ich auch nicht angenommen«, murmelte Tony. »Hör zu, vielleicht können wir die Sache hier so schnell über die Bühne bringen, dass wir noch runter nach Silence fahren und den anderen helfen können.«

»Ja.«

Tony musterte ihn, dann sagte er: »Ich weiß, was dir eigentlich Sorgen macht. Aber Miranda kommt zurecht, das weißt du.«

»Ja. Im Augenblick.«

Nicht zum ersten Mal fragte sich Tony, ob das geistige Band zwischen Bishop und seiner Frau Fluch oder Segen war. Wenn sie zusammenarbeiteten, sich auf dieselben Ermittlungen konzentrierten, war es zweifellos ein Segen; zusammen waren sie weitaus mächtiger und genauer als jeder für sich allein, sowohl als übersinnlich Begabte wie auch als Ermitt-

90

ler. Doch wenn die Umstände sie trennten wie jetzt, wo sie an zwei verschiedenen Fällen arbeiteten, dann erwies sich das Band zwischen ihnen häufig als Problem – oder zumindest als Ablenkung.

Bishop wusste, dass Miranda im Augenblick in Sicherheit und unversehrt war, denn sie hatten zwar die »Türen« geschlossen, durch die sie geistig miteinander verbunden waren, um einander nicht abzulenken, besaßen aber dennoch stets ein Gespür für die körperliche und emotionale Verfassung des anderen, ganz gleich, wie groß die räumliche Entfernung zwischen ihnen war. Bishop wusste, dass Miranda im Augenblick in Sicherheit war, ebenso wie sie das von ihm wusste – ebenso wie sie wusste, dass er sich um sie sorgte.

Tony gab nicht vor, das zu verstehen, doch wie den anderen Mitgliedern der Einheit flößte es auch ihm gewaltige Ehrfurcht ein. Selbst für übersinnlich Begabte, die an verschiedene, häufig außergewöhnliche übersinnliche Fähigkeiten gewöhnt waren, waren manche Dinge bemerkenswert.

Wie mochte es wohl sein, wenn man so stark mit einer anderen Person verbunden war, dass deren Gedanken und Gefühle so mühelos durch einen hindurchströmten wie die eigenen? Wie mochte es sein, wenn die Verbindung so stark war, dass einer sich schnitt und der andere dann ebenfalls blutete?

Tony war der Auffassung, dass eine solch gewaltige Intimität sowohl ein hohes Maß an Vertrauen in und Verständnis für den Partner als auch ein ebenso hohes Maß an Selbstsicherheit und Ehrlichkeit sich selbst gegenüber erforderte. Er bezweifelte ernsthaft, ob übersinnlich Begabte, die kein Paar und auch nicht miteinander verwandt waren, ein solches Band schmieden könnten.

Doch es war kein ausschließlich positives Phänomen, das wurde ja in dieser Situation deutlich. Bishop und Miranda waren mittlerweile lange genug zusammen, um sowohl als Team als auch durch die Umstände getrennt hervorragende

Arbeit zu leisten. Doch aufgrund der großen Nähe, die normalerweise zwischen ihnen herrschte, fühlten sie sich ohne den Partner in mancherlei Hinsicht unvollständig.

Tony hatte keinerlei Bedenken, unter einem der beiden zu arbeiten. Selbst wenn ihnen die lebenswichtige andere Hälfte fehlte, waren Bishop und Miranda eindrucksvolle Kontakttelepathen und Ermittler, erfahrene, kampferprobte Cops, und den meisten Situationen, denen sie sich gegenübersahen, mehr als gewachsen. Doch Tony wäre auch der Erste, der einräumen würde, dass es weit angenehmer war, unter beiden gemeinsam zu arbeiten – wenn das Paar vereint war und die beiden so reibungslos zusammenarbeiteten, als hätten sie nur einen Verstand und ein Herz.

Auf diese Weise gab es viel weniger Spannungen.

All dies war Tony sehr präsent, und so sprach er mit Bedacht: »Unsere Kapazitäten sind im Augenblick ziemlich strapaziert. Wir haben ein halbes Dutzend Ermittlungen überall im Land laufen, alle zur gleichen Zeit. Wir müssen unsere Aktivposten *und* alle unsere Trümpfe nutzen. In jedem Team im Außeneinsatz muss ein Mitglied den Ton angeben, das ist deine Regel. Ein leitender Ermittler mit möglichst viel Erfahrung, der auch der beste übersinnlich Begabte ist, der zur Verfügung steht.«

Bishop sagte: »Auch daran brauchst du mich nicht zu erinnern, Tony.«

»Ich will ja nur sagen, dass Miranda als leitende Ermittlerin da unten den Ausschlag geben könnte, und das weißt du. Genau wie du hier die Ermittlungen leitest und Quentin drüben in Kalifornien und Isabel in Boston. Außerdem hat Miranda jahrelang prima allein auf sich aufgepasst, bevor du sie aufgespürt hast und wieder in ihr Leben getreten bist.«

»Das weiß ich.«

»Sie hat einen schwarzen Gürtel, sie ist eine Superschützin, ganz zu schweigen davon, dass sie in den Gedanken von mindestens zwei Dritteln der Leute, die sie trifft, lesen kann.

All das verschafft ihr doch einen ziemlichen Vorsprung in der Kategorie ›Überleben‹.«

»Auch das weiß ich.«

»Ich weiß, dass du das weißt. Ich weiß auch, dass nichts davon im Augenblick auch nur im Geringsten zählt, weil du schon zu viele Nächste schlaflos allein in deinem Bett liegst. Man merkt es dir allmählich an, Boss.«

»Das sagt gerade der Richtige.«

Tony zuckte leicht zusammen und spürte, wie sein Gesicht heiß wurde. Manchmal war es verdammt lästig, mit einem Telepathen zusammenzuarbeiten. Besonders mit einem so starken Telepathen wie Bishop.

»Lass mich aus dem Spiel.«

Unbarmherzig versetzte Bishop: »Nichts bringt eine Beziehung so schnell auf die nächsthöhere Ebene, als wenn man den Schreck seines Lebens bekommt.«

»Scheiße. Wie lange weißt du schon davon?«

»Von dir und Kendra?« Bishop lächelte ganz leicht. »Länger als du, Tony. Schon bevor auf sie geschossen wurde.«

Tony bedachte das, dann schüttelte er den Kopf. »Ich wusste, dass Quentin über uns im Bilde ist, aber ich dachte, das läge daran, dass er bei Außeneinsätzen Kendras Partner ist. Und weil er oft Sachen weiß, die er nicht wissen soll, der verfluchte Hellseher.«

Mit milder Neugier fragte Bishop: »Warum wolltest du es überhaupt geheim halten?«

»Ich weiß nicht. Doch – ich weiß es. Du hast selbst gesagt, es gibt wenige Geheimnisse in einer Einheit voller übersinnlich Begabter. Manchmal ist es ganz schön, ein Geheimnis zu haben. Auch wenn man sich da nur selbst etwas vormacht.«

»Das verstehe ich, was dich betrifft. Dir gefällt so etwas. Aber Kendra? Die ist viel zu vernünftig, um etwas für eine geheime Liebschaft übrig zu haben.«

Tony grinste. »Machst du Witze? Gerade die Vernünftigen lassen sich gerne mal gehen, glaub mir.«

»Wenn du das sagst.« – »Ich sage das. Ich bin mir ihrer noch längst nicht sicher, ich will nicht, dass alle uns neugierig beobachten, um zu sehen, was als Nächstes passiert.«

»Vergiss nicht, mit wem du hier sprichst. In dieser Einheit muss man nicht offen beobachten, wenn man wissen will, was los ist.«

»Schon, aber so fühlen wir uns wenigstens nicht wie Käfer unterm Mikroskop.«

Mit ausdruckslosem Gesicht versetzte Bishop: »Wir sollen es uns also einfach nicht anmerken lassen, dass wir euch fröhlich beobachten?«

»Dafür wäre ich dir sehr dankbar«, erwiderte Tony ernsthaft.

Bishop sah ihn mit erhobener Augenbraue an. »Mir scheint, du versuchst es selbst gerade mit dieser Art von unauffälliger Beobachtung. Tony, versuchst du mich abzulenken?«

»Ich hatte daran gearbeitet, ja.«

»Warum?«

»Du weißt verdammt gut, warum. Wegen der Spannungen hier drin. Du würdest es gar nicht schaffen, dir das nicht anmerken zu lassen. Und du versuchst es gar nicht erst.«

Halbherzig versuchte Bishop, sich zu verteidigen: »Während einer laufenden Ermittlung bin ich immer ziemlich angespannt.«

»Nein, das ist eine andere Art von Anspannung.«

»Du kennst dich da wohl aus.«

»Nun – ja.«

Bishop verzog leicht das Gesicht. »Okay, okay. Ich werde mein Bestes tun und mir nicht mehr den Kopf über das zerbrechen, was ich nicht unter Kontrolle habe. Würdest du denn inzwischen mal vom Fenster da wegkommen und was Nützliches tun? Arbeiten zum Beispiel?«

»Ich dachte schon, du merkst es nicht«, erwiderte Tony vergnügt und gesellte sich am Konferenztisch zu seinem

Chef. Doch ehe er ein Foto in die Hand nahm, um es zu untersuchen, fügte er in nachdenklichem Tonfall hinzu: »Noch einmal kurz zu Silence: Was hältst du von dieser Verbindung, die Nell da unten hat? Glaubst du, es wird ihr die Sache erleichtern?«

»Nein«, erwiderte Bishop sachlich. »Es wird ihr die Sache erschweren. Und zwar sehr.«

Tony seufzte. »Und wir können da gar nichts tun?«

»Manche Dinge müssen so geschehen …«

»… wie sie eben geschehen«, beendete Tony den Satz. »Ja, ich hatte befürchtet, dass du das sagen würdest. Und manchmal, Boss, ist das wirklich zum Kotzen.«

»Ach was«, meinte Bishop.

6

»Ich weiß nicht, ob ich mich je an diese … Episoden von dir gewöhnen werde«, sagte Max. Ihre Schultern ließ er nur deshalb los, weil sie sich von ihm entfernte.

Nell hätte ihn beinahe daran erinnert, dass das nicht nötig sein würde, da sie nicht beabsichtigte, lange in Silence zu bleiben, doch stattdessen hörte sie sich sagen: »Ich weiß, sie sind zermürbend. Besonders für den, der das mit ansehen muss. Tut mir Leid für dich.«

Er schüttelte den Kopf. »Was soll's. Erklär mir doch einfach ein, zwei Sachen, okay? Ich bin es langsam so richtig leid, immer in diesem verwirrenden Nebel tappen zu müssen.« Seine Worte waren flapsig, doch sein Tonfall klang nicht im Mindesten so. »Und bevor ich versuche zu kapieren, was zum Teufel du damit gemeint hast, dass dein Vater auch ermordet worden ist, könntest du es bitte von Anfang an erklären?«

»Es ist schon spät«, wich sie aus und fragte sich, ob sie hier nur von der späten Uhrzeit an diesem besonderen Abend sprach oder etwas viel Bedeutenderes meinte. Sie hatte so ein Gefühl, dass Letzteres der Fall war, und das machte ihr mehr zu schaffen, als sie sich selbst eingestehen mochte.

»Ich weiß. Aber ich bezweifle, dass einer von uns in der Lage wäre, in nächster Zeit zu schlafen. Ich muss das verstehen, Nell. Und ich denke, das bist du mir schuldig.«

Sie widersprach nicht, denn ihr war bewusst, dass sie ihm noch viel mehr schuldete. Wie hoch war der Preis dafür, dass man einen Mann in der Luft hängen ließ? Hoch. Vielleicht zu hoch, um ihn bezahlen zu können. Sie stellte ihre Kaffeetasse auf den verschrammten alten Massivholztisch in der

Mitte der Küche und setzte sich auf einen der Leiterrücken-stühle. Dann wartete sie, bis er sich ihr gegenübergesetzt hatte, und fragte bedächtig: »Die Visionen erklären, meinst du?«

»Kannst du sie denn erklären?«

Nell zuckte mit den Achseln. »Ich verstehe sie ein bisschen besser als damals als Heranwachsende – allerdings hat sich das, was ich früher instinktiv gespürt habe, später als richtig herausgestellt.«

»Zum Beispiel?«

»Zu was genau ich in einer Vision Zugang finde. Die her-kömmliche Wissenschaft würde sagen, dass ich gerade eine so genannte Geistererscheinung hatte. Dass ich den Geist meines Vaters durch diesen Raum gehen gesehen habe – oder vermeintlich gesehen hätte. Aber das ist es nicht, was ich ge-sehen habe.«

»Nein? Was dann?«

»Es war … eine Erinnerung.«

»Wessen Erinnerung?«

Sie lächelte schwach. »Im weitesten Sinne war es die Erin-nerung dieses Hauses.«

»Meinst du damit, in diesem Haus gibt es Gespenster?«

»Nein. Ich meine, das Haus erinnert sich.«

»So etwas hast du schon einmal gesagt, vor Jahren«, be-merkte Max. »Dass manche Orte sich erinnern. Aber ich ver-stehe nicht, wie du das meinst. Wie kann ein Haus ein Ge-dächtnis haben?«

»Jeder Gegenstand – ein Haus, eine bestimmte Stelle – kann ein Gedächtnis haben. Leben hat Energie, Max. Das Leben *ist* Energie. Auf der alleruntersten Ebene sind Gefühle und Gedanken Energie: elektrische Impulse, die das Gehirn produziert.«

»Okay. Und weiter?«

»Also können Gegenstände oder ganz allgemein Orte Energie aufnehmen und speichern. Wände und Fußböden in einem Haus, Bäume, sogar der Erdboden selbst. Vielleicht neigen bestimmte Orte mehr als andere dazu, Energie zu speichern, aufgrund von Faktoren, die wir noch nicht verstehen: Vielleicht eignen sie sich aufgrund ihrer physikalischen Zusammensetzung dazu, Energie zu speichern. Vielleicht existieren auch magnetische Felder. Vielleicht ist auch das Energieniveau in bestimmten Augenblicken besonders hoch, und wir prägen dem Ort durch unsere eigene Kraft und Intensität diese Energiesignatur ein.

Wie auch immer das vonstatten gehen mag, einige Orte erinnern sich an manche Dinge. An manche Gefühle. Manche Ereignisse. Die Energie bleibt an einem Ort gespeichert, ungesehen und ungehört, bis jemand mit einem angeborenen Wahrnehmungsvermögen für diese Art von Energie sie anzapft.«

»Jemand wie du.«

»Genau. An dem, was ich tue, ist nichts Magisches, nichts Dunkles oder Böses – oder Unmenschliches. Es ist nur eine Fähigkeit, für mich so selbstverständlich wie dein Pferdeverstand für dich. Eine völlig normale Begabung, wenn du so willst, die einfach nicht jeder hat. Vielleicht ist sie genetisch bedingt, wie die Farbe deiner Augen oder die Tatsache, dass du Rechts- oder Linkshänder bist. In meiner Familie scheint das so zu sein, zumindest teilweise. Andererseits besteht absolut die Möglichkeit, dass jeder Mensch die Anlage zu irgendeiner übersinnlichen Fähigkeit hat, dass jeder ein ungenutztes Areal im Gehirn hat, das scheinbar erstaunliche Dinge leisten könnte, wenn wir nur wüssten, wie wir … es einschalten könnten.«

Nell schüttelte den Kopf und sah mit leicht gerunzelter Stirn in ihren Kaffee. »Wir sind ziemlich sicher, dass manche Menschen mit dem Potenzial zur Entwicklung einer übersinnlichen Fähigkeit geboren werden; dass bei diesen Menschen der Bereich des Gehirns, der diese Funktion steuert, zumindest teilweise oder mit Unterbrechungen aktiv ist, selbst wenn sich alles auf der unbewussten Ebene abspielt. Wir nennen sie Personen mit verschütteten übersinnlichen Fähigkeiten. Sie sind sich dessen normalerweise nicht bewusst, aber anderen übersinnlich Begabten fallen sie häufig auf.«

Max runzelte die Stirn, doch er sagte nur: »Aber in manchen Fällen werden verschüttete Begabungen irgendwann auch auf einer bewussten Ebene aktiv?«

»Davon haben wir gehört. Soweit wir sagen können, erfordert es irgendeinen Auslöser, um aus einem Menschen mit verschütteter übersinnlicher Gabe einen bewussten, funktionierenden übersinnlich Begabten zu machen. Ein körperliches oder emotionales Trauma normalerweise. Zum Beispiel ein Schock für das Gehirn, im wörtlichen oder übertragenen Sinne. Ihnen stößt etwas zu – ein Unfall oder eine emotionale Erschütterung –, und plötzlich merken sie, dass sie die Situation mit seltsamen neuen Fähigkeiten bewältigen. Das würde auch erklären, warum Menschen mit Kopfverletzungen, oder bei denen bestimmte Arten von Anfällen auftreten, hinterher oft von übersinnlichen Erlebnissen berichten.«

»Ich hatte ja keine Ahnung«, meinte Max.

»Das gilt für die meisten Menschen. Ich hatte auch keine Ahnung, bis ich zur SCU kam und anfing zu lernen.« Sie schüttelte erneut den Kopf. »Wie auch immer, in meinem besonderen Fall ist es so, dass mein Gehirn darauf gepolt ist, die Sorte elektrischer Energie wahrzunehmen, die von … emotional oder psychisch intensiven Ereignissen erzeugt wird. Diese Ereignisse hinterlassen elektrische Abdrücke, Energie, die von den Orten aufgenommen wird, an denen das Ereignis eingetreten ist, und ich habe die Gabe, diese elektrische Energie wahrzunehmen und zu interpretieren.«

Max sprach mit Bedacht: »Aber ist es denn nicht etwas ganz anderes, ob man elektrische Energie wahrnimmt oder einen Toten sieht?«

»Ist das so? Der Verstand interpretiert die Informationen, die er erhält, und übersetzt sie in eine Form, die wir erkennen und verstehen können. Was in diesem Raum geschehen ist, *hatte* eine Gestalt, ein Gesicht, eine Stimme – und all das hat als Energie überdauert. Als eine Erinnerung. Genau wie du deine eigenen Erinnerungen wachrufen kannst, kann ich die Erinnerungen eines Ortes wachrufen. Manchmal ziemlich lebendig, manchmal sind es auch nur kleine Fitzelchen, Bilder, Gefühle, wirr und unklar.«

»Okay. Mal angenommen, ich lasse das alles gelten, dann erklär mir mal, warum der Raum just diese Szene gespeichert hat – deinen Vater, der durch eine Küche geht, durch die er zigtausend Mal gegangen sein muss. Warum? Warum war von allem, was hier im Lauf von Jahrzehnten passiert sein muss, von all den Gefühlsausbrüchen und Krisen, wie sie sich so oft in Küchen abspielen, diese ganz normale Szene wichtig genug, um gespeichert zu werden?«

»Weil sie nicht normal war. Was mein Vater gefühlt hat, als er da durch die Küche ging, war ... unglaublich intensiv. Er war am Boden zerstört.«

Max runzelte die Stirn. »Das hast du gespürt?«

»Ich habe es wahrgenommen, zum Teil jedenfalls. Es war schwierig, seine Gefühle zu bestimmen, weil er selbst so überwältigt davon war. Aber ich weiß, dass er außer sich war, völlig erschüttert, als hätte er gerade etwas herausgefunden, das er kaum glauben konnte.«

»Etwas, dass *sie* ihm hätte sagen sollen, das hast du ihn doch sagen gehört, oder?«

»Ja. Dem Kalender zufolge, den ich gesehen habe, muss das gewesen sein, als er das herausgefunden hat, weswegen er Hailey enterbt hat. Er ist Ende Mai gestorben, und er hat sein Testament erst ein paar Wochen davor geändert, nicht lange, nachdem sie fortgegangen war.«

Max runzelte immer noch die Stirn. »Und warum glaubst du, dass er ermordet wurde? Keiner hatte den geringsten Verdacht, dass es etwas anderes als Herzinfarkt gewesen sein könnte.«

»Schon, aber es war ja auch niemand hier, der einen Verdacht hätte haben können, niemand, der hätte Fragen stellen können. Die ganze Familie war weg, niemand war da, der hätte nachdenklich werden können. Er hatte keine engen Freunde. Es sah aus wie ein Herzinfarkt. Er war im richtigen Alter dafür, und sein Arzt hatte ihn bereits gewarnt, dass er mit seinen schlechten Angewohnheiten und seinem Temperament zur Risikogruppe gehörte. Und da es bis dahin noch keine anderen ungeklärten Todesfälle gegeben hatte, die die Leute hätten misstrauisch werden lassen …«

»Ich verstehe, warum hier niemand einen Mord vermutet hätte, aber wie kannst *du* so sicher sein, *dass* er ermordet wurde? Hat er damit gerechnet, hat er um sein Leben gefürchtet in dieser Szene, die du da gesehen hast?«

Nell begriff, und es fröstelte sie. »Nein, er hatte keine Ahnung«, antwortete sie langsam. »Er hatte keine Angst, er hat sich keine Sorgen gemacht. Seine Gedanken waren völlig auf den Schock gerichtet, den er erlitten hatte, aber er hatte nicht die geringste Angst oder Sorge um sich selbst. Ich war … ich muss da noch etwas anderes aufgeschnappt haben. Etwas anderes gespürt haben.«

»Zum Beispiel den Mörder?«

Sie holte tief Luft. »Zum Beispiel den Mörder.«

Nate McCurry fürchtete sich.

Zuerst hatte er sich nicht gefürchtet. Ach, er hatte es kaum zur Kenntnis genommen, als Peter Lynch gestorben war, und was Luke Ferrier anging – nun, Nate hatte immer schon damit gerechnet, dass dem etwas Schlimmes zustoßen könnte.

Doch als bei Randal Pattersons Tod dessen Sadomaso-Neigungen ans Licht gekommen waren, war Nat allmählich nervös geworden. Denn er hatte etwas mit Randal gemein. Und, so ging ihm langsam auf, mit den anderen auch.

Nicht, dass Nate ein *großes* Geheimnis gehabt hätte, nicht wie die anderen Jungs. Er hatte nicht gegen das Gesetz verstoßen, und er hatte auch keine Peitschen oder Ketten oder gar Leichen im Keller. Doch manchmal hatte ein Mann eben Dinge, die er lieber für sich behalten würde. Das war völlig natürlich. Völlig normal.

Außer natürlich, ein Wahnsinniger lief umher und bestrafte Männer für ihre Verfehlungen.

Er war so nervös, dass er in seinem Haus eine Alarmanlage einbauen lassen und dafür das Doppelte gezahlt hatte, damit der Einbau möglichst rasch vorgenommen wurde, obwohl der Betrieb, wie der Installationsmensch ihm erzählt hatte, aufgrund des hohen Bestellaufkommens mit der Arbeit im Rückstand gewesen war.

Er war also nicht der einzige nervöse Mann in Silence.

Und er konnte zumindest behaupten, dass es sich einfach auszahlte, sich zu schützen. Schließlich verkaufte er Versicherungen. Und jedermann wusste, dass Versicherungen sehr an Risikominimierung interessiert sind.

Genau das tat Nate, er minimierte sein Risiko.

Doch er fürchtete sich immer noch.

Es war nicht sehr hilfreich, dass er allein lebte. Es war gruselig, allein zu leben, wenn man sich fürchtete. Er ließ den Fernseher als Hintergrundgeräusch laufen, weil ihn jedes Knarren eines Astes oder der plötzliche Ruf einer Eule zusammenfahren ließen. Doch auch mit Hintergrundgeräusch ging er noch von Fenster zu Fenster, von Tür zu Tür und überprüfte die Schlösser. Ging auf Nummer sicher.

Beobachtete, wie die Nacht langsam dahinkroch.

Er schlief nicht. Er schlief schon seit Tagen nicht mehr.

»Nell, reden wir hier über denselben Mörder? Willst du damit etwa sagen, dein Vater war sein erstes Opfer?«

Sie zögerte, dann zuckte sie mit den Achseln. »Ich weiß nicht. Vielleicht. Vielleicht war das der Beginn seines kleinen Hinrichtungsplans.«

»Und er war hier im Haus.«

Wieder zögerte sie. »Das kann ich nicht mit Sicherheit sagen, Max. Aber es ergibt einen Sinn. Man hat meinen Vater hier im Haus gefunden, stimmt's?«

»Ja.«

»Es bestand kein Verdacht, dass die Leiche bewegt worden war.«

»Davon habe ich jedenfalls nichts gehört. Aber da es wie ein Herzinfarkt aussah, bezweifle ich, dass jemand das überprüft hat.«

Das war wohl richtig, und Nell nickte.

Max beobachtete sie grübelnd. »Selbst wenn er bewegt worden wäre, war das, was du aufgeschnappt hast, in diesem Zimmer – das heißt, der Mörder war irgendwann einmal hier.«

Nell war völlig klar, was ihn daran störte, und sie versuchte, eine Diskussion darüber zu vermeiden. »Es wäre schön, wenn ich noch einmal einen Blick auf die Szene werfen könnte, um zu versuchen, den Mörder besser zu spüren, aber so scheint das nicht zu funktionieren. Zumindest hat es das bisher nie. Ich sehe eine Szene nie zwei Mal.«

»Siehst du denn manchmal an einem Ort noch eine zweite Szene?«

»Bis jetzt nicht. Es ist, als würde ich einen Teil der Energie ableiten und gewissermaßen den Druck mindern, wenn ich die Energie eines Ortes einmal angezapft habe. Wie wenn man bei der ersten Berührung mit einem Türknauf durch statische Aufladung einen leichten elektrischen Schlag bekommt, aber bei der zweiten Berührung schon nicht mehr.«

»Wenn man den Türknauf nach einer Weile wieder berührt, bekommt man unter Umständen noch einmal einen Schlag«, berichtigte sie Max. »Wenn die elektrische Ladung sich wieder aufgebaut hat.«

»Richtig, aber bis jetzt habe ich nicht herausgefunden, wie lange das bei dieser Art von Energie dauert – falls es überhaupt passiert. Vielleicht könnte ich nach einer Woche, einem Monat oder einem Jahr wieder hingehen und noch einmal etwas sehen, aber bis jetzt ist es mir nicht gelungen. Vielleicht ist der Zeitrahmen dafür auch von Ort zu Ort unterschiedlich, je nach Intensität der gespeicherten Energien. Oder vielleicht entlädt sich diese spezielle Art von Energie auch vollständig, wenn man sie einmal angezapft hat. Ich weiß es einfach nicht.«

»Und in deiner Spezialeinheit weiß keiner was darüber?«

Nell lächelte schwach.

»Na ja, mal abgesehen von dem Riesenhaufen Fälle, die den Großteil unserer Zeit in Anspruch nehmen, sind die paranormalen Fähigkeiten, mit denen wir uns auseinander setzen, die wir verstehen müssen, auch ziemlich breit gefächert. Mit jedem neuen Tag lernen wir während der Ermittlungen, langsam und durch bittere Erfahrungen unsere Begabungen und unsere Grenzen auszuloten, aber das muss jeder für sich selbst tun.«

»Keine Hilfe vonseiten der Wissenschaft.«

»Nein. Und soweit es die heutige Wissenschaft betrifft, können übersinnliche Gaben nicht akzeptabel bewiesen werden. Klar, hier und da versuchen sich wohl noch ein paar Leute an der Forschung, aber wir sind davon überzeugt, dass man mit der heutigen Technologie und wissenschaftlichen Methodik einfach noch nicht in der Lage ist, paranormale Phänomene wirksam zu erfassen und zu analysieren. Noch nicht.«

Nun war es an Max, zu lächeln, wenn auch nur kurz. »Das klingt jetzt aber ein bisschen nach Pressetext.«

»In gewisser Weise ist es ja auch unsere Firmenphilosophie. Einer der Gründe, weshalb ich zur SCU gegangen bin, war, dass Bishop und seine Leute meiner Meinung nach eine sehr vernünftige Herangehensweise an paranormale Phänomene haben. Sie halten etwas nicht von vornherein für unglaubwürdig, bloß weil die Wissenschaft dafür noch keine Erklärung hat. Und ich habe noch niemanden aus dem Team das Wort *unmöglich* benutzen hören, wenn es um ein paranormales Phänomen ging.«

»Klingt wie eine ziemlich gute Art zu leben.«

Ein wenig überrascht erwiderte Nell: »Von einem nüchternen Rancher wie dir hätte ich diese Bemerkung gar nicht erwartet.«

Max senkte den Blick und betrachtete seine fast leere Kaffeetasse. Bedächtig sagte er: »Wenn man einmal mit dem Übersinnlichen in Berührung gekommen ist, verändert das vielleicht die eigenen Ansichten über vieles.«

Nell war versucht, diese Richtung weiterzuverfolgen und herauszufinden, wohin sie das führen mochte, doch sie schreckte davor zurück. Nicht jetzt. Noch nicht. Ein mulmiges Gefühl in der Magengegend sagte ihr, dass sie noch nicht so weit war, sich der Frage zu stellen, in welchem Ausmaß sie Max' Leben tatsächlich verpfuscht hatte. Deshalb bediente sie sich ihrer Professionalität, griff nach ihrem Sicherheitsnetz, dem eigentlichen Grund ihrer Anwesenheit. Sie rief sich ins Gedächtnis, dass ein gefährlicher Mörder frei herumlief. Denn das war doch wirklich Grund genug, sich auf ihre Aufgabe zu konzentrieren und alles andere beiseite zu schieben.

Zumindest für den Augenblick.

Deshalb sagte sie nur: »Was es im Kern nicht ändert, ist die Art, wie wir in einem Mordfall oder einer Mordserie ermitteln. Mein nächster Schritt wird sein, mir Zugang zu den Tatorten zu verschaffen. Zu allen. Und zwar, ohne mit meiner Dienstmarke zu wedeln.«

Max' Lächeln war jetzt ein wenig verkrampft – er hatte bemerkt, dass da eine Richtung nicht weiterverfolgt worden war –, doch er widersprach nicht. »Ich glaube, langsam nähern wir uns dem Grund, weshalb ihr mich in Wirklichkeit ins Vertrauen gezogen habt, du und die Bürgermeisterin. Ihr braucht mich, stimmt's, Nell?«

Diese Behauptung versetzte Nell einen eigenartigen kleinen Stich. Sie musste sich erst sagen, dass er meinte, sie brauche ihn beruflich. Natürlich meinte er das.

Sie wählte ihre Worte mit Bedacht. »Die Informationen, die wir bisher zusammentragen konnten, deuten daraufhin, dass du derjenige Insider bist, der mir am wahrscheinlichsten weiterhelfen kann. Du hast alle Opfer ganz gut gekannt. Alle Leute hier wissen, dass der Sheriff dich nicht mag und dir nicht traut, und deshalb würden sie sich nicht wundern, wenn man herausfindet, dass du … eigene Nachforschungen anstellst, um dich zu entlasten. Als Ranchbesitzer kannst du dir deine Arbeitszeit frei einteilen, ohne dass du unnötig Verdacht erregst. Und du hast die Angewohnheit, über die Grenzen deiner Ranch hinaus und auf abgelegenen und alten unbefestigten Straßen auszureiten. Du kennst dich also hervorragend aus und verfügst über eine Mobilität, die mir nutzen kann.«

»Und«, führte er ihren Gedankengang zu Ende, »niemand würde sich wundern oder Verdacht schöpfen, wenn er uns zusammen sieht.«

»Das auch.«

»War das deine Idee, Nell?«

Sie hätte es beinahe geleugnet, wollte es gern, doch schließlich sagte sie: »Es war in gewisser Weise … logisch. Das, und weil ich mir sicher war, dass du nicht der Mörder bist …«

»War es deine Idee, Nell?«

Sie zögerte einen Herzschlag lang, im Bewusstsein all des Unausgesprochenen, Unbeantworteten. Es war schwerer, als sie es sich vorgestellt hatte. »Es war mein Vorschlag.«

Er atmete tief durch. »Ich bin mir nicht sicher, ob es mir gefällt, benutzt zu werden.«

Nell achtete darauf, dass ihre Erwiderung nicht ärgerlich oder defensiv ausfiel: »Es ist zu deinem Vorteil, wenn du uns hilfst, die Wahrheit herauszufinden, das wissen wir beide. Wenn man den Sheriff sich selbst überlässt, nimmt er dich vermutlich eher fest, als dass er dich entlastet. Indem du mir – uns – hilfst, kannst du sicher sein, dass unvoreingenommene Ermittlungen stattfinden, die ausschließlich darauf ausgerichtet sind, den echten Mörder zu finden. Und wir haben nicht vor aufzugeben, bevor wir ihn haben.«

»Und du hältst es für deine Pflicht, solange meine Gegenwart zu ... ertragen?«

Auch darauf antwortete Nell besonnen; ihr war beklommen zumute angesichts der ironischen Tatsache, dass Max der einzige Mensch in Silence war, der in der Lage war, sie zu durchschauen. Und zwar eher früher als später. »Wir sind beide erwachsen, Max. Und zwölf Jahre sind eine lange Zeit. Die Vergangenheit ist erledigt, vorbei. Jetzt und hier wollen wir doch beide die Wahrheit über das herausfinden, was hier in Silence vor sich geht. Das ist alles. Das genügt.«

Doch schon während sie diese sorgfältig formulierten Lügen aussprach, wusste sie, dass sie damit nur das Unvermeidliche hinauszögerte. Früher oder später würde Max die Wahrheit hören wollen.

Sie hoffte nur, sie würde stark genug sein, sie ihm zu geben.

»Genügt das wirklich?«, fragte er nach.

»Das ist mein Job. Deshalb bin ich hier.«

Max nickte langsam, den Blick seiner dunklen Augen mit einer Intensität auf ihr Gesicht geheftet, die ihr unter die Haut ging. »Und es ist der einzige Grund, weshalb du hier bist. Das soll ich jedenfalls glauben.«

»Ich bin erst zurückgekommen, als ich musste. Darauf hast du selbst hingewiesen.«

»Du bist erst zurückgekommen ... als du einen Grund dafür hattest. Einen hübschen ... sicheren ... professionellen Grund.«

Früher, ehrlich gesagt.

»Wie gesagt: Es ist mein Job.« Sie hielt beinahe den Atem an, sie hatte Angst, er würde sie weiter bedrängen. Und noch mehr Angst, dass er es nicht tun würde.

Unvermittelt schob Max seinen Stuhl zurück und stand auf. »Okay«, sagte er mit ausdrucksloser Miene. »Ich denke darüber nach.«

Wieder hatte Nell dieses ungute Gefühl in der Magengegend, doch diesmal spürte sie auch einen schmerzlichen Stich des Bedauerns. Sie ließ es sich nicht anmerken. »Morgen bleibe ich hier. Ich habe im Haus genug zu tun. Aber lass dir nicht zu lange Zeit, Max. Wenn du dich dagegen entscheidest, muss ich mir was anderes überlegen, wie ich Zugang zu den Tatorten erhalte. Und die Zeit spielt eine Rolle.«

Sie wusste, sie klang professionell. Sachlich und unbeteiligt. Völlig professionell. Ganz die FBI-Agentin.

Er nickte, das Gesicht immer noch ausdruckslos. »Einen Aspekt deiner Visionen hast du nicht erklärt, weißt du.«

Sie wusste es. »Ja.«

»Du hast mir erklärt, dass du manchmal etwas siehst, das noch nicht passiert ist. Die Zukunft. Aber wie kann das sein, wenn es Erinnerungen sind, zu denen du Zugang erhältst?«

»Ich weiß es nicht.«

»Könnte es eine zweite, völlig andere Fähigkeit sein? Präkognition?«

»Bishop sagt Nein, und die anderen stimmen ihm zu.« Sie zuckte mit den Achseln, merkte, wie angespannt ihre Schultern waren. »Für mich fühlt es sich im Wesentlichen gleich an, ob ich nun Vergangenheit oder Zukunft sehe. Die gleichen Sinneswahrnehmungen, Gefühle, der Eindruck, aus der Zeit gefallen zu sein. Es ist also die gleiche Gabe. Vielleicht von ihrer Kehrseite, aber doch die gleiche Gabe.«

»Wie kann ein Ort den Eindruck, die *Erinnerung* von etwas speichern, das noch gar nicht passiert ist?«

»Ich weiß es nicht. Wir wissen es nicht. Vielleicht ist die Zeit ein flexibleres Phänomen, als wir uns vorstellen können, überhaupt nicht linear, sondern eine Schleife oder eine Reihe von Schleifen. Vielleicht nehmen unterschiedliche Zeitleisten denselben physischen Raum ein, nur in verschiedenen Dimensionen – in Dimensionen, zu denen ich irgendwie Zugang erhalte, weil sie eine andere Art von Energie beinhalten, die ich wahrnehmen kann. Oder vielleicht hat es auch mit dem Schicksal zu tun, damit, dass die physische Welt auch die Energie zukünftiger Ereignisse enthält, weil diese Ereignisse geschehen *werden*, weil sie geschehen *sollen* – und so in gewisser Weise bereits geschehen *sind*.«

Max schüttelte den Kopf. »Das ist mir ein bisschen zu metaphysisch.«

»Du hast gefragt.« Sie lächelte schwach und fragte sich, ob sie dies hätte tun können, ob sie damit hätte umgehen können, wenn sie sich nicht auf ihre Pflicht hätte berufen und auf ihre Professionalität hätte stützen können. Nein. Auf keinen Fall. »Die schlichte Wahrheit lautet, dass ich nicht weiß, wie es funktioniert. Ich weiß nur, dass es funktioniert.«

Er schien noch etwas sagen zu wollen, doch dann schüttelte er nur erneut den Kopf. »Tja, ich schätze, das muss ich akzeptieren. Einstweilen jedenfalls.«

Nell war versucht zu fragen, ob er erwartete, dass sich später etwas ändern würde, schreckte jedoch erneut davor zurück, zu sehr in ihn zu dringen. Sie stand auf und brachte ihn zur Tür.

»Ich gebe dir morgen Bescheid«, sagte er.

»Fein.« Ernst sah sie ihn an und fragte sich, ob er sie um des äußeren Scheins willen vertröstete oder aus einem anderen Grund. Er war dem wahren Motiv, dessentwegen sie hier war, schrecklich nahe gekommen, und von dort war es nur ein kleiner Schritt, bis er erraten würde, dass sie ihn aus anderen als den dürftigen Gründen, die sie ihm genannt hatte, in die Ermittlungen einbezog.

Wusste er es? Und wenn ja, würde er dieses Wissen nutzen, um es ihr heimzuzahlen?

Unvermittelt sagte Max: »Diese Szene, die du da draußen im Wald gesehen hast. Ein Mann, der die Leiche einer Frau trug.«

»Vielleicht eine Leiche. Sie muss noch nicht tot gewesen sein.« – »Wie auch immer, das könnte etwas sein, das noch nicht passiert ist.«

Nell antwortete in nüchternem Tonfall. »Unmöglich zu sagen. Ich habe die Aufzeichnungen über tote und vermisste Frauen im weiteren Umkreis überprüft, aber nichts scheint auf das zu passen, was ich gesehen habe. Also ist es vielleicht noch nicht passiert.«

»Und wenn es noch nicht passiert ist … dann könntest du das sein. Was du da gesehen hast, könnte eine Vision deiner eigenen Zukunft sein.«

»Ich sehe nie meine eigene Zukunft.«

»Du meinst, bisher nie.«

»Ich kann auf mich aufpassen, Max.«

Max hob seine Hände ein wenig an, als wollte er sie packen und schütteln, doch dann ließ er sie zu Fäusten geballt herabhängen und sagte gepresst: »Du ermittelst hier in einer Mordserie, du bist eine Bedrohung für den Mörder, und du hast etwas gesehen, das vielleicht bedeutet, dass du eine Konfrontation mit ihm verlieren wirst.«

Sie konnte ihm unmöglich beteuern, dass sie in Sicherheit war, denn das wäre eine Lüge gewesen. Also versuchte Nell es gar nicht erst.

»Was ich gesehen habe, ändert gar nichts, und wenn es so endet, dann endet es so. Ich muss hier einen Auftrag erledigen, Max, und das habe ich auch vor.« Sie hielt inne, doch nicht so lange, dass er die Chance gehabt hätte, mit ihr zu streiten. »Du brauchst mir nicht zu sagen, dass ich die Tür abschließen soll. Ich werde es tun.«

»Hast du einen unbewussten Todeswunsch, Nell, ist es das?«

»Nein. Gute Nacht, Max.«

Sie starrten sich an, dann fluchte Max kaum hörbar, trat hinaus und schloss die Tür so hinter sich, dass sie gut hörbar einrastete.

Nell schob den Riegel mit einem ebenso nachdrücklichen Geräusch vor, dann stand sie einen Augenblick lang da und betrachtete ihre zitternden Hände. Sie hatte gedacht, sie sei bereit dafür, doch die Stunden, die sie in Max' Gegenwart verbracht hatte, hatten sie eines Besseren belehrt. Sie war nicht bereit dafür gewesen. Sie würde es nie sein.

Doch es gab kein Zurück. Jetzt nicht mehr.

Nell seufzte und fragte sich, ob sie überhaupt an irgendeinem Punkt hätte umkehren können. Wahrscheinlich nicht. Im Universum ging es um Gleichgewicht und Bewältigung der Vergangenheit.

Früher oder später.

Was Max betraf – seine Sorge um ihre Sicherheit kam alles in allem völlig unerwartet für sie, und sie war sich nicht sicher, welche Gefühle das in ihr auslöste. Hauptsächlich war sie erschrocken, denn eine Vergeltung war doppelt so wirksam, wenn ihr eine Episode arglosen Glücks vorausging.

Erneut betrachtete sie ihre Hände und bemühte sich, nicht mehr zu zittern. Sie wunderte sich nicht, dass es ihr nur zum Teil gelang. Sie war erschöpft. Und besorgt. Und verängstigt. Und ganz kurz geriet sie in Versuchung, die Tür aufzureißen und Max zurückzurufen, denn an diesem Abend allein in diesem Haus zu bleiben war beinahe mehr, als sie ertragen konnte.

Nell streckte sogar schon die Hand nach dem Türknauf aus, doch dann zwang sie sich, sie fallen zu lassen.

Ich schaffe das. Ich kann auf mich aufpassen. Ich muss.

Sie ging durch die Diele in Richtung Küche. An dem Tischchen neben der Treppe, auf dem Telefon und Anrufbeantworter standen, blieb sie stehen. Der Anrufbeantworter blinkte. Nell drückte den Wiedergabeknopf und hörte die kurze Nachricht ab.

»Nell, ich bin's, Shelby. Hör mal, als ich heute ein paar Fotos gemacht habe, habe ich etwas … Unerwartetes eingefangen. Ich glaube, das solltest du dir ansehen. Ich kann es dir morgen vorbeibringen, ganz früh, wenn das okay ist. Heute Abend bin ich möglicherweise aus und komme erst spät zurück, aber du kannst mir auf dem Anrufbeantworter hinterlassen, um wie viel Uhr ich kommen soll.«

Nell sah auf die Uhr und griff zum Telefon.

Es war noch lange nicht Mitternacht, als er seine Meditation machte und seinen Traumkörper ausschickte, Nell zu besuchen. Er war zu dem Schluss gekommen, dass er so am unauffälligsten ein Auge auf sie haben konnte. Die Verbindung trug ihn diesmal sogar noch schneller zu ihr, es gefiel ihm, dass es ihm so leicht fiel, dem vertrauten Pfad zu folgen.

An manchen Dingen schien die Zeit spurlos vorüberzugehen.

Natürlich war sie im Bett und schlief, und eine Zeit lang schwebte er über ihr und sah einfach auf sie hinab. Hinreißend, ihr so nahe zu sein, ohne dass sie irgendetwas davon merkte. Sie so ungeniert betrachten zu können.

Sie war eine schöne Frau, das sah man sogar im Dunkeln. Die Nacht entzog ihr Farbe, ihr über das Kopfkissen ausgebreitetes Haar war schimmernde Dunkelheit, ihre Haut bleich, weich, ihre entspannten Züge das Abbild zarter Weiblichkeit. Sie hatte die Bettdecke bis zu den Schultern hochgezogen, sodass er nur erkennen konnte, dass sie keine Rüschen oder Reizwäsche trug, vielleicht ein T-Shirt oder etwas in der Art, farb- und formlos.

Während er sie so betrachtete, regte sie sich unruhig, und ein Strahl Mondlicht fiel durchs Fenster genau auf ihr Gesicht; er sah, wie sie flüchtig vor Unbehagen das Gesicht verzog. Das traf ihn unvorbereitet, erschütterte ihn kurz.

War sie einfach verstört, weil sie nach so vielen Jahren wieder in diesem Haus war? Störte das in dieser stillen friedvollen Nacht ihren Schlaf? Oder war sich ihr schlafender Verstand irgendwie seiner Anwesenheit bewusst?

Spürte sie ihn? Hörte sie ihn?

Ganz kurz war er beunruhigt, erschrocken, doch dann dachte er wieder an seine Möglichkeiten, und die waren zu faszinierend und verführerisch, um ignoriert zu werden.

Er konzentrierte sich und sammelte genügend Energie, um ihren Namen zu flüstern, dann beobachtete er genau ihre Reaktion. Er war beinahe sicher, dass da eine Reaktion war, dass erneut eine Grimasse über ihr Gesicht huschte und eine Pause in ihrer regelmäßigen Atmung auftrat.

Ah.

Wie empfänglich würde sie sein?

Wie weit konnte er gehen?

Nach kurzem Abwägen flüsterte er nochmals etwas: Diesmal forderte er Nell auf, sich im Bett herumzudrehen. Er wiederholte den Befehl, sanft, aber nachdrücklich, versuchte, sie durch die Kraft seines Willens zum Gehorsam zu zwingen. Eine weitere Unregelmäßigkeit in ihrer Atmung, ein weiteres kurzes Stirnrunzeln, und dann drehte sie sich um.

Ein sehr kleiner Erfolg, dachte er, aber ein guter Beleg dafür, dass er sie beherrschen konnte. Ein guter Anfang. Ein weiteres Werkzeug, für das er zweifelsohne gute Verwendung finden würde. Ja, eindeutig.

Er würde darüber nachdenken müssen. Noch ein bisschen üben, um seine Kontrolle über sie zu verbessern.

Lächelnd überließ er Nell ihren verstörenden Träumen.

7

Freitag, 24. März

Ethan Cole schloss die Aktenmappe und blickte die kleine Gruppe, die unbehaglich auf den Besucherstühlen vor ihm saß, finster an. »Also, was können Sie mir berichten?«

Justin Byers warf den beiden anderen Detectives der Kriminalpolizei – genau genommen bestand die Kriminalpolizei von Lacombe Parish nur aus ihnen dreien, doch die uniformierten Kollegen halfen bei Bedarf aus – einen Blick zu und begriff verdrossen, dass man ihn stillschweigend zum Wortführer gekürt hatte. Ob es ihm nun gefiel oder nicht.

»Wir können Ihnen berichten, dass wir diese Woche kaum mehr haben als letzte Woche«, erwiderte er sachlich. »Wir wissen, dass alle vier Opfer in der Nacht, bevor sie ermordet wurden, einen Telefonanruf erhielten und dass die Anrufe von verschiedenen öffentlichen Telefonen in der ganzen Stadt aus getätigt wurden. Bis jetzt konnten wir keine Zeugen finden, die jemanden bei diesen Anrufen beobachtet hätten. Abgesehen davon gibt es nichts Neues zu berichten.«

Die Miene des Sheriffs verfinsterte sich noch mehr. »Schon irgendwelche Geheimnisse bei George Caldwell gefunden?«

Ohne mit der Wimper zu zucken, antwortete Justin: »Bis jetzt nicht.«

»Scheiße. Ich hasse es, darauf zu warten.«

Kelly Rankin, der einzige weibliche Detective, meinte mitfühlend: »Das ist wie eine Zeitbombe, die jeden Moment hochgehen kann. Nervtötend.« Sie schüttelte den Kopf und schob sich geistesabwesend eine Strähne ihres hellen Haars aus dem Gesicht. Ethan nickte knapp. »Allerdings. Hören

Sie, haben wir irgendeine Ahnung, ob dieser Dreckskerl sich jetzt ausgetobt hat?« Justin meinte: »Das kann man nicht wissen. Vielleicht hatte er nur vier Namen auf der Liste, vielleicht aber auch ein Dutzend. Bis jetzt haben wir den gemeinsamen Nenner ja noch nicht gefunden – nicht eine einzige Person, die irgendeinen Groll hegt und die wir mit allen vier Männern in Verbindung bringen könnten.«

Kelly meldete sich nochmals zu Wort: »Zugegeben, wir haben die Geheimleben der Opfer noch nicht so gründlich überprüft, dass wir sagen könnten, wir hätten alles gefunden, was da zu finden ist. Diese Typen hatten ihre Laster *sehr* gut versteckt. Und ihre Laster waren alle so ... *unterschiedlich*. Ich meine, wir haben Pornografie, Glücksspiel, Veruntreuung – und Gott weiß, was Caldwell für eins hatte.«

»Alle unterschiedlich«, murmelte Ethan nachdenklich.

Sie nickte, der Blick ihrer blauen Augen war aufmerksam. »Genau. Vielleicht verschwenden wir also unsere Zeit, wenn wir ihre kleinen Geheimnisse durchleuchten und nach dem gemeinsamen Nenner suchen, dem einen Feind, den sie sich vielleicht alle gemacht hatten.«

Justin meinte: »Vielleicht *sind* die Geheimnisse der gemeinsame Nenner.«

Der dritte Detective ihrer Abteilung, Matthew Thorton, nickte zustimmend. Er wirkte müde – eigentlich kaum überraschend –, die grauen Augen blutunterlaufen und das ergrauende dunkle Haar ein wenig zerzaust. »Das ist wirklich das Einzige, dessen wir uns bisher sicher sind – dass zumindest drei der vier Opfer eine Art Doppelleben geführt haben. Also haben wir es hier vielleicht mit einem Mörder zu tun, dessen einziges Ziel es ist, Geheimnisse aufzudecken. Vielleicht hat keiner von denen dem Kerl persönlich etwas getan. Vielleicht mag er einfach keine Menschen, die vorgeben, etwas zu sein, was sie gar nicht sind.«

»Aber wenn das stimmt, macht das unsere Aufgabe nicht leichter«, beendete Justin den Gedankengang seufzend.

»Dann brauchen wir gar nicht erst zu versuchen herauszukriegen, wer das nächste Opfer sein könnte. Und wenn dieser Kerl keine konkrete Verbindung zu den Opfern hat, dann haben wir so ziemlich null Chancen, ihn zu schnappen, es sei denn, er macht einen Fehler.«

Der Sheriff betrachtete ihn ein wenig grimmig. »Das ist aber eine ziemlich defätistische Einstellung.«

»Realistisch. Serienmörder ohne Verbindung zu ihren Opfern werden geschnappt, wenn sie Mist bauen. Punkt.« Zu spät fing er sich wieder und ergänzte in deutlich zurückhaltenderem Tonfall: »Jedenfalls nach allem, was ich zu dem Thema gelesen habe.«

Nach einer Weile lehnte Ethan sich mit seinem Stuhl so weit zurück, dass es knarrte, und schüttelte den Kopf. »Ich bin immer noch nicht davon überzeugt, dass wir es hier nur mit einem Mörder zu tun haben. Zum einen: Wir haben vier unterschiedliche Todesursachen: Gift, Ertrinken, Tod durch elektrischen Strom und Erschießen. Wie oft kommt es vor, dass ein einziger Mörder seine Methode so stark variiert?«

»Nicht oft«, räumte Justin ein. »Aber es kommt vor. Besonders, wenn es eine seiner Absichten ist, die Polizei abzuschütteln.« – »Mag sein. Aber solange Sie nicht George Caldwells Geheimleben gefunden haben – vorausgesetzt, er hatte eins – oder eine andere Verbindung zu den ersten drei Opfern herstellen können, bin ich geneigt, seine Ermordung als Einzelverbrechen zu betrachten, das mit den anderen dreien nichts zu tun hat.«

Das überraschte Justin ein wenig. Wenn Ethan Cole wirklich eins von Caldwells Erpressungsopfern war, würde er dann seine Ermittler darauf bringen, nach einem Motiv zu suchen, das nur für diesen Mord galt? Oder war er womöglich davon überzeugt, dass ein solches Motiv jemand anderen belasten und außerdem ans Licht kommen würde, ehe jemand Belege für Caldwells geheimes Laster fände?

Oder irrte Justin sich völlig im Sheriff, sah Widerstreben

oder Behinderung der Ermittlungen, wo in Wirklichkeit nichts dergleichen war?

Kelly meinte: »Er hat wie die anderen auch in der Nacht, bevor er ermordet wurde, einen Anruf von einem öffentlichen Telefon aus erhalten, das ist sicher.« Es war kein regelrechter Einwand, nur eine vorsichtige Erinnerung.

»Menschen werden von Telefonzellen aus angerufen. So was kommt vor.« – Justin wechselte einen Blick mit den anderen beiden. »Na ja, wir werden die Wahrheit schon herausfinden, wenn wir nur tief genug graben. Jedenfalls ist da eine Sache, die den Mord an Caldwell tatsächlich von den anderen unterscheidet. Er ist der Einzige der vier, bei dem wir einigermaßen sicher davon ausgehen können, dass er seinen Mörder gesehen hat.«

»Ich frage mich, ob das etwas zu bedeuten hat«, sagte Kelly, als würde sie laut nachdenken. »*Wenn* der Caldwell-Mord zu der Serie gehört, warum wurde er dann so … direkt umgebracht? Ich meine, so von Angesicht zu Angesicht.«

»Wir gehen davon aus«, erwiderte Justin, »dass Luke Ferrier entweder durch irgendeine Droge am Steuer das Bewusstsein verlor und so versehentlich ins Wasser fuhr oder man ihn schon vorher bewusstlos gemacht, ins Auto gesetzt und den Wagen in den Flussarm gesteuert hat, ja? Dass er wahrscheinlich keine Gelegenheit hatte, seinen Mörder zu sehen.«

Kelly sah ihn mit gerunzelter Stirn an. »Nun, ich gehe davon aus. Es gab keine Anzeichen für einen Kampf, nichts, was darauf hindeutet, dass Ferrier sich irgendwie zur Wehr gesetzt hätte. Also ergibt das Ganze nur einen Sinn, wenn es entweder Selbstmord war oder er bewusstlos war und sich nicht wehren konnte. Und da er eindeutig vorhatte, aus Silence wegzugehen, glaube ich nicht an die Selbstmord-Theorie.«

Justin nickte. »Okay. Aber wenn wir davon ausgehen, dass der Mörder dort bei Ferrier war, auch wenn man ihn nicht gesehen hat, dass er den Mann in sein Auto gesetzt und es in den Flussarm gesteuert hat, dann ist der einzige Mord, der wirklich heraussticht, was die Ausführung betrifft, der an Peter Lynch.«

»Der Mörder hat ihn nicht sterben sehen«, begriff Ethan. »Vorausgesetzt, das Gift war irgendwann vorher unter die Vitamine gemischt worden, sodass nicht abzusehen war, wann er auf die präparierten Pillen stoßen würde.«

»Bloß sind wir nicht sicher, dass es so war.« Justin seufzte. »Wir sind uns in verdammt vielen Punkten nicht sicher.«

Kelly schüttelte den Kopf. »Hat hier noch jemand das Gefühl, dass dieser Kerl nur mit uns spielt?«

»Ich«, meldete sich Matthew niedergeschlagen.

»Eine direkte Herausforderung an uns?« Justin erwog diesen Gedanken, dann zuckte er mit den Achseln. »Mag sein. Aber ich habe das Gefühl, dass er seinen Schlachtplan fertig ausgearbeitet hat und sich daran halten will, egal was wir tun. Als ob jeder Mord als Teil der Bestrafung der Opfer gedacht ist. Peter Lynch, der Gesundheitsfanatiker, wird vergiftet. Luke Ferrier, der so stolz ist auf seine Schwimmpokale, ertrinkt. Randal Patterson, der bekannt ist für seine Eitelkeit, wird durch elektrischen Strom in seiner Badewanne hingerichtet. Und George Caldwell, der zum Thema Schusswaffensicherheit Öffentlichkeitsarbeit gemacht und Vorträge in Schulen gehalten hat, wird in den Kopf geschossen.«

Kelly sah ihn erstaunt an. »Himmel, du hast Recht. So habe ich das noch gar nicht gesehen, aber ... das passt alles.«

Ethan betrachtete ihn ebenfalls, und zwar sehr nachdenklich. So beiläufig wie möglich sagte Justin: »Es mag passen, aber es ist nur eine weitere Theorie, und soweit ich sehe, hilft sie uns kein Stück weiter. Wir sind der Identifizierung dieses Kerls oder einer Vorhersage seines nächsten Schritts *oder* seines nächsten Opfers kein Stück näher gekommen.«

»Aber Sie glauben, er ist noch nicht fertig«, sagte Ethan.

»Ich glaube, es wäre ein Fehler, wenn wir das annehmen. Denn selbst wenn auf seiner persönlichen Abschussliste nur vier Namen stehen – er kommt davon, bis jetzt zumindest. Und welche Gründe er auch am Anfang gehabt haben mag, so ein Erfolg kann ihn nur ermutigen. Wenn er darauf aus ist, die Bösen zu bestrafen, dann wird ihn die Tatsache, dass wir ihn nicht aufhalten können, sicherlich ermutigen weiterzumachen. Vielleicht kommt er sogar zu dem Schluss, dass Gott ihn auserwählt hat, genau das zu tun. Und wir wissen alle, dass man auch in einer kleinen Stadt wie Silence Schlechtigkeit findet, wenn man nur danach sucht.«

»Scheiße«, meinte Ethan. Er seufzte. »Okay, Leute, wir müssen wissen, ob der Mord an Caldwell zu den anderen gehört oder nicht, und zwar schnell. Findet das raus.«

In sorgsam neutralem Tonfall bemerkte Justin: »Vielleicht wäre es eine gute Idee, mit seiner Witwe zu sprechen. Ich weiß, das ist jetzt kein guter Zeitpunkt, aber ...«

Der Sheriff fluchte nochmals, doch kaum hörbar. »Tun Sie das. Sprechen Sie mit jedem, mit dem Sie sprechen müssen, aber finden Sie die Wahrheit heraus.«

»Egal, was die Wahrheit ist?«, fragte Justin.

»Ja.«

»Siehst du, was ich meine?« Shelby deutete auf das Foto, das sie gerade auf den Massivholztisch in Nells Küche gelegt hatte. »Ich habe noch zwei andere Fotos von dir, aber nur auf dem hier taucht etwas auf, das ich mir nicht erklären kann. Ich würde sagen, das ist auf jeden Fall merkwürdig.«

Nell beugte sich über das Foto und runzelte die Stirn. Das Wort, das sie gewählt hätte, um es zu beschreiben, lautete *beunruhigend*. Sich selbst zu sehen, wie sie die Stufen des Gerichtsgebäudes hinabging, nicht ahnend, dass da ein Schatten über ihr aufragte ... Sie spürte, wie ihr ein kalter Schauder über den Rücken kroch. Sie hatte ja das Gefühl gehabt, dass jemand sie beobachtete, und nun schien es doch mehr zu sein als ihre Nerven, die blank lagen, weil sie wieder zu Hause war.

Sie sagte: »Und dir fällt keine andere Erklärung dafür ein?

Es ist nicht einfach der Schatten von etwas, von einem Gegenstand außerhalb des Bildes, oder ein Problem mit der Linse oder ...«

Mit strahlenden Augen schüttelte Shelby den Kopf. »Nö. Ich habe sämtliche möglichen Ursachen bedacht, aber hier passt keine. Dieser Schatten war mit bloßem Auge nicht sichtbar – nur für das Kameraauge. Und er ist eindeutig da. Falls du also nicht an Gespenster glaubst ... Übrigens, glaubst du an Gespenster?«

Ohne hochzusehen, lächelte Nell schwach. »Das tue ich tatsächlich. Aber nach allem, was ich zu dem Thema gehört habe, sind fotografische Zeugnisse von Geistern im Freien selten. Nicht beispiellos, wohlgemerkt, aber selten.«

»Der Maßstab stimmt auch nicht«, meinte Shelby. »Ich meine, wenn wir von dem Geist eines durchschnittlichen Menschen reden. Meiner Schätzung nach ist dieser Schatten rund zwei Meter groß. Oder hoch. Was auch immer.«

Nell zeichnete die bedrohliche Gestalt mit dem Finger nach, dann lehnte sie sich seufzend zurück und versuchte, sich nicht anmerken zu lassen, dass ein anhaltender kalter Schauder langsam von ihrem Rücken Besitz ergriff, als wollte er so schnell nicht mehr verschwinden. »Und er ist auch auf dem Negativ?«

»Ja.« Shelby trank einen Schluck Kaffee und beobachtete die andere Frau mit ihren strahlenden, forschenden Augen. »Das ist die einzige Aufnahme, die ich gestern von dir gemacht habe, deshalb kann ich nicht sagen, ob der Schatten ... dir gefolgt ist. Wie Max.«

»Mit Max werde ich fertig«, sagte Nell leichthin.

»Tatsächlich?«

»Glaubst du nicht?«

Bedächtig antwortete Shelby: »Ich glaube, du und Max, ihr habt eine lange gemeinsame Geschichte. Und eine ganze Menge unbeantworteter Fragen auch. Aber Nell, was man bei einem siebzehnjährigen Mädchen entschuldigen, ihr vielleicht sogar vergeben kann, darüber sieht man bei einer Frau, die auf die dreißig zugeht, nicht so leicht hinweg. Und Max ist nicht mehr der Zweiundzwanzigjährige, den seine sehr junge Freundin und ihre ... ungewöhnliche Familie zwingen, Abstand zu halten und vielleicht nicht allzu viele Fragen zu stellen.«

Energischer fuhr Shelby fort: »Natürlich gab es Fragen, die er stellen musste, als du davongelaufen warst. Und da er dich ja nicht mehr fragen konnte ... Nach allem, was ich gehört habe, hat er an jenem Abend deinen Vater zur Rede gestellt. Wusstest du das?«

»Nein.« Nell weigerte sich, genauer nachzufragen, und ein Teil von ihr hoffte, Shelby würde ihr die Antwort nicht von sich aus geben. Aber das war wohl kaum Shelbys Stil.

»Max war nie jemand, der sich öffentlich beschwert oder anderen Leuten von seinen Angelegenheiten erzählt, das wissen wir beide. Deshalb ist alles, was ich gehört habe, aus zweiter und dritter Hand. Aber mein eigener Vater hat meiner Mutter erzählt, dass Adam Gallagher sich damit gebrüstet hat, wie er Max Tanner in hohem Bogen die Treppe runtergetreten hätte. Das ist wörtlich zu verstehen.«

Nell zuckte zusammen.

Shelby beobachtete sie und sagte: »Ich persönlich bin davon überzeugt, dass Max sich nicht gewehrt hat, nicht gegen deinen Vater, nicht, wenn er nicht genau wusste, weswegen du einfach so davongelaufen warst. Er mag ja höllisch jähzornig sein, aber er schlägt nicht blind um sich. Vielleicht hat er sogar gedacht, es wäre seine Schuld gewesen – dass er irgendwas getan hätte, was dich vertrieben hat. Jedenfalls hat dein Vater immer behauptet, er wüsste nicht, wieso du weggelaufen bist, und hat Max die Schuld daran gegeben.«

»Es war nicht wegen Max.«

»Nein. Das habe ich nie geglaubt. Aber andere schon, Nell. Es gab eine Menge Theorien: Von Vergewaltigung über eine ungewollte Schwangerschaft bis hin zu der Idee, dass du es zwischen zwei dominanten Männern nicht mehr ausgehalten hast, war alles dabei.«

Statt die implizite Frage danach, was tatsächlich passiert war, zu beantworten, sagte Nell nur: »Das klingt, als hätte Max … allen Grund, verbittert zu sein.«

»Genau. Aber da schau her.« Shelby klopfte mit dem Finger auf das Foto und lächelte. »Wenige Tage, nachdem du zurück in die Stadt gekommen bist, folgt er dir, vielleicht wacht er sogar über dich. Ich vermute mal, er ist nicht nachtragend.«

Auch diese implizite Frage danach, ob Nell irgendwie in Gefahr sei, beantwortete sie nicht. »Offenbar. Oder vielleicht will er auch nur ein paar Antworten.«

»Vielleicht. Und vielleicht wirst du mit ihm fertig – zumindest diesmal. Aber an deiner Stelle wäre ich vorsichtig, Nell. Wie gesagt, er ist nicht mehr zweiundzwanzig. Was er vor zwölf Jahren auch gewesen sein mag, heute ist er kein Mann, den man sitzen lässt.«

»Das war er nie«, murmelte Nell. »Manche Dinge wird man nicht los, egal, wie weit man wegläuft.« Ehe Shelby da einhaken konnte, fügte sie mit kräftigerer Stimme hinzu: »Also ist dieser … Schatten … mir vielleicht gefolgt, oder aber er ist gestern einfach zufällig vorbeigekommen. In einem alten Gerichtsgebäude wie dem hier können genauso gut Geister wohnen wie in jedem anderen alten Haus, würde ich sagen.«

»Und im Keller war früher das Gefängnis«, rief Shelby ihr in Erinnerung. Sie nahm den Themenwechsel hin, ohne mit der Wimper zu zucken. »Ich meine, mich an mindestens eine alte Geschichte über einen zu Unrecht angeklagten Mann zu erinnern, der sich da drin umgebracht hat. Ist bei schuldhafter Tötung die Wahrscheinlichkeit nicht besonders groß, dass Geister … entstehen? … erschaffen werden?«

Nell durchforschte die Informationsfetzen, die ihr Hirn in den letzten Jahren gespeichert hatte. »Schuldhafte Tötung.

Plötzliche oder gewaltsame Todesfälle. Oder Menschen, die unbedingt noch etwas zu Ende bringen wollen. Zumindest glaube ich, dass das die Kandidaten sind, die mit größter Wahrscheinlichkeit bleiben und sich bemerkbar machen, anstatt weiterzuziehen.«

Nachdenklich schürzte Shelby die Lippen. »Dann meinst du also, das ist nur ein Geist, der sich beim Gerichtsgebäude herumtreibt?«

»Könnte sein.«

»Hm. Und neigen solche Geister dazu, bedrohlich über Passanten aufzuragen?«

»Ich bin keine Expertin dafür, Shelby.«

»Nicht?«

»Nein.«

»Du hast keine Kristallkugel?«

»Ich fürchte, nein.«

»Keine Tarotkarten?«

Nell musste lächeln. »Sorry.«

»Tja«, sagte Shelby mit gespieltem Abscheu, »was für eine Enttäuschung. Und ich habe hier wilde, mystische Dinge von unserer abtrünnigen Hexe erwartet.«

»Ja, Max hat mir schon erzählt, dass das die vorherrschende Meinung hier ist.«

Shelby grinste sie an. »Sag nicht, du hast geglaubt, die Stadt könnte sich verändert haben. Aber nicht doch. Immer noch genauso engstirnig, immer noch die gleiche Angst vor allem, was zu anders ist, so ist Silence. Oder der Großteil von Silence jedenfalls.« – »Ich bin überrascht, dass du geblieben bist«, gab Nell zu bedenken.

»Wirklich? Eigentlich ist das gar nicht so überraschend. Alle finden, ich sei anders – aber wiederum nicht *so* anders, dass ich bedrohlich wäre. Alles in allem gefällt es mir hier.« Sie legte den Kopf schief wie ein neugieriger Vogel. »Was ist mit dir? Irgendwelche Sehnsüchte, hier zu bleiben, wo du jetzt wieder zu Hause bist?«

»Ich habe ein, zwei Mal darüber nachgedacht.« Nell zuckte mit den Achseln. »Aber ich mag es nicht, wenn die Leute Angst vor mir haben. Sogar Leute, die keine Ahnung haben, haben Angst, ich könnte sie mit einem Fluch belegen oder so was.«

»Aber du bist nun mal übersinnlich begabt«, sagte Shelby sachlich.

Im gleichen Tonfall erwiderte Nell: »Viele Menschen haben übersinnliche Begabungen.«

»Ich nicht.«

Nell lachte leise. »Hast du schon mal daran gedacht, dass dieser Schatten da vielleicht gar nichts mit mir zu tun hat, sondern mit dir?«

Shelby runzelte flüchtig die Stirn, dann schüttelte sie den Kopf. »Nein, denn wenn das so wäre, dann wäre so was in der Art schon viel früher auf meinen Fotos aufgetaucht.«

»Vielleicht. Aber übersinnliche Gaben treten nicht immer von Kindesbeinen an auf, weißt du. Manchmal ... treten sie erst beim erwachsenen Menschen voll in Erscheinung.«

»Echt?«

»So habe ich es gehört.«

»Aus heiterem Himmel?«

Nell zögerte, dann sagte sie: »Na ja, normalerweise gibt es einen Auslöser. Einen Schock oder ein traumatisches Erlebnis.« – »So was hatte ich nicht«, versetzte Shelby, und ihre Stimme verriet eher Enttäuschung als Erleichterung. »Alles in allem hatte ich doch bisher ein ziemlich langweiliges ereignisloses Leben. Und da das hier noch nie vorgekommen ist, können wir wohl einfach davon ausgehen, dass der Schatten auf dem Bild aufgetaucht ist, weil du drauf bist, und nicht, weil ich es gemacht habe.«

Nell lenkte ein. »Tja, wenn wir davon ausgehen, stellt sich die Frage, warum? Warum ist genau dieser Schatten auf genau diesem Foto an genau diesem Tag aufgetaucht? Werde ich von einem Geist heimgesucht? Das ist mir nämlich noch

124

nie passiert. Oder spukt es am Gerichtsgebäude? Wenn das so wäre, hättest du zumindest theoretisch auch früher schon einen Schatten auf deinen Fotos sehen können. Hast du das Gerichtsgebäude schon mal fotografiert?«

»Oft. Mit und ohne Menschen. Aber ich hatte noch nie einen Schatten wie den hier drauf.«

Nell betrachtete das Foto und versuchte, darin eine bestimmte Gestalt zu erkennen, ohne sich, beklommen wie ihr zu Mute war, eine von ihrer Fantasie vorgaukeln zu lassen. Die Gestalt war in etwa männlich, doch irgendwie in die Länge gezogen, verzerrt. Und Shelby hatte Recht, sie schien beinahe … bedrohlich über ihr aufzuragen.

Eine gutmütige Seele würde vielleicht sagen, der Schatten beuge sich über sie, als wollte er ihr Schutz gewähren.

Nell fand, er wirke eher bedrohlich als beschützend.

»Mir wird ganz anders, wenn ich mir das ansehe«, meinte Shelby.

Nell entging der ernste Tonfall nicht. Sie teilte Shelbys Gefühl. Doch sie sagte: »Ein Schatten kann mir nichts tun.«

»Wenn es denn ein Schatten ist. Aber da ist nichts, was diesen Schatten hätte *werfen* können, Nell. Nichts Materielles jedenfalls. Also ist es vielleicht doch etwas anderes. Und vielleicht kann es dir doch etwas tun.« Sie zog eine Grimasse. »Ich wollte vorhin nichts sagen, aber du wirkst heute ein bisschen … zerbrechlich.«

»Ich habe nicht gut geschlafen, das ist alles.«

»Nur letzte Nacht oder seit du nach Hause gekommen bist?«

Nell zuckte mit den Achseln. Die Geste war Antwort genug.

Ernst fragte Shelby: »Glaubst du deshalb an Geister? Denn wenn ja, habe ich ein sehr gemütliches Gästezimmer, in dem du herzlich willkommen bist.«

»Nein, in diesem Haus spukt es nicht.« Nell verzog ein wenig das Gesicht. »Keine Schritte auf der Treppe oder Ketten, die nachts rasseln, oder unerklärliche kalte Stellen. Ich habe nichts gesehen oder gehört – nichts Ungewöhnliches.« Sie erwähnte weder die Vision von ihrem Vater hier in diesem Raum, noch gab sie zu, dass sie mehrfach gedacht hatte, jemand flüstere ihren Namen. In diesem Haus gab es keine Gespenster, dessen war sie sich sicher.

Außerdem war Shelby für sie zwar früher von allen Kindern einer Freundin am nächsten gekommen, doch Nells eigenes verschwiegenes Wesen hatte sie stets davon abgehalten, viel über ihr Leben oder ihre Fähigkeiten preiszugeben, und in diesem Augenblick wollte sie auf nichts davon eingehen.

Immer noch in ernstem Tonfall sagte Shelby: »Dann sind es vielleicht einfach die Gefühlsgespenster, die dich im Schlaf heimsuchen. Es ist bestimmt nicht einfach für dich, nach so vielen Jahren nach Hause zu kommen.«

Nell schreckte zurück vor der unausgesprochenen Aufforderung, über das zu sprechen, was ihr zu schaffen machte. Grimmig fragte sie sich, ob es eher die von Berufs wegen neu erlernte Verschwiegenheit oder nur ihr altes Widerstreben, sich zu öffnen, war, was sie schweigen ließ.

Was es auch sein mochte, sie hörte sich sagen: »Die ersten Nächte in einem fremden Bett schlafe ich nie gut. Das geht vorbei. Und dieses Haus fühlt sich wirklich nicht wie mein Zuhause an, weißt du. Soweit ich sagen kann, hat Hailey so ziemlich alles verändert, von den Teppichen bis zur Tapete. Die Hälfte der Möbel habe ich noch nie gesehen.«

»Sie ist gerne einkaufen gegangen«, bemerkte Shelby grinsend.

»Was du nicht sagst.«

»In der Stadt hieß es, als deinem Vater nur noch ein Töchterchen geblieben war, hätte er es irgendwie übertrieben, weil er sie unbedingt halten wollte. Sie hätte alles von ihm haben können, so in der Art.«

Nell hätte ihr sagen können, dass ihre Schwester schon immer gut darin gewesen war, die Umstände für sich arbeiten zu lassen, doch sie bemerkte lediglich: »Wundert mich gar nicht.«

»Das schien ja auch zu funktionieren. Ich meine, sie wirkte ganz zufrieden. Bis die ersten leisen Gerüchte über sie und Glen Sabella aufkamen, und ehe wir's uns versahen, war sie mit ihm auf und davon.«

»Unser Vater war immer sehr ... unversöhnlich. Falls sie irgendetwas getan hat, was ihn enttäuscht hat, hat er bestimmt nicht gezögert, ihr zu sagen, was er davon hält.«

»Und sie gleich enterbt?« Shelby schüttelte den Kopf. »Du liebe Güte, das nenne ich knallhart. Aber dich hat er nicht enterbt.«

»Ich bin auch nicht mit einem anderen ... ich bin auch nicht mit einem Mann davongelaufen.« Nell sah, wie Shelbys Augen sich verengten, und fügte rasch hinzu: »Jedenfalls fühlt sich dieses Haus, wie gesagt, nicht wie mein Zuhause an. Aber ich habe viel um die Ohren, da ist es kein Wunder, dass ich nicht gut schlafe.«

Eine Weile sah Shelby sie an, dann tippte sie mit dem Finger auf das Foto, das immer noch zwischen ihnen auf dem Tisch lag. »Und das hier?«

»Ich kann es mir nicht erklären«, gestand Nell. »Vielleicht ... nehmen wir das beide zu ernst. Okay, wir haben keine Erklärung dafür, aber das bedeutet noch lange nicht, dass es nicht einfach ... ein Schatten ist.«

»Und wenn es doch mehr ist?«

»Dann habe ich keine Ahnung, was das sein sollte. Aber ... ich kenne da jemanden, der das vielleicht für uns herausfinden könnte. Darf ich das behalten?«

»Ja, sicher. Ich habe für mich selbst auch einen Abzug gemacht, aber der hier ist für dich.« Shelby wühlte in ihrer Schultertasche und förderte einen braunen Briefumschlag zutage. »Ich habe dir auch das Negativ mitgebracht. Hey, du wirst es mir doch erzählen, wenn dein Experte da herausbekommt, was das ist, oder?«

127

»Klar.« Den Blick auf die andere Frau geheftet, schob Nell das Foto zum Negativ in den Umschlag. Sie kämpfte kurz mit sich, doch schließlich hatte sie darüber seit dem Tag, an dem sie angekommen war und mit Shelby gesprochen hatte, nachgedacht, und so beschloss sie unvermittelt, ihrem Instinkt zu folgen. »Shelby ... diese Morde. Die interessieren dich doch?«

»Ich habe Rätsel immer geliebt, das weißt du doch.« Shelby grinste. »Je unergründlicher, desto besser. Und das hier ist so unergründlich wie nur etwas. Warum?«

Nell atmete tief durch. »Weil ich dich um einen Gefallen bitten möchte. Und dir eine Geschichte zu erzählen habe.«

Das Geschäft lief schleppend an diesem Freitag, deshalb ließ Nate McCurry seine Sekretärin mit ihren Büroarbeiten allein und ging unter dem Vorwand in die Stadt, er wolle einige Kunden besuchen. In Wirklichkeit ging er einen Kaffee trinken, um bei der Gelegenheit das Neueste über die Mordermittlungen zu erfahren.

Und da war er nicht der Einzige. Das Café war für einen Wochentag um diese Uhrzeit, etwa in der Mitte zwischen dem Frühstücks- und dem Mittagsbetrieb, ungewöhnlich gut besucht, wobei die meisten Gäste wie Nate Kaffee tranken oder irgendeinen leichten Imbiss zu sich nahmen, den sie als spätes Frühstück ausgeben konnten.

Abgesehen davon gab sich niemand Mühe, etwas vorzutäuschen.

»Ich habe gehört, die Cops haben allen möglichen Dreck bei George Caldwell gefunden«, verkündete ein Gast, der mit dem Rücken zur Imbisstheke saß, sodass er die anderen Gäste sehen konnte.

»Wie zum Beispiel?«, wollte ein anderer Mann wissen.

»Pornos, habe ich gehört. Und zwar wirklich widerliches Zeug.«

»Quatsch, ich habe gehört, es waren Diamanten.«

Jemand lachte, und ein älterer Mann mit schwerem Körperbau meinte ungläubig: »Willst du behaupten, der alte George wäre ein Juwelendieb gewesen? Mal abgesehen davon, dass der in etwa so leichtfüßig war wie ich, würde ich sagen, dass es hier in der Gegend für einen Juwelendieb nicht viel zu holen gibt.«

»Eine Menge Leute legen ihr Geld in Gold oder Juwelen an, Ben. Du würdest dich wundern, wie viele.«

Ben Hancock schüttelte den Kopf und sagte: »Juwelen waren das nicht. Und Pornos auch nicht. Würde mich wundern, wenn sie überhaupt etwas gefunden hätten. Jetzt schon, jedenfalls.«

»Okay, aber was glaubst du, was mit ihm war? Irgendwas muss mit ihm gewesen sein, Ben, sonst hätten sie ihm nicht die Rübe weggepustet.«

Achselzuckend erwiderte Ben: »Wenn ich raten müsste, würde ich sagen, Georges größtes Problem war immer seine Neugier. Er hat seine Nase immerzu in Dinge gesteckt, die ihn nichts angingen. Immer hat er sich alles aufgeschrieben und sich all diese Listen gemacht.«

»Und deshalb soll ihn jemand umgebracht haben?«

»Ich meine ja nur, er hat vielleicht was gefunden, was er nicht finden sollte, mehr sag ich ja gar nicht. Hier dreht sich doch alles um Geheimnisse, oder? Also war es vielleicht nicht Georges Geheimnis, das ihn das Leben gekostet hat, sondern das von jemand anderem.«

»Und von wem?«

»Du lieber Himmel, was weiß ich! Vom Mörder vielleicht?«

Jemand anderes sagte in hoffnungsvollem Tonfall: »Vielleicht geht es hier gar nicht um Geheimnisse. Vielleicht geht es nur ums Übliche. Um Geld.«

Da meldete Nate McCurry sich zu Wort, wobei er darauf achtete, dass er nur milde interessiert klang. »Wenn man den Zeitungen glaubt, werden jeden Tag Leute wegen Geld umgebracht. Aber es gibt auch andere Gründe. Und wenn man die anderen drei Toten nimmt, von denen hatten zwei Geheimnisse, die nichts mit Geld zu tun hatten.«

»Das stimmt allerdings«, räumte Ben ein. »Und George lebte schon lange von Sue getrennt, also weiß man, dass die Ehe gefährdet war – wieso auch immer. Vielleicht war es nur eine Midlife-Crisis, wie sie immer gesagt hat, vielleicht war es aber auch was anderes.«

Eine der wenigen Frauen im Café sagte: »Ich habe gehört, es gab da eine andere Frau, aber wenn das stimmt, dann hat er sich hier in der Gegend jedenfalls nicht mit ihr gebrüstet.«

»Verheiratet«, mutmaßte Ben. »Entweder das, oder er wollte Sue keine Munition liefern, die sie vor Gericht gegen ihn hätte verwenden können.«

Ein anderer Mann sprach offensichtlich aus leidvoller Erfahrung: »Der Richter spricht der Ehefrau eher eine höhere Abfindung zu, wenn der Mann in der Gegend herumgevögelt hat, besonders, wenn er es so gemacht hat, dass alle Welt Bescheid weiß.«

Geduldig sagte Nate: »Ja, aber würde George dadurch zu einem Ziel für diesen Mörder werden, dass er seine Ehefrau betrügt, die er bereits verlassen hat und von der er seit zwei oder drei Jahren getrennt lebt? Ist so ein Geheimnis groß genug – ist das schlimm genug –, dass der Mörder ihn dafür bestrafen will?«

Ben verzog das Gesicht. »Himmel, wie viele von uns können von sich behaupten, dass sie nicht wenigstens ein, zwei kleine Geheimnisse und ein paar lässliche Sünden auf dem Kerbholz haben? Wenn das der Maßstab ist, den dieser Kerl anlegt, dann ist keiner von uns mehr sicher.«

Nate versuchte, nicht so verzweifelt zu klingen, wie er sich fühlte. »Die Polizei hat keine andere Verbindung zwischen den Männern gefunden, außer dass sie alle Geheimnisse hatten?«

»Bei George wissen wir es noch nicht«, erinnerte ihn Ben.

»Ja, aber bei den anderen?«

»Den Zeitungen zufolge gibt es keine andere Verbindung. Natürlich wissen wir nicht, ob die Polizei alle Informationen an die Öffentlichkeit gibt. Vielleicht halten Ethan und seine Leute auch was zurück.«

»Ich glaube ja, die wissen nicht die Bohne«, murrte jemand anderes laut. »Die drehen sich doch total im Kreis, wenn ihr mich fragt.«

Darüber grübelten sie noch, als im hinteren Teil des Lokals ein großer Mann aufstand und nach vorne ging, um zu bezahlen. Er wechselte einige freundliche Worte mit Emily, als sie aus der Küche kam, um zu kassieren. Dann grüßte er die übrigen Gäste mit einem fröhlichen: »Schönen Tag, Leute«, und ging.

Die Türglocke klingelte, die Kellnerin ging zurück in die Küche, und die Gäste blieben zurück und starrten einander an.

»War der die ganze Zeit da?«, fragte jemand beklommen.

»Die ganze Zeit«, bestätigte Ben. »Hast du ihn da hinten nicht gesehen?«

»Nein, Ben, ich habe ihn da hinten nicht gesehen. Mein Gott.«

Jemand anderes murrte: »Die sollten sie alle Uniformen tragen lassen, auch die Detectives.«

»Schlechtes Gewissen?«

»Ach Quatsch, natürlich nicht. Aber er sollte wirklich nicht lauschen.«

»Das gehört zu seinem Job«, erinnerte ihn Ben, den der Verdruss um ihn herum zu amüsieren schien.

»Scheiße.«

Durchs Fenster neben seinem Tisch beobachtete Nate McCurry, wie Detective Justin Byers davonschlenderte.

Er fürchtete sich.

Er fürchtete sich sehr.

8

»Ich glaube, das kriege ich hin«, sagte Shelby.

»Das weiß ich. Aber sei vorsichtig, okay?«

»Wenn du auch vorsichtig bist.«

Nell lächelte. »Ich werde vorsichtig sein.«

»Freut mich zu hören. Übrigens – das Angebot, dass du mein Gästezimmer benutzen kannst, steht. Du bist herzlich willkommen. Du hättest dann wenigstens etwas Gesellschaft.«

Kaum hatte sie das gesagt, da hörten sie durchs offene Küchenfenster einen durchdringenden Pfiff, und dann rief Max nach Nell.

»Aber vielleicht besteht da auch gar kein Bedarf«, murmelte Shelby amüsiert.

Mit einem Blick auf den Briefumschlag, in dem sich ein Foto befand, das neben einem bedrohlichen Schatten auch Max zeigte, wie er auf der Lauer lag und sie sehr aufmerksam beobachtete, sagte Nell: »Es hat wohl keinen Sinn, so zu tun, als wäre das nur der Gelegenheitsbesuch eines Nachbarn, der mir einen schönen Tag wünschen will.«

»Vergiss es«, entgegnete Shelby grinsend und stand auf. »Ich melde mich, wenn ich etwas habe. Jetzt gehe ich erst mal. Du brauchst mich nicht zur Tür zu bringen, grüß Max einfach von mir, okay?«

Nell nahm Shelby beim Wort und brachte sie nicht nach vorne zur Tür. Stattdessen verstaute sie den Umschlag sicher in einer Schublade, schlüpfte dann in die leichte Jacke, die neben der Hintertür bereithing, und ging hinaus, wo sie, wie erwartet, Max fand, der auf seinem kastanienbraunen Wallach saß. An einer Leine führte er einen Schecken.

»Ich dachte, wir könnten genauso gut früh losreiten«, sagte er anstelle einer Begrüßung.

»Shelby lässt dich grüßen«, entgegnete Nell sarkastisch.

Beide hörten erst Shelbys kleines Auto vor dem Haus geräuschvoll zum Leben erwachen und dann den fröhlichen Tusch ihrer Hupe, als sie sich auf den Rückweg in die Stadt machte.

Max verzog das Gesicht. »Ich hätte zuerst anrufen sollen.«

Bewusst beiläufig sagte Nell: »Wie die Bürgermeisterin gesagt hat: Wenn die Leute uns zusammen sehen, werden sie zuerst an unsere Vergangenheit denken, anstatt eine Verbindung zu den Morden herzustellen. Shelby ist jedenfalls nicht darauf gekommen. Ich kann damit leben, wenn du es kannst.«

Er reichte ihr die Zügel des Schecken. »Ich würde mich mit so ziemlich allem abfinden, um herauszufinden, wer diese Männer umgebracht hat.«

Nell beschloss, diese heftige Bemerkung nicht eingehender zu hinterfragen. Sie tätschelte das Pferd. Ehe sie aufstieg, sagte sie noch: »Du weißt gar nicht, ob ich in den letzten zwölf Jahren auch nur in die Nähe eines Pferdes gekommen bin.«

»Falls nicht – das kommt schnell wieder. Geborene Reiter verlernen ihr Können nicht.«

Nell schwang sich mühelos in den Sattel und setzte sich zurecht. »Tja, tatsächlich reite ich bei jeder sich bietenden Gelegenheit.«

»Hat man denn in D. C. viel Gelegenheit dazu?«

»Ein bisschen. Und ich arbeite oft außerhalb von D. C., weißt du.« Sie hielt nur kurz inne. »Ich vermute, du hast dich entschlossen, uns zu helfen, und meinst jetzt, die beste Methode sei, wenigstens einige der Tatorte zu Pferd anzupeilen.«

»Habe ich das nicht gesagt?«

Sie fragte sich, wie lange er seine Wunden wohl noch le-

133

cken wollte, doch dann sagte sie sich, dass sich an seiner Laune einstweilen nicht viel ändern würde, zumindest solange sie ihn auf Abstand hielt.

Dieses Wissen half ihr auch nicht weiter. Ganz und gar nicht.

Freundlich sagte sie: »Das ist bestimmt eine gute Idee, zumindest in den ersten beiden Fällen. Der Flussarm, in dem Luke Ferrier ertrunken ist, liegt am nächsten, oder? Reite du vor.«

Nell folgte ihm und richtete ihre Aufmerksamkeit ausschließlich darauf, sich mit dem weichen Gang des Schecken vertraut zu machen sowie die milde Wärme dieses Vormittags und die sauberen Frühlingsdüfte zu genießen. Ihr war lieber, ihr Verstand beschäftigte sich mit trivialen Dingen, als dass er offen und empfänglich war. Nach der unruhigen Nacht fühlte sie sich wund und aus dem Gleichgewicht gebracht, und Shelbys unheimliches Foto hatte ein Übriges getan – ebenso wie Max und dessen schweigendes Beharren auf seinen Fragen, denen sie sich noch nicht gewachsen fühlte.

Wohl kaum der ideale Zustand, um nach Beweisen zu suchen – seien sie nun übersinnlicher oder materieller Natur. Eigentlich war es sogar der denkbar schlechteste Zustand. Nicht zum ersten Mal fragte sie sich, ob es unprofessionell von ihr war, dass sie Bishop nicht einfach sagte, die Angelegenheit ginge ihr zu nahe, als dass sie effektiv arbeiten könnte. Doch die Antwort, die sie sich gab, war die gleiche wie bisher jedes Mal, wenn sie sich die Frage gestellt hatte: Wenn sie aufgäbe, würde das nur bestätigen, dass sie ein Feigling war, der solche Angst hatte, sich der eigenen Vergangenheit zu stellen, dass er ihr eher seine Gegenwart und seine Zukunft opferte.

Das konnte sie doch nicht, oder?

Konnte sie?

Nein. Sie musste damit fertig werden, gleichgültig, wie hoch der Preis für sie sein würde. Sie würde erst dann vorankommen, wenn sie aufhörte zurückzublicken, das wusste sie nur zu gut. Und sie musste vorankommen. Um Max' wie auch ihrer selbst willen.

Sie heftete den Blick auf seinen in eine Lederjacke gehüllten breiten Rücken und unterdrückte einen Seufzer, den ohnehin nur das nach hinten gedrehte Ohr des Schecken vernommen hätte.

Warum musste immer alles so verdammt kompliziert sein?

Max blieb an einer Weggabelung stehen und wandte sich im Sattel zu ihr um. Kurz angebunden fragte er: »Ich vermute, das mit dem Haus deiner Großmutter hat man dir schon erzählt?«

»Ja, hat man.« Nell hielt ihr Pferd ebenfalls an und blickte den Pfad entlang, der nach Süden führte. Ihre ganze Kindheit hindurch war sie über diesen Pfad zu einem alten, am Feldrand gelegenen Haus gelangt, in dem ihre Großmutter aus eigenem Entschluss allein gelebt hatte. »Es ist abgebrannt.«

»Nach ihrem Tod stand es leer«, berichtete Max. »Ich bin hier ziemlich regelmäßig entlanggeritten und habe nie jemanden in der Nähe gesehen, auch keine Anzeichen von Vandalismus. Wenn du mich fragst, sind dein Vater und Hailey nie mehr dort gewesen, nachdem sie das Haus ausgeräumt hatten, und aus der Stadt wäre auch nie jemand hingegangen – abgesehen vielleicht von Kindern bei einer Mutprobe.«

Nell nickte verständnisvoll. Sie wusste sehr gut, dass das Haus ihrer Großmutter schon lange als unheimliches Spukhaus verschrien gewesen war, dem man sich nur genähert hatte, wenn man seinen Mut unter Beweis stellen wollte.

»Vielleicht zwei Jahre später ist dann wohl ein Feuer ausgebrochen, und es ist abgebrannt, bevor irgendjemand hinkam. Der Brandmeister meinte, es müsse ein Blitzeinschlag gewesen sein.«

Trocken versetzte Nell: »Aber eigentlich war niemand überrascht, stimmt's? Dass Gott das Böse endlich niedergestreckt hat?«

Er zog eine Grimasse. »Ich habe gehört, dass ein, zwei Leute es eine Strafe Gottes nannten. Sie hat sich ja nun wirklich Mühe gegeben, den Menschen Angst einzujagen, Nell.«

»Sie war eine verschrobene alte Frau, die für sich blieb, weil die Visionen, mit denen sie leben musste, ihr schreckliche Angst machten.« Nell war selbst überrascht, wie heftig ihre Antwort ausgefallen war, und sie versuchte, in gleichmütigerem Ton fortzufahren. »Manche gewöhnen sich nie daran. Sie zum Beispiel. Sie hat Tragödien gesehen, die sie nicht abwenden konnte, und da hat sie eben versucht, sich dem zu entziehen. Es ist nicht ihre Schuld, dass die Leute das nicht verstanden haben.«

Nach einer Weile meinte Max: »Du hast Recht. Es tut mir Leid. Dieser Pfad ist der kürzeste Weg zum Flussarm, aber wenn du lieber erst am Grundstück deiner Großmutter vorbeireiten möchtest …«

»Nein, danke. Ich würde lieber direkt zum Flussarm reiten.«

»Okay. Dann hier entlang.«

Nell folgte ihm, als er den anderen Pfad einschlug, und blickte nur ein Mal flüchtig den ersten Pfad entlang. Früher oder später würde sie natürlich dort vorbeischauen und einen Blick auf das ausgebrannte Haus werfen müssen. Und sich erinnern.

Doch das wollte sie lieber allein tun.

Sie musste das allein tun.

»Ob er *was* hatte?« Sue Caldwell starrte Justin verdattert an. »Ein Geheimversteck?«

»Nun, hatte er einen besonderen Ort, wo er, sagen wir mal, einfach … Sachen untergebracht hat, die er anderen Leuten nicht zeigen wollte?« Justin sprach in ruhigem sanftem Tonfall.

Plötzlich errötete Sue und sagte: »Wenn Sie meinen, ob er irgend so ein widerliches kleines Geheimversteck hatte wie

Peter Lynch, dann lautet die Antwort *Nein*. Mein Mann hatte keine schmutzigen Geheimnisse, Detective Byers.«

Justin dachte an das kleine schwarze Notizbuch, das er immer noch mit sich herumtrug, versicherte ihr aber dennoch, dass er nichts dergleichen gemeint habe. »Aber auch die besten Menschen haben etwas, von dem sie nicht wollen, dass ... jeder davon weiß. Ein Stapel alter Zeitschriften, vielleicht – etwas in der Art.«

Steif erwiderte Sue: »Davon weiß ich nichts. Solange er hier mit mir gelebt hat, hatte er jedenfalls nichts dergleichen.«

Da Justin wusste, dass er nicht den Hauch einer Chance hatte, einen Durchsuchungsbefehl für das Haus zu bekommen, aus dem George Caldwell fast drei Jahre vor seinem Tod ausgezogen war, hatte er gar nicht erst danach gefragt. Zudem würde jemand, der so ein kleines Erpressungsspielchen betrieb, wohl dafür sorgen, dass er seine Beweise immer zur Hand hatte, und sie nicht im Haus seiner von ihm getrennt lebenden Frau verstecken.

Nachdem Justin nun über eine halbe Stunde lang mit Sue Caldwell gesprochen hatte, war er zudem davon überzeugt, dass sie ihren Ehemann überhaupt nicht gekannt hatte. Sie schien ihm einer dieser fantasielosen Menschen zu sein, die alles unbesehen glauben – eine abgelegte Ehefrau, die sich ehrlich verdutzt fragte, warum ihr Ehemann sie wohl verlassen haben mochte, und sich so gut wie sicher war, dass er schon wieder zu ihr zurückkommen würde.

Daher fragte Justin nun unverblümt: »Verzeihen Sie, aber ist es wahr, dass Ihre Ehe wegen einer anderen Frau gescheitert ist?«

»Nein, ist es nicht«, sagte sie kategorisch. Ihre Augen blitzten empört. »George hatte eine Midlife-Crisis, das ist alles. Er hat sich dieses kleine rote Auto gekauft, hat angefangen, überall herumzureisen und auffällige Kleidung zu tragen, das Übliche eben. Er stand kurz davor, vierzig zu werden, und konnte den Gedanken nicht ertragen, dass er nicht mehr jung war. Aber es gab keine andere Frau. Das hätte ich gewusst.«

Justin hatte da so seine Zweifel, aber er stellte ihre Behauptung nicht infrage. »Verstehe. Und Ihnen fallen keine Feinde ein, die er sich vielleicht während oder nach ihrer Ehe gemacht haben könnte?«

»Keinesfalls. George war ein großartiger Mensch, das hat jeder gesagt.« Plötzlich schniefte sie. »Ein großartiger Mensch. Das muss dieser Wahnsinnige gewesen sein, von dem sie alle reden, der, der auch diese anderen Männer umgebracht hat. Denn es gab keinen Grund, wirklich keinen Grund, George umzubringen.«

Justin wusste, wann jemand etwas leugnete. Sue Caldwell würde niemals zugeben – sie war dazu gar nicht in der Lage –, dass ihr Ehemann ein schmutziges kleines Geheimnis gehabt haben könnte, das ihn unter Umständen das Leben gekostet hatte. Sie konnte seinen Tod nur deshalb mit dem der anderen Männer in einen Topf werfen, weil ja irgendein »Wahnsinniger« das Töten besorgt und ohne Sinn und Zweck gemordet hatte. Aber die Tatsache, dass die anderen Opfer jeweils ein Geheimleben geführt hatten, bedeutete selbstverständlich nicht, dass das auch bei George der Fall gewesen war.

In der Annahme, er werde von der Witwe Caldwell nichts weiter erfahren, gab Justin nochmals beschwichtigende Laute von sich und ging.

Eine Viertelstunde später fuhr er auf den Parkplatz des Hauses, in dem Caldwell eine Wohnung gehabt hatte, blieb aber noch einen Augenblick sitzen und dachte nach. Sie hatten die Wohnung durchsucht. Die Nachbarn befragt. Seinen kleinen roten Sportwagen unter die Lupe genommen. Sein Büro in der Bank durchsucht wie auch das Schließfach, das er dort gehabt hatte. Nichts.

Doch wenn George Caldwell ein Erpresser gewesen war, dann musste es dafür irgendwo Beweise geben. Er musste in

138

irgendeiner Form Belastungsmaterial gegen seine Opfer in der Hand gehabt haben, gleichgültig, welches Damoklesschwert er ihnen über den Kopf gehalten hatte, damit sie zahlten.

Justin wusste immer noch nicht, ob er glauben sollte, dass der Mörder selbst ihm das Notizbuch geschickt hatte. Es schien am wahrscheinlichsten. Doch das würde logischerweise bedeuten, dachte er, dass der Mörder sich nicht unter den Erpressungsopfern befand.

Warum sollte er der Polizei Beweise liefern, die ein Mordmotiv darstellten?

Andererseits könnte das auch ein erstklassiges kleines Ablenkungsmanöver sein. Der Mörder ging vielleicht davon aus, dass er selbst in der Masse der Erpressungsopfer unterginge und so nicht stärker die Aufmerksamkeit der Polizei auf sich zöge als einer der anderen. Also gewissermaßen vor aller Augen und dennoch unsichtbar. Das ergäbe in gewisser Weise einen Sinn.

Es könnte natürlich auch sein, dass es dem Mörder wichtiger gewesen war, George Caldwells Laster ans Licht zu zerren, als seine eigene Haut zu retten, und das Notizbuch an einen der Cops zu schicken war vielleicht seine einzige Möglichkeit gewesen, das zu bewerkstelligen. Das wiederum würde deutlich für eine an Wahn grenzende Besessenheit sprechen.

Justin zog das kleine schwarze Notizbuch aus einer Innentasche und blätterte es langsam durch. Selbstverständlich hatte es keinerlei Fingerabdrücke aufgewiesen. Er hatte sein eigenes Fingerabdruckset benutzt und jede gottverdammte Seite einzeln bepinselt, ohne auch nur einen Schmierfleck zu finden. Das sah eindeutig nach »manipuliertem Beweismaterial« aus. Oder nach einem sehr, sehr vorsichtigen Mann.

Er war sich nicht völlig sicher, ob es sich um George Caldwells Schrift handelte; dahinter stand noch ein Fragezeichen. Und da er die gesamte Erpressungstheorie als Möglichkeit und nicht als Wahrscheinlichkeit behandeln musste, konnte er die weitere Erforschung dieser Theorie nur rechtfertigen, indem er sich sagte, dass die Kenntnis des Motivs für George Caldwells Ermordung ihm mehr sagen würde als die Motive für die anderen Morde.

Das glaubte er wirklich. Also blieb er dran und studierte das verdammte Notizbuch.

Nun, da er Zeit gehabt hatte, darüber nachzudenken, verfügte er für beinahe jedes Initialenpaar über mindestens zwei mögliche Auflösungen, doch die einzige Methode, sich Gewissheit über die Identität der Erpressten – wenn es sich denn um solche handelte – zu verschaffen, waren die Beweise, die Caldwell gegen seine Opfer eingesetzt hatte.

Und Justin musste vorsichtig vorgehen bei seiner Suche, denn er wagte nicht zu riskieren, dass Sheriff Cole herausfand, wonach er suchte. Bis jetzt war Ethan Cole Justins einzige Auflösung für die Initialen E.C. Und das bedeutete, er konnte dem Sheriff nichts von diesem kleinen schwarzen Buch erzählen. Jedenfalls nicht im Moment, erst wenn er Cole als mögliches Erpressungsopfer ausschließen konnte.

Und damit auch als potenziellen Mörder.

Er sah erneut auf und musterte das Wohnhaus, in dem George Caldwell gelebt hatte. Dann warf er im Geiste eine Münze, seufzte und stieg aus. Falls Caldwell ein Erpresser gewesen war, musste es dafür irgendwo Beweise geben. So musste es einfach sein.

Wenn Justin sie nur finden könnte.

»Es war im vergangenen September«, rief Max Nell in Erinnerung. Sie standen wenige Meter von einem der Flussarme in der unmittelbaren Umgebung entfernt und untersuchten ganz schwache Reifenspuren auf einem Streifen sandigen Untergrunds. »Die Cops haben das Auto auf der anderen Seite herausgezogen und sich Mühe gegeben, hier keine potenziellen Spuren zu vernichten, das muss man ihnen lassen. Aber ich bin trotzdem überrascht, dass man nach so langer Zeit noch etwas erkennen kann.«

Sie kniete sich hin und fuhr mit dem Finger den deutlich erkennbaren Rand einer Reifenspur nach. »Das ist von den Reifenspuren übrig geblieben? Hier hat kein anderes Fahrzeug gestanden?«

»Das bezweifle ich, wenn man bedenkt, wie schwierig es ist, mit einem Wagen bis hierher zu kommen, aber ganz sicher kann man das natürlich nicht sagen. Falls es dir weiterhilft: Ich bin gleich am nächsten Tag hier herausgekommen, und soweit ich sehe, sind das die Originalreifenspuren von Luke Ferriers Auto.«

»Dem Bericht zufolge ging man zuerst davon aus, es sei Selbstmord gewesen, stimmt das?«

»Stimmt.«

»Aber später kam man dann zu dem Schluss, Ferrier könne zuerst betäubt und dann mitsamt Auto ins Wasser gefahren worden sein.«

»Ja.«

Nell schloss halb die Augen und versuchte, sich auf das zu konzentrieren, was sie spürte. Sie erwartete, dass es mit Max in unmittelbarer Nähe nicht leicht sein würde, und so war es auch, aber trotzdem war da etwas ... wie von ferne. Es fühlte sich fremdartig an, anders als das, woran sie gewöhnt war, anders, als es sich hätte anfühlen sollen. Es war fast, als versuchte sie, etwas durch einen Schleier hindurch wahrzunehmen. Was auf der anderen Seite lag, war undeutlich und vage wie das Raunen eines Echos. Der Versuch, sich darauf zuzutasten, war frustrierend.

»Nell?«

»Warte. Da ist etwas ...« Sie konzentrierte sich, wie ihr schien, eine halbe Ewigkeit lang, doch schließlich erhob sie sich seufzend. »Verdammt.«

»Was?«

»Es ist zu undeutlich, ich bekomme es nicht zu fassen. Was

auch immer hier geschehen ist, ist schnell passiert, fast zu schnell, um eine elektrische Signatur zu hinterlassen.« Sie sah stirnrunzelnd auf den Reifenabdruck hinab. »Aber diese Spur sagt mir, dass er wahrscheinlich versucht hat, den Wagen anzuhalten, bevor er im Wasser gelandet ist, sonst hätten sich die Spuren nicht so lange gehalten und sich nicht so tief eingegraben.«

»Dann war es also kein Selbstmord – und er war nicht bewusstlos, als das Auto im Wasser gelandet ist.«

»Bei dieser Theorie hatte ich die ganze Zeit ein ungutes Gefühl – dass der Mörder Ferrier bewusstlos gemacht haben soll, bevor er ihn umgebracht hat«, gestand Nell. »Das passt eigentlich nicht zu den anderen drei Morden. Wenn man nämlich davon ausgeht, dass Caldwell seinen Mörder sah und wusste, dass der ihn erschießen würde, dann könnte man daraus folgern, dass alle vier gelitten haben, bevor sie starben – entweder körperlich oder seelisch.«

»Deinen Vater schließt du da nicht mit ein?«

Nell schüttelte den Kopf. »Im Augenblick nicht. Ich mag ja von etwas anderem überzeugt sein, aber Fakt ist, dass es keinerlei Beweise dafür gibt, dass mein Vater keines natürlichen Todes gestorben ist, geschweige denn, dass dieser Mörder auch sein Mörder war. Solange ich dafür keinen Beweis finde, muss ich seinen Tod als von den anderen unabhängig betrachten.« Sie zuckte mit den Achseln. »Vielleicht ist er ja nur jemandem auf den Schlips getreten und hat dafür mit dem Leben bezahlt. Er war ... sehr gut darin, den Leuten auf den Schlips zu treten.«

Max' Augen verengten sich, doch er kommentierte diese Bemerkung über ihren Vater einstweilen nicht. »Aber die anderen vier Tode waren geplant, und zwar bis ins letzte Detail. Und alle haben gelitten. Teil der Bestrafung?«

»Das wäre logisch. Es würde vielleicht auch erklären, warum der Erste von ihnen, Peter Lynch, der Einzige war, bei dem der Mörder nicht dabei war, als er starb. Ferngesteuer-

142

ter Mord – das war vielleicht ein fehlgeschlagenes Experiment. Vielleicht dachte der Mörder, es wäre sicherer so, was weiß ich. Aber die fürchterlichen körperlichen Qualen, die Lynch im Lauf der Vergiftung gelitten haben muss, haben dem Mörder offenbar nicht gereicht. Als Bestrafung hat ihn das nicht zufrieden gestellt. Er wollte dabei sein. Er wollte zusehen.«

»Mein Gott.« Mit leicht verzerrtem Mund fügte Max hinzu: »Als ob er sich am Tod der Männer aufgeilt.«

»Er hat mindestens vier Männer getötet, Max, möglicherweise fünf. Ich würde sagen, der Tod gehört eindeutig zu seinen … Interessengebieten.«

»Und du meinst immer noch, er ist ein Polizist?«

»Bishop sagt, das sei wahrscheinlich. Ich bin seiner Meinung.« Ohne Max Gelegenheit zu einem Kommentar zu geben, entfernte sich Nell und begann, das Gebiet mit kritischem Blick zu untersuchen. Abgelegen: Kein Haus, nicht einmal ein Weidezaun war zu sehen. Beinahe unzugänglich: Man hatte den Wagen praktisch vom Highway herunter durch eine zusammenhängende Reihe von Lichtungen im Wald gefahren, die so etwas wie einen Holperpfad ergaben. Am besten gelangte man tatsächlich zu Pferd auf diese Seite des sumpfigen Flussarms.

Dieser Abschnitt des Gewässers war vom Highway aus nicht einmal zu sehen, und so war Ferriers Wagen denn auch erst von zwei Teenagern entdeckt worden, die hier vorbeigeritten waren.

»Was deutet denn überhaupt darauf hin, dass der Mörder ein Polizist ist?«, wollte Max wissen. Er stand reglos da, die Hände in den Taschen, und beobachtete sie mit gerunzelter Stirn.

Nell spürte, dass er sie beobachtete, doch sie bemühte sich um einen distanzierten, unpersönlichen Ton, als sie ihm antwortete: »Der deutlichste Hinweis ist die Sorgfalt, mit der er seine Morde variiert. An diesen vier Morden ist nichts Im-

143

pulsives, keine spontane Eingebung, er plant also eindeutig jeden einzelnen Schritt. Die Tatsache, dass er sorgfältig darauf geachtet hat, kein Muster erkennen zu lassen, das der Polizei helfen könnte, ihn zu identifizieren, zeigt uns, dass er weiß, wie die Polizei vorgeht. Mehr noch, er misst seine Fähigkeiten und seine Intelligenz mit denen des Gegners, den er am besten kennt – anderen Cops.«

»Fangt mich doch, wenn ihr könnt«, sagte Max langsam. »Fangt mich, wenn ihr gut genug seid.«

»Genau. Er stellt sie auf die Probe. Und da ist auch eine persönliche Schärfe dabei, es fühlt sich an, als wäre es Teil seines Plans, die Polizei zu … demütigen. Sie alt aussehen zu lassen, weil sie unfähig ist, ihn zu schnappen. Würde mich nicht wundern, wenn eines seiner zukünftigen Opfer – immer vorausgesetzt, wir halten ihn nicht auf – ein Polizist wäre. Ich glaube, er hegt einen persönlichen Groll gegen jemanden bei der Polizei von Silence.«

»Deine Idee oder die von Bishop?«

Nell hatte das Gefühl, dass diese Frage persönlich motiviert war, doch sie sagte lediglich: »Das Gefühl habe ich schon, seit ich wieder hier bin. Aber es gibt keinen konkreten Anlass dafür.«

»Nur ein Gefühl, dem du vertraust.«

Sie nickte. »Nur ein Gefühl, dem ich vertraue. Ein großer Teil von dem, was ich tue, basiert auf solchen Gefühlen.«

»Eingebungen. Intuition.«

»Du weißt, dass es mehr ist als das.«

Er nickte, sagte jedoch: »Trotzdem klingt das, als würdest du hier auf eigene Faust ein bisschen Fallanalyse betreiben. FBI-Ausbildung?«

»Wir haben uns alle ein bisschen mit Verhaltenswissenschaft beschäftigt, und die meisten von uns haben irgendeine psychologische Ausbildung hinter sich. Es ist wie mit jeder anderen Art von Jagd: Man muss seine Beute kennen, wenn man sie erlegen will.« Nell zuckte mit den Achseln, dann ging

144

sie wieder auf den Wald zu, wo ihre Pferde standen. »Jedenfalls bekomme ich hier zu nichts Zugang. Was ist mit Ferriers Haus? Steht das nicht immer noch leer?«

»Ja. Es war gemietet, aber seit er ermordet wurde, will da niemand mehr wohnen.« Max folgte ihr zu den Pferden. »Die Eigentümer haben seine persönlichen Sachen zusammengepackt und eingelagert, weil kein Angehöriger Anspruch auf irgendwas erhoben hat. Du glaubst, du kannst da vielleicht was aufschnappen?«

»Das weiß ich erst, wenn ich es versucht habe.« Nell bestieg den Schecken.

Max tat es ihr nach, indem er sich auf den Braunen schwang und die Zügel nahm. »Er hat etwa zwei Meilen Luftlinie von hier gewohnt. Wir ziehen weniger Aufmerksamkeit auf uns, wenn wir reiten.«

Sie ritten etwa zehn Minuten schweigend hintereinander her. Genau genommen in reichlich angespanntem Schweigen. Nell spürte es bei sich selbst und sah es auch daran, wie Max die Schultern hielt. Schließlich führte er sie am Rand eines gepflügten Ackers entlang, wo sie nebeneinander reiten konnten, und sobald sie zu ihm aufgeschlossen hatte, sagte er unvermittelt: »Hast du mir nicht irgendwann erzählt, du hättest schon seit frühester Kindheit übersinnliche Fähigkeiten gehabt?«

»Kann sein. Die erste Vision, an die ich mich richtig erinnern kann, hatte ich mit etwa acht. Warum?«

»Hattest du von Geburt an übersinnliche Fähigkeiten? Oder wurde das erst später von irgendetwas ausgelöst?«

Nell warf ihm einen raschen Blick zu. »Von Geburt an. Es liegt in der Familie, weißt du noch? Ich hatte wahrscheinlich schon früher Visionen, aber ich habe bestimmt nicht verstanden, was da passierte, und ich kann mich nicht daran erinnern. Das ist ziemlich typisch für Menschen, die mit übersinnlichen Fähigkeiten geboren werden.«

»Was ist mit den Ohnmachten?« – »Was soll damit sein?«

145

Ungewöhnlich geduldig, wenn auch mit einem schwach gereizten Unterton, fragte Max: »Wie alt warst du, als du zum ersten Mal ohnmächtig wurdest?«

»Soweit ich weiß, etwa im selben Alter. Es hat nie jemand gesagt, dass das auch schon früher vorgekommen wäre, aber es kann natürlich trotzdem sein.«

»Also gibt es da eine Verbindung. Zwischen den Ohnmachten und deinen Visionen.«

»Vielleicht. Es gibt eine Theorie, dass bestimmte übersinnliche Erlebnisse durch ein Übermaß an elektrischer Energie im Gehirn ausgelöst oder intensiviert werden. Es ist zumindest theoretisch möglich, dass eine Zunahme dieser Art von Energie zu einer … Überlastung des Gehirns führen könnte und so als Nebenwirkung regelmäßig Ohnmachten auftreten. Andere körperliche Nebenwirkungen sind bereits bekannt.«

Max wandte ihr den Kopf zu und sah sie fest an. »Also ist es gar nicht der Stress.«

Sie brachte ein Lächeln zu Stande. »Nennen wir es Stress von einer bestimmten Sorte. Nicht emotional, einfach Gehirnchemie.«

»Und wenn es zu lange anhält oder zu oft vorkommt? Schädigt das nicht dein Gehirn?«

»Bis jetzt hat es das nicht.«

Max fluchte kaum hörbar.

»Aber es könnte?«

Er brachte sein Pferd zum Stehen, und Nell folgte seinem Beispiel.

»Ich weiß es nicht. Niemand weiß es. Vielleicht.« Ein Gefühl der Schutzlosigkeit überkam sie und wurde mit jedem Augenblick stärker, und sie war wütend auf ihn, weil er sie so bedrängte.

Er sah selbst ausgesprochen wütend aus. »Wie zum Teufel kannst du dich dann bewusst in Situationen bringen, von denen du weißt, dass sie wahrscheinlich Visionen auslösen? Um

146

Himmels willen, Nell, das ist russisches Roulett mit deinem eigenen Leben!«

»Es ist *mein* Leben«, erinnerte sie ihn angespannt. »Außerdem ist das alles pure Theorie. Wir wissen nicht, was in meinem Gehirn vor sich geht, Max, nicht sicher jedenfalls. Niemand weiß das. Aus medizinischer Sicht haben eine Computertomografie und andere Untersuchungen erhöhte elektrische Aktivität ergeben, und zwar sogar in den Teilen des Gehirns, die normalerweise als inaktiv gelten, und das scheint bei jedem übersinnlich Begabten, den wir bisher untersucht haben, so zu sein. Aber was auch immer da geschieht, es scheint keinem von uns zu schaden. Den ärztlichen Untersuchungen, bei denen das festgestellt wird, müssen sich alle übersinnlich Begabten in unserer Einheit regelmäßig unterziehen. Vielleicht passen sich unsere Gehirne an diesen Energieüberschuss an, ich weiß es nicht. Ich weiß nur, dass keinerlei Anzeichen einer organischen Schädigung vorliegen.«

»Bis jetzt.«

Sie atmete tief durch.

»In Ordnung – bis jetzt liegt keine Schädigung vor. Vielleicht bleibt das so. Oder vielleicht wache ich eines Morgens auf, und mein Hirn ist durchgeschmort. Ist es das, was du hören willst?«

»Ich will, dass du mir sagst, warum du dir solche Mühe gibst, Erlebnisse auszulösen, die dich vielleicht umbringen, Nell.«

Mit fester Stimme antwortete sie: »Ich kann mich nach Kräften bemühen, meine Fähigkeiten zum größtmöglichen Nutzen einzusetzen, oder ich kann mich vor ihnen verstecken – und vor der Welt. Wäre dir das lieber, Max, dass ich ende wie meine Großmutter? Dass ich mich in ein kleines Haus mitten im Wald zurückziehe und alle auf Abstand halte und dabei in panischer Angst vor Erfahrungen lebe, auf die ich überhaupt keinen Einfluss habe?«

»Nein, natürlich nicht. Aber es muss doch einen Mittelweg geben.«

»Das *ist* mein Mittelweg. Ich arbeite mit Menschen zusammen, die ihr Bestes geben, um übersinnliche Fähigkeiten zu verstehen und zu meistern, mit Menschen, die aufeinander aufpassen und sich umeinander kümmern. Und ich setze meine Fähigkeiten bewusst ein und versuche, sie besser beherrschen zu lernen, damit es mich nicht jedes verdammte Mal, wenn es passiert, total unerwartet trifft. Kannst du das nicht verstehen?«

Nach langem Zögern nickte Max. »Doch. Doch, das kann ich verstehen.« Er hob die Zügel, und die Pferde setzten sich wieder in Bewegung. »Aber es ist ein riskanter Weg, Nell.«

Er hat ja keine Ahnung, wie riskant, dachte Nell, als sie ihm folgte. Nicht die leiseste Ahnung.

9

Es war unschwer zu erkennen, warum das Haus in den Monaten seit Ferriers Tod keine neuen Mietinteressenten angezogen hatte. Ursprünglich hatte es wohl Farmpächter oder Wanderarbeiter beherbergt, die auf den angrenzenden Feldern gearbeitet hatten.

Es war klein und lag am Ende einer langen unbefestigten Straße, die im Sommer sicherlich unerträglich staubig war. Zwar schien es sich in recht gutem Zustand zu befinden, doch an seinem langweiligen Erscheinungsbild war nichts Einladendes.

Sie banden die Pferde außer Sichtweite der Straße am Waldrand an und durchquerten den von Unkraut überwucherten Garten hinter dem Haus.

»Ich bezweifle, dass uns jemand sehen würde, wenn wir nach vorne gingen«, sagte Max, »aber ein Stück die Straße runter gibt es Nachbarn, denen wir vielleicht auffallen würden, wenn wir es übertreiben.«

»Wurden die Nachbarn befragt?«, fragte Nell, als sie auf die hintere Veranda gingen. Sie griff in eine Jackentasche und zog ein kleines Lederetui mit Reißverschluss hervor.

»Ich glaube, Ethan hat ein paar seiner Leute hier herausgeschickt – verspätet. Soweit ich weiß, will niemand etwas Verdächtiges gesehen oder gehört haben, aber du weißt wahrscheinlich mehr über den Polizeibericht als ich.« Er beäugte das kleine Etui, das sie gerade öffnete, und fügte hinzu: »Ist es das, wofür ich es halte?«

»Wahrscheinlich.« Sie wählte eines der kleinen Werkzeuge aus und begann, am Türschloss zu arbeiten.

»Einbrecherwerkzeug?«

»Nennen wir es Werkzeug zum Öffnen von Türen und belassen es dabei, okay?«

»Sind die etwa von meinen Steuergeldern bezahlt worden?«, fragte er sarkastisch.

»Nein. Weißt du zufälligerweise, wann zum letzten Mal jemand hier im Haus war?«

»Nicht aus dem Kopf. Hat das FBI dich auf die Einbrecherschule geschickt?«

»Bishop hat uns das beigebracht. Er fand, es könnte nützlich sein, das zu können. Er hatte Recht.«

»Er war Einbrecher, bevor er zum FBI kam?«

»Ehrlich gesagt glaube ich, dass er gerade forensische Psychologie und Jura studiert hat, als das FBI sich bei ihm meldete. Ich habe keine Ahnung, wo er seine eher esoterischen Kenntnisse herhat.«

»Hat er denn da viele?«

»Ein paar.«

Max sah mit gerunzelter Stirn auf sie hinab, als ein sanftes Klicken anzeigte, dass sie mit dem Schloss Erfolg gehabt hatte. »Das ist Einbruch, nicht wahr?«

»Kümmert dich das?«, entgegnete Nell, richtete sich auf und stieß die Tür auf.

»Eigentlich nicht.« Max folgte ihr ins Haus. »Aber wenn Ethan oder einer seiner Leute uns hier draußen erwischt, bin ich ernsthaft in Schwierigkeiten.«

»Hm. Er ist davon überzeugt, dass du Ferrier getötet hast, stimmt's?«

»Er möchte gern davon überzeugt sein. Das ist ein Unterschied.«

»Ihr zwei habt also immer noch Streit?«

Mit gespielter Überraschung erwiderte Max: »Ja, hat dich denn Wade Keever darüber nicht ins Bild gesetzt?«

Sie lächelte schwach. »Offen gesagt, das hat er.«

»Ja, das habe ich mir gedacht. Telefon, Telegramm, Tele-Wade. Die schnellste Art, etwas bekannt zu machen, abgese-

hen von einem Werbeplakat.« Max zuckte mit den Achseln.
»Ethan und ich stehen uns schon lange nicht mehr nahe, das
weißt du. Und du weißt auch, warum.«

Nell sah ihn flüchtig an, dann wandte sie sich ihrer etwas
muffigen Umgebung zu.

Das kleine Haus war möbliert, doch was es zu bieten hatte,
war schäbig und verwohnt und machte nicht viel her. Die
winzige Küche enthielt nur die nötigsten Geräte, das kleine
Wohnzimmer verfügte nur über eine durchgesessene Couch
und einen verschossenen Stuhl, und durch die Tür zum
Schlafzimmer konnte sie ein altes Bett mit Messinggestell erkennen.

»Ferrier hat jedenfalls nicht über seine Verhältnisse gelebt,
was?«, meinte sie.

»Offenbar hat er das gesamte unrechtmäßig erworbene
Geld weggelegt, um seinen geplanten Umzug nach Südfrankreich zu finanzieren. Habe ich jedenfalls gehört.«

Nell verzog das Gesicht und ging auf das Schlafzimmer zu.
Diese Entscheidung fiel automatisch, weil es meistens der
persönlichste Raum in einer Wohnung war.

Sobald sie über die Schwelle getreten war, nahm sie etwas
wahr – ein Aufblitzen von Bewegung, Farbe, das ferne Echo
atemlosen Lachens, den Duft von Parfüm. Sie ging nur zwei
Schritt weit in den Raum hinein, schloss die Augen und konzentrierte sich. Hinter ihr stand Max im Türrahmen und beobachtete sie schweigend.

Ein, zwei Sekunden lang erhielt sie nur verwirrende Eindrücke, die sich aus Geräuschen und Farben zusammensetz-
ten, dann trat die energetisch intensivste Handlung, die in
diesem Raum stattgefunden hatte, in den Vordergrund, und
Nell öffnete erschrocken die Augen: Der kahle kleine Raum
hatte sich dramatisch verändert.

Nun schien nicht mehr grelles Sonnenlicht durch die gar-
dinenlosen Fenster in den Raum, sondern es war Nacht.
Überall im Zimmer brannten Kerzen und warfen ein golde-

nes Licht auf die zerwühlten Betttücher des alten Messingbetts. Und auf die beiden Personen darin.

Nell erkannte den Mann von den Fotos her, die sie gesehen hatte – ein dunkler kräftig gebauter Mann mit einem gut aussehenden, aber zugleich grausamen Gesicht. Er lag rücklings auf dem Bett und sah grinsend zu der nackten Frau hoch, die nach vorne gebeugt rittlings auf seinem nackten Körper saß.

Das lange dunkle Haar der Frau floss ihr den Rücken hinab; sie ritt den Mann mit einer wilden gierigen Intensität, bis ihr kehliges Stöhnen, ihre Schreie schließlich in einen ungezügelten Laut der Befreiung mündeten, der aus ihr hervorbrach, ein Lachen reinen Triumphes. Ihr Kopf wandte sich zur Seite, helle, spöttisch blickende Augen schienen Nell zu fixieren, und sie lachte erneut.

Sieg. Eroberung.

Ich gewinne.

Ich gewinne wieder.

»Mein Gott.« Ihre eigene Stimme riss Nell heraus, und sie starrte erschüttert auf die fleckige Matratze des alten Bettes. Dort war niemand. Keine zerwühlten Laken. Keine Kerzen, die, überall im Zimmer verteilt, für ein intimes Licht sorgten. Kein spöttisches Gelächter. »Mein Gott«, wiederholte sie leise.

»Nell?«

Langsam wandte sie sich Max zu.

»Was hast du gesehen?«

»Hailey. Ich habe Hailey gesehen.«

Ehe Shelby das Haus verließ, warf sie noch einen Blick auf ihren Abzug des Fotos, auf dem Nell aus dem Gerichtsgebäude kam, und runzelte die Stirn. Ihr mochte nichts Neues einfallen, außer dass sie vermutlich bereuen würde, was sie gleich tun würde. Vermutlich.

Sie nahm ihre Fotoausrüstung und machte sich auf den

Weg in die Stadt. Es musste wie ein Zufall wirken, und Shelby wusste, dass es dabei einen Trick gab, wenn etwas wie Zufall aussehen sollte, obwohl genau das Gegenteil der Fall war.

Ihr erster Schritt bestand darin, mit umgehängten Kameras umherzustreifen und Fotos von allem zu schießen, was ihr gefiel. Das tat sie ohnehin fast jeden Tag, daher würde sich darüber niemand wundern.

Shelby selbst wunderte sich nicht darüber, dass praktisch jedermann, den sie in der nächsten halben Stunde traf, über die Morde sprechen wollte. Noch weniger überraschte es sie, dass es ein weiteres Gesprächsthema gab.

Nell.

Mindestens vier Personen hielten Shelby auf ihrem zufällig eingeschlagenen Weg durch die Innenstadt auf, und alle wollten sie über Nell sprechen.

»Hast du schon gehört? Nell Gallagher ist schon die ganze Zeit in der Gegend, nur nicht in der Stadt, und weißt du, diese ganzen Morde haben damals angefangen, nachdem ihr Vater gestorben war ...«

»Ich habe gehört, sie ist zurückgekommen, weil sie *weiß*, wer der Mörder ist, so wie diese Gallaghers immer schon manches gewusst haben ...«

»Hast du schon gehört? Nell Gallagher ist nicht etwa nach Hause gekommen, um den Nachlass ihres Vaters zu ordnen, sondern weil sie Angst hat, dass Hailey auftaucht und mit ihr darum kämpfen will ...«

»Ich habe gehört, der Sheriff hat sie kommen lassen, damit sie ihm aus der Hand liest und ihm sagt, wer der Mörder ist ...«

Shelby selbst gab keine Theorie zum Besten, sondern hörte einfach zu, lächelte und nickte und fragte sich, wie die Leute es schafften, um ein Körnchen Wahrheit – Nells Rückkehr – ein solch breit gefächertes Spektrum an Spekulationen wuchern zu lassen. Es war auf schauerliche Weise faszinierend.

Man musste kein Telepath sein, um die Stimmung der

Leute aufzuschnappen. Alle waren verängstigt. Sie waren verängstigt, und sie suchten nach Antworten. Unglücklicherweise würden sie nur allzu bald auf die Antworten verzichten und nur noch nach jemandem – ganz gleich, nach wem – suchen, den sie für die Zerrüttung des Stadtfriedens verantwortlich machen konnten. Da der Mörder noch immer kein Gesicht hatte und anscheinend außer Reichweite von Gesetz und Bestrafung sein Unwesen trieb, schien Nell mit großem Abstand für den Posten dieser Zielscheibe favorisiert zu sein.

So war Shelby entschlossener denn je, die Wahrheit herauszufinden.

»Shelby, du kennst doch Nell Gallagher, oder?«

Shelby schoss ein Foto, um ein Motiv dafür zu haben, weshalb sie am Gerichtsgebäude herumlungerte. Dann drehte sie sich um und lächelte Ethan Cole an. »Sicher, Ethan, ich kenne sie. Warum?«

Er verzog leicht das Gesicht. »Weißt du, wo sie die letzten zwölf Jahre gewesen ist? Was sie gemacht hat?«

»Eigentlich nicht. Ich habe natürlich einiges gehört, wie du bestimmt auch, meistens von Hailey, bevor sie fortging, aber nichts direkt von Nell. Warum?« Diesmal war ihre Frage nachdrücklicher.

»Ich war nur neugierig.« Er lächelte. »Charakterfehler, das weißt du doch.«

»Ich hätte gedacht, deine gesamte Neugier wäre von diesen Mordermittlungen in Anspruch genommen.«

Ethans Lächeln wurde eine Spur sarkastisch. »Du meine Güte, ich bin auch nur ein Mensch. Nell kommt zurück in die Stadt, immer noch ein Prachtweib, offenbar immer noch ledig – und immer noch ein Rätsel. Das habe ich jedenfalls immer gedacht. Ist doch nur logisch, dass ich neugierig bin.«

Shelby zog die Augenbrauen hoch. »Und warum fragst du dann nicht *sie*, was sie in den letzten Jahren gemacht hat?«

»Und bringe mich ins Gerede?« Nun war sein Tonfall so sarkastisch wie sein Lächeln. »Die Leute reden schon darüber, dass Max ihr überallhin folgt wie ein liebestoller Narr. Ich brauche doch nur das leiseste Interesse an Nell erkennen zu lassen, und im Handumdrehen sieht uns jedermann in irgend so einer Dreiecksgeschichte.«

»Und das wäre selbstverständlich ein völlig falscher Eindruck.«

Seine Augen verengten sich. »Selbstverständlich.«

Shelby kam zu dem Schluss, dass es an der Zeit war, das Thema zu wechseln. »Ich habe gehört, ihr Jungs seid nicht viel weitergekommen bei der Aufklärung des Mordes an George Caldwell.«

»Wir geben doch nicht alle unsere Erkenntnisse an die Öffentlichkeit, Shelby.«

»Ich habe nicht gesagt, ich hätte es *gelesen*, Ethan, ich habe gesagt, *gehört*. Klatsch, weißt du. Wovon wir in Silence reichlich haben. Ich fand schon immer, dass derjenige, der dieser Stadt ihren Namen gegeben hat, echten Sinn für Humor bewiesen hat.«

Mit gerunzelter Stirn erwiderte der Sheriff: »Willst du etwa sagen, meine Leute hätten geplaudert?«

Shelby zuckte mit den Achseln. »Sie sind frustriert, nehme ich an. Kein Wunder. Und vermutlich in der Defensive, wenn die Leute wissen wollen, was die Polizei tut, um diesen Mörder zu fassen. Daher ist es nur logisch, wenn sie wenigstens ein bisschen was erzählen. Aber wenn du dich dann besser fühlst: Ich habe keine Einzelheiten über die Ermittlungen gehört. Man hat einfach nur ganz allgemein den Eindruck von Erfolglosigkeit.«

»Großartig. Das ist wirklich großartig.«

»Na ja, es ist ziemlich offensichtlich, weißt du. Schließlich ist es nicht gerade so, dass bei dir im Gefängnis jemand sitzt, dem man vier Morde anlasten könnte.«

Ethan sagte kategorisch: »Wir haben keine stichhaltigen Beweise dafür, dass Luke Ferriers Ertrinken kein Unfall oder Selbstmord war.«

»Unfall? Ethan, jeder weiß, auf welcher Seite des Flussarms der Wagen ins Wasser gefahren ist, und nach allem, was ich höre, hätte sich der Wagen nur dann so weit von der Straße entfernen können, wenn er vorsichtig und bewusst dorthin gesteuert worden wäre.«

»Das schließt einen Selbstmord nicht aus, Shelby.«

»Nur dass nach seinem Tod ein dickes Bankkonto und Tickets nach Übersee aufgetaucht sind, wie ich höre. Klingt, als hätte er eigentlich ein Flugzeug nehmen wollen. Und ist es nicht ein bisschen viel Zufall, wenn ein Mann mit solchen Geheimnissen von eigener Hand stirbt, wo andere Männer eben wegen ihrer Geheimnisse ermordet werden?«

Die Falten auf Ethans Stirn wurden noch tiefer. »Das ist also allseits bekannt, hm?«

»Du meinst, ob noch jemand eine Verbindung zwischen den Morden und den Geheimnissen hergestellt hat? Aber ja. Das sind verdammt große Geheimnisse, Ethan. In dieser ruhigen kleinen Stadt stechen sie einem gewissermaßen ins Auge. Und wenn ich nach dem gehe, was ich so höre, dann prüft in Silence gerade jeder Mann zwischen achtzehn und sechzig seine Vergangenheit und fragt sich, ob er irgendetwas getan hat, was ihm womöglich eine große Zielscheibe auf die Stirn druckt.«

»Scheiße.«

»Keine offene Panik bisher. Aber das kommt noch.« Shelby zögerte, dann fragte sie bedächtig: »Hast du daran gedacht, Hilfe hinzuzuziehen?«

»Ich hole niemanden von außen dazu«, sagte er nachdrücklich. »Das ist unser Problem, und wir bekommen es in den Griff.«

»Keine Leute von außen. Ich meine Nell.«

»Du meinst, weil sie angeblich eine übersinnliche Gabe hat? Ich glaube nicht an diesen Quatsch.«

»Du musst ja nicht unbedingt daran glauben. Du setzt einfach nur alle Hilfsmittel ein, die dir vielleicht nützen könnten, oder? Jeder weiß doch, dass die Polizei schon mit Hellsehern zusammengearbeitet hat, auch wenn man es nicht öffentlich zugibt. Es kann doch nicht schaden, wenn du sie fragst. Ethan, die Leute reden schon über sie.«

»Ja, ich weiß.«

»Was, wenn der Mörder das hört und sich Sorgen macht?«

»Du meinst, er macht sich weniger Sorgen, wenn ich sie auf die Polizeistation bestelle und mit ihr rede?«

»Bestell sie nicht ein. Lass es wie Zufall aussehen.«

»Ich halte das für keine gute Idee.«

Ganz bewusst sagte Shelby: »Du hast also solche Angst davor, die Leute könnten glauben, dass du wie Max hinter ihr her bist, dass du sie nicht mal fragen willst, ob sie helfen kann? Meine Mutter hat immer gesagt, da schneidet sich jemand ins eigene Fleisch.«

Er presste die Lippen aufeinander. »Und hat sie dir auch gesagt, du sollst deine Nase nicht in anderer Leute Angelegenheiten stecken?«

»Oft.«

»Du hättest auf sie hören sollen, Shelby.« Der Sheriff wandte sich um und ging davon. Die steife Haltung seiner Schultern strafte seine gelassene Miene Lügen.

Geistesabwesend machte Shelby noch ein Foto von ihm, als er am Bordstein stehen blieb, wobei sie ihr Gesicht freundlich-ausdruckslos aussehen ließ. Zumindest hoffte sie, dass es so aussah.

Ganz schön knifflig, sich nicht anmerken zu lassen, dass sie mehr wusste, als sie sagte. Und sie hatte so ein Gefühl, dass es mit der Zeit noch kniffliger werden würde.

Eine leise Ahnung sagte ihr, dass sie sich sehr gut amüsieren würde.

Auch wenn das natürlich eine ernsthafte Angelegenheit war, das war ihr bewusst. Eine todernste Angelegenheit sogar. Doch das schmälerte Shelbys lebhaftes Interesse in keiner Weise.

Sie beobachtete, wie Ethan steif davonging, dann lenkte sie ihre eigenen Schritte in eine andere Richtung.

Die erste Aufgabe war jedenfalls einfach gewesen. Sie bezweifelte allerdings, dass dies auch für die nächste gelten würde.

Max brachte sein Pferd zum Stehen. Einen Augenblick saß er schweigend da und blickte aufmerksam zum Haus der Familie Gallagher. Dann wandte er den Kopf und sah Nell an. »Ich habe nie auch nur flüstern hören, dass Hailey etwas mit Luke Ferrier gehabt hätte. Er war ledig, sie auch. Warum hätten sie es geheim halten sollen?«

Da sie die Antwort kannte, sagte Nell lediglich: »Was ich gerne herausfinden würde, ist, ob sie auch mit den anderen Männern was hatte.«

»Du glaubst, sie war die Verbindung zwischen ihnen?«

»Ich weiß nicht, was ich glauben soll. Aber diese Männer sind für ihre Geheimnisse bestraft worden, und Luke Ferrier zumindest hatte eine geheime Affäre mit meiner Schwester.«

Max blickte finster drein. »Jedermann weiß – jetzt –, dass Peter Lynch sich in New Orleans eine Geliebte gehalten und ganz besonders widerliche Pornos gesammelt hat, aber falls er was mit einer Frau hier aus der Gegend hatte, habe ich jedenfalls nie was davon gehört.«

Nell wandte ihren Blick dem Haus zu und runzelte die Stirn. »Aber ich würde sagen, das hatte er garantiert – denk dran, sein Geheimnis hatte mit Sex zu tun. Und vielleicht Randal Patterson, das war der mit der Sadomaso-Ausstattung im Keller, stimmt's?«

»Richtig. Soweit ich weiß, hat man nicht herausfinden können, mit wem er seine kleinen Spielchen gespielt hat.« Er schüttelte leicht den Kopf. »Glaubst du im Ernst, dass es möglicherweise Hailey war?«

Nell war nicht begierig darauf, diese Frage zu beantworten, doch sie wusste, sie hatte kaum eine andere Wahl. So atmete sie lediglich tief durch und schlug vor: »Finden wir's heraus. Liegt Pattersons Haus nicht so nah, dass wir hinreiten können?«

»Doch. Aber bist du sicher, dass du das durchstehst?«

»Wie meinst du das?«

»Man muss kein Hellseher sein, um zu sehen, wie viel Kraft es dich kostet, wenn du dich in eine dieser ... Visionen einklinkst. Vielleicht solltest du noch warten, Nell. Dir Zeit lassen.«

»Zeit ist vermutlich genau das, wovon wir nicht viel haben«, erwiderte sie sachlich. »Bei dieser Art Mörder ist es normalerweise so, dass die Taten früher oder später eskalieren, und je länger er aktiv ist, desto wahrscheinlicher ist das. Vielleicht mordet er in zwei Monaten wieder – oder morgen.« Sie zögerte. »Aber wenn du zurück auf die Ranch musst ...«

»Nein, das ist nicht das Problem. Ich habe einen guten Vorarbeiter und eine gute Mannschaft, die Arbeit wird also getan, ob ich da bin oder nicht. Aber ich finde trotzdem, du solltest dich erst ausruhen, bevor wir zu Pattersons Haus reiten.«

Nell wollte schon eine Diskussion darüber beginnen, doch da spürte sie das verräterische Stechen in der linken Schläfe, das eine bevorstehende Ohnmacht ankündigte. *Verdammt ... verdammt ... verdammt ...* Sie wusste nur zu gut, dass Max darauf bestehen würde, zu bleiben und auf sie aufzupassen, wenn er davon wüsste, und dafür war sie nicht bereit. Nicht hier. Nicht jetzt.

Daher sagte sie lediglich sanft: »Ich schätze, heute Nachmittag ist auch noch früh genug. Ich habe hier ohnehin zu tun, und egal, was du sagst, du solltest wenigstens mal kurz auf deiner Ranch vorbeischauen. Kannst du so gegen drei Uhr wiederkommen?«

»Ja, aber ...«

Ehe er seinen Einwand vorbringen konnte, fügte sie hinzu:

»Und du brauchst nicht reinzukommen und sämtliche Fenster und Türen zu überprüfen. Was du darüber gesagt hast, dass der Mörder mich möglicherweise als Bedrohung empfindet, ist nicht von der Hand zu weisen, ich habe also Vorsichtsmaßnahmen ergriffen. Mein Partner bleibt in der Nähe.«

»Ich habe niemanden gesehen.«

»Das sollst du ja auch nicht.« Sie lächelte schwach, um ihrer Antwort die Schärfe zu nehmen, dann stieg sie ab und reichte ihm die Zügel des Schecken. »Aber er ist in der Nähe, glaub mir.«

Max blickte zum Haus, als versuchte er, jemanden zu entdecken, der dort womöglich lauerte, dann sah er zu ihr hinab, und sein Mund verzog sich. »Und ich soll natürlich immer noch nicht fragen, wer *er* ist?«

»Du kannst gerne fragen. Aber ich werde dir nicht antworten. Ich habe es dir gesagt, Max – verdeckte Ermittlungen bedeuten, die Decke wird nicht gelüpft.«

»Ich könnte ja jetzt was sagen, aber ich tu's nicht.«

»Das weiß ich zu schätzen.«

Er hob die Zügel und wollte das Pferd wenden lassen, hielt jedoch nochmals inne. Er wandte den Blick von ihr ab. Dann, als könnte er nicht anders, sagte er schroff: »Ich bin über dich hinweg.«

Nell zwang sich, ruhig zu sprechen, sich zu verhalten, als machte es ihr nichts aus. »Ich habe auch nichts anderes erwartet.«

»Wirklich nicht?«

»Nein.«

Den Blick immer noch von ihr abgewandt, sagte er, immer noch in schroffem Tonfall: »Ich bin gegen drei wieder da.« Er wendete die Pferde und ritt durch den Wald davon.

Sie sah ihm nach, bis er nicht mehr zu sehen war, dann ging sie langsam aufs Haus zu. Noch ehe sie die Hintertür geöffnet hatte, wusste sie, dass sie nicht allein war. Daher war sie nicht überrascht, als sie ihren Partner in der Küche antraf, wo er ihren Kaffee trank.

»Du bist also nicht die Einzige, die weiß, wie man die richtigen Gefühlsknöpfe drückt«, bemerkte er. Und als sie ihn anstarrte, fügte er entschuldigend hinzu: »Das Fenster ist auf. Stimmen tragen hier draußen weit, weißt du.«

»Und dein Gehör ist ekelhaft gut.«

»Tut mir Leid. Bei unserer Arbeit gilt das üblicherweise als Pluspunkt.«

Sie schenkte sich einen Kaffee ein und trank davon, dann verzog sie das Gesicht, als ein weiteres Stechen in der Schläfe sie daran erinnerte, dass sie sich bald etwas Weiches suchen musste, auf das sie sich fallen lassen konnte. »Lass gut sein. Ich muss dir einiges erzählen und dir ein Foto zeigen. Und ich habe nicht viel Zeit.«

»Ohnmacht im Anmarsch?«

»Ja.«

»Bisschen dicht am letzten Mal, was?«

»Ein bisschen.«

»Weil die Visionen intensiver als üblich sind? Oder weil du zu Hause bist?«

»Weiß der Himmel.« Nell lockerte ihre Schultern, wenn auch hauptsächlich, um die Spannung zu lindern. »Vielleicht beides. Zuhause ist im Augenblick kein erholsamer Ort. Jedenfalls habe ich nur ein paar Minuten.«

»Und wenn Tanner zurückkommt, bevor du wieder da bist?«

»Es dauert nie länger als eine Stunde.«

»Du meinst, bis jetzt war das so.«

Nell holte den braunen Umschlag mit Shelbys Foto und dem Negativ, dann setzte sie sich zu ihrem Partner an den Tisch. »Du und Max, ihr habt eine Menge gemeinsam. Eines Tages müsst ihr euch mal zusammensetzen und reden.«

»Ich werd's mir merken.« Er nahm den Umschlag entgegen und öffnete ihn. »Was ist das?«

»Das könnte ein Problem sein.« – Er schüttelte das Foto heraus und betrachtete es, dann blickte er Nell grimmig an. »Von *könnte* kann da keine Rede sein. Das ist ein verdammt großes Problem.«

»Ja. Das hatte ich befürchtet.«

Justin durchsuchte George Caldwells Wohnung zwei Mal von oben bis unten. Er überprüfte die Schränke, klopfte die Wände ab, versuchte, die Ecken des Teppichbodens hochzuklappen – alles in der Hoffnung, ein Geheimversteck zu finden, das jedoch, wenn es denn überhaupt existierte, beharrlich geheim blieb.

»Scheiße.«

»Das haben wir schon mal gemacht, oder?«

Er schreckte hoch und erblickte seine Kollegin Detective Kelly Rankin, die mit einem spöttischen Lächeln im Türrahmen stand. Er brachte ein reumütiges Achselzucken zu Stande und war sich dabei deutlich des schwarzen Notizbuchs in seiner Tasche bewusst.

»Ja, aber ich habe gehofft, ich würde diesmal irgendwas finden.«

»Und?«

»Schwamm drüber.« Er zuckte erneut mit den Achseln.

Kelly nickte. »Ich muss immer denken, dass wir was übersehen haben. Du auch?«

»Himmel, ich weiß es nicht. Müssen wir wohl, oder? Sonst wären wir ja wohl näher dran, diese Sache aufzuklären.«

»Vielleicht. Vielleicht auch nicht, sage ich mir jedenfalls immer. Manche Verbrechen werden nie aufgeklärt.«

Justin sah sich ein letztes Mal in der Wohnung um und ging dann zu ihr in die Diele. Als er die Wohnungstür hinter sich zuzog und abschloss, sagte er: »Und ich dachte, *ich* hätte einen Durchhänger.«

»Keinen echten Durchhänger. Ich bin nur ein bisschen entmutigt. Unsere Räder drehen einfach nur durch, und wir kommen nirgendwohin. Die Leute sehen uns schon an, als wären wir Dick und Doof als Polizisten verkleidet oder so was.«

»So schlimm ist es nun auch wieder nicht. Wir machen uns nicht zum Narren.«

»Aber wir machen unseren Boss auch nicht gerade glücklich. Ich weiß nicht, ob es dir aufgefallen ist, aber der Sheriff verliert allmählich die Nerven.«

»Er wirkt tatsächlich ein klitzekleines bisschen gereizt«, sagte Justin in der gedehnten Sprechweise der Südstaaten.

Sie grinste ihn an, als sie die Treppe hinuntergingen, um das Haus zu verlassen. »Markier hier nicht den Südstaatler. Das ist nicht deine starke Seite.«

»Ja, das habe ich schon befürchtet. Aber mir ist aufgefallen, dass Sheriff Cole mehr als nur ein bisschen angespannt ist. Kein Wunder allerdings. Bis zu dieser Mordserie hatte er hier ein hübsches, ruhiges Städtchen. Keine Hektik, keine Scherereien.«

»Die Arbeit als Detective war wohl ziemlich langweilig, habe ich mir sagen lassen. Bis sie dich und mich eingestellt haben, gab es nur den einen, nämlich Matthew, und den hat der Sheriff hauptsächlich für sich spionieren lassen.«

Justin warf ihr einen fragenden Blick zu, und sie zog eine Grimasse. »Du weißt, dass das stimmt. Cole hält sich über so ziemlich jeden hier in der Stadt auf dem Laufenden, und dafür kam ihm Matthew gerade recht. Das ist vermutlich mit ein Grund, warum Matthew nicht die Spur einer Ahnung zu haben scheint, wie man in einem Mordfall ermittelt, geschweige denn in vieren.«

»Er leistet seinen Teil der Arbeit«, widersprach ihr Justin.

»Er tut, was man ihm sagt. Punkt. Von dem kommt doch kaum Eigeninitiative. Und von den Deputys auch nicht. Du und ich, wir sind doch die, die ständig unterwegs sind, die jedes Fitzelchen Information sieben, das wir haben, die immer weitergraben.«

»Na ja, bis jetzt haben wir ja nicht so viel Nützliches ausgegraben ...«

Kelly zuckte mit den Achseln. »Trotzdem. Schau mal, Justin, wir sind beide Außenseiter und neu in der Stadt, wir kennen die Leute nicht, also können wir vielleicht ein bisschen objektiver an die Sache herangehen. Vielleicht können wir die Dinge ein bisschen klarer sehen. Ich meine ja nur, wir sollten die Augen offen halten und vielleicht nicht alles für bare Münze nehmen. Und die Rückendeckung nicht vergessen.«

Sie standen bereits im Foyer des Wohnhauses, und Justin sah sie mit leicht gerunzelter Stirn an. »Du glaubst, der Täter ist ein Cop.«

»Ich glaube, zu viele Mitarbeiter im Amt des Sheriffs von Lacombe Parish waren nicht so ... hilfreich, wie sie hätten sein können. Das ist alles.« Sie wartete keine Antwort ab, sondern fügte hinzu: »Ich parke da hinterm Haus. Bis dann, Justin.«

Er stand da und sah ihr nach, die Stirn noch immer gerunzelt. Es überraschte ihn eigentlich nicht, dass Kelly an den Ermittlungen etwas komisch vorgekommen war, denn er war sich ziemlich sicher, dass das jedem guten Cop auffallen würde – und sie war ein guter Cop. Was ihn überraschte, war die Tatsache, dass sie sich entschlossen hatte, ihre Bedenken zu teilen.

Mit ihm.

Lag es nur daran, dass sie beide die letzten Neueinstellungen in ihrer Abteilung waren und es am wenigsten wahrscheinlich war, dass gerade sie entweder in die Morde selbst oder in irgendeine Vertuschungsaktion im Rahmen der Ermittlungen verwickelt waren? Oder wusste – oder erriet – Kelly irgendwie, dass Justin nicht ganz das war, was er vorgab zu sein?

»Scheiße.«

Ein, zwei Minuten dachte er über diese Frage nach, dann zuckte er mit den Achseln und machte sich auf den Weg zur

Eingangstür. Es hatte vermutlich keinen Sinn, sich darüber den Kopf zu zerbrechen. Kellys Rat war jedenfalls gut – die Augen offen zu halten und die Rückendeckung nicht zu vergessen.

Doch als er nun sein Auto erreichte, stand seine Rückendeckung nicht mehr im Mittelpunkt seines Interesses. Diesen Platz nahm jetzt die atemberaubende Rothaarige ein, die auf der Motorhaube saß und ihn mit einem Lächeln begrüßte, das ihn zumindest vorübergehend seine unerwiderte Liebe zu Lauren Champagne vergessen ließ.

»Hi, Justin. Erinnern Sie sich noch an mich?«

Er räusperte sich. »Hi, Shelby. Was gibt's?«

»Komisch, dass sie das fragen.«

10

Es war kurz vor drei Uhr, als Max sich erneut dem Haus der Gallaghers näherte, und zwar wesentlich leiser als einige Stunden zuvor. Letzteres mindestens zur Hälfte deshalb, weil er hoffte, Nells Partner irgendwo auf der Lauer zu ertappen, auch wenn er sich das nicht eingestehen mochte.

Die andere Hälfte seiner Motivation war schlichtweg Sorge. Was Nell riskierte, indem sie hier war und tat, was sie tat, beunruhigte ihn sehr. Zudem war er wütend auf sich selbst wegen seines Abschieds einige Stunden zuvor, bei dem eine weitere Tatsache nur allzu deutlich geworden war.

Wenn er wirklich über sie hinweggekommen wäre, hätte er nicht das Bedürfnis verspürt, sie davon zu überzeugen.

Er hatte Nell nie vormachen können, er sei nicht an ihr interessiert. Seit jenem ersten Sommer war er sich ihrer unmittelbar und rückhaltlos bewusst gewesen, war er in einem leidenschaftlichen Gewirr komplexer Bedürfnisse und Gefühle gefangen gewesen, die an Besessenheit gegrenzt hatten. Es war ihm gelungen, seine Gefühle vor anderen zu verbergen, wenn auch nur, weil Nell derart darauf beharrt hatte, dass ihre wachsende Verbundenheit so weit wie möglich geheim bleiben müsse. Doch zwischen ihnen beiden hatte es keine Ungewissheit, kein Zögern gegeben.

Sie hatten zusammengehört, und beide hatten sie das so sicher gewusst, als wäre ihnen dieses Wissen in jede einzelne Zelle ihres Körpers eingeprägt worden.

Max konnte nicht wissen, wie Nells Leben wirklich verlaufen war, seit sie Silence und ihn verlassen hatte, und er wusste nicht, warum sie vor all diesen Jahren davongelaufen war, ohne auch nur eine Nachricht zu hinterlassen, in der sie ihre

Gründe erläutert hätte. Doch er wusste, was er immer noch empfand, und schon der Versuch, so zu tun, als würde er nicht so empfinden, war eigentlich zum Scheitern verurteilt. Folglich war er fuchsteufelswild darüber.

Er stieg ab und ließ die Pferde am Waldrand stehen, dann ging er durch den kleinen Garten hinter dem Haus zur Küchentür. Sie stand offen, nur die Fliegengittertür stellte eine dürftige Barriere für potenzielle Eindringlinge dar. Er fluchte leise und trat in den winzigen Vorraum gleich vor der Küche.

Durch die Tür konnte er sie sehen. Sie saß am Küchentisch, telefonierte auf einem Handy und war nicht überrascht, als er ins Zimmer trat.

»Ja, das weiß ich«, sagte sie gerade zu ihrem Gesprächspartner. »Vielleicht ist das vergebliche Liebesmüh. Wahrscheinlich sogar. Aber wir sollten wenigstens anfangen und schauen, ob sich irgendwas ergibt.«

Sie verstummte, und Max konnte das unverkennbare Poltern einer kräftigen Männerstimme am anderen Ende der Leitung hören, wenn er auch die Worte nicht verstehen konnte. Dieses Phänomen war ihm auch früher schon bei bestimmten Handys und manchen Stimmen aufgefallen.

»Nein, wir wollen als Nächstes das Haus von Patterson überprüfen«, sagte sie. »Ja, mache ich.« Der Mann am anderen Ende sprach für längere Zeit, und sie runzelte die Stirn, dann sagte sie: »Nun, wir wussten, dass er das früher oder später tun würde, oder? Ich muss eben vorsichtig sein, was ich ihm sage. Wenn – falls – er also auftaucht, mache ich das nach Gefühl, schätze ich. Ja.«

Sie unterbrach die Verbindung und steckte das kleine Handy in die Tasche ihrer Jacke, die über der Rückenlehne ihres Stuhls hing. Sogleich sagte Max: »Vorsichtsmaßnahmen, hm? Die Tür steht sperrangelweit offen, Nell.«

»Ich habe sie erst vor ein paar Minuten aufgemacht«, entgegnete sie. »Ich wusste doch, dass du kommst. Der Kaffee ist noch heiß, falls du welchen willst.«

Offenbar hatte sie nicht vor, sich zu dem zu äußern, was er ein paar Stunden zuvor gesagt hatte, und er folgte ihrem Beispiel nur zu gern. Jedenfalls im Augenblick. Er nickte und ging, sich einen Kaffee einzuschenken, wobei er fragte: »War das dein Boss?«

»Ja.«

»Was könnte vergebliche Liebesmüh sein?«

»Nach Hailey zu suchen. Bishop wird in Quantico jemanden auf sie ansetzen, der sie suchen soll.«

Ein wenig überrascht fragte er: »Weil sie was mit Luke Ferrier hatte?«

»Grund genug, um zu versuchen, sie zu finden. Sie zu fragen, was sie weiß.«

»Und du hattest wirklich überhaupt keinen Kontakt mehr zu ihr?« Nell schüttelte den Kopf. »Keever hat gesagt, mein Vater hätte etwa eine Woche, nachdem sie abgehauen war, eine Nachricht von ihr bekommen, in der stand, sie werde niemals zurückkommen, er brauche gar nicht erst nach ihr zu suchen. Damals hat er sie aus seinem Testament gestrichen, also hat sie vielleicht noch etwas anderes geschrieben, was ihn noch wütender gemacht hat. Was weiß ich. Ich wusste nicht einmal, dass sie weg ist, bis ich nach dem Tod meines Vaters mit Keever gesprochen habe.«

»Woher wusste er, wo du warst?«

»Er wusste es nicht. Ich habe ihn angerufen.«

»Warum?«

Nell atmete kurz durch und erwiderte sanft: »Ich wusste, dass mein Vater tot war. Ich habe es gespürt. Können wir jetzt bitte über etwas anderes reden?«

Max hatte selbst zu sehr das Gefühl, schutzlos ausgeliefert zu sein, als dass er jetzt einen Rückzieher hätte machen können, zumal er verdammt gut wusste, wie wichtig dies war, und so fragte er hartnäckig: »Du hast gesagt, du hast ihn gehasst, also warum hat es dir etwas ausgemacht, als er gestorben ist?«

»Ich habe nicht gesagt, dass es mir etwas ausgemacht hat. Ich habe gesagt, ich habe es gespürt.«

»Was gespürt? Ihn sterben gespürt?«

»Seine ... Abwesenheit gespürt. Max ...«

»Du klingst, als wärst du all die Jahre mit ihm in Verbindung gewesen.«

»In gewisser Weise war ich das auch. Blutsbande, Max. Egal, was passiert, dem können wir nicht entfliehen.«

»Was ist mit deiner Großmutter? Hast du ihre Abwesenheit auch gespürt?«

»Nein«, erwiderte sie offenkundig widerstrebend.

»Nur bei deinem Vater?«

»Nur bei ihm.«

»Dann waren das nicht nur die Blutsbande. Du hast gesagt, er sei vom Gallagher-Fluch nicht betroffen gewesen, er hätte keine übersinnliche Begabung gehabt.«

»Hatte er auch nicht.«

»Aber du hast es gespürt, als er starb?«

Sie zögerte, als wollte sie ganz bewusst den kraftvollen Rhythmus seiner Fragen unterbrechen. Dann sagte sie: »Wir werden das nicht weiterverfolgen, Max. Nicht jetzt. Ich bin zurückgekommen, um einen Auftrag zu erledigen, und genau darauf muss ich mich konzentrieren, es stehen nämlich Menschenleben auf dem Spiel. Wenn du mir helfen willst, schön. Wenn nicht, dann verschwinde verdammt noch mal aus meinem Haus und bleib mir aus den Augen.«

Ihre Weigerung war nicht dazu angetan, Max zu beschwichtigen, und seiner Stimme war anzuhören, welche Mühe es ihn kostete, ruhig zu klingen. »Verstehe. Okay, dann sag mir wenigstens eins, Nell, ja?«

»Lass erst hören.«

»Versprich mir, dass wir *eines* weiterverfolgen, bevor du wieder davonrennst: dass du bereit sein wirst, mir ein paar legitime Fragen zu beantworten. Ich finde, das bist du mir schuldig.«

»Ich glaube, ich schulde dir … eine Erklärung, ja. Und du sollst sie bekommen, Max. Bevor ich aus Silence fortgehe. Reicht das?« – »Das muss es wohl.«

Nell hinterfragte seine widerstrebende Einwilligung nicht, sondern nickte lediglich.

Max atmete tief durch und bemühte sich um eine ruhige Sprechweise. »Also, von wem erwartest du, dass er hier auftaucht?«

»Ethan.«

»Ethan? Warum?«

»Der Gallagher-Fluch.« Sie lächelte sarkastisch, als er sich endlich zu ihr an den Tisch setzte. »Ethan glaubt nicht daran, aber wir wussten die ganze Zeit, dass er irgendwann verzweifelt genug sein würde, um mich um Hilfe zu bitten. Immer vorausgesetzt, dass er nicht der Mörder ist. Wenn er es doch ist … wäre es immer noch eine gute Idee, zu mir zu kommen. Um herauszufinden, was ich weiß.«

»Und wie kommt dein Boss darauf, dass er hier auftauchen wird?«

»Das ist eine logische Annahme.«

Max hatte das Gefühl, dass es mehr war als das, doch er beschloss, nicht nachzufragen.

Nell sagte: »Ich habe dich noch gar nicht danach gefragt – glaubst du, Ethan wäre fähig, jemanden umzubringen?«

»Jemanden umzubringen – ja. Diese Morde – nein«, erwiderte Max.

»Warum nicht?«

»Ehrlich gesagt, ich glaube, Ethan fehlt für so etwas die Fantasie. Er ist sehr geradlinig und so offensichtlich in seinen Vorlieben und Abneigungen – ich weiß das besser als jeder andere. Raffinesse gehört nicht zu seinen Stärken. Außerdem, falls ihr zwei, du und dein Boss, Recht damit habt, dass sich das Ganze um irgendein lange verborgenes Geheimnis dreht – es würde mich doch sehr wundern, wenn man in Ethans Vergangenheit eins finden würde.«

»Mal angenommen, er ist es nicht«, sagte Nell. »Glaubst du, ihm ist klar, dass es ein Cop sein könnte?«

»Ich weiß nicht. Aber bei einer Sache bin ich mir ziemlich sicher. Wenn es darum geht, die Wahrheit herauszufinden, hört Ethan nicht eher auf, bis er sie gefunden hat. Egal, wer ihm dabei im Weg steht.«

Bishop betrachtete stirnrunzelnd das eingescannte Foto, das soeben aus ihrem Farbdrucker gekommen war, und fluchte leise: »Scheiße.«

Tony kam zu ihm und besah sich über seine Schulter das Bild von Nell, die die Stufen eines Gebäudes hinabging, das ein Gerichtsgebäude zu sein schien, während ein Mann im Hintergrund sie beobachtete und im Vordergrund … »Das ist doch kein Geist, oder?«

»Nein.«

»Was zum Teufel ist es dann?«

Mit grimmiger Miene reichte Bishop ihm das Foto. »Das Böse.«

Tony ging um den Konferenztisch herum, setzte sich an die andere Seite und betrachtete das Bild mit leicht gerunzelter Stirn. »Wirklich? In welcher Hinsicht? Eine Macht? Eine Präsenz?«

»Vermutlich beides.«

»Wusste Nell, dass es dort war?«

»Nein. Und das macht mir wirklich Sorgen.«

»Wer hat das Bild gemacht?«

»Eine Freundin von ihr. Eine Freundin, die es für ungewöhnlich genug hielt, um es Nell zu zeigen.«

»Eine Freundin mit einer übersinnlichen Gabe?«

»Nell sagt, nein. Die Kamera hat also etwas eingefangen, das physisch da war, wenn auch für das bloße Auge nicht sichtbar.«

Tony legte das Foto auf den Tisch und lehnte sich zurück, die Stirn noch stärker in Falten gelegt. »Nell nimmt Ereignisse wahr, sie erhält Zugang zu elektrischen Signaturen, die extreme Emotionen in Zimmern und an anderen Orten hinterlassen haben, stimmt's?«

»Stimmt.«

»Was ist mit dem Spinnensinn?«

Bishop nickte. »Sie kann ihre anderen Sinne durch Konzentration verstärken. Dadurch kann jemand oder etwas sich nicht so leicht an sie heranschleichen, falls du das meinst.«

»Ja. Aber diese … Präsenz … hat sich an sie herangeschlichen. Sie ragt sogar über ihr auf, und zwar nicht gerade freundlich, wenn du mich fragst.« Tony tippte mit dem Finger auf das Foto. »Wusstest du deshalb, dass es kein Geist ist?«

»Teilweise. Geister im herkömmlichen Sinne, die kein körperliches Ich mehr haben, verfügen über eine unverkennbare emotionale Signatur, und die hätte Nell wahrscheinlich wahrgenommen.«

Tony blickte finster drein. »Sie würde es also wissen, wenn ein Geist in der Nähe wäre, auch wenn sie kein Medium ist?«

»Wahrscheinlich. Ihre Fähigkeit ist einzigartig, soweit ich das beurteilen kann, aber wir haben ein paar Theorien aufgestellt – die meisten davon bisher unerprobt. Die Chancen stehen ganz gut, dass die elektrischen Signaturen von Geistern und anderen körperlosen Seelen dem, wozu sie ganz natürlich Zugang erhält, genug ähneln, dass sie sie zumindest wahrnehmen könnte. Sie wäre nicht in der Lage, wie ein Medium mit einer Seele zu kommunizieren, aber eine Präsenz würde sie auf jeden Fall bemerken.«

»Aber diese Präsenz hat sie nicht gespürt. Weil sie nicht die richtige elektrische Signatur hatte?«

»Weil sie kein Geist, keine Seele war, und weil sie irgendwo einen Körper hat. Astralprojektion, Tony. Außerkörperliche Erfahrung.«

»Du meinst, das ist die spirituelle Energie von jemandem, der gesund und munter ist, da in Silence?«

Bishop nickte. »Zumindest *munter*. Ob auch *gesund*, ist noch die Frage.«

Darüber dachte Tony kurz nach, dann sagte er: »Du glaubst, es ist auch eine Macht. Was bringt dich darauf?«

»Sieh dir die Gestalt an, wie lang gezogen und verzerrt sie ist. Sie ist nur noch entfernt als etwas Menschliches zu erkennen. Eine normale Astralprojektion nimmt, wenn sie überhaupt sichtbar ist, erkennbar die Form des Körpers an, den sie am besten kennt, des materiellen Körpers, den sie normalerweise bewohnt. Anders gesagt, was man sehen würde, würde wie der Mensch aussehen, den sie repräsentiert.«

»Das«, murmelte Tony, »sieht wie ein Monster aus.«

»Eben. Das ist die physische Manifestation einer sehr kranken Psyche. Aber nicht nur das, sieh dir mal an, wie groß sie ist, was für eine bedrohliche Haltung sie einnimmt. Die schiere mentale Kraft, die man braucht, um etwas so Großes über eine gewisse Entfernung, wie weit auch immer, zu projizieren, deutet auf einen außerordentlich machtvollen, extrem dunklen Verstand hin.«

»Und es kann nicht etwas sein, was untrennbar zu diesem Gebiet oder diesem Gebäude gehört oder was da gefangen ist, richtig?«

»Richtig.«

»Dann … ist es Nell gefolgt. Es hat sie beobachtet.«

»So sieht es aus.«

»Und wir wussten nichts davon.«

»Wir«, wiederholte Bishop grimmig, »wussten nichts davon.«

Tony zuckte zusammen. »Scheiße. Ich schätze, wir können mit einiger Wahrscheinlichkeit davon ausgehen, dass das auch der Mörder ist, nach dem wir da unten suchen?«

»Wir können davon ausgehen, dass das verdammt gut möglich ist. Ich habe ja eine Vorliebe für Zufälle, aber ich bezweifle ernsthaft, dass da in Silence zwei böse Mächte unabhängig voneinander zur selben Zeit ihr Unwesen treiben und dass ausgerechnet die eine, hinter der wir nicht her sind, es auf Nell abgesehen hat.«

»Ja.« Tony atmete tief durch. »Und es ist wohl unrealistisch zu glauben, dass dieses … Ding ihr folgt, weil sie in Jeans so gut aussieht.«

»Wohl kaum. Ist ihre Tarnung geplatzt, zumindest, was den Mörder betrifft? Oder ist … es … aus einem anderen Grund an ihr interessiert?«

»Kann sie das irgendwie in Erfahrung bringen? So, dass es sicher ist für sie, meine ich, ohne dem Mörder zu verraten, was sie tut.«

Bishop schüttelte den Kopf. »Ich wüsste nicht, wie. Sie kann auf der Hut sein und versuchen, alle ihre Sinne offen zu halten, aber das ist höllisch gefährlich. Wenn sie eine direkte Verbindung zu einem so dunklen Verstand aufnimmt, könnte sie das anfällig für einen Angriff machen – ob nun geistig oder körperlich –, auch wenn sie kein echtes Medium ist. Im günstigsten Fall wüsste er dann, wer und was sie wirklich ist und dass sie nach ihm sucht.«

»Und schlimmstenfalls?«

»Schlimmstenfalls … wenn er geistig so mächtig ist, wie ich glaube, und Nell ihm ihren Geist öffnet … wenn dieses Foto der Beweis einer echten, kontrollierten Astralprojektion ist und nicht nur einen einmaligen beklemmenden Vorfall zeigt … wenn Nell im Zentrum seiner Aufmerksamkeit steht, aus welchem Grund auch immer … dann ist sie in Gefahr. Und diese Gefahr lässt sich nicht mit Gewehrkugeln oder einem Polizeiabzeichen in Schach halten.«

»Ziemlich viele Wenns«, bemerkte Tony nach einem Augenblick. – »Ich weiß. Das Problem ist nur, sie könnten allesamt zutreffen.«

»Wir haben also einen sehr bösen, gestörten Mörder, der Polizist ist und außerdem übersinnliche Fähigkeiten hat. Bin ich nur paranoid, oder gefällt es dem Universum dieser Tage, uns ganz schlechte Karten zu geben?«

»Du bist paranoid. Aber das heißt nicht, dass du nicht auch Recht hast.« Rastlos fuhr Bishop sich mit den Fingern durchs Haar und runzelte die Stirn. »Weißt du, das Böse ist schon per definitionem jenseits der Normalität oder zumindest jenseits dessen, was die meisten Menschen für normal halten. Vielleicht sollten wir einfach bis zum Beweis des Gegenteils davon ausgehen, dass die Dreckskerle, die wir jagen, immer in irgendeiner Form übersinnliche Fähigkeiten haben.«

»Würde uns vermutlich viel Zeit sparen«, stimmte Tony ihm sarkastisch zu.

»Ja. Aber einstweilen ... ist da unser kleines Problem in Silence. Ich stehe kurz davor, Nell da rauszuholen.«

»Sie glaubt jetzt, der Mörder hätte seine garstigen kleinen Riten letztes Jahr damit begonnen, dass er ihren Vater umgebracht hat. Glaubst du da wirklich, sie würde sich von dem Fall abziehen lassen?«

»Nein. Verdammt.«

»Und sie ist bereits vor Ort und steckt da drin, steht in Verbindung mit den Geschehnissen da. Wenn es ihr bestimmt ist, darin eine Rolle zu spielen ...«

»Ich würde alles nur noch viel schlimmer machen, wenn ich sie da rausziehe. Wenn ich irgendjemanden da rausziehe. Ja, ich weiß. Ich weiß es.«

»Nell ist sich darüber im Klaren, was dieses ... Ding ... sein könnte, oder? Sie weiß, dass sie auf der Hut sein muss?«

»Ja, aber ob's hilft? Es wird schwierig, wenn nicht gar unmöglich für sie sein, sich wirkungsvoll zu schützen, wenn sie nicht sicher sein kann, weshalb dieser Dreckskerl ihr diese Aufmerksamkeit bezeugt.«

Tony dachte darüber nach. Dann sagte er: »Könnte jemand sie abschirmen? Geistig?«

Bishop schüttelte den Kopf. »Denk daran, was mit Miranda passiert, wenn sie ihren Geist selbst abschirmt. Wenn ich es tue. Alle zusätzlichen Sinne sind gedämpft oder ganz abgeschnitten, und am Ende sind wir geistig blind. Wir kön-

175

nen uns schützen oder wir können unsere Fähigkeiten einsetzen und die Gegend abtasten – aber nicht beides zugleich. Nell braucht den Vorteil, den ihre übersinnlichen Fähigkeiten ihr verschaffen, um dem, was da in Silence passiert, auf den Grund zu gehen. Sie kann es sich nicht leisten, sie irgendwie zu dämpfen. Sie kann versuchen, sich nur zu bestimmten Zeiten und nur auf bestimmte Orte zu konzentrieren, aber das ist auch die einzige Kontrolle, über die sie verfügt.«

»Das ist kein großer Schutz«, bemerkte Tony.

»Das ist überhaupt kein Schutz.«

Nach einer Weile meinte Tony: »Sie wollte das tun, Boss. Du hast es ihr nicht befohlen. Du befiehlst nie jemandem von uns etwas.«

»Glaubst du, das macht einen Unterschied, Tony?« Bishops Stimme war sehr leise.

Tony wollte schon antworten, doch dann begriff er, dass es darauf nichts zu erwidern gab. Nichts, was helfen würde.

Überhaupt nichts.

Das Haus in mediterranem Stil, das Randal Patterson bewohnt hatte, war zwar für eine Person recht groß, aber gewiss kein Herrenhaus. Angesichts der persönlichen Vorlieben des Mannes wunderte es Nell auch nicht, dass das Haus in größerem Abstand von den umliegenden Häusern stand. In dieser ländlichen Gegend gab es so etwas wie Wohnviertel nicht. Die einzelnen Häuser standen an Landstraßen verstreut. Pattersons Haus lag inmitten von mindestens dreißig Hektar Land, zudem ein Stück von der Straße zurückgesetzt, sodass es für Passanten nicht zu sehen war.

»Ich schätze, Zurückgezogenheit war ihm wichtig«, sagte Max sarkastisch, als sie ihre Pferde hinter dem Haus zurückließen und einen sehr gepflegten Garten durchquerten.

»Ganz bestimmt. Hier hat garantiert niemand irgendwelche Schreie aus dem Keller gehört. Bist du sicher, dass hier keiner wohnt? Alles ist so tipptopp in Ordnung.«

»Randal hat die Gartenarbeit immer gleich für eine ganze Saison in Auftrag gegeben, und für dieses Jahr hatte er schon bezahlt.« Max zuckte mit den Achseln, als Nell ihn forschend ansah. »Auf meiner Ranch machen dieselben Leute die Gartenarbeit, die haben es mir erzählt. Was das Haus angeht, das ist noch mehr oder weniger so wie damals, als Randal starb, weil er der alleinige Eigentümer war. Der einzige Angehörige ist ein Cousin, der an der Westküste lebt, und es heißt, der sei bloß daran interessiert, wie viel Geld übrig bleibt, wenn der Nachlass geordnet ist.«

Nell blieb auf der hübschen gefliesten Veranda stehen und sagte mit sarkastischem Unterton: »Was mich wirklich überrascht, ist, dass hier jemand tatsächlich ein paar Geheimnisse gefunden hat, über die er sich aufregen konnte. Normalerweise bleibt doch in Silence nichts lange geheim.«

»Was soll ich sagen? Wade Keever war Randals Anwalt.«

»Natürlich war er das.« Nell holte ihre kleine Werkzeugtasche heraus und machte sich am Türschloss zu schaffen.

Während Max sie beobachtete, fragte er: »Bist du sicher, dass das eine gute Idee ist?«

»Warum nicht? Wenn der Einbruch dir an die Nerven geht, bleib halt draußen.«

»Das meine ich nicht. Draußen am Flussarm schien es dir nichts auszumachen, aber Randal ist hier im Haus gestorben, und zwar erst vor ein paar Monaten. Außerdem wären da noch all die Schmerzspielchen, die er offenbar im Keller getrieben hat. Wenn du dich da einklinkst ...«

»Ich bin keine Empathin, Max. Ich spüre die Schmerzen anderer nicht – oder die Eindrücke, die sie hinterlassen haben. Eine Vision zu haben ist für mich, als würde ich einen Film ansehen. Ich bin nur Beobachterin.«

»Du hast gesagt, du hast wahrgenommen, was dein Vater gefühlt hat, als du ihn sahst.«

»Wahrgenommen, ja. Aber das ist ein Wissen – Erkenntnis und Verstehen, ohne die Gefühle zu teilen.«

Das erleichterte Max, beruhigte ihn allerdings nicht vollständig. »Trotzdem, die Visionen setzen dir sehr zu.«

»Sie erfordern Konzentration, wie jede andere körperliche oder geistige Anstrengung.«

Der leicht gereizte Unterton ließ Max das Thema wechseln. »Was den Zugang zu den Tatorten angeht – mehr kann ich nicht für dich tun, zumindest zu Pferd und unbeobachtet. In dem Haus, in dem Peter Lynch starb, lebt noch seine Frau, und George Caldwell hatte eine Wohnung in der Stadt. Da kommen wir nicht ran, ohne dass uns jemand beobachtet oder wir über einen Cop stolpern.«

»Na ja, falls der Sheriff mich wirklich um Hilfe bittet, werde ich vorschlagen, mit diesen beiden Tatorten anzufangen.«

Max wartete, bis sie die Tür aufgeschlossen und sich wieder aufgerichtet hatte, dann sagte er: »Du sagst, *falls*, aber du meinst *sobald*, oder? Du weißt, dass er dich um Hilfe bitten wird.« – »Ich wusste es nicht, als ich herkam.«

»Unter anderem hast du deshalb mich um Hilfe gebeten. Ja, das ist mir klar. Und jetzt, wo du weißt, dass Ethan auftauchen wird?«

Nell wandte ihren Blick nicht von ihm ab, als sie die Tür aufstieß. »Er kann mir Zugang zu den anderen Tatorten verschaffen. Vielleicht weiht er mich auch in seine Ermittlungsergebnisse ein, das könnte mir helfen, den Mörder schneller zu finden.«

Ihre wohlabgewogenen Worte entzogen so ziemlich jedem Argument, das er dagegen hätte ins Feld führen können, die Grundlage, und Max war sich sicher, dass sie das ganz bewusst getan hatte. Ebenso, wie sie nun ganz ruhig noch eine Ergänzung nachschob.

»Was ihr auch für Meinungsverschiedenheiten haben mögt, Fakt ist trotzdem, dass Ethan hier der Sheriff ist und er mir helfen kann, den Auftrag zu erledigen, dessentwegen ich hier bin.«

»Du meinst, wenn er nicht der Mörder ist«, entgegnete er.

»Hast du deine Meinung in dieser Frage geändert?«

Max zögerte. »Ich glaube nicht – ich kann nicht glauben, dass er vier Männer ermordet hat. Fünf, wenn wir deinen Vater mitrechnen. Aber das heißt nicht, dass er nicht gefährlich ist, Nell.«

»Ich werd's im Hinterkopf behalten.« Sie betrat Randal Pattersons Haus.

Max folgte ihr. Ihm war völlig klar, dass er kein Recht hatte, sie zu verhören oder Einwände gegen ihre Handlungen vorzubringen, ob es sich nun darum handelte, dass sie ihre übersinnlichen Fähigkeiten bei der Jagd nach dem Mörder einsetzte, oder darum, dass sie an Ethan Coles Arm die Main Street entlangflanierte. Max hatte seine eigene Meinung darüber, warum sie so entschieden reserviert war. Er war davon überzeugt, dass der Grund dafür nur zum Teil der Wunsch war, ihn auf Abstand zu halten, damit das, was zwischen ihnen war – was es auch sein mochte –, nicht ihre Arbeit beeinträchtigen konnte.

Das Problem war, sie hatte keinen Zweifel daran gelassen, dass sie im Augenblick nicht bereit war, mit ihm über die Vergangenheit zu reden. Einstweilen konnte Max nicht viel tun, um den Abstand zu überwinden. Ebenso wenig durfte er hoffen, in irgendeiner Weise Einfluss auf ihre Entscheidungen nehmen zu können. Wenn er sie zu oft oder zu stark bedrängte, war sie sehr wohl fähig, ihren Boss oder ihren unsichtbaren Partner herbeizurufen und Max irgendwie kaltstellen zu lassen, bis sie ihren Auftrag erledigt hatte.

Das junge Mädchen vor zwölf Jahren hätte das nicht tun können, aber diese Frau gewiss. Und sie würde es auch tun.

Als sie im Eingangsbereich des offenbar professionell eingerichteten Hauses standen, sagte Nell: »Ich will zuerst sein Schlafzimmer und das dazugehörige Bad überprüfen, weil er dort gestorben ist. Nicht, dass ich mit irgendwas Verwertbarem rechne.«

»Warum nicht?«, fragte Max, als sie den Korridor im entsprechenden Flügel des Hauses entlanggingen.

»Weil er mit einem Stromschlag hingerichtet wurde. Jeder plötzliche ungewöhnliche Anstieg von elektrischer Energie in einem Bereich zerstört normalerweise alle anderen elektrischen Signaturen, die womöglich da gewesen waren.«

»Klingt logisch.« Er blieb im Türrahmen stehen und beobachtete sie, während sie sich in dem sehr eleganten, aber eigenartig unpersönlichen Schlafzimmer umsah. Auch wenn sie es für unwahrscheinlich hielt, dass sie hier Zugang zu etwas bekommen würde, ließ er sie nicht aus den Augen, damit ihm auch kleinste Veränderungen in ihrem Gesicht nicht entgingen. Als sie flüchtig die Stirn runzelte, sprach er sie sofort an: »Was?«

Mehr zu sich selbst als zu ihm sagte Nell: »Wieder dieses unheimliche Gefühl. Alles wirkt, als wäre es ganz weit weg.«

»Wieder? Mit der elektrischen Energie hat es nichts zu tun?«

Sie sah ihn an und runzelte erneut die Stirn, dann ging sie zur Badezimmertür. »Nein, es sei denn, da draußen am Flussarm, wo Ferrier ertrunken ist, wäre auch irgendeine Form von elektrischer Energie gewesen. Da habe ich das Gleiche gespürt.«

Max musste ihre Fähigkeiten nicht völlig begreifen, um argwöhnisch zu werden, wenn Nell etwas für ungewöhnlich hielt, und so trat er weiter in den Raum hinein, um sie beobachten zu können, während sie ins Bad ging. »Woran könnte es dann liegen?«

»Ich weiß nicht.« Nell betrachtete den hübschen Toilettentisch, die Designerhandtücher, die genau richtig hingen, und Kerzen und verschiedene dekorative Tiegel und Fläschchen, welche die in den Boden eingelassene Badewanne säumten. Sie nahm ein Gläschen in die Hand und unterwarf die Meersalzkristalle darin kurz einer eingehenderen Betrachtung, dann stellte sie es wieder ab, ging zum Wäscheschrank und öffnete ihn. »Patterson war nicht verheiratet, oder?«, fragte sie nach einer Weile.

Von der Tür aus antwortete Max: »Nein. Er war einmal verheiratet gewesen, aber das ist Jahre her, die Scheidung wurde rechtskräftig, als ich noch auf dem College war, und die Frau ist gleich danach weggezogen. Warum?«

»Hat er sich mit Frauen verabredet? Öffentlich, meine ich.«

»Sein öffentliches Sozialleben hat sich auf Kirchenfeste beschränkt«, entgegnete Max. »Auch deshalb hat sein kleines Spielzimmer im Keller die Leute so schockiert.«

Nell griff in den Wäscheschrank und holte eine halb leere Flasche Lavendelbadesalz heraus. »Ich nehme nicht an, dir ist irgendwann mal aufgefallen, dass er nach Lavendel duftet?«

Mit erhobener Augenbraue erwiderte Max: »Nein, tut mir Leid.«

Falls die Antwort Nell amüsierte, gab sie es nicht zu erkennen. In ernsthaftem Ton sagte sie: »Es ist nicht gerade als Herrenduft bekannt.«

»Habe ich auch nicht angenommen. Aber in Anbetracht dessen, was man im Keller gefunden hat, ist es doch wohl offensichtlich, dass er von Zeit zu Zeit Frauen im Haus gehabt haben muss.«

Die Stirn immer noch leicht gerunzelt, stellte Nell das Badesalz zurück in den Schrank und sagte: »Ja, das ist wohl offensichtlich.«

Als sie wieder aus dem Bad kam, wich Max ins Schlafzimmer zurück. »Aber niemand weiß, wer sie waren, ist es das, was dich stört?«

»Er wurde schon im Januar ermordet, Max. Und das hier ist eine kleine Stadt. Wenn Randal Patterson im Lauf der Jahre wirklich verschiedene willige Partnerinnen gehabt hätte, hätte man doch mittlerweile wenigstens eine von ihnen identifizieren müssen.«

»Ich weiß nicht, Nell. Auch in diesen so genannten modernen Zeiten gibt es noch ein paar Dinge, die die Leute unter allen Umständen für sich behalten wollen, und ich würde meinen, Sadomaso-Spielchen rangieren da ganz weit vorn. Vielleicht ist es den Frauen einfach zu peinlich oder sie haben zu viel Angst vor den Folgen, als dass sie sich dazu bekennen würden.«

»Ja, vielleicht.«

»Oder vielleicht war es auch nur eine Frau, Randals langjährige reguläre Samstagabendverabredung. Man hat schon von Beziehungen gehört, die länger gehalten haben, obwohl es nicht einmal ein gemeinsames sexuelles Bedürfnis gab. Bei einer einzigen Partnerin wäre außerdem die Wahrscheinlichkeit, dass es herauskommt, sehr viel kleiner, und sie wäre auch viel schwerer aufzuspüren.«

Nell nickte. »Klingt logisch.«

Max hörte sich hinzufügen: »Ich meine, du liebe Güte, wie viele Frauen kann es in Silence geben, die auf so was stehen?«

»Wenn du das nicht weißt.«

Er schüttelte den Kopf und wünschte, er könnte sich einreden, dass dieser Bemerkung ein rein persönliches Interesse zu Grunde läge. »Da ich selbst nicht drauf stehe, habe ich keine Ahnung. Aber es würde mich doch sehr überraschen, wenn es viele wären.«

»Mich auch. Aber wir gehen hier von einer Annahme aus, oder?« – »Was für eine Annahme?«

»Dass seine Gespielin eine Frau war.«

Nach einem Augenblick entgegnete Max: »Ja, das ist wohl eine Annahme.«

»Eben. Wo geht's in den Keller?«

»Da ich noch nie hier war, habe ich keinen blassen Schimmer.« Er wusste, er klang verstimmt, und nahm sich vor, sein Temperament künftig besser zu zügeln. Oder sich seine Stimmungen wenigstens nicht so verdammt leicht anmerken zu lassen.

Nell warf ihm einen Blick zu, den er auch dann nicht hätte entschlüsseln können, wenn es um sein Leben gegangen wäre. Dann ging sie vor ihm her aus dem Schlafzimmer und sagte: »Normalerweise ist irgendwo in der Nähe der Küche eine Treppe, glaube ich.«

Sie hatte sie rasch gefunden, in einer kleinen Diele neben der Waschküche. Schweigend deutete sie auf das Schloss, das versprach, dass das, was sich hinter dieser Tür abspielte, sogar innerhalb dieses Privathauses Privatsache bleiben würde.

»Abgeschlossen?«

»Dürfte eigentlich nicht, schließlich war die Polizei schon hier.« Die Tür war nicht verschlossen. Nell öffnete sie, ohne zu zögern, betätigte den Lichtschalter und ging die Treppe hinab.

Auf diesen Augenblick hatte Max sich aus verschiedenen Gründen nicht gerade gefreut, hauptsächlich jedoch deshalb, weil das, was sie, wie er wusste, im Keller finden würden, mit Sex zu tun hatte. Er war nicht leicht in Verlegenheit zu bringen, auch war er in keiner Weise prüde. Doch er war sich Nells Gegenwart und all dessen, was sie früher miteinander geteilt hatten, viel zu deutlich bewusst, als dass es ihn kalt gelassen hätte, hier neben ihr zu stehen und den Schauplatz der Sexspiele eines anderen Mannes zu betrachten.

Besonders wenn es dort so intensiv nach Sex roch.

Das war das Erste, was ihm auffiel, die durchdringenden, aber bereits leicht schalen Gerüche von Schweiß und anderen Körpersekreten, vermischt mit den herberen Gerüchen von Leder und Plastik. Bevor sie unten ankamen, versuchte er, sich gegen das zu wappnen, was sie finden würden.

Doch das war vergebliche Liebesmüh.

11

»O mein Gott.« Max kam die eigene Stimme fremd vor, doch das wunderte ihn nicht.

Dank grellem Neonlicht war der Raum trotz der fehlenden Fenster taghell erleuchtet. Alles war deutlich sichtbar. Der Kellerraum war unfertig, der Boden aus Beton, die Wände unbemalte Hohlziegel, weiter oben verliefen unverkleidet Heizungs- und Wasserrohre.

In der hinteren Ecke des Raumes befanden sich ein Heißwassergerät und ein Ofen sowie etwas, das wie eine Tiefkühltruhe aussah, halb verborgen hinter einem nicht dazu passenden orientalischen Wandschirm. In der vorderen Ecke schuf ein sehr teuer aussehender Orientteppich einen gepolsterten »Raum«, in dem ein wunderschönes Schlittenbett aus Mahagoni mitsamt luxuriösem Bettzeug in satten dunklen Farben stand. Neben dem Bett gab es sogar einen Nachttisch mit einer hübschen Schirmlampe darauf.

Unter der Treppe befand sich an einer Wand ein abgeschlossener Raum, der offenbar ein Bad oder ein Gäste-WC beherbergte – von seinem Standort aus konnte Max das nicht genau erkennen. Jedenfalls war dieser Raum weit weniger … interessant als der Rest des Kellers.

Ein weiterer Orientteppich in prächtigen Farben nahm die Mitte des sehr großen Raumes ein. Er bot der Ausrüstung und den einzelnen Werkzeugen, die sich dort befanden, reichlich Platz.

Da waren Gegenstände, die Max nicht einmal erkennen wollte. An einem Hakenbrett an der hinteren Wand hingen Gerätschaften und Instrumente, von denen viele aus silberbeschlagenem Leder bestanden oder damit verziert waren. Es gab große hölzerne Vorrichtungen mit verschiedenen Halterungen für Hand- und Fußgelenke, um einen Körper in erniedrigende und schmerzhafte Stellungen zu bringen: Eines war ein großer Rahmen in Form eines aufrecht stehenden X, ein anderes sah einem im Mittelalter gebräuchlichen Bestrafungsinstrument, dem Stock, noch am ähnlichsten – und ein drittes war eine Art Holzpferd, mitsamt Sattel.

Und da war noch mehr, Apparate, deren Zweck offensichtlich war, und andere, deren Form und Funktion mehr Rätsel aufgaben. Doch auf den Regalen neben dem Hakenbrett gab es auch »Spielzeug« und Werkzeuge, die leicht wiederzuerkennen waren, angefangen bei Dildos in vielen Farben, die sehr anschaulich echten Penissen in verschiedenen Größen nachgebildet waren, über aufgerollte Lederpeitschen mit geflochtenen Griffen bis hin zu breiten Paddelpeitschen aus Leder und schwarzen Augenbinden aus Seide.

Max dachte an seinen erschütterten Ausruf und wagte nicht, Nell anzusehen.

»Tja«, bemerkte die recht trocken, »wenigstens hat er's nicht auf der Straße getrieben und die Pferde scheu gemacht.«

Vor Überraschung musste Max lachen. »Das ist also deine Einstellung? Leben und leben lassen?« Nun sah er sie doch an. Ein feines sarkastisches Lächeln umspielte ihren Mund.

»Warum nicht?«, entgegnete sie. »Ich habe schon zu viele tollwütige Bestien gejagt, die aus krankhaften Motiven heraus Leben zerstört hatten, als dass ich mich darum sorgen würde, was Erwachsene aus freiem Willen zu ihrem Privatvergnügen treiben.«

»Und wenn sie es nicht aus freiem Willen täten?«

»Das wäre etwas anderes.« Nell sah sich um, ihr Lächeln erlosch. »Aber ich glaube nicht, dass hier unten etwas getan wurde, was die Beteiligten nicht wollten.«

»Du glaubst nicht? Erzähl mir bloß nicht, hier wäre keine elektrische Signatur, die du anzapfen kannst.«

Sie zögerte und warf ihm einen raschen Blick zu, ehe sie antwortete. »Ich weiß noch nicht. Ich habe eine Art geistigen Schild eingeübt als eine weitere Möglichkeit, meine Gabe zu kontrollieren.«

»Damit es dich nicht unerwartet trifft.«

»Genau.« Sie entfernte sich vom Treppenabsatz, bis sie am Rand des Teppichs stand, der in der Mitte des Kellers lag. »Allerdings ...«

Max tat seinerseits ein paar Schritte zu ihr hin, um ihr Gesicht sehen zu können. Sie schloss die Augen und konzentrierte sich. Mittlerweile hatte er sich ein wenig an ihre Visionen gewöhnt, deshalb überraschte ihn nicht, dass ihre Augen, als sie sie wieder öffnete, diesen starren glasigen Blick aufwiesen, als schaute sie in eine dunkle Ferne, die er nie würde wahrnehmen können.

Wie immer verspürte er den starken Impuls, sie zu berühren, sie irgendwie zu halten, ausgelöst von dem beklommenen Gefühl, sie könnte womöglich ankerlos von ihm forttreiben. Diese Empfindung war so stark, dass er tatsächlich noch einen Schritt auf sie zu tat und schon seine Hand ausstreckte, um sie am Arm zu nehmen.

Er zögerte nur, weil sie ihm den Kopf zuwandte. Allerdings sah sie durch ihn hindurch, eine beunruhigende Erfahrung, zumal ihre Augen so dunkel waren, dass es ihm schien, als blicke er in die scheinbar bodenlosen Tiefen eines schattigen Bergsees. Sekunden vergingen. Zunächst war ihre Miene verdutzt, unsicher, als suche sie nach etwas, von dem sie sich nicht sicher war, ob sie es auch wirklich finden wollte.

Sie wandte den Kopf wieder nach vorn, suchte den Raum ab. Weitere Sekunden vergingen. Dann keuchte sie plötzlich auf, ihre Wangen färbten sich rot, doch die Farbe verschwand rasch wieder und ließ sie bleicher zurück als zuvor. Was sie auch sehen mochte, es erschütterte sie sichtlich.

Max packte sie am Arm. »Nell?«

Wie beim ersten Mal im Wald reagierte sie nicht sofort. Sie

war unnatürlich ruhig, und ihre Augen schienen noch dunkler zu werden, in noch weitere Ferne zu sehen. Sie blinzelte nicht ein einziges Mal.

Eine Minute verging.

Zwei.

»Nell?« Er packte ihren anderen Arm und drehte sie ganz zu sich herum. Sie ließ sich widerstandslos bewegen, als wäre sie eine Puppe, blind gegen jede potenzielle Gefahr. Das machte ihm schreckliche Angst.

»Gottverdammt, Nell!« Er schüttelte sie.

Sie blinzelte, sah bestürzt zu ihm hoch, während ihre Augen allmählich wieder heller wurden und ihre normale grüne Farbe annahmen. Doch sie wirkte verwirrt, und ihr Gesicht war immer noch bleich. Zu bleich. »Max? Was ...«

»Bist du okay?«

»Natürlich bin ich okay ...« Kaum hatte sie das gesagt, da zuckte sie zusammen und keuchte auf, offensichtlich vor Schmerz. Sie griff sich an die linke Schläfe, massierte sie in einer automatischen Bewegung. »Nein.« Es war kaum mehr als ein Flüstern.

»Nell, was ist los?«

»So passiert das nicht, so soll es nicht passieren ...«

»Nell ...«

»Nicht ohne Vorwarnung«, murmelte sie. Sie blickte ihn mit einer ganz seltsamen Mischung aus Ärger und Hilflosigkeit an, dann schloss sie die Augen, seufzte leise auf und erschlaffte in seinen Armen.

Nate McCurry war sich ganz und gar nicht sicher, dass er das Richtige getan hatte, doch er hatte seiner Meinung nach keine andere Wahl gehabt. Er hatte sich schützen müssen, oder? Und was hätte er sonst tun können?

Er hatte nicht lange gebraucht, um zu dem Schluss zu kommen, dass er mit dem, was er wusste, nicht zum Sheriff gehen konnte. Falls Nates Vermutungen stimmten, wusste

Ethan Cole ebenso viel wie er und bewahrte Stillschweigen darüber, weil auch er Angst hatte.

Das war aus verschiedenen Gründen ernüchternd, vor allem jedoch, weil Ethan bekanntermaßen nicht vor vielen Dingen Angst hatte.

Folglich hatte Nate die übrigen Mitarbeiter im Amt des Sheriffs in Erwägung gezogen und sich dann unauffällig mit dem einen Polizisten verabredet, von dem er dachte, dass er ihm trauen könnte: mit dem Kumpel aus Kindertagen, mit dem er bei Versammlungen in der Sporthalle unter der Tribüne Zigaretten stibitzt und Halloween-Streiche gespielt hatte, derentwegen sie um ein Haar verhaftet worden wären.

Das war zwar lange her, doch sie hatten stets losen Kontakt gehalten.

Nate dachte, wenn es überhaupt jemanden gab, der sein Entsetzen verstehen und ihn nicht dafür verurteilen würde, dann ein alter Kumpel, der ihm auf die Schuhe gekotzt hatte, als sie beide unabsichtlich, zugleich fasziniert und entsetzt, mit angesehen hatten, wie zwei ihrer Lehrer es in einem Garderobenschrank miteinander getrieben hatten.

Nate war damals etwa zwölf gewesen.

Noch immer plagten ihn Albträume von dieser Szene, und halb war er davon überzeugt, dass der Anblick der bleichen altersfleckigen Hände des alten Mr. Hensen, die unter dem hochgeschobenen Rock von Mrs. Gamble herumfummelten und ihre entblößten fleischigen Brüste begrabschten, dafür verantwortlich waren, dass sein eigenes Sexualleben als Erwachsener ein wenig problematisch war.

Das allerdings erwähnte er selbstverständlich seinem Jugendfreund gegenüber nicht.

»Ich weiß, wovon ich rede«, sagte er nachdrücklich und darum bemüht, nicht nervös um sich zu blicken, obwohl sie in der Gasse hinter dem Drugstore völlig allein waren. »Ich habe immer wieder darüber nachgedacht, aber es ist das Einzige, was wir alle gemeinsam haben. Ich meine, bei George bin ich mir nicht sicher, aber bei den anderen dreien auf jeden Fall. Und bei mir.«

»Du irrst dich, Nate. Du musst dich irren. Sie ist doch schon lange weg.«

»Ja? Oder ist sie nur aus Silence weggegangen, aber in der Nähe geblieben, um sich an uns zu rächen? Peter Lynch ist letzten Sommer gestorben, weißt du noch? Nicht lange, nachdem sie angeblich weggegangen war, und er hat sie wie ein Stück Scheiße behandelt, hat sie mir erzählt. Luke Ferrier ebenso, und was Randal Patterson angeht – sie hat gesagt, er wäre viel zu weit gegangen, er hätte ihr richtig wehgetan, dabei hätte sie nur ein paar Spielchen erwartet.«

»Und was hat sie von dir erwartet, Nate?«

Nate zog eine Grimasse. »Spaß, soweit ich das beurteilen konnte. Aber sie war schon verrückt, weißt du? Im einen Augenblick total leidenschaftlich, und im nächsten hat sie sich schiefgelacht. Im Bett hat sie's wirklich gebracht, das muss man ihr lassen … Sie war einfach zu viel für mich, das gebe ich gerne zu.«

»Also hast du sie sitzen gelassen.«

»So war das nicht. Ich habe ihr eben gesagt, dass sie mehr will, als ich ihr geben kann. Und sie hat *gelacht*, als ich ihr das gesagt habe. Sie hat gelacht und den Kopf zurückgeworfen und gesagt, das würde mir noch Leid tun. Das hat sie *gesagt*, sie hat wirklich gesagt, das würde mir noch Leid tun.«

»Und das tut es wohl auch, Nate.«

»O Gott, das kannst du laut sagen. Und es ergibt einen Sinn, oder? Dass sie es ist? Dass sie zurückgekommen ist, um abzurechnen, und jetzt ist sie hinter uns allen her?«

»Nate …«

»Guck mich nicht so mitleidig an, verdammt! Ich weiß, dass sie es ist, und einer von euch Cops sollte das auch wissen. Ich weiß, alle sagen, dass es darum geht, Männer für ihre Geheimnisse und Sünden zu bestrafen, und ich sage, es ist die Sünde, mit ihr zusammen gewesen zu sein und sie dann wie den letzten Dreck behandelt zu haben, wofür wir alle büßen sollen. Sie stellt verdammt sicher, dass wir dafür büßen.«

»Hast du dafür irgendeinen Beweis, Nate, oder bist du einfach nur paranoid?«

»Das ist doch dein Job, den Beweis zu finden, oder? Und jetzt kannst du das ja auch, ich habe dir gesagt, wo du suchen musst. Du kannst den Beweis finden, und du kannst sie finden, und dann gibt die ganze verdammte Polizei eine Riesenparty für dich. Besonders Ethan Cole. Scheiße, der veranstaltet dir zu Ehren bestimmt gleich eine dicke *Parade*.«

»Warum sollte er das tun?«

»Weil er sich bestimmt schon Sorgen um seinen eigenen Arsch macht. Er war nämlich auch mit ihr im Bett.«

Es war typisch für die Ohnmachten, dass Nell abrupt aufwachte, ohne die Schläfrigkeit, die das Erwachen aus echtem Schlaf normalerweise begleitet. Im einen Augenblick war sie noch ohnmächtig, tief in traumloser Bewusstlosigkeit befangen, im nächsten Augenblick waren ihre Augen offen, und sie war vollständig wach.

Als sie nun erwachte, wurde ihr daher sofort klar, dass sie sich in einem fremden Haus befand.

Sie lag, bis auf Schuhe und Jacke vollständig angezogen, auf einem bequemen Bett und war mit einem dünnen Betttuch zugedeckt.

Durch zwei geöffnete Fenster kamen das Licht eines schwindenden Tages sowie eine kühle Brise herein. Und gedämpfte Stimmen.

Nell warf die Decke zurück und stand behände auf. Ein Blick auf die Armbanduhr zeigte ihr, dass sie weniger als eine Stunde ohnmächtig gewesen war. Das war normal. Es war kurz nach fünf. Sie sah sich im Zimmer um, betrachtete die Möbel aus glänzendem dunklem Holz, den wunderschönen alten Teppich, der einen guten Teil des Holzbodens bedeckte. Fotos sah sie keine, doch mehrere gut gemachte Landschaftsgemälde verliehen dem Raum eine friedvolle anheimelnde Atmosphäre.

Und ganz schwach roch sie auch Max' Rasierwasser.

»Ach verdammt«, murmelte sie ganz leise, stärker beunruhigt, als sie sich selbst eingestehen mochte.

Sie ging zu einem der Fenster und stellte sich seitlich davon hin. Dann spähte sie vorsichtig durch die hauchdünnen Gardinen. Das Zimmer lag nach vorne hinaus im ersten Stock, sodass Nell auf die vordere Einfahrt und einen ordentlichen gepflegten Garten hinabsah.

Ein Streifenwagen stand in der Einfahrt.

Die beiden Deputys standen beiderseits des Wagens, sahen beide Max an und wirkten entspannt und ungezwungen in dieser trügerisch harmlosen Pose, die die meisten Cops einnahmen, wenn sie nicht so knallhart aussehen wollten, wie sie in Wirklichkeit waren. Max stand in der Nähe der Motorhaube. Er verstellte ihnen nicht direkt den Weg ins Haus, doch die Körpersprache seiner vor der Brust verschränkten Arme drückte im günstigsten Fall Vorsicht aus – im ungünstigsten Fall Feindseligkeit. Zunächst hörte sie nur unverständliches Gemurmel, deshalb konzentrierte Nell sich auf Sehvermögen und Gehör, bis sie ein wenig zusätzliche Energie kanalisieren konnte, um diese Sinne zu verstärken, wie sie es gelernt hatte. Bishop setzte das, was Miranda vor langer Zeit schon seinen Spinnensinn genannt hatte, am besten ein. Doch er hatte die meisten seiner Agenten gelehrt, ebenfalls eine Spielart dieser Fähigkeit zu gebrauchen. Und sie konnte sehr nützlich sein. Jetzt zum Beispiel.

»... wir haben Sie also nicht auf dem Kieker, Max«, sagte Deputy Venable gerade sachlich. »Der Sheriff lässt uns alle Leute hier in der Gegend überprüfen.«

Seine Partnerin, die hinreißende Lauren Champagne, fügte im gleichen Tonfall hinzu: »Die ganze Stadt ist nervös, das wissen Sie doch. Also versuchen wir, so viel Polizeipräsenz wie möglich zu zeigen.«

»Indem Sie jeden Haushalt persönlich aufsuchen?«, fragte Max skeptisch nach.

»Die außerhalb gelegenen, ja.« Lauren antwortete ihm. Sie lächelte schwach, doch ihre dunklen Augen blickten wachsam. »Und wir bitten jeden, uns alles zu berichten, was ihm merkwürdig vorkommt, egal, wie banal es zu sein scheint.«

»Die meisten von uns machen Doppelschichten, damit wir permanent mehr Streifen unterwegs haben«, fügte Kyle Venable hinzu. »Rufen Sie uns einfach an, dann sind wir in ein paar Minuten hier.«

»Okay, mache ich. Wenn mir irgendetwas komisch vorkommt.«

Nell verzog das Gesicht, als sie diese Verabschiedung hörte. Es hätte nicht ungehobelter sein können, wenn er ihnen rundheraus gesagt hätte, sie sollten sich verdammt noch mal von seinem Grundstück scheren. Die beiden Deputys wechselten einen Blick, zuckten dann gleichzeitig mit den Achseln und stiegen wieder in ihren Streifenwagen.

Ohne abzuwarten, bis sie davonfuhren, ging Nell ins angrenzende Badezimmer, um sich Wasser ins Gesicht zu spritzen und mit den Fingern ihre unkomplizierte Frisur wieder zu richten. Eigentlich wollte sie gar nicht erst in den Spiegel über dem Toilettentisch schauen, aber dann starrte sie ihr Spiegelbild doch ein wenig grimmig an. Ihr war bewusst, dass sie zu blass war, doch weit mehr verstörten sie die schwach-violetten Schatten unter den Augen.

Am Vortag waren die noch nicht da gewesen.

Und heute war sie zum ersten Mal in ihrem Leben zwei Mal an einem Tag ohnmächtig geworden, das zweite Mal mit einer Vorwarnzeit von nur ein, zwei Minuten statt der sonst üblichen zwanzig.

Was geschah da mit ihr?

Wie die meisten übersinnlich Begabten, die Nell kannte, lebte sie mit dem Wissen, dass eben jener besondere, direkt mit ihrem Gehirn verbundene Sinn und die Fähigkeit, elek-

192

trische Energie und Magnetfelder zu interpretieren, ihr Gehirn womöglich irgendwann schädigen konnten. Besonders, wenn sie sich und diesen Fähigkeiten so viel abverlangte, sie zu oft einsetzte oder zu lange.

Niemand wusste genau, was geschehen würde, doch die Möglichkeiten waren beängstigend.

Diejenigen Mitarbeiter ihrer FBI-Spezialeinheit, die über übersinnliche Fähigkeiten verfügten, lebten in dem Bewusstsein, dass die Arbeit, die sie sich ausgesucht hatten, sehr wohl das Risiko erhöhen mochte, eines Morgens, wie Nell es Max gegenüber flapsig formuliert hatte, mit durchgeschmortem Hirn aufzuwachen. Im Gegensatz zu übersinnlich Begabten, die nicht in der Strafverfolgung arbeiteten, konnten sie sich nicht den Luxus erlauben, sich von ihren Gaben beherrschen zu lassen – einfach passiv abzuwarten und ihren Begabungen die Entscheidung darüber zu überlassen, wann sie in Erscheinung treten wollten.

Nein, die übersinnlich begabten Agenten der SCU versuchten stets, alle Gaben, die sie besaßen, zu kontrollieren und bewusst einzusetzen, häufig unter extrem strapaziösen, gefährlichen Bedingungen. Oft trieben sie sich dabei bis an ihre Grenzen – und darüber hinaus –, weil genau diese Anstrengungen den Ausschlag gaben, wenn es darum ging, ob sie die Bestien, die sie jagten, fassten oder ihnen noch einen Tag, noch eine Woche oder gar noch ein Jahr in Freiheit gewährten und ihnen damit Gelegenheit gaben, weitere unschuldige Leben zu zerstören.

Mancher übersinnlich Begabte würde wahrscheinlich früher oder später einen hohen Preis dafür zahlen müssen. Einige übersinnliche Fähigkeiten verlangten beispielsweise ein hohes Maß an körperlichem Stehvermögen, während bei anderen offenbar tatsächlich zunehmend stärkere elektromagnetische Felder im Gehirn selbst aufgebaut wurden.

Nell gehörte zur zweiten Gruppe.

Max gegenüber hatte sie sich sachlich und ruhig über die

193

Risiken geäußert. Doch die Wahrheit war, dass Bishop ein ungewöhnlich wachsames Auge auf sie hatte, weil ihre Fähigkeiten sogar für ihn mit seinen beträchtlichen Erfahrungen mit dem Paranormalen einzigartig waren. Niemand wagte auch nur zu raten, wie viel reine elektrische Energie ihr Gehirn zu erzeugen – und zu überleben – im Stande war.

Allmählich schien sie ihren Grenzen näher zu kommen als je zuvor.

Nell beobachtete, wie die Frau mit dem gehetzten Blick im Spiegel sich auf die Lippe biss. Mit einem gemurmelten Fluch wandte sie sich ab. Sich darum zu sorgen würde, das wusste sie, überhaupt nichts ändern. Sie konnte nur versuchen, diesen Morden so rasch, wie sie konnte, auf den Grund zu gehen.

Sie fand ihre Schuhe und zog sie an, dann nahm sie ihre Jacke und fischte ihr Handy aus der Tasche.

»Ja.« Wie immer klang er ruhig und seltsam unerbittlich, als wäre er tief im Universum verwurzelt und sich seiner selbst und seiner Position in diesem Universum völlig sicher.

Darum beneidete sie ihn.

»Ich bin's. Bist du in der Nähe?«

»Etwa hundert Meter vom Haus entfernt. So nahe wie möglich, ohne dass mich jemand sehen kann. Ich wollte noch eine Viertelstunde warten und dir dann nachkommen. Geht es dir gut?«

»Ja. Ich bin gerade aufgewacht.«

»Zwei Ohnmachten an einem Tag, das ist nicht gut, Nell.«

»Okay, vielleicht habe ich es übertrieben.« Sie bemühte sich um einen amüsierten, sorglosen Tonfall. »Aber ich bin wieder auf den Beinen und funktionstüchtig.«

»Das gefällt mir nicht.«

»Ich bin auch nicht gerade erbaut davon. Aber das ist unser einziger Trumpf, und das weißt du.«

»Ja, ja, aber ich weiß noch was. Anweisung von oben: Wir sollen alle gut auf unsere Rückendeckung achten. Dieser

Schatten auf dem Foto ist genau das, wofür wir ihn gehalten haben.«

»Scheiße. Ich hatte gehofft, dass wir falsch liegen.« Nell versuchte, den kalten Schauder zu ignorieren, der ihr über den Rücken kroch. Das Gefühl wurde ihr allmählich vertraut.

»Leider nein. Er beobachtet dich, Nell, oder zumindest hat er dich jenes eine Mal beobachtet. Und wir wissen nicht, warum.«

»Aber wir müssen davon ausgehen, dass er über mich im Bilde ist.«

»Das ist der Konsens. Entweder weiß er, wer und was du bist, oder er weiß es nicht, nimmt dich aber als Bedrohung wahr. Vielleicht, weil er übersinnlich begabt ist. Falls du ihm zufällig mal begegnet bist, seit du hier bist, hat er vielleicht einen gewissen Eindruck von deinen Fähigkeiten bekommen und begriffen, dass du ihn vielleicht aufhalten kannst.«

Sie atmete tief durch. »Okay. Dann muss ich schneller vorgehen.«

»Schneller könnte bedeuteten, dass du unvorsichtig wirst.«

»Und langsamer könnte bedeuten, dass ich tot bin.«

Er fluchte.

Nell gab ihm keine Gelegenheit zu weiteren Einwänden, sondern fragte: »Irgendwas Neues über Hailey?«

»Bis jetzt nicht. Du hast doch gesagt, dass sie wahrscheinlich ihren Namen geändert hat, auch wenn sie Sabella nicht geheiratet hat, und dass sie vielleicht noch mehr geändert hat.«

»Ja.«

»Das erschwert die Sache.«

»Ich weiß. Aber wir müssen sie finden.«

»Gab's in Pattersons Haus noch einen Verweis auf sie?«, fragte er.

»Kann man wohl sagen.«

Er fragte nicht nach Einzelheiten, sondern sagte lediglich: »Dann mache ich den Jungs in Quantico mal Feuer unterm Hintern. Und in der Zwischenzeit?«

Sie wusste, was er meinte. »In der Zwischenzeit … muss ich mir was überlegen, was ich Max erzählen kann.«

»Wie wäre es mit der Wahrheit?«

»Welche?«, fragte sie wehmütig.

»Die einzige, an der er interessiert ist, würde ich sagen. Er hat dich hierher zurückgebracht, weißt du. Hat dich die ganze Zeit auf dem Schoß gehalten. Zu Pferd. Hat mich höllisch beeindruckt.«

Auch Nell war beeindruckt, doch sie war nicht bereit, das zuzugeben. »Er war immer schon der geborene Reiter.«

»Und der Ritter auf dem weißen Pferd auch?«

»Manche Männer sind so.«

»Ich weiß nicht. Hör mal, vor ein paar Minuten sind zwei Streifenpolizisten bei euch aufgetaucht.«

»Ich weiß, ich habe sie gesehen.«

»Ich habe gehört, sie patrouillieren durch den ganzen Gemeindebezirk, um ein wachsames Auge auf die Bürger zu haben, unter besonderer Berücksichtigung der abgelegenen Häuser wie dieser Ranch. Und deinem Haus. Wenn sie jetzt da vorbeifahren und du bist nicht da, obwohl dein Jeep in der Einfahrt steht, stellen sie vielleicht ein paar unbequeme Fragen.«

»Ich sage einfach, ich bin mit Max ausgeritten. Niemand wird sich darüber wundern.«

»Er hat ihnen nicht gesagt, dass du hier bist.«

»Darüber würde sich auch niemand wundern.«

Plötzlich kicherte er. »Weißt du, wenn das alles nicht so todernst wäre, würde ich zu gern einfach nur Mäuschen spielen und euch zusehen, wie ihr zwei eure Beziehung auf die Reihe bekommt.«

»Du hast in deinem ganzen Leben noch nie einfach nur Mäuschen gespielt.«

»Einmal ist immer das erste Mal.« Er wurde wieder ernst. »Die Ohnmachten sind eine Warnung, Nell, das weißt du. Du kannst dir nicht immer mehr abverlangen und dann erwarten, dass du ungeschoren davonkommst.«

»Ich weiß.«

»Dann *sei vorsichtig*.«

»Ich tue mein Bestes.«

»Warum beruhigt mich das nicht?« Ohne eine Antwort abzuwarten, unterbrach er die Verbindung.

Nell steckte das Handy langsam zurück in die Tasche. Kaum hörbar murmelte sie: »Wahrscheinlich aus dem gleichen Grund, aus dem es mich auch nicht beruhigt. Weil mir die Zeit davonläuft.«

Ethan Cole hatte den ganzen Tag darüber gebrütet. Er hätte gerne Shelby dafür verantwortlich gemacht, dass sie ihm diesen Floh ins Ohr gesetzt hatte, doch in Wahrheit zog er von sich aus bereits seit zwei Tagen in Erwägung auszuprobieren, ob Nell Gallagher ihm vielleicht etwas über diese Mordserie in Silence sagen könnte.

Nicht, dass er an irgendetwas von diesem übersinnlichen Quatsch geglaubt hätte. Und er war auch nicht begierig darauf, dass die ganze Stadt Spekulationen darüber anstellte, was er wohl von Nell wollte; damit hatte Shelby Recht gehabt, verdammt.

Doch er hatte so ein Gefühl, dass Nell ihm behilflich sein könnte. Allerdings war er nicht bereit, dieses Gefühl zu genau unter die Lupe zu nehmen. Es war mit anderen Gefühlen verquickt, mit seiner Sehnsucht danach, Nell wiederzusehen und mit ihr zu reden. Mit seinem wachsenden Bedürfnis, den Streit mit Max beizulegen und die Vergangenheit ein für alle Mal ruhen zu lassen. Mit dem Grauen, dass seit einiger Zeit über ihm schwebte und mit jedem Tag, der verging, stärker wurde.

Und mit dem beunruhigenden Eindruck, dass das, was da

in seiner Stadt geschah, finsterer und perverser war als alles, was er sich vorstellen konnte.

Hässlicher, als er begreifen konnte.

Doch er beabsichtigte, seine Arbeit zu tun, und das bedeutete, dass er so bald wie möglich mit Nell reden musste. Das war völlig klar sowie absolut vernünftig und logisch. Sie war eine potenzielle Informationsquelle, sonst nichts. Wenn er seine Arbeit effektiv erledigen wollte, sollte er wirklich mit ihr reden.

Als daher die Streife, die das Gallagher-Haus überprüfte, meldete, dass sie nirgendwo zu finden sei, obwohl ihr Jeep in der Einfahrt stehe, nutzte er die Gelegenheit.

»Lassen Sie mal, Steve«, sagte er zu Deputy Critcher. »Sie macht wahrscheinlich einen Spaziergang im Wald.« *Oder reitet mit Max aus*, fügte er im Stillen hinzu, *wie früher*. »Wir können nicht hinter jedem Bürger in der Gemeinde herjagen, bloß weil er sich die Beine vertritt und ein bisschen frische Luft schnappt. Ich schicke morgen noch einmal jemanden bei ihr vorbei oder fahre selbst hin.«

»Okay, Sheriff. Sollen wir in der Nähe bleiben, bis sie zurückkommt?«

»Nein, das ist schon in Ordnung. Machen Sie mal mit Ihrer Streife weiter.«

»Verstanden. Ende.«

Geistesabwesend stellte Ethan das Mikrofon seines Funkgerätes beiseite und lehnte sich auf seinem Stuhl zurück, bis der protestierend knarrte. Dann bemerkte er Justin Byers, der in der Tür seines Büros wartete, und runzelte die Stirn.

»Ich wollte Sie nicht stören«, sagte Byers.

»Da gab es nichts zu stören. Nur eine Streife, die Meldung gemacht hat. Haben Sie irgendetwas zu berichten?«

»Ich habe eine Frage, Sheriff.«

»Ach? Und was für eine Frage?«

»Ich habe mich gefragt, ob Sie wohl wissen, warum George Caldwell nur etwa eine Woche vor seinem Tod mehrere Stunden lang im Gerichtsgebäude war und die Geburtenbücher von Lacombe Parish eingesehen hat. In seiner Wohnung kann ich nichts finden, das erklären würde, was er da gesucht hat.«

Ethan starrte den Detective an. »Geburtenbücher?«

»Ja.«

»Woher wissen Sie, was er da getan hat?«

»Man hat ihn gesehen. Und die Urkundsbeamtin hat gesagt, dass das die Aufzeichnungen waren, die er angefordert hätte. Die Geburtenbücher. Für die letzten vierzig Jahre.«

»Und es hatte nichts mit seiner Arbeit zu tun?«

»Nach meinen Informationen nicht. Aber mehrere Leute hier in Silence haben mir gesagt, dass Caldwell manchmal in Gemeinde- und Gerichtsaufzeichnungen gestöbert hat, anscheinend aus reinem Interesse.«

Ethan grunzte. »Er war ein neugieriger Scheißkerl.«

»Dann war es vielleicht aus Neugier.«

»Die Beamtin wusste nicht, ob er nach etwas Bestimmtem gesucht hat?«

»Nein. Und falls er von den Aufzeichnungen, die er sich angesehen hat, irgendwelche Kopien gemacht hat, dann hat er sie nicht in seiner Wohnung oder seinem Büro aufbewahrt, soweit ich sehen konnte. Es sei denn natürlich, der Mörder hätte die Kopien mitgenommen.«

Bedächtig sagte Ethan: »Das ist ein ziemlich großes ›Falls‹. Sie wissen nicht, ob George gefunden hat, wonach er gesucht hat, oder ob er überhaupt nach etwas Bestimmtem gesucht hat, geschweige denn, ob es etwas mit seinem Tod zu tun hat.«

»Nein«, räumte Byers ein. »Das weiß ich nicht. Aber bis jetzt ist das die interessanteste unbeantwortete Frage, die ich in George Caldwells naher Vergangenheit finden konnte.«

»Dann schlage ich vor, Sie finden die Antwort auf diese Frage, Detective«, sagte Ethan. »Und seien Sie höflich, wenn sie die Urkundsbeamtin um Hilfe bitten. Wenn es um Manieren geht, ist Libby Gettys schlimmer als meine frühere Grundschullehrerin.«

Ernsthaft wie immer nahm Byers diesen Versuch zu scherzen nur mit einem feierlichen Nicken zur Kenntnis. »Ich überprüfe das. Aber vierzig Jahre Geburtenbücher durchzusehen wird ein Weilchen dauern, besonders wenn man nicht weiß, wonach man sucht.«

»Verstanden. Tun Sie Ihr Bestes. Ach, und Justin? Behalten Sie das erst mal für sich. Man muss den Klatschmäulern ja nicht unbedingt noch weitere Nahrung liefern.«

Byers nickte, immer noch feierlich, und ging.

Ethan starrte quer durch sein Büro. Er spürte, wie ihm dieses schleichende Grauen immer näher rückte.

»Scheiße«, murmelte er.

12

Am Fuß der Treppe blieb Nell stehen. Durch die vordere Fliegengittertür sah sie, dass der Streifenwagen fort war. Max war nirgends zu sehen. Doch er war ganz in der Nähe, das wusste sie.

Durch den Eingangsbereich ging sie in einen Raum, der Max offenbar als Büro oder Arbeitszimmer diente. Die Schreibtischlampe sowie zwei weitere Lampen waren eingeschaltet, ebenso der Computer mit einem Kampfsportmotiv als Bildschirmschoner. Auf der Schreibtischunterlage lag ein geöffnetes Hauptbuch. Sie musste nicht erst ihre zusätzlichen Sinne bemühen, um darauf zu schließen, dass er hier gearbeitet hatte, bis die Polizisten gekommen waren.

Wahrscheinlich wartete er mit aller Geduld, deren er fähig war, darauf, dass sie endlich aus ihrer Ohnmacht erwachte und ihm erzählte, was zum Teufel eigentlich los war.

Nell hatte es sich verkniffen, genauer über den Ritt von Randal Pattersons Haus hierher nachzudenken, doch sie war nicht allzu überrascht, dass Max sie in sein Haus statt zu einem Arzt oder ins Krankenhaus gebracht hatte. Er hatte ihre Begabung und die Ohnmachten nie verstanden, aber sie hatte ihn davon überzeugt, dass sie für sie normal waren. Sie konnte sich nicht vorstellen, dass er angesichts ihrer plötzlichen Ohnmacht überreagiert hätte.

Nicht Max.

Im Gegenteil: Da er wusste, dass sie eine getarnte FBI-Agentin war, die in einer Mordserie ermittelte, würde er noch weniger als üblich geneigt sein, jemand anderem zu trauen, besonders nicht, wenn es ihre verletzliche Person betraf. Solange er glaubte, dass die Ohnmachten keine unmittelbare medizinische Gefahr für sie darstellten, würde Max sie eher an einen sicheren Ort bringen und darauf warten, dass sie wieder aufwachte.

Nell wusste, wie diese Ohnmachten aussahen: im Wesentlichen, als ob sie schliefe. Puls und Atmung normal, kein Fieber, Pupillenreaktion normal.

Als ob sie schliefe und überhaupt nicht in Gefahr wäre. Zudem war es etwas, was er schon gesehen hatte, schon mehr als ein Mal, auch wenn das bereits Jahre zurücklag. Er hatte sicher gewusst, dass es ihr gut ging.

Also hatte Max sie hierher zu sich nach Hause gebracht, zu Pferd – du liebe Güte! –, und sie hatte den Verdacht, dass es ihm gelungen war, sie ins Haus zu tragen, ohne dass seine Ranchmitarbeiter davon etwas mitbekommen hatten.

Halb unbewusst schüttelte Nell den Kopf, schlenderte zu den hohen Bücherregalen, die den Kamin des Zimmers flankierten, und begann geistesabwesend, die Titel zu überfliegen.

Doch ihr anfangs mildes Interesse steigerte sich rasch – langsam fuhr sie mit dem Finger die Buchrücken entlang.

Psychologie und Parapsychologie. Geister und Spuk. Telepathie. Präkognition. Reinkarnation. Telekinese. Spiritualität. Heilen. Astralprojektion. Fernwahrnehmung. Hellsehen.

Seine Bibliothek war wunderbar vollständig, es gab Bücher zu jedem Thema, angefangen bei Nostradamus' Prophezeiungen und den lange zurückliegenden unerklärlichen übersinnlichen Diagnosen und Prophezeiungen des Edgar Cayce bis hin zu den Experimenten mit Fernwahrnehmung, welche die amerikanische Regierung selbst im Kalten Krieg durchgeführt hatte. Und die Bücher waren ganz offensichtlich auch gelesen worden, die meisten wiesen zahlreiche Lesezeichen oder Eselsohren auf, die interessante Passagen kennzeichneten.

Es versetzte Nell einen Stich, und sie fragte sich, wie schnell er nach ihrem Davonlaufen wohl auf der Suche nach

Antworten zu diesen Büchern gegriffen haben mochte. War es sehr bald danach gewesen – als er versucht hatte, eine Tür zu öffnen, nur um festzustellen, dass er das nicht konnte? Hatte er sie da wohl hassen gelernt?

»Ich muss verrückt gewesen sein, wieder hierher zu kommen«, murmelte Nell.

»Das wollen wir doch nicht hoffen«, sagte Max von der Tür her. In verändertem Tonfall fragte er sie: »Geht's dir gut?«

Nell wandte sich zu ihm um und nickte. »Mir geht's gut. Es war nur eine Ohnmacht, das weißt du.«

»Wirklich? *Nur* eine Ohnmacht? Du hast selbst gesagt, dass diesmal etwas anders war. Oder erinnerst du dich nicht mehr daran, dass du mir das gesagt hast?«

»Ich erinnere mich daran.« Sie fragte sich, ob er in der Tür stehen blieb, um ihr den Rückzug zu verbauen. Dachte er etwa, sie werde fluchtartig sein Haus verlassen?

Vermutlich.

»Es kam ein bisschen plötzlich, das war alles. Normalerweise bin ich besser vorgewarnt.«

»Ich erinnere mich. Also, was bedeutet es, dass du diesmal überhaupt keine Vorwarnung bekommen hast?«

Sie zwang sich zu einem Lächeln. »Weiß der Geier. Ich hab's dir ja gesagt, all das ist im Augenblick ziemlich theoretisch. Ich schätze … der Stress nimmt mich doch mehr mit, als mir klar war.«

»Die Ohnmacht war eine Warnung an dich, dass du aufhören sollst.«

»Vielleicht. Oder langsamer werden. Oder vielleicht war es auch nur ein zufälliges Ereignis, das überhaupt keine Bedeutung hat. Ich renne dir übrigens nicht weg, Max, falls du deshalb die Tür blockierst.«

»Du bist schon ein Mal weggerannt«, erinnerte er sie, plötzlich wieder in barschem Tonfall.

»Das war etwas anderes.«

203

»Ach ja? Ich weiß, du willst noch nicht darüber reden, aber eins muss ich wissen, Nell. War es etwas, das ich getan hatte? War es meine Schuld?«

»Nun?«, wollte Shelby wissen.

»Er weiß nichts darüber«, erwiderte Justin, als er sich zu ihr ins Auto setzte.

»Oder er sagt es nur.«

Justin lehnte sich zurück und beäugte sie nachdenklich. »Korrigieren Sie mich, falls ich mich irre, aber kennen Sie Ethan Cole nicht schon Ihr ganzes Leben?«

»Sie irren sich keineswegs.«

»Aber Sie verdächtigen ihn ... wessen? Mehr über diese Mordserie zu wissen, als er zugibt?«

»Zumindest das.«

»Warum?«

»Ich habe Ihnen gesagt, warum.«

»Sie haben mir gesagt, warum Sie mit den Informationen über George Caldwell und diesen Aufzeichnungen, die er sich angesehen hat, zu mir gekommen sind. Weil ich der letzte Neuzugang unter den Mitarbeitern des Sheriffs bin, praktisch ein Fremder hier in der Stadt, und deshalb mehr oder weniger von der Liste der Verdächtigen gestrichen, zumindest Ihrer Meinung nach.«

Er holte Luft. »Sie haben mir nicht gesagt, was Sie das alles kümmert, warum Sie glauben, dass *überhaupt* irgendjemand im Amt des Sheriffs auf der Liste der Verdächtigen stehen sollte, und Sie haben mir nicht gesagt, warum Sheriff Cole offenbar ganz oben auf dieser Liste steht.«

»Ich denke, ich sollte die erste Frage auch zuerst beantworten.«

»Ich bitte darum.«

Shelby zuckte ansatzweise mit den Achseln. »Es kümmert mich, weil das meine Stadt ist, es kann mich gar nicht kalt lassen. Es kümmert mich, weil ich von Natur aus neugierig bin – was Ihnen jeder bestätigen wird. Und es kümmert mich, weil ich wirklich, *wirklich* etwas gegen Mord habe.«

»Okay«, sagte er bedächtig. »Und der Rest?«

Shelby zögerte gerade so lange, dass ihr scheinbares Widerstreben echt wirkte. »Ich habe ein, zwei Sachen gesehen und gehört, weswegen ich glaube, dass jemand von der Polizei etwas damit zu tun haben könnte. Nichts, was ich jemand anderem erklären könnte, eher ein Gefühl als eine beweisbare Tatsache.«

»Das ist ziemlich mager, Shelby.«

»Ja. Aber liege ich damit falsch?«

Anstelle einer Antwort sagte er: »Sie haben mir immer noch nicht erklärt, wieso Sheriff Cole an der Spitze der Liste Ihrer Verdächtigen steht.«

»Weil ich ihn kenne. Und weil ich weiß, dass er … sich nicht wie sonst benimmt, wenn er einer Sache auf den Grund gehen will.«

»Und deshalb glauben Sie, dass er etwas zu verbergen hat?«

»Es hat mein Interesse erregt, Justin. Es hat mich dazu animiert, ihn zu beobachten. Und bei der Gelegenheit bin ich auch noch einmal sämtliche Bilder durchgegangen, die ich im vergangenen Jahr in der Stadt gemacht habe.«

»Und?«

Shelby griff in ihre große Segeltuchtasche und holte einen braunen Briefumschlag heraus. »Und das habe ich dabei gefunden.«

Justin öffnete den Umschlag und betrachtete langsam jedes Foto. »Das ist wohl kaum ein schlüssiger Beweis«, sagte er schließlich.

»Nein. Aber es ist … interessant, oder, Justin? Es ist sehr interessant.«

Während Nell sich immer noch den Kopf darüber zerbrach, was sie Max erzählen sollte, sagte dieser unvermittelt: »Hör mal, es ist schon nach sechs, und ich weiß verdammt gut, dass du seit heute Mittag nichts gegessen hast – falls überhaupt. Meine Haushälterin stellt mir immer ein Abendessen in den Ofen. Was hältst du davon, wenn wir einfach beim Essen weiterreden?« In trockenem Ton fügte er hinzu: »Auf die Weise hast du mehr Zeit, dir zu überlegen, wie viel du mir erzählen willst.«

Nell widersprach nicht, teils weil sie wusste, dass Nahrung ihr dringend benötigte Energie zuführen würde. Sie war unerklärlich erschöpft, ein verstörendes Gefühl, weil sie sich nach ihren Ohnmachten normalerweise erholt fühlte. So sagte sie lediglich: »Ich schätze, ein schwer beschäftigter Rancher braucht eben eine Haushälterin.«

»Wenn er Hausarbeit hasst und nicht kochen kann, schon«, entgegnete Max offen. »Komm.«

Eine halbe Stunde später aßen sie zusammen eine köstliche Hühnerpastete mit Salat und saßen einander dabei an einem kleinen Eichentisch in einer Essecke gegenüber. Sie war rundum von Fenstern umgeben, durch die man bei Tageslicht gewiss einen schönen Blick über das sanft gewellte Ranchland hatte. Im Augenblick war es draußen natürlich dunkel, und da nur ganz oben an den Fenstern Schabracken angebracht waren, vermittelte die große spiegelnde schwarze Glasfläche Nell das unheimliche Gefühl, sie werde beobachtet.

Zumindest sagte sie sich, dass dies der Grund für das Gefühl war.

Max plauderte unaufdringlich und ungezwungen, während sie aßen. So war wenigstens eine Art von Spannung zeitweilig aufgehoben, was Nell sehr zu schätzen wusste, auch wenn sie sich darüber im Klaren war, dass seine unbeantwortete Frage noch immer wie ein Damoklesschwert über ihr hing.

Was wollte Max wirklich wissen? Die Wahrheit? Welche Wahrheit? Wie viel von der Wahrheit?

Und falls sie ihm die Wahrheit bieten konnte, die er brauchte, was dann? Was würde sich verändern? Was würde er empfinden, wenn er dann alles erfahren hätte über die Vergangenheit ... über sie?

Er schenkte ihnen beiden Kaffee ein und räumte ab. So gab er ihr noch mehr Zeit zum Grübeln.

Als er schließlich an den Tisch zurückkehrte, stellte er ihr erneut die Frage, deren Beantwortung ihm offenbar am wichtigsten war.

»War es meine Schuld, dass du weggelaufen bist?«

»Wie hätte es deine Schuld sein können? Ich habe dich an dem Tag nicht einmal gesehen.«

»War es meine Schuld?«, fragte er mit fester Stimme.

»Nein.«

Nach einer Weile setzte Max sich auf seinem Stuhl in Positur und verschränkte die Arme vor der Brust – er war der Inbegriff des höflichen Menschen, der mit übermenschlicher Geduld auf Erklärungen wartet, und sie musste lächeln.

»Du bist ungefähr so subtil wie ein Zaunpfahl, Max, weißt du das eigentlich?«

»Das ist etwas, was sich nicht geändert hat. Ich halte nichts davon, mit meinen Gefühlen hinterm Berg zu halten, weißt du noch?«

Sie wusste es noch. Das war mit ein Grund gewesen, warum sie sich am Anfang von ihm angezogen gefühlt hatte, diese Neigung, seine Gefühle ganz offen und ohne Entschuldigung zu zeigen, mit jedem Wort, jeder Geste, ja sogar mit seiner Körperhaltung zu verkünden, was für ein Mensch er war.

Kein Verschweigen. Keine Täuschungen. Keine Geheimnisse.

Nicht zum ersten Mal fragte sie sich, ob sie beide ein Fall von Gegensätzen gewesen waren, die sich anziehen, zumindest anfangs. Denn in dieser Hinsicht hatte sie sich jedenfalls so sehr von ihm unterschieden wie die Nacht vom Tag: So viel von ihr war unter der Oberfläche verborgen oder als etwas anderes verbrämt. So viel, das sie ihm nicht offenbart, über das sie Schweigen bewahrt hatte.

Ihr unnachgiebiges Beharren darauf, dass die wachsende Nähe zwischen ihnen ihr Geheimnis bleiben musste, hatte zu den einzigen Spannungen geführt, die es damals zwischen ihnen gegeben hatte.

In der Hoffnung auf wenigstens einen kurzen Aufschub sagte sie: »Eins scheint sich aber doch geändert zu haben, wenigstens, wenn man nach den Büchern in deinen Regalen geht. Früher hast du nicht an außersinnliche Wahrnehmung geglaubt.«

Seine breiten Schultern hoben und senkten sich in einem leichten Achselzucken. »Wie gesagt, wenn man einmal mit dem Übersinnlichen in Berührung gekommen ist, ändert das vieles. Eine Menge neuer Möglichkeiten ... eröffnen sich. Oder auch nicht, je nachdem. Ich hatte viel Zeit zum Nachdenken, Nell. Zwölf Jahre.«

Sie wollte sich dafür entschuldigen, wenigstens teilweise, doch sie konnte es nicht.

Käme sie noch einmal in diese Situation, würde sie wieder so handeln, das wusste sie.

Sie bedauerte nur, dass es überhaupt so weit gekommen war.

Bedächtig sagte sie: »Keiner von uns kann die Vergangenheit ändern, Max.«

»Das weiß ich.«

»Was spielt es dann für eine Rolle?«

Sein Mund wurde schmal. »Es spielt eine Rolle. Was hat dich in jener Woche so gequält, Nell? Wenn ich es nicht war oder etwas, das ich getan hatte, was dann?«

Nell hatte eigentlich den Entschluss gefasst, es ihm zu sagen, doch als es nun so weit war, schreckte sie erneut davor zurück, darüber zu sprechen. Nicht einmal gedanklich mochte sie sich dem stellen.

Ausweichend fragte sie: »Willst du mich denn gar nicht danach fragen, was ich in Randal Pattersons Keller gesehen habe?« Damit wechselte sie das Thema nicht so gründlich, wie er vielleicht erwartet hätte.

Max atmete tief durch. Er hatte seine übertriebene Geduldspose noch nicht abgelegt. »Okay. Was hast du in Randal Pattersons Keller gesehen?«

Nell umfasste ihre Kaffeetasse mit beiden Händen und blickte mit gerunzelter Stirn darauf hinab. Was sie dort in jenem Keller entdeckt hatten, hatte sie nicht über die Maßen in Verlegenheit gebracht. Dennoch beabsichtigte sie nicht, ihm ihre Vision in sämtlichen unerfreulichen Einzelheiten zu beschreiben. »Ich habe wieder Hailey gesehen«, antwortete sie schlicht.

»Du meinst, *sie* war ... sie hatte was ... mit Randal?«

Nun begegnete Nell doch seinem Blick und konnte nicht anders, als das Gesicht zu verziehen. »Und wie sie was mit ihm hatte. Auf intimste Weise. Und es ... sah für meine Augen ganz danach aus, als wären sie sehr ... vertraut miteinander gewesen. Ich denke, Hailey war zumindest eine Zeit lang seine regelmäßige Samstagabendverabredung.«

Max lehnte sich auf seinem Stuhl zurück und blickte sie stirnrunzelnd an. »Du lieber Himmel. Ich schätze, bis ins Letzte lernt man die Leute eben doch nie kennen.«

»Offenbar nicht.«

»Warum habe ich dann bloß das Gefühl, dass du zwar schockiert warst von dem, was du da gesehen hast, aber eigentlich nicht überrascht? Du hast erwartet, sie da zu sehen, stimmt's?«

Nell zögerte kaum. »Ja.«

»Warum? Wegen ihrer Verbindung zu Luke Ferrier?«

Diesmal zögerte sie, doch nur einen Augenblick. »Bishop war sich doch so sicher, dass da noch etwas war, was er spürte, irgendwas, was für uns noch nicht fassbar war, was aber die Morde miteinander verbindet, und da habe ich mich gefragt, ob er vielleicht etwas von mir aufgeschnappt hatte, ob es eine Art … Verbindung aus zweiter Hand war und er deshalb nicht den Finger darauf legen konnte.«

»Also hat er seine Fallanalyse zumindest zum Teil mit übersinnlichen Mitteln erstellt?«

»Na ja, seine offizielle Fallanalyse nicht. Bei einigen seiner Profile mag es übersinnliche Aspekte geben, aber normalerweise liegt ihnen nur Polizeiarbeit zugrunde, Ermittlungserfahrungen, die Psychologie des kriminellen Verstandes. Aber er hat von Anfang an etwas von dem Mörder *gespürt*, noch bevor er jemanden hier runtergeschickt hat, und ich kann mir nicht vorstellen, wie er das sonst hätte spüren können wenn nicht durch jemanden, der mit dieser Stadt in Verbindung steht.«

»Und das hättest dann du sein müssen?«

»Das glaube ich.«

»Und warum nicht die Bürgermeisterin? Sie hat doch mit ihm gesprochen, bevor er jemanden hier runtergeschickt hat.«

Nell schüttelte den Kopf. »Auch die besten Telepathen können nur die Gedanken eines gewissen Teils der Leute lesen, denen sie begegnen. Die von Casey konnte Bishop nicht lesen.«

»Aber *deine* kann er lesen?«

»Zum Teil. Es ist schwer zu erklären, aber manche übersinnlich Begabten haben eine Art natürliche Abschirmung gleich unterhalb ihrer Bewusstseinsschwelle, besonders diejenigen von uns, die bestimmte Arten elektrischer Energie wahrnehmen können. Wenn Bishop mich berührt, weiß er normalerweise, was ich denke, aber etwas, das tiefer liegt als meine bewussten Gedanken, würde er nicht unbedingt wahrnehmen können. Ich habe nicht *gedacht*, dass Hailey möglicherweise die Verbindung zwischen den Männern ist, damals nicht, aber vielleicht hat sich etwas in mir, das tiefer liegt als bewusste Gedanken, das gefragt, und vielleicht war es das, was Bishop wahrgenommen hat, aber nicht richtig zu fassen bekam.«

»Wenn er dich berührt.«

»Er ist ein Kontakttelepath. Er braucht bei den meisten Menschen den Körperkontakt, um ihre Gedanken lesen zu können.« Nell zuckte mit den Achseln. »Wie gesagt, Caseys Gedanken konnte er nicht lesen. Also muss er das, was er da offenbar aufgeschnappt hat, von mir haben. Erst als ich schon hierher unterwegs war, habe ich mich gefragt, ob es wohl irgendwas mit Hailey zu tun haben könnte.«

Für einen Augenblick sah es so aus, als wollte Max sich weiter mit Nells abwesendem Chef beschäftigen. Doch dann schüttelte er nur ganz knapp den Kopf, als würde er das sich selbst gegenüber verneinen, und sagte: »Du glaubst also, wir werden auch zwischen Hailey und den anderen beiden Männern eine Verbindung entdecken?«

»Mir kommt es jedenfalls immer wahrscheinlicher vor, nicht mehr nur wie eine Möglichkeit.«

»Du willst damit aber nicht sagen, dass sie einen von ihnen selbst ermordet hat? Dein Boss sagt doch, er sei sicher, dass der Mörder ein Mann ist.«

»Sogar der beste Profiler – und Telepath – irrt sich von Zeit zu Zeit. Besonders wenn er nicht alle Informationen hat, die er braucht, oder wenn … Gefühle die Dinge vernebeln. Vielleicht irrt Bishop sich diesmal. Vielleicht irren wir uns alle. Vielleicht ist der Mörder kein Mann und kein Polizist. Keiner der Morde hat schließlich sehr viel Körperkraft erfordert, also hätte auch eine Frau sie begehen können. Dann wäre es auch logisch, dass Luke Ferrier betäubt wurde, bevor sein Auto ins Wasser gesteuert wurde: weil die meisten Frauen ihn niemals hätten überwältigen können, solange er bei Bewusstsein war und sich wehren konnte.«

»Beantworte meine ursprüngliche Frage, Nell. Du behauptest nicht, dass Hailey einen von ihnen selbst ermordet hat, oder?«

Nell senkte den Blick wieder auf ihre Kaffeetasse und verzog das Gesicht. »Nein, das behaupte ich nicht. Das nicht. Aber ich glaube schon, dass sie fähig wäre zu morden – auch vier Mal –, wenn sie einen guten Grund hätte.«

»Und dein Vater? Hätte sie den auch ermorden können – wenn sie einen guten Grund gehabt hätte?«

Sie beobachtete, wie ihre Finger sich fest um die Tasse schlossen, und bemühte sich bewusst, sie zu entspannen.

Die Wahrheit.

»Nell?«

Sie bemühte sich, sachlich zu klingen, als ginge es hier nicht um etwas Wichtiges.

»Ja. Wenn sie einen guten Grund gehabt hätte, hätte Hailey auch ihn töten können.«

»Hatte sie den denn? Hatte sie Grund genug?«

Die Wahrheit.

»Ja«, erwiderte Nell schließlich. »Sie hatte Grund genug.«

»Ich habe hier alles schon zwei Mal durchsucht«, sagte Justin, als er und Shelby George Caldwells Wohnung betraten. Es war eine ziemlich konventionell und professionell eingerichtete Obergeschosswohnung. Das einzig Auffällige war, dass im Wohnzimmer der Sessel und der Teppich vor dem Fernseher fehlten.

Shelby fiel es auf. »Ist er hier …?«

»Wir haben den Sessel und den Teppich in der Asservatenkammer. Sie waren beide – nun, sie sind Beweismaterial.«

Shelby verzog das Gesicht. »Oh.«

»Es war Ihre Idee«, erinnerte er sie.

»Ja, ich weiß. Hören Sie, haben Sie nicht gesagt, Sie suchen hauptsächlich nach irgendeinem Geheimversteck? Wegen dieser Erpressungsgeschichte?«

»Es schien am wahrscheinlichsten zu sein.«

»Und Sie haben nichts gefunden. Nehmen wir also mal an, es *gibt* kein Geheimversteck, weil es keine Geheimnisse gibt.

Wenn man davon ausgeht, muss hier irgendetwas sein – wahrscheinlich vor unseren Augen –, was beweist, dass George kein Erpresser war.«

»Sie scheinen sich da sehr sicher zu sein.«

»Bin ich auch. George war kein Erpresser.«

Justin staunte immer noch über sich selbst, dass er Shelby von dem kleinen schwarzen Notizbuch erzählt hatte, doch ihre sofortige, eindeutige Reaktion hatte ihn zumindest in seinen eigenen wachsenden Zweifeln bestätigt. »Wir könnten die Kopien der Geburtenbücher durchgehen; vielleicht erfahren wir da etwas.«

»Bestimmt«, sagte Shelby geistesabwesend, während sie sich mit gerunzelter Stirn in der Wohnung umblickte. »Manche Leute glauben, George wäre einfach neugierig gewesen, aber er war kein Mann, der seine Zeit verschwendet hat. Wenn er sich diese Aufzeichnungen so aufmerksam angesehen hat, wie Ne... – wie ich meine, gesehen zu haben, dann weil er hinter etwas Bestimmtem her war.«

Justins Augen verengten sich flüchtig, doch er sagte nichts zu diesem Versprecher. Stattdessen erklärte er: »Glauben Sie mir, im Schlafzimmer ist nichts, was auch nur ansatzweise hilfreich wäre. Außer Sie finden alte Ausgaben des *Playboy* verdächtig.«

»Und hier? Was ist in dem Schreibtisch da?« Der nicht eben große Schreibtisch war einer von der Art, wie er in vielen Wohnungen steht, um den scheinbar endlosen Papierkram aufzubewahren, der in einem Haushalt anfällt.

»Größtenteils private Finanzunterlagen. Scheckbuch, Kontoauszüge, solche Sachen. Die wichtigen Aufzeichnungen hat er in der Bank aufbewahrt, aber da sind ein Hauptbuch mit Investitionen auf den Namen seines zehnjährigen Sohnes – seiner Witwe zufolge war Caldwell dabei, eine Ausbildungsrücklage zu bilden – und Papiere im Zusammenhang mit einigen anderen privaten Finanzgeschäften. Nichts, was einen anspringt.«

213

»Vielleicht springt es mich ja an«, sagte Shelby, setzte sich an den Schreibtisch und zog die Schublade auf.

Justin sah ihr eine Weile zu. »Das ist doch nur eine Ausrede zum Schnüffeln.«

Sie lächelte, ohne ihn anzusehen. »Machen Sie sich nicht lächerlich. Hier ist ein kleiner Karton mit Quittungen und solchem Zeug. Haben Sie den durchgesehen?«

»Ich glaube, Matt Thorton ist den durchgegangen.« Da fiel ihm Kellys Warnung ein, und plötzlich hatte er ein mulmiges Gefühl. »Aber das war ganz am Anfang, also sollte ich ihn wahrscheinlich jetzt noch mal durchsehen, damit uns nichts entgeht.«

Shelby reichte ihm den kleinen Karton, und Justin setzte sich damit auf die Couch. Was er fand, als er den Karton öffnete, war, wie sie gesagt hatte, größtenteils Krimskrams. Da waren diverse abgerissene Kinokarten und Tombolalose, ein paar Gutscheine für eine Autowaschanlage und Restaurantsonderaktionen sowie zahlreiche Quittungen aus dem laufenden Jahr, die er vielleicht bei seiner Steuererklärung hatte einreichen wollen.

Da war außerdem ein kleiner, offenbar aus einem Notizbuch herausgerissener Zettel. Ein handgeschriebener Schuldschein über einhundert Dollar – unterzeichnet von Luke Ferrier.

Hatte Matt Thorton den zufällig übersehen? War ihm die Bedeutung des Zettels entgangen?

»Shelby?«

»Ja?« Sie betrachtete stirnrunzelnd das Hauptbuch, das aufgeschlagen vor ihr auf dem Schreibtisch lag.

»Hat Caldwell Poker gespielt?«

»Keine Ahnung. Könnte ich garantiert herausfinden. Wieso?«

»Falls ja, hätte er dann mit Luke Ferrier gespielt?«

Immer noch stirnrunzelnd sah sie ihn an. »Tja, vergessen Sie nicht: Niemand wusste, dass Ferrier ein Spielproblem hatte. Daher würde es mich nicht wundern. Ich kann mir aber nicht vorstellen, dass George regelmäßig gespielt hätte. Er hat nicht gerne sein Geld aufs Spiel gesetzt.«

»Wie sicher sind Sie sich da?«

»Ziemlich sicher.«

»Und wenn Ferrier Spielschulden bei ihm gehabt hätte, hundert Mäuse?«

Shelby hob eine Augenbraue. »Sie meinen, würde George versucht haben, sein Geld zurückzubekommen, wenn Ferrier sich vorm Zahlen gedrückt hätte? Nein, wahrscheinlich nicht. Hundert Dollar hätten George nicht viel bedeutet. Aber es hätte ihn davon abgehalten, noch mal so einen Lappen von Ferrier anzunehmen oder noch mal mit ihm zu spielen. Er war kein Mann, dem so was zwei Mal passiert wäre.«

In Justins Augen ergab das einen Sinn. Grübelnd starrte er den kleinen Zettel in seiner Hand an.

Also hatte Caldwell aller Wahrscheinlichkeit nach zumindest ein Mal mit Luke Ferrier Poker oder sonst wie um Geld gespielt. Sowohl Peter Lynch als auch Randal Patterson waren Kunden seiner Bank gewesen. Diese Verbindung zwischen den vier Männern genügte nicht, dachte Justin, um die drei ersten Morde zu erklären – aber was, wenn sie zumindest teilweise den Mord an George Caldwell erklärte?

Was, wenn die drei Morde den Mann, den alle neugieriger, als gut für ihn gewesen war, nannten, neugierig gemacht hatten? Wenn er durch seine eigene Beziehung zu den Toten von einer Verbindung zwischen ihnen erfahren oder zumindest etwas vermutet hatte? Und was, wenn seine Suche nach dieser Information oder nach einer Bestätigung für seinen Verdacht eben das gewesen war, was ihn in Wirklichkeit das Leben gekostet hatte?

Viele Wenns. Und Justin konnte nicht beurteilen, ob er auf der richtigen Spur war, verdammt.

»Hey«, sagte Shelby.

»Was?«

»Diese Einkünfte von George, für die es keine Erklärung gibt. Wann ist das Geld bei ihm eingegangen?«

Justin holte das kleine schwarze Notizbuch, das er bei sich trug, und las die Daten der dort aufgeführten vermeintlichen Erpressungszahlungen vor.

»Passt«, sagte Shelby. »Jedes einzelne.«

»In dem Hauptbuch? Wie sind sie denn verzeichnet?«

»Warten Sie, er hat hier eine Art privaten Code ...« Shelby runzelte die Stirn und überprüfte mehrere Seiten nochmals, dann nickte sie. »Oh, ich verstehe. Es sieht so aus, als hätte er vor etwa drei Jahren vermietetes Eigentum auf den Namen seines Sohnes überschrieben, und seitdem hat er die Einkünfte daraus als Teil der Ausbildungsrücklage, die er ansparte, auf dieses Konto eingezahlt.«

»Total harmlos«, sagte Justin.

»Hab ich Ihnen ja gesagt. George war kein Erpresser.«

Leise sagte Justin: »Und warum musste er dann sterben?«

Shelby lehnte sich auf ihrem Stuhl zurück und sah ihn mit festem Blick an. »Wenn er kein Erpresser war, wenn er kein anderes tiefes, dunkles Geheimnis hatte – dann muss er eine Bedrohung für den Mörder dargestellt haben. Vielleicht hat er etwas gewusst. Also musste er sterben. Das ist die einzig logische Erklärung.«

»Und dann hätte der Mörder einen Mord am Hals gehabt, den er unbedingt mit den anderen Morden in Verbindung bringen musste, damit wir nicht nach einem Motiv extra für diesen Mord suchen.«

Die Stimme so fest wie der Blick, sagte Shelby: »Indem er einen vermeintlichen Beweis für eine Erpressung fingiert. Was wiederum sehr dafür spricht, dass ein Cop darin verwickelt ist. Für einen Cop, der Caldwells Bankkonten zumindest teilweise einsehen konnte, wäre es ziemlich leicht gewesen, die regelmäßigen Einzahlungen zu entdecken und dieses Notizbuch zusammenzustellen, damit der Mord an Caldwell ins Muster passt.«

»Leicht genug«, stimmte Justin ihr zu. – »Und wenn Sie dann keine Informationen über andere Erpressungsopfer fänden, wäre das auch nicht sehr überraschend. Die meisten anderen Cops hätten sich wahrscheinlich nicht mal besondere Mühe gegeben, Beweise dafür zu finden, dass George wirklich ein Erpresser war. Schließlich erwarten wir langsam alle, dass nach jedem dieser Morde dunkle Geheimnisse ans Licht kommen. Das hat es dem Mörder leichter gemacht.«

»Und das bringt uns zurück zur Preisfrage«, sagte Justin. »Warum musste George Caldwell sterben?«

Nate McCurry fühlte sich immer unwohler, je weiter der Tag fortschritt, aber er wusste nicht genau, warum. Er hatte das ungute Gefühl, dass er irgendwann im Laufe des Tages etwas gesehen oder gehört hatte, dem er nicht genügend Aufmerksamkeit geschenkt hatte – etwas Wichtiges.

Als es dunkel wurde, war er permanent auf den Beinen, überprüfte wiederholt die Alarmanlage und wünschte, er würde nicht allein leben.

Und als das Telefon klingelte, hätte er sich beinahe zu Tode erschrocken.

Einige Sekunden starrte er den Apparat einfach nur an, als wäre er eine angriffslustige Viper, dann lachte er zittrig und nahm den Hörer ab.

»Hallo?«

»Sie werden büßen.«

Es war eine leise Stimme, eigentlich ein Flüstern, ohne charakteristische Merkmale. Es gab nicht einmal etwas, woran er hätte erkennen können, ob der Anrufer männlich oder weiblich war.

Nate spürte, wie ein kalter Schauder ihm mit eisigen Klauen über den Rücken lief. »Was? Wer zum Teufel sind Sie?«, wollte er wissen, doch seine Stimme war so zittrig, dass sie beinahe versagte.

»Sie werden büßen.«

Er holte tief Luft und versuchte, sich nicht anmerken zu lassen, dass er vor Entsetzen beinahe den Verstand verlor. »Hören Sie, wer Sie auch sein mögen – ich habe nichts Falsches getan. Ich habe niemanden verletzt. Das *schwöre* ich.«

Er hörte ein sonderbares ersticktes Lachen, noch immer geschlechts- und identitätslos, doch mit einem Unterton, der auf seltsame Weise zugleich ungläubig und voller Abscheu war. Dann wieder das Flüstern: »Sie werden büßen.«

Mit einem sanften Klicken wurde die Verbindung unterbrochen, und in Nates Ohr dröhnte das Freizeichen.

Langsam legte er den Hörer auf die Gabel und starrte ihn an, ohne irgendetwas anderes zu sehen oder zu spüren als sein Entsetzen.

»O mein Gott«, murmelte er.

13

»Welchen Grund hat sie gehabt, Nell?«, fragte Max ruhig. »Warum hätte Hailey den Wunsch haben sollen, euren Vater zu töten?«

»Weil sie ihn geliebt hat.«

Max runzelte die Stirn. »Das wirst du mir wohl erklären müssen.«

Das wusste sie, doch sie musste es auf ihre eigene Weise tun. »Du hast mich gefragt, was am Abend des Highschoolballs passiert ist. Zum einen hat Hailey unserem Vater erzählt, dass ich mit dir hingehen wollte. Eine Freundin von ihr arbeitete in der Boutique in der Stadt, in der ich mein Kleid gekauft hatte. Von ihr wusste sie, dass ich hingehen wollte, und zwar schon tagelang. Sie hatte dich und mich eines Tages zusammen ausreiten gesehen, also hat sie zwei und zwei zusammengezählt. Und dieses Wissen hat sie sich, typisch Hailey, aufgespart für den richtigen Augenblick. Sie hatte mir schon ein paar Tage vor dem Ball gesagt, dass sie Bescheid wusste, hauptsächlich um zu sehen, wie sehr mich das quält, denke ich. Deshalb war ich also in den letzten ein, zwei Tagen vor dem Ball so nervös: Ich wusste, sie würde es ihm sagen und damit alles kaputtmachen.«

Bedächtig meinte Max: »Ich wusste ja, dass ihr zwei euch nicht verstanden habt, aber ich wusste nicht, wie groß die Spannungen zwischen euch waren.«

Sachlich entgegnete Nell: »Sie hat mir nie verziehen, dass ich Vaters Liebling war.«

»Du hast ihn gehasst. Schon damals hast du ihn gehasst.«

»Allerdings. Ich habe ihn so sehr gehasst, wie Hailey ihn geliebt hat. Oder vielleicht habe ich ihn auch so geliebt, wie sie ihn gehasst hat.« Sie schüttelte leicht den Kopf. »Manche Fragen können nicht einmal ... die Zeit und der Abstand beantworten.«

Max zögerte, dann sagte er, als zwänge er sich, etwas auszusprechen, was er lange Zeit in sich verschlossen gehalten hatte: »Du wolltest nie darüber reden, aber manchmal hatte ich das Gefühl, dass du Angst hattest. Angst vor ihm.«

»Hatte ich auch.«

»Er hat dir wehgetan.«

»Nicht körperlich. Und er hat uns nie belästigt, falls du das gedacht haben solltest.« Sie beobachtete Max ruhig und erkannte an dem Flackern in seinen dunklen Augen, dass er wohl zumindest den Verdacht gehabt hatte, ihr Vater könnte in dieser Hinsicht krankhaft veranlagt gewesen sein. Sie schüttelte den Kopf. »Nein, er hat niemals Hand an Hailey oder mich gelegt. Wir haben als Kinder nie den Hintern versohlt bekommen. Aber wir ... gehörten ihm. Wir waren nicht einfach nur seine Kinder, seine Töchter, wir waren sein Eigentum. Wie sein Land und sein Haus und sein Auto – wie alles, was ihm gehörte.«

»Nell ...«

»Niemand würde uns je so sehr lieben wie er. Das hat er uns eingebläut, jeden Abend, bevor wir schlafen gingen. Er saß dann bei uns auf der Bettkante und sagte uns das. Niemand würde uns jemals mehr lieben. Niemand würde sich jemals so um uns kümmern wie er, uns beschützen, über uns wachen. Er würde der einzige Mann in unserem Leben sein. Der einzige Mann, der für uns zählte. Dafür würde er sorgen. Er würde alles tun ... was er dafür tun müsste. Weil wir ihm gehörten. Für immer.«

»Das ist ja krank«, sagte Max schließlich.

»Natürlich ist das krank. Schlimmer noch, es ist böse. Durch die Geschichte meiner Familie zieht sich das Böse seit sehr langer Zeit wie ein roter Faden. Es gehört ebenso sehr zu uns wie der Gallagher-Fluch.«

»Du bist nicht böse, Nell.« – Besonnen entgegnete sie: »Es gibt eine dunkle Stelle in mir, Max, das weißt du so gut wie ich.«

»Vielleicht würden andere das, was du für böse hältst, als Stärke sehen.«

»Vielleicht. Aber andere sehen nicht alles, nicht wahr?«

Er schwieg.

Nell wandte sich wieder ihrem Vater zu. »Ein Psychologe würde sagen, die ... Bedürfnisse ... meines Vaters rührten von Zurückweisungen in seiner eigenen frühesten Kindheit her. Nach allem, was ich weiß, hatte sein Vater eine Abneigung gegen ihn, machte daraus keinen Hehl und hatte das Pech, sich auf der Treppe das Genick zu brechen, als sein Sohn noch ein Kleinkind war. Das hat die Zurückweisung vollständig gemacht. Über meine Großmutter weißt du ja Bescheid, aber was du nicht weißt, ist, dass sie Angst vor ihrem Sohn hatte.«

»Warum?«

»Das hat sie mir nie sagen wollen. Sie hat es niemandem gesagt, soweit ich weiß. Aber ich glaube, es war etwas, was sie in einer ihrer Visionen gesehen hatte – ein flüchtiger Blick in die Zukunft, der sie mit Entsetzen erfüllt hatte. Was es auch gewesen sein mag, es führte dazu, dass sie ihn schon sehr früh abgelehnt hat.«

»Hattest du deshalb Angst vor ihm? Weil sie auch Angst vor ihm hatte?«

Nell zögerte, dann zuckte sie ein wenig ruckhaft mit den Achseln. »Als ich aufwuchs, hatte ich ... meine eigenen Visionen. Ein paar Mal bekam ich Zugang zu Szenen, zu Dingen, die in der Vergangenheit passiert waren. Ich sah das Dunkle in ihm, ich sah, wie krankhaft sein Bedürfnis nach Liebe war, wie ... alles verzehrend. Ich wusste, dass das widernatürlich war. Das wusste ich, noch bevor ich alt genug war, um zu verstehen, warum.«

»Du hast ihm nie nahe gestanden?«

»Ich wünschte, ich könnte das Gegenteil behaupten, aber ...« Sie schüttelte den Kopf. »Als meine Mutter in sein Leben trat, war er bereits finster entschlossen, niemanden mehr zu verlieren, den er liebte. Also hielt er sie so fest er konnte. Uns alle hat er so fest gehalten. In meinen frühesten Erinnerungen an ihn ... beobachtet er mich. Hält sich immer in meiner Nähe auf. In meinen frühesten Albträumen saß ich in der Falle oder hatte mich verirrt und wusste, da ist ... etwas ... das mich verfolgt.«

»Mein Gott!«

Nell blinzelte, als sie aus diesen kalten Erinnerungen zurückkehrte in die Gegenwart, und brachte ein schwaches Lächeln zu Stande. »Nicht besonders angenehm, wenn man so aufwächst. Und verwirrend für ein Kind. Weil er mich nämlich nie geschlagen oder bedroht hat, nie etwas getan hat, das ein liebender Vater nicht tun dürfte. Außer mich so sehr zu lieben, dass ich nicht atmen konnte.«

Justin hob Charlie von seinem Schoß herunter und setzte die Katze mit einem letzten Tätscheln sanft auf dem Boden ab. »Ihnen ist natürlich klar, dass es uns die ganze Nacht kosten wird, all diese Geburtenbücher durchzugehen«, sagte er.

»Deshalb habe ich Kaffee gekocht«, versetzte Shelby, stellte das Tablett auf dem Couchtisch ab und setzte sich zu Justin auf die Couch. »Reichlich Koffein und Snacks, damit wir die Nacht durchstehen.«

Justin hatte auf jeden Fall schon schlimmere Nächte hinter sich gebracht als diese, in der er neben einem prachtvollen Rotschopf auf einer bequemen Couch saß. Er würde sich nicht beschweren. Doch seine Professionalität zwang ihn zu einem letzten Einwand: »Ich habe immer noch meine Zweifel daran, dass Sie mir dabei helfen sollten.«

»Weil es nicht mein Job ist?«

»Weil es *mein* Job ist. Weil Sie nicht bei der Polizei sind und nicht an Polizeiangelegenheiten beteiligt sein dürften.

Weil das hier eine Mordermittlung ist, und ich kein Recht habe, Sie in Gefahr zu bringen.«

»Ich bin nicht in Gefahr. Ich bin bei Ihnen.«

»Shelby, es sieht ganz danach aus, als würden wir diesen Kerl so bald nicht aufhalten. Ich meine, wenn wir in diesen alten Aufzeichnungen nicht etwas unglaublich Erhellendes finden, dann sind wir immer noch kein Stück weiter, was seine Identifizierung angeht. Was bedeutet, dass er vielleicht noch einmal mordet. Und wenn er George Caldwell ermordet *hat*, weil der Mann etwas wusste, dann ist schon allein deshalb jeder in Gefahr, der mit diesen Ermittlungen zu tun hat.«

Immer noch vergnügt antwortete sie: »Anders gesagt, wenn ich meine Nase hier reinstecke, laufe ich Gefahr, sie abgehackt zu bekommen.«

»Mindestens.«

»Das Risiko gehe ich ein.«

Er sah sie an. »Das weiß ich. Was ich nicht kapiere, ist, wieso.«

»Sie haben mir meine tief empfundene Ergebenheit meiner Heimatstadt gegenüber nicht abgekauft, was?«

Justin blinzelte. »Nein. Tut mir Leid, aber nein.«

»Und meinen wütenden Abscheu gegen Mord auch nicht?«

»Verdammt, ich weiß einfach, dass es einen anderen Grund gibt.«

Shelby grinste. »Gibt es auch. Genau wie es außer Ihrem Job auch noch einen anderen Grund dafür gibt, dass Sie erstaunlich viele Überstunden da reinstecken, um dieser Sache auf den Grund zu gehen.«

»Ich bin Polizist«, murmelte er nach einer Schrecksekunde.

»Ja, das wird's sein«, kommentierte sie trocken.

»Shelby ...«

»Schauen Sie, Justin, wir wollen beide die Wahrheit he-

223

rausbekommen. Ist das nicht alles, was zählt?« Sie beugte sich vor und öffnete die Aktenmappe auf dem Couchtisch. »Zusammen sind wir da in der Hälfte der Zeit durch, die Sie allein brauchen würden. Ich bin hier bei Ihnen absolut sicher. Und falls sich jemand fragt, warum Ihr Wagen die ganze Nacht vor meinem Haus steht – nun, wir sind beide Erwachsene, die aus freiem Willen handeln, also wen außer uns geht das etwas an?«

»In dieser Stadt? Jeden.«

Shelby grinste erneut. »Stimmt, aber ich meinte, dass der Mörder auch, wenn es ihm auffällt, einfach denken wird, dass Sie die Nacht aus Gründen der Fleischeslust bei mir verbringen. Stimmt's?«

»Ja, wahrscheinlich.« Justin konnte sich gerade noch die Bemerkung verkneifen, dass dementsprechende Gedanken ihm in den letzten Stunden in der Tat schon mehrfach gekommen waren.

»Na dann. Der Mörder wird überhaupt nicht auf die Idee kommen, dass ich an diesen Ermittlungen interessiert bin, geschweige denn, dass ich Ihnen helfe. Es gibt also keinen Grund zur Sorge.«

»Ich wünschte, ich könnte Ihnen glauben«, meinte Justin.

»Sie machen sich zu viele Sorgen.«

»Und Sie machen sich nicht genug Sorgen.«

Mit einem Lächeln, das eigenartige Auswirkungen auf seinen Blutdruck hatte, reichte sie ihm die Hälfte der Geburtenverzeichnisse. »Mag sein, aber ich bin cleverer, als ich aussehe, und wenn es etwas gibt, womit ich mich wirklich auskenne, dann diese Stadt. Also werde ich Ihnen helfen, dieser Sache auf den Grund zu gehen, Justin. Verlassen Sie sich darauf.«

Max atmete tief durch und versuchte, seine Stimme ruhig und emotionslos zu halten. »Also hat er euch alle erstickt.«

»Erstickt. Manipuliert. Unsere Gefühle verbogen. Er war

ein Meister darin, uns Schuldgefühle zu machen, auch wenn ich das lange nicht gemerkt habe. Und ohne jemals auch nur eine einzige Drohung auszusprechen, hatte er uns – oder mich wenigstens – davon überzeugt, dass wir ihm nie entkommen würden.«

Bedächtig meinte Max: »Und das ist mit ein Grund, warum du es nie jemandem erzählt hast. Du hast nicht daran geglaubt, dass dir irgendjemand hätte helfen können, oder, Nell?«

Sie wusste, wonach er eigentlich fragte. »Nein. Es war nie so, dass ich dir nicht genug vertraut hätte, um es dir zu erzählen, um dich um Hilfe zu bitten, Max. Ich war einfach davon überzeugt, dass es nichts gab, was du hättest tun können. Außerdem, was wir beide hatten, war … hatte damit nichts zu tun. Ich wollte es von meinem übrigen Leben getrennt halten. Geheim. Das war meins, etwas, das ich nicht mit ihm teilen musste. Mit niemandem. Ein ganz besonderer … Ort, an dem ich glücklich und sicher war. Der sich normal anfühlte.«

Über den Tisch hinweg löste Max eine ihrer Hände von der Kaffeetasse und hielt sie fest. »Ich wünschte, du hättest es mir gesagt, Nell. Vielleicht hätte ich doch etwas tun können. Wir hätten zusammen aus Silence weggehen können …«

Sanft entzog sie ihm ihre Hand und lehnte sich zurück. Die Hände ließ sie in den Schoß fallen. »Viele Mädchen denken mit siebzehn nicht sehr praktisch, aber ich schon, zumindest in mancher Hinsicht. Deine Wurzeln waren hier. Dein Leben war hier. Die Ranch, für deren Erfolg du so hart gearbeitet hast. Deine Mutter. Wie hätte ich damit leben sollen, wenn ich dir das alles genommen hätte?«

»Nell …«

Sie schüttelte den Kopf, um ihn zum Schweigen zu bringen, und kam zurück auf die befremdliche schmerzvolle Dynamik in ihrer Familie. »Wenn es um meinen Vater ging, war ich beinahe … gelähmt. Unfähig zu handeln, irgendetwas zu tun, was etwas geändert hätte, was das geändert hätte, womit ich jeden Tag gelebt hatte, seit ich ein kleines Kind gewesen war. Es *war* einfach so.

Ich erinnere mich, dass meine Mutter meinen Vater einmal angefleht hat, als ich kaum alt genug war, um irgendwas davon zu begreifen. Sie sagte ihm, sie könnte nicht atmen. Jedes Mal, wenn sie sich umdrehte, sei er da und beharre darauf, dass sie ihn … noch ein bisschen mehr lieben müsste. Egal, wie sehr man ihn liebte, es war nie genug. Hailey betete ihn an, sie tat alles, was ihr einfiel, um ihm eine Freude zu machen, aber er hatte so eine Art … traurig zu lächeln, wenn er enttäuscht war. Und er war immer enttäuscht. Niemand hätte ihn je genug lieben können, um ihn glücklich zu machen.«

Max fand nur mühsam Worte, und es waren offensichtlich nicht die, die er eigentlich gern gesagt hätte. »Er war immer so wütend auf andere Menschen, so voller Hass.«

»Ich weiß. Als hätte er alles und jeden außerhalb seiner Familie gehasst. Drinnen, wenn die Türen zu waren und der Rest der Welt ausgeschlossen, war er sehr leise, da hat er nie die Stimme erhoben. Aber er war gnadenlos. Wir mussten ihn immerzu lieben. Wir mussten es ihm sagen, immer und immer wieder, wir mussten ihm permanent beweisen, wie sehr wir ihn liebten. Wir mussten ihn so sehr lieben, dass in uns kein Raum bleiben würde, um jemals jemand anderen zu lieben.«

Nell zuckte erneut mit den Achseln.

»Damals konnte ich das alles natürlich nicht verstehen, nicht als Kind. Wenn er sagte, dass er mich lieb hatte, dachte ich, es sei wahr. Ich fühlte mich schlecht, weil ich ihn nicht so lieben konnte, wie er mich liebte. Ich war eine grässliche Tochter, das wusste ich, weil ich am glücklichsten war, wenn ich nicht bei ihm war, und weil ich meine wahren Gedanken und Gefühle vor ihm verbarg. Ich habe sogar geglaubt, es sei in gewisser Weise meine Schuld gewesen, dass meine

Mutter ihn verlassen hatte ... und ihm das Herz gebrochen hatte.«

»Das hat er dir gesagt?«

»Das war seine tägliche Litanei, mit traurigen Augen und brüchiger Stimme wiederholt. Er habe sie so sehr geliebt, aber sie hätte ihn einfach verlassen. Hailey und mich, ihre eigenen Kinder. Sie hätte uns nicht gewollt. Sie hätte uns nicht geliebt. Nur er würde uns lieben.«

»Mein Gott«, murmelte Max.

»Hailey war älter als ich, als wir unsere Mutter verloren, aber es war ein kritisches Alter für sie, diese frühen Teenagerjahre, wenn alles ... so wichtig ist. Von daher war es bestimmt nur logisch, dass sie den Platz unserer Mutter einnahm, wo immer sie konnte. Sie hat sich große Mühe gegeben, den Haushalt zu führen, hat gekocht, geputzt und sich um mich gekümmert, obwohl sie eifersüchtig auf mich war – und sie hat unseren Vater mit einer Intensität geliebt, die er nie anerkannt hat. Das war die Ironie daran, weißt du. Hailey war die, die ihn am meisten geliebt hat, aber das konnte er nicht sehen. Er war zu sehr damit beschäftigt, mich dazu zu bringen, ihn zu lieben.«

Max sagte auf gut Glück: »Hailey sieht aus wie er. Du siehst wie deine Mutter aus.«

»Das war es zum Teil. Aber hauptsächlich lag es daran, dass ich ihn nicht geliebt habe. Genau wie meine Mutter tat ich alles, was in meiner Macht stand, um mich ihm zu entziehen. Versuchte, mir Raum zum Atmen zu schaffen. Versuchte, ein eigenes Leben zu führen. Und das konnte er nicht ertragen. Da hielt er mich umso unnachgiebiger fest. Er wandte sich von Haileys Liebe ab, vielleicht einfach nur deshalb, weil er nicht zu schätzen wusste, was ihm aus freiem Willen gewährt wurde – ich weiß es nicht. Ich weiß nur, dass sie mich so intensiv gehasst hat, wie sie ihn geliebt hat.«

Max versuchte, sich vorzustellen, wie das für das sensible Mädchen Nell gewesen sein musste. Von ihrer Mutter ver-

227

lassen, von ihrer Schwester gehasst – von ihrem Vater erstickt. Gefangen zwischen zwei Menschen mit einem starken Willen: Adam Gallagher, der sie verzweifelt zu sich hinzog, und Hailey, die sie ebenso heftig wegstieß. Und vor seinem geistigen Auge sah Max nur, wie sie in jenem Sommer gewesen war, in dem sie ihm zum ersten Mal aufgefallen war: halb scheu, halb wild, ein Kessel voller Emotionen, die gleich unter der Oberfläche ihrer hellsichtigen, verschlossenen Augen brodelten.

Jetzt ergab das einen Sinn. Jetzt ergab so vieles einen Sinn.

In mancher Hinsicht zögerlich ihm gegenüber, aber auch hungrig, vorsichtig, wenn es darum ging, zu berühren oder berührt zu werden, sonderbar überrascht, sinnliche Freuden zu entdecken. Doch sie war so jung gewesen, und er hatte ihre Jugend dafür verantwortlich gemacht.

Nun jedoch musste er sich fragen, ob er sie zu sehr bedrängt hatte, ob seine wachsende Besessenheit von ihr, seine zunehmende Ungeduld, wenn es um die von ihr auferlegte Geheimhaltung ging, den emotionalen Druck in Nells jungem Leben womöglich noch verstärkt hatte. Bis der Druck unerträglich geworden war.

Sie stand auf. Ihre Bewegungen waren langsam. Zu langsam. Als täte ihr alles weh. »Ich bin ein bisschen müde. Könntest du mich wohl nach Hause fahren?«

Max widersprach nicht. Er sah, dass sie erschöpft war, mehr als erschöpft, und die schwachen violetten Schatten unter ihren Augen gefielen ihm nicht. Er hatte das starke Gefühl, dass sie kurz vor dem Zusammenbruch stand, sei es körperlich, emotional oder wegen ihrer Gabe, und er wollte nichts tun oder sagen, was sie womöglich über diese gefährliche Schwelle geschoben hätte.

Die Rückfahrt zum Gallagher-Haus verlief schweigsam, und Max versuchte nicht, dieses Schweigen zu brechen. Er machte sich auch nicht die Mühe, sie um Erlaubnis zu fragen, ob er ihr Haus durchsuchen und sämtliche Schlösser an

Türen und Fenstern überprüfen dürfe, noch kündigte er seine diesbezügliche Absicht an; er tat es einfach.

Als er fertig war, wartete sie in der vorderen Diele auf ihn. Mit einem gemurmelten Dank öffnete sie ihm die Tür. Dabei klang sie so unaussprechlich erschöpft, dass Max beinahe ohne ein weiteres Wort gegangen wäre.

Doch als er auf die Veranda hinaustrat, wandte er sich um und stellte zu seiner eigenen Überraschung noch eine Frage: »Nell, bist du vor ihm davongelaufen? Oder vor mir?«

Einen Augenblick lang dachte er, sie werde ihm nicht antworten, doch dann seufzte sie und sagte: »Vor der Liebe, Max. Ich bin vor der Liebe davongelaufen. Gute Nacht.«

Sie schloss die Tür, und er hörte, wie das Schloss leise, aber nachdrücklich einrastete.

Von seinem Beobachtungspunkt aus, rund fünfundzwanzig Meter vom Haus entfernt, sah Galen, wie Tanners Pritschenwagen langsam die Auffahrt hinabrollte und wieder auf die Straße in Richtung Stadt abbog.

Alles in allem hätte er sich wohler gefühlt, wenn Tanner über Nacht geblieben wäre.

Mit einer leichten Grimasse griff Galen nach seinem Handy und wählte. Beim ersten Klingeln wurde angenommen.

»Ja.«

»Ich sollte eigentlich Risikozulage für diesen Job bekommen«, verkündete Galen ohne Einleitung. »Ich bin hier zwar in Louisiana, und es mag ja auch schon März sein, aber nachts ist es hier trotzdem ziemlich frostig. Besonders wenn man die Nächte im Wald verbringt.«

»Ich nehme an, Nell ist für die Nacht nach Hause gekommen.«

»Sieht so aus. Und sie bleibt allein. Tanner hat sie zurückgebracht und das Haus überprüft, dann ist er wieder gefahren. Übrigens sah er ganz und gar nicht glücklich aus. Falls er zum Trinken neigt, würde ich sogar sagen, er ist jetzt auf dem Weg zur nächsten Bar.«

»Er neigt nicht zum Trinken.«

»Das passt.« Galen seufzte. »Weißt du, ich habe nicht das Gefühl, dass ich als Wachhund viel tauge. Wenn Nell das droht, was wir glauben, dann gibt es verdammt noch mal nichts, was ich von hier draußen aus tun kann, um sie zu schützen.«

»Auch wenn du im Haus wärst, könntest du nichts tun, nicht gegen einen Killer, der in der Lage ist, seinen Energiekörper auszusenden. Vor dieser übersinnlichen Bedrohung muss sie sich selbst schützen.«

Galen dachte einen Augenblick nach, dann sagte er: »Die Sache ist doch die: Das ist nicht die einzige Bedrohung, und vielleicht nicht einmal die schlimmste. Wenn dieser Drecks-kerl sie wirklich beobachtet, sieht oder hört er vielleicht so viel, dass er meint, Nell sollte die Nächste auf seiner Liste sein, und stürzt sich direkt auf sie.«

»Ja, das kann sein. Deshalb bleibst du ja in der Nähe.«

»Und du?«

»Was ist mit mir?«

»Du weißt verdammt gut, was ich meine. Könnte der Mör-der irgendeinen Grund haben zu vermuten, dass du nicht das bist, was du zu sein vorgibst?«

»Ich wüsste nicht.«

»Trotzdem, pass auf dich auf.«

»Hab ich vor. Du aber auch.«

Galen lachte. »Ach komm, ich bin unsichtbar. Und es ist deutlich weniger wahrscheinlich, dass ich bei dem Kerl die übersinnlichen Alarmglocken auslöse, als dass ihr anderen das tut.«

»Schon, aber du beobachtest Nell, du bist immer in der Nähe. Und wenn er auch immer in der Nähe ist …«

»Ja, ich weiß. Aber ich bin vorsichtig, und ich bezweifle, dass er mich auch nur bemerkt hat.«

»Trotzdem, vergiss nicht, wir wissen immer noch nicht, mit welchen übersinnlichen Fähigkeiten wir es hier überhaupt zu tun haben. Vielleicht bekommt er mehr mit, als wir vermuten können.«

»An dieser ganzen Sache ist sowieso höllisch viel, was wir noch nicht wissen, und das gefällt mir nicht«, konstatierte Galen rundheraus.

»Mir auch nicht. Denn eins weiß ich. Es wird noch einen Mord geben. Und zwar bald.«

Sämtliche Sinne in höchste Alarmbereitschaft versetzt, starrte Galen zum Gallagher-Haus. Scharfäugig suchte er nach einer potenziellen Bedrohung.

»Weißt du, wer?«

»Nein. Aber ich weiß, dass es nicht der letzte Mord sein wird.«

Samstag, 25. März

Nell.

Sie wachte so abrupt auf, dass die geflüsterte Nennung ihres Namens noch nicht verklungen war. Sie hatte die Arme ausgestreckt und griff nach … dem, was sie brauchte. Was sie so unbedingt haben wollte, dass es schmerzte. Ihre Hände zitterten. Sie war völlig steif, so angespannt, dass ihre Muskeln schmerzhaft protestierten.

Es trat immer dann auf, wenn Albträume sie im Schlaf quälten, dieses Bedürfnis, beim Erwachen nach dem fehlenden Teil ihrer selbst zu greifen. Wie bei Phantomschmerzen in einem verlorenen Körperglied sehnte sich etwas in ihr schmerzlich danach, vollständig zu sein. Denn sie war nicht heil und ganz, war es nie mehr gewesen, seit sie aus Silence fortgegangen war.

Nell wusste das. Doch es zu wissen machte es keineswegs einfacher.

Daran zu denken ebenso wenig. Sie warf die Decke zurück,

wandte den Kopf zum Fenster und sah den strahlenden Morgen. Erst da bemerkte sie die Puppe.

Sie lehnte am anderen Kopfkissen des Doppelbetts, der Plastikkörper steif, das rüschenbesetzte Kleid im Laufe von mehr als fünfundzwanzig Jahren vergilbt. Doch die goldenen Ringellöckchen waren noch immer adrett und die großen blauen Augen noch so strahlend wie bei Nells viertem Weihnachtsfest.

Nell kroch der mittlerweile vertraute eisige Schauder über den Rücken.

Langsam hob sie die Puppe in die Höhe und hielt sie vorsichtig. So leicht war sie jetzt, so klein, und doch war sie damals beinahe so groß wie sie selbst gewesen. Eine Freundin, der sie Geheimnisse zugeflüstert hatte, die sonst niemand zu hören bekommen hatte.

Sie roch schwach nach Mottenkugeln und Staub.

»Eliza. Was machst du denn hier?« Geistesabwesend und mit gerunzelter Stirn strich sie der Puppe den Rock glatt.

Wie war sie nur auf ihr Kopfkissen gekommen?

Die Puppe war vor so langer Zeit weggeräumt worden, dass Nell sie völlig vergessen hatte. Sie hatte sie gewiss nicht herausgesucht, weil sie nicht gerne allein schlief. Selbst wenn sie gewusst hätte, in welcher Truhe oder welchem Karton die Puppe sich befunden hatte – und sie wusste es nicht. Bis jetzt hatte sie ohnehin nur einmal einen flüchtigen Blick auf den Dachboden geworfen.

Was die Möglichkeit anbetraf, dass jemand anders (ein jemand anders aus Fleisch und Blut) die Puppe in der Nacht hier hingelegt hatte – wie hätte das sein können? Galen war draußen, und solange er da war, würde nichts ungeladen durch Türen oder Fenster hereingelangen.

Jedenfalls nichts, was er sehen konnte.

Es gab keine Geister im Haus, dessen war Nell sich sicher, keine körperlosen Gallaghers, die beschlossen hatten, zu bleiben und hier zu spuken. Wenn sie also einen Besucher aus

232

Fleisch und Blut und einen Geist ausschloss, dann blieb lediglich ...

Ein neuerlicher eisiger Schauder überlief sie.

Man benötigte nicht viel Fantasie, um an das Foto zu denken, das Shelby gemacht hatte, sowie an die einhellige Auffassung, dass es einen hochgradig gestörten Verstand abbildete – aller Wahrscheinlichkeit nach den des Mörders. Eine Frage drängte sich auf: Dieses ... Ding ... hatte sie zumindest ein Mal beobachtet. Hatte es sie auch hier in diesem Haus beobachtet? Erklärte das ihr wachsendes Unbehagen, die Tatsache, dass ihr Schlaf durch mehr als nur ihre Träume gestört wurde?

Sollte die Puppe auf ihrem Kopfkissen sie erschrecken oder hysterisch werden lassen? Falls ja, warum? Weil der Mörder wusste, warum sie hier war? Weil der Mörder ... sie kannte?

Das machte Nell am meisten Sorgen. Nicht das unheimliche Erscheinen einer Puppe auf ihrem Kopfkissen, sondern das Erscheinen *dieser* Puppe. Auf diesem Dachboden war nämlich eine Menge verstaut, Kartons und Truhen voller Dinge, aus denen Generationen von Gallagher-Kindern herausgewachsen waren. Eine Menge Puppen.

Doch diese spezielle hatte vor fünfundzwanzig Jahren Nell gehört.

Und woher hatte der Mörder das gewusst?

Es sei denn, es wäre Hailey.

Nell wusste nicht, ob sie hier im Haus Antworten auf ihre Fragen finden würde, doch sie wusste, sie musste danach suchen. Besonders jetzt. Sobald sie daher angezogen war und ihrem Organismus zwei Tassen Kaffee zugeführt hatte, ging sie nach oben. Eines der beiden Schlafzimmer hätte Nell am liebsten niemals betreten, geschweige denn ausgeräumt, und zwar dasjenige, das ihrer Mutter gehört hatte. Von dem Tag an, an dem ihre Mutter verschwunden war, war es buchstäblich verschlossen und verriegelt gewesen.

Vor dieser verschlossenen Tür stand sie mindestens ein, zwei Minuten und versuchte, sich emotional zu wappnen. Dann drehte sie den Türknauf und trat ins Zimmer.

Nach dem Tod ihres Vaters hatte niemand mehr in diesem Haus gewohnt. Doch Nell hatte durch Wade Keever einen Reinigungsdienst beauftragen lassen, der etwa einen Monat vor ihrer Ankunft gekommen war, und so war es nicht annähernd so staubig, wie es sonst gewesen wäre. Doch das Schlafzimmer im Obergeschoss war unheimlich still. Es lag im Dunkeln, weil die Vorhänge vorgezogen waren, wie sie es nach Anordnung ihres Vaters immer sein sollten, und es roch muffig.

Als Erstes zog Nell die Vorhänge auf und öffnete die Fenster, wobei sie sich einzureden versuchte, dass dieses Gefühl zu ersticken nur vom Staub herrührte.

Ein Teil von ihr wusste, dass sie ihre Abschirmung aufrechterhalten und jedem Impuls widerstehen sollte, den Raum mit ihren zusätzlichen Sinnen abzutasten. Sie war müde, zu müde, um sich richtig zu schützen, und sie wusste es. Doch sie wusste noch etwas. Sie wusste, dass sie eigentlich keine Wahl hatte.

Dann muss ich schneller vorgehen.

Schneller könnte bedeuteten, dass du unvorsichtig wirst.

Und langsamer könnte bedeuten, dass ich tot bin.

Ihr lief die Zeit davon.

Nell schloss die Augen und holte tief Luft, dann wandte sie sich vom Fenster ab und betrachtete den morgendlich hellen Raum zum ersten Mal, seit sie sich vor ein paar Tagen bei einem Gang durchs Haus einen ersten Überblick darüber verschafft hatte, was getan werden musste, und einen flüchtigen Blick durch die Tür geworfen hatte.

Nicht einmal Hailey hatte Adam Gallagher dazu überreden können, diesen Raum neu einzurichten.

Er war genau so, wie ihre Mutter ihn vor über zwanzig Jahren verlassen hatte. Bürsten mit angelaufenem silbernem

Rücken lagen auf dem Toilettentisch zwischen den beiden Fenstern, und auf einem Spiegeltablett standen Parfümflakons aus geschliffenem Glas. Eine Flasche war offen, der Stöpsel lag daneben, der Inhalt war bereits vor langer Zeit ein Opfer der Verdunstung geworden.

Der Rest des Zimmers war genauso feminin: zerbrechliche französische Möbel, rüschenbesetzte Nachthemden und weiche, verblichene Teppiche auf dem Holzboden.

Nell tat einen Schritt auf die Zimmermitte zu, holte nochmals tief Luft und schloss die Augen, um sich zu konzentrieren. Sie hatte so sehr darauf geachtet, ihre Abschirmung in diesem Haus immer aufrechtzuerhalten, solange sie wach war, dass sie nur ein Mal überrascht worden war, nämlich von der Vision ihres Vaters in der Küche. Seither nichts. Und nun fiel es ihr schwer, ihren geistigen Schild trotz der Angst vor dem, was sie womöglich sehen würde, sinken zu lassen. Doch hatte sie eine andere Wahl?

Sie musste es erfahren.

Sie musste.

Hier hatte sie wenigstens nicht dieses Gefühl von Distanz, das Gefühl, alles wie durch einen Schleier hindurch wahrzunehmen. Und beinahe im selben Augenblick, in dem sie ihre Abschirmung fallen ließ, spürte sie es, dieses Gefühl, aus der Zeit gefallen zu sein, als öffne sich eine Tür in die Zeit. Noch ehe sie die Augen öffnete, hörte sie eine Stimme, die ihre Erinnerungen aufkratzte und blanke Nerven und schmerzhafte Verletzlichkeit hinterließ.

Ich liebe dich, mein Schatz.

Erschrocken öffnete Nell die Augen.

Am äußeren Rand ihres Blickfeldes nahm sie jene weiche, verschwommene Aura wahr, die jede ihrer Visionen aufwies, sodass sie ihre Aufmerksamkeit sogleich auf das Zentrum richtete wie auf eine Bühne. Das Schlafzimmer war dasselbe, jedoch deutlich anders, das einzige Licht kam von einer Nachttischlampe, denn es war abends. Es war spät. Und obwohl ihre Eltern in all den Jahren, an die Nell sich erinnern konnte, in getrennten Zimmern geschlafen hatten, waren sie nun beide hier.

Damals.

»Ich liebe dich, Grace.« Seine Stimme war rau, er keuchte, sein Gesicht war gerötet und voller Schweißperlen. Er lächelte, den Blick auf das Gesicht seiner Ehefrau gerichtet. Auf ihr von ihm abgewandtes Gesicht.

Nell wollte wegsehen, wollte verzweifelt die Augen schließen, wollte dem ein Ende machen, doch sie musste hinschauen, musste zusehen. Sie musste dort stehen bleiben, nur wenige Schritte von dem Bett entfernt, in dem ihr Vater ihre Mutter vergewaltigte.

14

Grace Gallagher weinte, leise und schluchzend. Herzzerreißend, Mitleid erregend. Wie ein wimmernder junger Hund. Ihre Arme waren über den Kopf gestreckt, die Handgelenke hielt ihr Ehemann in festem Griff. Das Bettzeug war halb vom Bett gerutscht, als hätte es einen Kampf gegeben, doch nun war es seltsam still im Raum. Er war das Einzige, was sich bewegte. Mit einer Hand hielt er ihre Handgelenke über ihrem Kopf aufs Kissen gepresst, mit der anderen stützte er sich neben ihr auf dem Bett ab.

Grace trug ihr Nachthemd. Es war rosafarben mit weißen Blümchen. Der Saum war bis über die Taille hochgeschoben, das Oberteil aufgeknöpft, die Brüste entblößt. Ihre Beine waren gespreizt, sie lagen einfach schlaff auf dem Bett, und er dazwischen. Er trug keinen Pyjama, nur eine kurze Unterhose, die er bis zu den Knien hinabgeschoben hatte. Er sagte immer wieder, er liebe sie, immer wieder; nun stöhnte er die Worte mit jedem Stoß.

»Ich liebe dich, Grace … Ich liebe dich …«

Er tat ihr weh. Sie weinte. Ihr Gesicht war tränennass, und dieser wimmernde Laut, den sie von sich gab, war so schmerzerfüllt. So verletzt. Als ob er ihr Messerstiche versetzte. Als ob er etwas in ihr abtötete. Das Bett quietschte nun rhythmisch, und ihr Körper hüpfte wie eine Lumpenpuppe auf und ab, lag schlaff unter ihm, während er zwischen ihren Beinen immer wieder zustieß.

Bis er schließlich stöhnte und zuckte und sich auf sie presste, als wollte er sie durch die Matratze stoßen, sie am Boden festnageln. Damit sie ihm nicht entkommen konnte. Damit sie ihm niemals entkommen konnte.

Dann sackte er keuchend auf ihr zusammen, und einige Minuten lang hörte Nell nur ihre Mutter wimmern und ihren Vater wie nach einem Marathon keuchen.

Sie wollte wegsehen, die Augen schließen. Warum konnte sie das nicht beenden? *Warum konnte sie das nicht beenden?*

Endlich stemmte Adam Gallagher sich vom schlaffen Körper seiner Ehefrau hoch, hockte zwischen ihren gespreizten Beinen und zog seine Unterhose hoch. Sogleich drehte sie sich von ihm weg auf die Seite und zog die Knie an, presste die Beine fest zusammen in dem Mitleid erregenden Versuch zu verhindern, was bereits geschehen war. Zitternde Finger zogen das hübsche Nachthemd über ihren Brüsten zusammen und krümmten sich dann fest um den Stoff. Die Knöpfe konnte sie jetzt nicht bewältigen. Wie ein Säugling hatte sie sich zusammengerollt, noch immer weinte sie auf diese Grauen erregende Weise, noch immer wimmerte sie ihren Protest heraus, die Weigerung, die er ignoriert hatte.

Mit einer Hand rubbelte er ihr über die Hüfte. Dabei lächelte er auf sie hinab wie auf eine befriedigte, zufriedene Geliebte. »Ich liebe dich, Grace. Ich liebe dich.«

Nell sah, dass ihre Mutter erschauerte und vor seiner Berührung zurückschreckte, doch sie öffnete die Augen nicht, sondern murmelte nur: »Nein ... nein ... nein ...«

»Ich liebe dich.«

»Nein ... nein ...«

Angeekelt wandte Nell sich vom Bett ab und versuchte verzweifelt, sich aus der Vision zu befreien und wieder in die Zeit zurückzugelangen, in der der Mann, der sie gezeugt hatte, tot und vergangen war und niemanden mehr verletzen konnte. Doch als sie nun zur Tür sah, stellte sie fest, dass sie nicht die einzige Zeugin dieser brutalen ehelichen Vergewaltigung gewesen war.

Von den beiden im Bett unbemerkt stand das kleine Mädchen in der Tür und starrte sie an, der Mund zu einem schweigenden, zitternden ›Oh‹ des Schocks und der Verwirrung erstarrt. Sie war im Nachthemd, das lange dunkle Haar verwuschelt, und sie starrte ihre Eltern an wie zwei grausam unvertraute Fremde, die ihr Angst machten.

Hailey.

Sie war nicht älter als vier, dachte Nell. Schwerlich alt genug, um zu verstehen, was sie gerade mit angesehen hatte – aber doch alt genug, dass das Erlebnis tief greifende Auswirkungen auf ihre emotionale, psychische und sexuelle Entwicklung haben würde.

Während Nell das kleine Mädchen entsetzt beobachtete, wich es sichtlich zitternd von der Tür zurück und verschwand.

Ihre Eltern erfuhren nie, dass sie dort gewesen war.

»O Gott«, hörte Nell sich mit zittriger Stimme sagen.

Ihre Stimme zertrümmerte die Vision, und sie blinzelte, als das Tageslicht wieder in den Raum zu strömen schien. In der Tür stand niemand, und als sie sich langsam dem Bett zuwandte, war es leer und ordentlich gemacht, das Bettzeug glatt gestrichen.

Sie ging zu einem der Fenster und sah hinaus in Richtung des Weges, der nach Süden zu den Ruinen des Hauses ihrer Großmutter führte. Asche der Vergangenheit.

Nichts als Asche?

Alles da draußen sah so hell aus, so grell, so … hart. Nirgendwo waren Ränder verschwommen, weich gezeichnet wie in ihren Visionen. Die Gegenwart setzte sich stets von der Vergangenheit und der Zukunft ab, trug immer den klaren, eindeutigen Stempel des *Jetzt*.

Jetzt lag Adam Gallagher beinahe schon ein Jahr im Grab. *Jetzt* waren seine Töchter endlich von ihm befreit. Oder?

Nell starrte hinaus auf die scharfen, hellen Umrisse des *Jetzt* und dachte über ihre Vision nach. Hailey hatte ausgesehen, als sei sie vier, was bedeutete, dass Nell innerhalb des darauf folgenden Jahres geboren worden war. Hatte sie soeben ihre eigene Empfängnis mit angesehen? War sie das

Kind einer Vergewaltigung, die Frucht eines Samens, der dem Schoß ihrer Mutter mit Gewalt eingepflanzt worden war?

War ihre vollständige Ablehnung ihrem Vater gegenüber ebenso sehr durch Instinkt wie durch Erfahrung begründet gewesen?

Mein Gott.

Nell lehnte die Stirn an das kühle Glas und schloss die Augen. Mal abgesehen von ihrem eigenen Schmerz, ihrem Abscheu – was war mit der armen Hailey? Die kranke Szene, die sie mit angesehen hatte, hatte zweifellos auch ihre Seele krank gemacht, hatte ihr eine noch grausamer verzerrte Vorstellung von der Liebe eingegeben.

Hatte sie sich deshalb mit sadistischen Männern eingelassen, hatte sie sich deshalb dazu getrieben gefühlt, deren abartige Bedürfnisse zu befriedigen?

Hatte sie sie deshalb ermordet?

Als Ethan Cole am späten Vormittag an Nells Tür klopfte, war er sich nicht ganz sicher, was ihn erwarten würde. Oder was er dabei empfand. Doch da er mehr Zeit, als er sich eingestehen mochte, damit verbracht hatte, sich zu sagen, dass er ein Profi sei und damit umgehen könne, war es beunruhigend festzustellen, dass seine aufmunternden Gedanken ihm nichts genützt hatten. Er hatte vergessen, dass diese grünen Augen ihm den Atem rauben konnten – und ihm das Gefühl gaben, dass es irgendwie sehr wichtig war, dass er ihr half.

»Hallo, Ethan.« Sie sah an ihm vorbei zu dem Deputy, der an der Motorhaube des Streifenwagens lehnte, und fügte hinzu: »Willst du reinkommen? Oder sollen wir den Klatschtanten einen Strich durch die Rechnung machen und hier draußen auf der Veranda reden?«

»Verdammt, Nell«, murmelte er.

Sie lächelte halb, trat hinaus auf die Veranda und ging ihm voran zum Sitzbereich links von der Haustür – der vollständig im Blickfeld des Deputys lag. Dort standen mehrere schmiedeeiserne Verandamöbel, darunter zwei Stühle und ein kleiner Tisch.

Nell setzte sich auf einen der Stühle. »Hailey muss die hier angeschafft haben. Zu meiner Zeit waren es noch Korbmöbel.«

»Es hat sich viel verändert seit deiner Zeit«, erwiderte Ethan, als er sich setzte.

»Ja, ist mir aufgefallen. Wie ist es dir ergangen, Ethan?«

»Ganz gut, Nell. Und dir?«

»Kann mich nicht beschweren. Ich habe gehört, du hast geheiratet.«

»Und bin geschieden. Und du?«

»Weder noch. Aber das wusstest du schon.«

»Ja, ich habe das Nummerschild deines Jeeps checken lassen. Habe dich so weit wie möglich überprüft, ohne offiziell etwas beantragen zu müssen.«

»Und?«

»Und nichts. Keine Vorstrafen, nicht mal ein Knöllchen, und du bezahlst deine Rechnungen und deine Steuern pünktlich.«

»Schön zu wissen, dass mein Führungszeugnis in Ordnung ist.«

»Und dein Leumund?«

»Ach, das ist ein bisschen komplizierter.« Nell zuckte mit den Achseln. »Aber trifft das nicht auf uns alle zu?«

»Vermutlich.« Er nickte, dann seufzte er. »Okay, jetzt, wo wir diesen Quatsch hinter uns haben – was hältst du davon, wenn wir uns so unterhalten, als ob es wichtig wäre?«

Noch immer umspielte ein feines Lächeln ihre Lippen, doch diese grünen Augen waren wachsam. »Mir recht.«

»Ich habe gehört, du triffst dich mit Max, seit du wieder hier bist.«

»Wir haben uns ein paar Mal gesehen, ja.« Sie ging nicht weiter ins Detail.

»Hat er dir von den Morden erzählt?«

241

»Mehrere Leute haben mir davon erzählt, Ethan. Im Augenblick spricht doch kaum jemand über etwas anderes.«

»Also?«

»Also … das ist wirklich ganz schlecht für Silence.«

Grimmig sah er sie an. »Du willst unbedingt, dass ich dich frage, was?«

»Machst du Witze? Natürlich will ich das.« Er fluchte, doch ehe er etwas entgegnen konnte, schüttelte Nell den Kopf und sagte ernster: »Nein, ich schulde dir mehr als das.«

»Du *schuldest* mir gar nichts, Nell.«

»Nicht? Du hast Max nie etwas gesagt, oder? Über die Nacht, in der ich fortgegangen bin.«

»Du hast mich gebeten, ihm nichts zu sagen. Ich habe versprochen, es nicht zu tun. Also habe ich es nicht getan.«

»Und mein Vater?«

»Auch was ihn betrifft, habe ich getan, worum du mich gebeten hattest. Ich bin zu ihm gegangen und habe ihm gesagt, ich hätte gesehen, wie du in einen Bus gestiegen wärst, der aus der Stadt fuhr, und dass ich deinen Wagen am Bahnhof stehen gesehen hätte.« Ethan hielt kurz inne. »Er dachte, du wärst mit Max durchgebrannt oder hättest vor, ihn irgendwo zu treffen, genau wie du gesagt hattest. Es hat ein bisschen gedauert, aber am Ende hatte ich ihn davon überzeugt, dass Max auf der Ranch war und nicht vorhatte, irgendwohin zu gehen.«

Den Blick ins Leere gerichtet, sagte Nell geistesabwesend: »Ich wusste, einem Polizisten würde er eher glauben, auch wenn du Max' Stiefbruder bist.«

Ethan sagte: »Wie jedermann wusste auch Adam, dass es zwischen Max und mir böses Blut gegeben hatte. Er wusste, ich würde nicht für Max lügen. Dass ich für dich lügen könnte, ist ihm nicht in den Sinn gekommen.«

»Warum hast du das eigentlich getan? Ich habe mich immer gefragt, ob es dir wohl mehr darum gegangen war, dass du Max verletzen konntest, als darum, mir zu helfen.«

»Wenn ich Max damit hätte verletzen wollen, hätte ich ihm schon vor Langem davon erzählt.«

»Mag sein. Aber vielleicht hat es dir auch gereicht zu wissen, dass sein Mädchen weggelaufen war. Du musst gewusst haben, dass ihn das verletzen würde.«

»Du auch. Ich meine, du musst gewusst haben, dass es alles noch schlimmer machen würde, zumindest für ihn, wenn du dich an mich um Hilfe wendest.«

»Ja. Das wusste ich. Ich bin also froh, dass du ihm das nie gesagt hast. Und ich frage mich immer noch, warum du mir geholfen hast.«

Er zögerte, wartete, bis ihre Blicke sich begegneten, und sagte dann bedächtig: »Dein Blick in jener Nacht. Ich hatte noch nie jemanden so verzweifelt gesehen. So verängstigt. Ich hatte selbstverständlich nicht das Recht, dir zu helfen, zumal du so jung warst. Aber ich war selbst noch zu jung, um praktisch zu denken. Außerdem war mir völlig klar, dass du so oder so weglaufen würdest, egal, was ich sage oder tue, und da schien es mir schon am klügsten, dir zu helfen ... den Schaden in Grenzen zu halten.«

»Das hast du. Und ich bin dir dankbar.«

»Nicht so dankbar, dass du mir von irgendwoher unterwegs eine Postkarte geschickt hättest, um mich wissen zu lassen, wie es dir geht.«

»Tut mir Leid. Es schien mir am besten ... alle Verbindungen nach Silence zu kappen.«

»Und – hast du?«

»Gott weiß, dass ich es versucht habe.«

Er nickte langsam, den Blick fest auf sie gerichtet. »Du musst gewusst haben, dass du eines Tages würdest zurückkommen müssen.«

»Ja. Ich habe bloß nicht gedacht, dass es so schwer sein würde.«

»Schwer wegen der Toten? Oder wegen der Lebenden?«

»Beides.«

243

»Davonzulaufen löst nie irgendwelche Probleme, nicht wahr?«

Nell lachte kurz auf. »Das kommt darauf an, welches Problem man lösen will.«

»Welches Problem wolltest du lösen, Nell?«

»Das spielt kaum noch eine Rolle.«

»Wirklich nicht?«

Sie atmete tief durch. »Mädchen laufen nun mal davon, Ethan. Besonders vor dominanten Vätern.«

»Und vor ihren Freunden?«

»Er war nie dominant. Und ich habe dir gesagt, dass es nichts mit Max zu tun hatte.«

»Nichts – nur dass du ihn unbedingt vor Adams Wut beschützen wolltest.«

»Ich wollte einfach nicht, dass Max die Verantwortung dafür tragen muss. Oder sonst jemand. Mein Weggehen war meine Entscheidung.«

Ethan nickte. »Ja. Nur dass du in jener Nacht fast wahnsinnig vor Angst warst, Nell. Und ich habe mich immer gefragt, warum. Nach all den Jahren mit Adam, was war da der Tropfen, der das Fass zum Überlaufen gebracht hat? Was war passiert, dass du geglaubt hast, wegzulaufen sei deine einzige Chance?«

»Das ist eine lange Geschichte«, sagte Nell nach einigem Zögern. »Vielleicht haben wir später einmal Zeit dafür. Im Augenblick denke ich, wir sollten uns darauf konzentrieren, diesen Mörder zu finden. Deswegen bist du doch heute zu mir gekommen, oder?«

Ethan nahm den Themenwechsel hin, wenn auch nicht ohne eine leichte Grimasse. »Nur damit du es weißt, ich glaube nicht an diesen ganzen außersinnlichen Quatsch.«

»In diesem Fall«, sagte Nell ganz bewusst, »kann ich offensichtlich nichts für dich tun.«

»Schau, mach es mir doch nicht so schwer, okay? Wir landen in diesen Ermittlungen permanent in Sackgassen, und allmählich bin ich am Verzweifeln. Verdammt, langsam wäre ich sogar bereit, mir Hühnereingeweide anzusehen. Vielleicht kannst du ja stattdessen in deine Kristallkugel gucken und mir etwas Nützliches sagen.«

»Ich habe keine Kristallkugel, Ethan. Was die Hühnereingeweide angeht – ich bezweifle, ob das hilfreich wäre. Außerdem – igitt!«

Sein Mund zuckte, doch er lächelte nicht. »Nun, dann tu, was immer du dafür tun musst, verdammt. Kannst du mir helfen oder nicht?«

Nell trieb es nicht auf die Spitze. »Ich weiß nicht. Aber ich will es versuchen.«

Er verspürte eine Welle der Erleichterung und versuchte, das zu überspielen, indem er gleich zur Sache kam. »Großartig. Was ist also der erste Schritt?«

»Ich würde gerne sehen, wo Peter Lynch und George Caldwell gestorben sind.«

»Das erste und das letzte Opfer. Warum sie?«

Nell hatte die Antwort parat. »Lynch, weil ich sehen will, ob ich nach so langer Zeit noch etwas wahrnehmen kann. Caldwell, weil bei ihm bis jetzt noch keine schmutzigen Geheimnisse ans Licht gekommen sind, oder?« – »Nein.«

»Das unterscheidet diesen Mord von den anderen, zumindest nach allem, was ich gelesen und gehört habe.«

»Okay.« Ethan sah auf die Uhr. »Georges Wohnung können wir jederzeit überprüfen. Aber Terrie Lynch ist heute Nachmittag nicht da, und ich habe den Schlüssel zum Haus, deshalb sollten wir da zuerst hinfahren.«

Nell stand auf, wobei sie versuchte, sich nicht anmerken zu lassen, dass ihre Muskeln schmerzhaft protestierten. Sonst hätte sie womöglich erklären müssen, warum sie so steif und wund war.

Ethan stand ebenfalls auf, sah sie jedoch plötzlich voller Sorge an. »Bist du sicher, dass du dem gewachsen bist? Sei mir nicht böse, aber du wirkst ein bisschen zerbrechlich.«

Soweit zu ihrer Fähigkeit, irgendetwas verbergen zu können.

Nell lächelte. »Ich habe mit dem Ausmisten des Hauses angefangen, bin am sortieren, am putzen, und das ist ziemlich viel Arbeit. Aber mir geht's gut. Lass mich nur eben alles zumachen und abschließen, dann können wir los.«

Im Haus tätigte sie rasch einige Anrufe, doch länger hielt sie sich nicht auf. Ethan wartete auf der Veranda auf sie, und als sie sich einige Minuten später wieder zu ihm gesellte, sagte sie: »Ich gehe mal davon aus, du willst nicht, dass bekannt wird, dass du die örtliche Hexe um Hilfe gebeten hast.«

»Ist das eine Frage?«

»Nein. Ich frage mich nur, ob es klug war, einen Deputy mitzubringen.«

»Ich kann darauf vertrauen, dass Steve Critcher den Mund hält, sonst hätte ich ihn nicht mitgebracht.«

»Oh. Ich dachte, du hättest ihn mitgebracht, um dafür zu sorgen, dass niemand denkt, du hättest mich aus persönlichen Gründen aufgesucht. Du steckst ein bisschen in der Klemme, oder? Falls uns jemand sieht, heißt das. Entweder denken sie, ihr Sheriff ist zur örtlichen Hexe gegangen, um sich ein bisschen übersinnliche Hilfe bei der Aufklärung dieser Morde zu holen, oder sie glauben, da läuft ein faszinierendes Dreiecksliebesverhältnis.«

Ethan blickte sie finster an. »Wie kommst du darauf, dass ich was drauf gebe, was die Leute denken?«

»Die Leute? Nein. Max – ja. Ich glaube, im Grunde genommen ist Max der letzte Mensch auf der Welt, mit dem du dich anlegen möchtest, wenn es wirklich um etwas geht. Und genauso geht es ihm mit dir.«

Ethan starrte sie an, räusperte sich und sagte dann sehr bedächtig: »Ich habe ihn wegen dieser Morde befragt.«

»Ich weiß. Ich weiß auch, dass du ihn nie ernsthaft verdächtigt hast. Wann wirst du dich endlich mit ihm versöhnen, Ethan? Findest du nicht, es ist höchste Zeit?«

»Ich finde, darüber müssen wir nicht gerade jetzt sprechen.«
Ganz bewusst fügte er hinzu: »Vielleicht haben wir später
einmal Zeit dafür.«

»Vielleicht«, willigte Nell mit einem schwachen, wehmü-
tigen Lächeln ein.

Galen beobachtete, wie der Streifenwagen Nells Auffahrt
wieder hinabfuhr, dann sprach er in sein Handy: »Das Problem an der ganzen Sache ist, dass wir zu viele Fäden haben,
die wir an der richtigen Stelle verknüpfen müssen.«

»Ist mir aufgefallen. Irgendein Anzeichen unseres heimli-
chen Beobachters?«

»Nur die Sache mit der Puppe. Aber die ist weiß Gott unheimlich genug, um uns von jetzt an alle wach zu halten.«

»Würde ich unterschreiben. Und Nell glaubt allmählich, es
sei Hailey?«

»Na ja, es erscheint logisch, besonders, wenn wir die Möglichkeit berücksichtigen, dass sie den Familienfluch vielleicht
doch geerbt hat. Zu zweien der Opfer hatte sie definitiv eine
Verbindung, plus Adam Gallagher. Wenn Nell auch eine Verbindung zwischen Hailey und Lynch und Caldwell herstellen
kann …« Er seufzte. »Ich habe bei Bishop nachgefragt. Er
rückt nicht von seinem Profil ab.«

»Das sähe ihm auch nicht ähnlich.«

»Stimmt. Sich zu irren allerdings auch nicht. Aber falls
Hailey die ist, nach der wir suchen …«

»Dann hat er sich geirrt. Wäre nicht das erste Mal. Und
auch nicht das letzte Mal.«

»Und ich dachte immer, er ist der Superagent.«

»Sag ihm das mal ins Gesicht.«

Galen grinste, obwohl ihm nicht wirklich zum Lachen zu
Mute war. »Ich kann mich beherrschen. Hör mal, Nell hat
sehr ruhig auf diese Puppen-Geschichte reagiert, aber ich
glaube, es macht sie doch ziemlich fertig. Heute Morgen sah
sie aus wie der leibhaftige Tod, und was wir beim Haus ih-

rer Großmutter gefunden haben, hat es auch nicht besser gemacht.«

»Hat sie es dem Sheriff erzählt?«

»Noch nicht. Ich glaube, sie hat vor, nachher mit ihm da hinzufahren und es ihm zu zeigen. Tanner vielleicht auch. Sie glaubt offenbar, dass das ein paar Dinge erklären wird.«

»Du nicht?«

»Na ja, es beantwortet ein paar offene Fragen zur Vergangenheit. Aber ob es uns aktuell weiterbringt? Weiß der Geier.« Er hielt inne. »Du hast gestern Abend gesagt, es würde noch einen Mord geben. Schon was gehört?«

»Offiziell nicht. In der Stadt habe ich kein Sterbenswörtchen darüber gehört.«

»Aber?«

»Aber ich glaube, es ist irgendwann in der Nacht passiert.«

»Wer, weißt du nicht? Oder wo?«

»Nein. Und da es Samstag ist, können wir nicht damit rechnen, dass das Opfer vermisst wird, weil es nicht zur Arbeit gekommen ist. Wenn derjenige allein gelebt hat … kann es eine Weile dauern, bis die Leiche gefunden wird.«

»Scheiße.«

»Ich lasse es dich wissen, wenn ich was herausfinde. Pass inzwischen gut auf Nell auf. Von allem anderen mal abgesehen, ist Sheriff Cole noch lange nicht völlig entlastet.«

»Wir müssen herausfinden, wo er steht, und zwar fix.«

»Einverstanden. Falls du irgendeine Idee hast …«

Galen seufzte.

»Nein. Nell scheint zu glauben, dass sie es wissen wird, wenn sie nur ein bisschen Zeit mit ihm verbringt. Ich bin mir da nicht so sicher. Sie ist schließlich keine Telepathin. Und eine richtige Hellseherin ist sie auch nicht.«

»Nein, aber sie ist in der Lage, ein Gespür für die Dinge oder die Leute zu entwickeln. Vielleicht reicht das.«

»Möchtest du dein Leben darauf verwetten?«

»Nein. Aber vielleicht müssen wir das.«

Das Haus der Lynchs war ein älteres Gebäude, das großzügig auf dem zwei Hektar großen Gelände lag. Es befand sich ein wenig isoliert in einer Gegend, in der Äcker und Weiden die einzelnen Häuser voneinander trennten. Soweit Nell beurteilen konnte, nahm niemand von dem Streifenwagen Notiz, der vor dem Haus vorfuhr.

Ethan ließ seinen schweigsamen Deputy am Wagen lehnend zurück und führte Nell zur Eingangstür. »Was genau tust du eigentlich?«, fragte er, während er aufschloss. »Ich meine, wenn du keine Kristallkugel hast?«

Nell erklärte ihm verkürzt, wie sie Zugang zu der Energie eines Ortes erhielt. Sie wunderte sich nicht besonders, als er skeptisch dreinschaute.

Doch er sagte nur: »Und das hilft mir ... wie?«

»Vielleicht kann ich dir sagen, was hier im Haus geschehen ist.« Nell zuckte mit den Achseln. »Ich klinke mich normalerweise in sehr intensiv empfundene Ereignisse ein. Wenn sich hier also etwas Gewaltsames abgespielt hat, etwas Bedrohliches, würde ich das wahrscheinlich sehen.«

»Es war kein außergewöhnlich gewalttätiger Mord.«

»Nein, aber nach allem, was ich gehört habe, glaubt ihr Jungs, dass man Lynch Gift unter seine Vitamine gemischt hat, richtig?«

»In dieser Stadt wird *viel* zu viel getratscht«, murrte Ethan leise.

»Macht keinen Spaß, wenn es gegen dich arbeitet, was?« Ohne ihm Gelegenheit zu einer Antwort zu geben, fügte sie hinzu: »Der Mörder musste das Gift in die Flaschen bekommen, was bedeutet, dass er hier im Haus war. Wenn man einen Mord plant, ist man emotional ziemlich intensiv beteiligt, auch ohne die eigentliche Tötung zu begehen.«

Als sie in die Diele traten, beäugte Ethan sie mit erhobenen Augenbrauen. »Verbringst du viel Zeit damit, dich in Morde einzuklinken?«

Im Stillen schalt Nell sich heftig für diesen Patzer, doch sie

249

erwiderte ruhig: »Die Welt ist schlecht. Es ist erstaunlich, wie viele Orte Erinnerungen an schlimme Dinge gespeichert haben.«

Nun war es an Ethan, mit den Achseln zu zucken. »Okay. Ich vermute mal, du möchtest durchs Haus gehen, vielleicht Dinge anfassen. Die Schwingungen checken.«

»Schwingungen?«

»Ich habe dich doch gebeten, es mir nicht so schwer zu machen.«

Nell lächelte, doch als sie ins Wohnzimmer ging und begann, sich umzusehen, sagte sie: »Ehrlich gesagt muss ich gar nichts anfassen. Wo ist er gestorben?«

»Im Schlafzimmer, oben.«

»War er allein, als er starb?«

»Ja. Terrie war kurz vorher zu einer Verabredung in die Stadt gefahren. Peters übliche Morgenroutine bestand darin, zum Frühstück irgendein Getränk mit seinen Vitaminen runterzukippen, in seinem Arbeitszimmer auf der anderen Seite der Diele ein paar Anrufe zu tätigen und danach etwa eine Stunde im Fitnessraum neben dem Schlafzimmer zu trainieren. Er war in Trainingskleidung, als man seine Leiche fand. Sah aus, als wäre er nach dem Training auf dem Weg in die Dusche gewesen, als sein Herz aussetzte.«

»Nicht so ungewöhnlich, nehme ich an. Dass ein Mann seines Alters nach dem Fitnesstraining einen Herzinfarkt bekommt.«

»Das hat der Doc auch gesagt. Und wir waren damit zufrieden. Bis Terrie einen Anfall bekam und eine Autopsie verlangt hat.«

»Bei der Gift nachgewiesen wurde.«

»Ja. Da konnte man den Tatort allerdings schon nicht mehr unkontaminiert nennen. Aber wir haben das Haus trotzdem durchsucht. Und ich schätze mal, du hast gehört, was wir in seinem Schrank versteckt gefunden haben.«

»Pornos.«

»Richtig widerliche Pornos. Und Belege für die blutjunge Geliebte, die er sich in New Orleans gehalten hat.«

Emotionslos fragte Nell: »Irgendwelche Anzeichen für weitere abnorme … Vorlieben?«

»Nur die Pädophilie«, erwiderte Ethan trocken. Er wollte schon hinzufügen, dass er fand, das sei nun wirklich genug anormales Verhalten für einen Mann, da sah er, wie in Nells Gesicht eine beinahe unmerkliche Veränderung vor sich ging. Sie drehte leicht den Kopf zur Seite und sah nun in Richtung der Vorderseite des Hauses, mit Unbehagen, wenn Ethan ihren Blick richtig deutete.

Er dachte, sie hätte vielleicht eine ihrer Visionen, und fragte: »Was? Siehst du schon etwas?«

»Noch nicht.« Sie seufzte und sah ihn an. In ihrem Blick lag nun eindeutig Unbehagen. »Sag deinem Deputy lieber, er soll Max reinlassen. Es ist unwahrscheinlich, dass er freiwillig draußen bleibt.«

Ethan wunderte sich nur flüchtig. »Ich habe seinen Wagen gar nicht gehört. Bist du sicher, dass er draußen ist?«

»Biegt gerade in die Einfahrt ein.«

»Eine Vision?«

»Nein.«

Ethan beschloss, nicht zu versuchen, dieses Rätsel zu lösen. »Also spielt er wirklich den Wachhund, hm? Oder ist es nur, weil ich bei dir bin?«

»Gehupft wie gesprungen, würde ich sagen.«

Ethan vermochte nicht zu sagen, was sie dabei empfand. Er war auch nicht sicher, was er selbst empfand. »Okay. Und ich soll ihn also in einer offiziellen Ermittlung hinter uns herlaufen lassen?«

Erneut seufzte Nell. »Schau, das Letzte, was ich will, ist, die Spannungen zwischen euch zu verstärken, aber wir wissen beide, wie stur Max sein kann. Er weiß, ich werde hier drin versuchen, meine Fähigkeiten einzusetzen, und er weiß, ich bezahle einen Preis dafür. Wenn du ihn also nicht festnehmen willst, wird es dir nicht gelingen, ihn hier herauszuhalten.«

»Preis? Was für ein Preis?«

Nell hielt ihre Erklärung schlicht. »Kopfschmerzen, Ohnmachten. Es kostet viel Kraft, Ethan, und manchmal rebelliert mein Körper. Max weiß das. Er ... macht sich Sorgen.« Sie schüttelte den Kopf. »Es ist mein Risiko, und ich will helfen, wenn ich kann. Dass Max in meiner Nähe bleibt, muss dir nicht gefallen, aber du hast nun mal diese Mordermittlungen ganz oben auf deiner Prioritätenliste stehen, also denke ich mal, dass wir alle versuchen können, uns wie Erwachsene zu benehmen. Du nicht?«

»Glaubst du, das funktioniert bei Max?«

»Ja, wenn du deinem Deputy sagst, er soll ihn durchlassen, bevor der ihn an der Tür aufhält und Max die Beherrschung verliert.«

Nach kurzem Zögern nickte Ethan und griff nach seinem Funkgerät, das er am Gürtel befestigt trug. Er wies Deputy Critcher kurz an, Max ins Haus zu lassen, dann drehte er die Lautstärke wieder herunter, sodass sie nicht von Funksprüchen gestört würden, er sie aber hören würde, wenn sie speziell für ihn bestimmt waren.

»Danke«, sagte Nell.

Ethan grunzte. »Ich hätte wissen müssen, dass du ihn anrufst. Das war, als du noch einmal kurz ins Haus gegangen bist, stimmt's?«

Nell zögerte nur einen Augenblick. »Ich habe ihn nicht angerufen.«

»Und woher weiß er dann, dass wir hier sind? Himmel, sag jetzt nicht, dass er dich so eng überwacht?«

Eine Antwort blieb ihr erspart, denn sie hörten, wie die Eingangstür geöffnet wurde. Einen Augenblick später betrat Max das Wohnzimmer. An seinem wachsamen, aber ruhigen Gesichtsausdruck erkannte Nell sofort, dass Max sich vorgenommen hatte, nicht die Beherrschung zu verlieren und jeder Konfrontation mit Ethan aus dem Weg zu gehen. Das erleichterte sie zumindest ein wenig.

Das Letzte, was sie jetzt gebrauchen konnte, war, dass die beiden einander an die Kehle gingen.

Anstelle einer Begrüßung sagte sie zu Max: »Ich dachte, ich könnte Ethan irgendwie bei den Mordermittlungen behilflich sein.«

Ethan hob in stillschweigender Dankbarkeit eine Augenbraue, ließ ihre Version davon, wer hier wen angerufen hatte, jedoch unkommentiert.

Max sagte mit einem kurzen Nicken in Ethans Richtung lediglich: »Schon was gefunden?«

»Wir hatten noch keine Gelegenheit anzufangen. Ethan, du hast gesagt, er ist oben gestorben?«

»Im Schlafzimmer.«

»Geh vor«, sagte Nell.

15

Nell war sich gar nicht sicher, ob sie überhaupt zu irgendetwas Zugang erhalten würde, wenn Ethan und Max so nahe bei ihr und die Spannungen zwischen den beiden zwar unausgesprochen, aber dennoch deutlich spürbar waren. Auch ohne diese erschwerenden Umstände hätte sie ihre Fähigkeiten so bald nach der traumatischen Vision vom Vormittag lieber noch nicht wieder eingesetzt, wenn sie die Wahl gehabt hätte. Doch sie war sich mehr denn je darüber im Klaren, dass die Zeit ihnen davonlief, und sie wusste, sie konnte es sich nicht leisten zu warten.

»Also, wie funktioniert das jetzt?«, fragte Ethan, als sie das luftige, lichtdurchflutete Schlafzimmer erreicht hatten.

Nell stand in der Zimmermitte, nahe am Fuß des Bettes, blickte sich um und erwiderte geistesabwesend: »Ich konzentriere mich und versuche, mich in die Energie und die Erinnerungen einzuklinken, die womöglich im Raum gespeichert sind.«

»Und wir stehen ganz still und versuchen, dich nicht zu stören?«

Sie sah ihn an und lächelte. »So in etwa.«

Max meinte: »Bist du sicher, dass du dem gewachsen bist, Nell?«

»Mir geht's gut.« Sie gab ihm keine Gelegenheit, weitere Fragen zu stellen oder zu widersprechen, sondern schloss einfach die Augen und konzentrierte sich, zwang sich, ihren geistigen Schild zu senken und sich zu öffnen, ihre Fühler auszustrecken.

Da Peter Lynch vor über acht Monaten in diesem Raum gestorben war und sein Tod unvermittelt und offenbar ohne

Vorwarnung eingetreten war, ging Nell eigentlich nicht davon aus, dass sie noch viel von diesem Ereignis würde aufschnappen können. Sie hatte festgestellt, dass sie kaum jemals etwas von der tatsächlichen Sterbeszene mitbekam, was sie zugleich erstaunte und erleichterte.

Oft sah sie jedoch die Minuten davor oder danach, je nachdem, wie gewalttätig oder emotionsgeladen eine Szene gewesen war, und da sie sich, so ausschließlich sie konnte, auf Peter Lynch und seinen Tod konzentrierte, rechnete sie mit etwas in der Art.

Stattdessen ...

Anfangs fiel es ihr schwer, ihre geistigen Fühler auszustrecken – als müsste sie sich erst einen Weg durch etwas hindurchbahnen. Ihr war auch undeutlich bewusst, dass sie dafür mehr Energie oder eine andere Energie als sonst benötigte. Doch schließlich hatte sie wieder das unverwechselbare Gefühl, aus der Zeit gefallen zu sein. Allerdings nahm sie erneut alles wie durch einen Schleier wahr, seltsam fern. Das flößte ihr Unbehagen ein, noch ehe sie die Augen wieder öffnete und sich in einem völlig anderen Raum wiederfand: einem Wohnzimmer.

In einem völlig unvertrauten Raum.

Nell blickte um sich und versuchte herauszufinden, wo sie war. Zugleich suchte sie nach etwas, woran sie die Zeit erkennen würde, etwas, das ihr sagen würde, welches Datum sie hatten. Ein Magazin lag mit dem Rücken nach oben aufgeschlagen auf dem Couchtisch, und als sie näher herantrat, sah sie, dass es vom Januar des vergangenen Jahres war. Die meisten Menschen lasen ihre Zeitschriften in dem Monat, in dem sie erschienen, oder?

Voller Unbehagen stand sie da und sah sich um. Wo war sie? Und warum war sie hier? Was sie da sah, war eindeutig eine Vision: Die Ränder waren weich und verschwommen, ihre Aufmerksamkeit wurde wie stets zur Mitte gelenkt. Doch es war etwas Eigenartiges an dem, was sie wahrnahm –

so eigenartig, dass Nell ein Frösteln echter Angst überlief. Ihr erster Impuls war, sich aus dieser Vision wieder zu lösen, doch sowohl ihre angeborene Neugier als auch ein tiefer gehendes Bedürfnis danach, die Grenzen ihrer Fähigkeiten auszuloten, ließen sie zögern. Und in diesem Augenblick des Zögerns sah sie Hailey sichtlich erregt ins Zimmer treten.

Ethan kam direkt hinter ihr.

»Was, darüber soll ich nicht sauer sein?«, fragte er, packte sie am Arm und drehte sie zu sich um, als sie gerade auf einer Höhe mit Nell waren.

»Nein, sollst du nicht. Du hast kein Recht dazu, Ethan, und das wissen wir beide.«

»Kein Recht? Ich gehe jetzt seit zwei Monaten mit dir ins Bett – und das gibt mir nicht das Recht, mich ein klitzekleines bisschen aufzuregen, wenn ich rausfinde, dass du auch mit Peter Lynch schläfst?«

»Ich habe es dir doch gesagt, es geht dich nichts an. Wir haben keine Beziehung, Ethan, wir ficken.« Sie sprach das grobe Wort mit voller Absicht, ja mit Vergnügen aus. »Punkt. Dir macht es Spaß, mir macht es Spaß. Mehr nicht. Auf beiden Seiten keine Fesseln, keine Erwartungen oder Verpflichtungen.«

Ethan schien das nicht hinnehmen zu wollen. Sein Gesicht war angespannt, die Augen blickten grimmig. »Nicht mal Respekt, hm?«

Hailey lachte, dann lächelte sie ihn ungläubig an. »Respekt? Was hat Respekt mit dem zu tun, was wir miteinander treiben? Wenn wir es draußen im Dreck täten, wären wir kein Stück besser als zwei streunende Hunde, die sich paaren, wenn die Hündin läufig ist.«

»Und wer von uns beiden ist die läufige Hündin?«, fragte er barsch. »Bei wem haben einfach die Hormone verrückt gespielt?«

Hailey lachte und riss sich los. »Bei mir natürlich. Ich bin immer läufig, wusstest du das nicht? Hattest du das noch nicht gehört? Mein Gott, Ethan, jetzt tu doch nicht so, als wärst du nicht davon überzeugt gewesen, dass ich eine Nutte bin, schon lange, bevor du zu mir gekommen bist. Und was ist mit den Peitschennarben auf meinem Rücken? Und den Zigarettenmalen? Du hast mich nie danach gefragt, oder? Weil du nämlich erwartet hast, dass du genau so was findest, wenn du mich erst aus den Klamotten hast, stimmt doch?«

»Hailey …«

»Nutten sind immer gebrandmarkt, ist doch so, Ethan? Vielleicht nicht immer mit einem scharlachroten Buchstaben, aber wir sind immer gebrandmarkt. Damit Männer wie du kein schlechtes Gewissen haben müssen, wenn sie uns vor dem Morgengrauen mit einem Fußtritt aus dem Bett befördern.«

»Verdammt, ich habe dich nie aufgefordert zu gehen. Nie.«

»Du musstest mich nicht auffordern. Ich wusste, was du wolltest. Ich weiß immer, was Männer wollen.« Sie wandte sich abrupt von ihm ab und hatte offensichtlich vor, aus der Wohnung zu stürmen – doch dann erstarrte sie.

Nell blickte in die sich weitenden Augen ihrer Schwester und wusste zu ihrem Entsetzen plötzlich, dass Hailey sie *sah*. Dass sie wirklich körperlich dort war, in der Vergangenheit.

Nicht mehr nur Zeugin.

»Ein toller Detective bin ich«, murmelte Justin. »Ich habe nicht den blassesten Schimmer, wonach ich suchen soll.«

Shelby musste sich, wenn auch widerstrebend, eingestehen, dass es ihr ebenso ging, zumindest, was ihre fruchtlose Suche betraf. »Jede Menge Geburten in der Gemeinde in den letzten vierzig Jahren. Hören Sie, sind Sie *sicher*, dass in Georges Schreibtisch in der Bank nichts war, was erklärt, weshalb er so an diesen alten Aufzeichnungen interessiert war?«

Justin beugte sich vor und ließ mehrere Seiten mit Geburtseinträgen auf den Stapel auf dem Couchtisch fallen, dann reckte er sich geistesabwesend. »Ich habe nichts gesehen.

Himmel, schauen Sie mal, wie spät es ist. Haben wir nicht gerade erst gefrühstückt?«

Shelby hörte ihren Magen knurren und grinste ihn an. »Mein Magen sagt, die Donuts sind schon Stunden her. Geben wir den Klatschtanten doch mal wirklich was zu tun und gehen ins Café mittagessen.«

»Sind Sie denn nicht müde? Wir sitzen hier jetzt schon so lange, dass ich lieber nicht darüber nachdenken möchte.«

»Ich bin eine Nachteule, für mich ist es nichts Besonderes, mal eine Nacht nicht zu schlafen, wenn ich mich in irgendwas richtig vertiefe.« Sie zuckte mit den Achseln. »Wie auch immer, morgen ist Sonntag, da können wir beide ausschlafen, was soll's also. Sie haben doch gesagt, Sie haben das Wochenende frei, oder?«

»Offiziell. Sheriff Cole lässt uns alle Überstunden machen, aber er hat darauf bestanden, dass wir wenigstens ein Wochenende freimachen, und das ist meins. Wenn also nicht noch eine Leiche auftaucht, erwartet mich niemand im Büro.«

»Wollen Sie nach Hause fahren und sich aufs Ohr hauen? Oder im Café zu Mittag essen? Vielleicht fällt uns doch noch ein, wie wir dahinterkommen, was George in diesen Geburtenbüchern gesucht hat.«

Justin hatte da so seine Zweifel, doch andererseits genoss er Shelbys Gesellschaft und war viel zu aufgekratzt, um auch nur an Schlaf zu denken. Also stimmte er zu, dass Mittagessen eine gute Idee sei.

In der Stadt war an diesem Samstagnachmittag einiges los, doch der Mittagsbetrieb im Café ließ bereits nach, und sie hatten keine Schwierigkeiten, eine abgeschiedene Ecke im hinteren Teil des Lokals zu finden.

Shelby war sich diverser verstohlener Blicke voll bewusst. Es gelang ihr, sich das Lachen zu verkneifen, doch als die Kellnerin mit ihrer Bestellung fort war, sagte sie zu Justin: »Silence, das ist Leben im Goldfischglas.«

Beiläufig meinte Justin: »Und was finden die jetzt so spannend? Dass Sie mit mir hier sind oder dass ich mit Ihnen hier bin?«

»Beides, nehme ich an. Sie sind ein deutlich erkennbarer Teil der Ermittlungen, da interessiert sich natürlich jeder für das, was Sie tun. Was mich angeht, nun, sagen wir einfach, ich esse nur selten mit gut aussehenden Männern zu Mittag.«

»Das wundert mich aber. Und danke.«

Sie lachte leise. »Für gewöhnlich ziehe ich mit meinen Kameras durch die Stadt und sehe dabei wahrscheinlich einiges, was ich sonst nicht sehen würde. Daher kenne ich die meisten Männer in Silence ziemlich gut. Zu gut, schätze ich. So kann ich sie mir nur schwer als Partner oder Bettgenossen vorstellen.«

»Weil Sie sie mit versteckter Kamera dabei ertappt haben, wie sie ganz sie selbst waren?«, riet Justin scharfsinnig.

»So in der Art. Es ist ganz erstaunlich, wie viele Leute glauben, sie wären in ihrer ganz privaten Seifenblase unterwegs, auch wenn sie mitten in der Öffentlichkeit sind.«

Justin erkundigte sich nicht, was sie im Einzelnen gesehen hatte, doch er fragte sich, ob die hoffnungsfrohen Verehrer, die Shelby zweifellos abgewiesen hatte, auch nur die leiseste Ahnung hatten, wieso Shelby sie inakzeptabel fand. Ehe er jedoch etwas sagen konnte, versorgte sie ihn vergnügt mit Einzelheiten, die er lieber nicht gewusst hätte.

»Ich meine, man kann schlecht jemandem vorwerfen, dass er sich kratzt, wenn es ihn juckt, auch wenn es in der Öffentlichkeit ist, oder dass er sich die Unterhose aus der Poritze friemelt – denn da *kann* man einfach nichts machen –, aber in der Nase bohren und die Ohren reinigen, das geht wirklich zu weit, oder? Und einen Typ habe ich dabei beobachtet, wie er sich tatsächlich mit einem dieser batteriebetriebenen Nasenhaartrimmer die Haare in der Nase geschnitten hat. Das fand ich außerordentlich beunruhigend. Und alles andere als attraktiv.«

Justin lachte. »Offenbar müssen Sie Ihre Anforderungen herunterschrauben.«

»Oder meine Kameras wegschließen«, stimmte sie ihm reumütig zu. »Nicht, dass ich eins von beidem vorhätte. Weshalb es nur gut ist, dass es mir nichts ausmacht, wenn ich die meiste Zeit allein bin.«

»Tja, sagen Sie mir um Himmels willen bloß, wenn ich etwas Abscheuliches tue.«

Shelby grinste ihn an. »Ich glaube nicht, dass das nötig sein wird.«

Verunsichert beäugte er sie, während Emily ihnen Kaffee einschenkte. Als die Kellnerin wieder fort war, sagte er: »Sie haben Fotos von mir gemacht, nicht wahr? Mit versteckter Kamera?« – »Nur ein paar.«

»O Gott.« Er versuchte, sich zu erinnern, ob er etwas getan hatte, das er selbst, wenn schon nicht sie, peinlich fände. Doch er konnte sich unmöglich an alle Bewegungen oder Gesten erinnern. Wahrscheinlich liefen die sowieso unbewusst ab.

»Einer der Gründe, weswegen ich Sie auf die Ermittlungen angesprochen habe, war, dass ich Sie in den letzten Wochen immer mal wieder beobachtet hatte«, meinte Shelby in ernsthaftem Ton. »Man sieht, dass Sie sehr engagiert arbeiten und dass Sie Ihre Arbeit gut machen. Sie konzentrieren sich sehr auf das, was Sie gerade tun, und trotzdem achten Sie immer auch auf die Menschen um Sie herum.«

»Sie und Ihre Kameras habe ich nicht gesehen«, wandte er sarkastisch ein.

»Weil ich nicht wollte, dass Sie mich sehen. Nicht, dass ich Sie ausspionieren wollte oder so. Ich habe nur mittlerweile den Dreh heraus, wie man Leute beobachtet, ohne dass sie es merken.«

»So wie Sie Sheriff Cole beobachtet haben«, sagte Justin, der beschlossen hatte, das Gespräch in weniger persönliche Bahnen zu lenken.

260

Shelby folgte ihm darin bereitwillig. »Genau. Denken Sie dran, ich beobachte Ethan Cole schon seit Jahren. Als ich also nach dem ersten Mord genauer auf ihn achtete, fiel mir auf, dass er sich anders verhielt. Eine ganze Weile war da nichts, worauf ich den Finger legen konnte, aber dann habe ich alle Fotos von ihm nebeneinander gelegt und bin auf das gestoßen, was ich Ihnen gezeigt habe. Die hier.«

Im Überschwang griff Shelby in die große Segeltuchtasche, die sie immer über der Schulter trug, und zog den braunen Umschlag heraus, den sie Justin am Tag zuvor gezeigt hatte.

»Diese Bilder könnten etwas zu bedeuten haben, Justin, und das wissen wir beide.«

Justin erschrak. Eilig blickte er sich im Café um und stellte wie befürchtet fest, dass einige Gäste bemerkt hatten, was Shelby tat. Als wäre das nicht genug, öffnete sie den Umschlag, ehe er sie davon abhalten konnte, holte die Fotos heraus und reichte sie ihm über den Tisch hinweg.

»Sehen Sie sich die Bilder noch mal an«, forderte sie ihn auf. Justin wusste, dass er nur noch mehr Aufmerksamkeit erregen würde, wenn er jetzt großes Aufhebens darum machte. Doch als er den Kopf beugte und die Fotos ansah, sagte er leise: »Ich wünschte wirklich, Sie hätten die nicht rausgeholt, Shelby. Nicht hier und jetzt.«

»Warum nicht? Jeder in der Stadt hat schon gesehen, dass ich stolz meine Bilder herumzeige, daran ist nichts Besonderes. Sie nehmen vermutlich an, dass ich Ihnen Bilder zeige, die ich von Ihnen gemacht habe.«

»Ja, aber wenn der Falsche uns hier beobachtet – oder auch nur davon hört –, könnte ihn das sehr misstrauisch machen. Er könnte denken, dass Ihre versteckte Kamera ihn dabei erwischt hat, wie er etwas tut, von dem er wirklich überhaupt nicht möchte, dass die Polizei davon erfährt.«

Nach einem Augenblick entgegnete Shelby: »Okay, dumm von mir. Aber der Schaden, wenn es denn einer ist, ist angerichtet, Sie können sich die Bilder also genauso gut ansehen.«

Justin wollte sich vor den neugierigen Blicken kein übermäßiges Interesse anmerken lassen, deshalb sah er die Fotos nur rasch durch und reichte sie ihr dann mit einem schwachen Lächeln zurück, das für die Beobachter bestimmt war. »Ich stimme Ihnen zu, sie könnten wichtig sein. Aber der Sheriff spricht jeden Tag mit vielen Leuten in der Stadt; es ist völlig normal, dass er auch mit den ermordeten Männern gesprochen hat.«

Shelby steckte die Fotos zurück in ihre Tasche und bemühte sich um einen neutralen Gesichtsausdruck. Sie hatte keine richtige Angst, doch Nell hatte sie gewarnt, sie solle sehr, sehr vorsichtig sein, und sie war sich ziemlich sicher, dass Justin Recht hat: Sie hatte einen Fehler gemacht. Aber da es nun einmal geschehen war, blieb ihr nur die Flucht nach vorn. »Ja, aber wenn Sie mal auf die Rückseite gesehen hätten, hätten Sie da jeweils ein Datum gefunden. Ich habe alle Negative hervorgesucht und jedes Foto überprüft.«

»Und?«

»Und Ethan hat mit den ermordeten Männern jeweils einen Tag, bevor sie ermordet wurden, gesprochen. Wie normal ist so was, Justin?«

»Gar nicht normal«, sagte er langsam. »Ganz und gar nicht.«

»O mein Gott«, flüsterte Hailey, ausnahmsweise einmal unverkennbar schockiert. Der Anblick der eigenen Schwester – und Nell hatte keine Ahnung, wie sie aussehen mochte, ging jedoch davon aus, dass sie geisterhaft wirkte –, die einen intimen aufwühlenden Streit zwischen ihr und einem Liebhaber mit ansah, musste Hailey zutiefst erschüttern, besonders, da Nell zum fraglichen Zeitpunkt bereits seit mehr als zehn Jahren fort war.

Was mochte Hailey denken? Dass sie etwas erlebte, was in den Annalen der Parapsychologie recht häufig vorkam: den Besuch einer kürzlich verstorbenen Angehörigen? Dachte sie,

Nell sei im Augenblick ihres Todes zu ihr gekommen, um Abschied zu nehmen?

Ein Teil von Nell wollte etwas zu Hailey sagen, ihr versichern, dass sie nicht tot war, sondern lediglich – was? Lediglich aus der Zukunft zu Besuch war?

Das Ganze dauerte nur einen Augenblick, denn während Nell noch zögerte, war sie zugleich so erschüttert, dass sie sich instinktiv zurückzog, sich aus der Vision freikämpfte und in die Gegenwart zurückkehren wollte. Was sie sah, verblasste beinahe sofort; Haileys erschrockenes Gesicht verlor sich in einem immer dunkler werdenden Nebel, und eine scheinbar endlose Schrecksekunde lang hatte Nell das Gefühl, sie würde von etwas Gewaltigem, Schwarzem verschluckt.

Etwas, das nicht so leer war, wie es hätte sein sollen, denn sie war dort nicht allein. Jemand … etwas … war in der Nähe, beobachtete, berührte sie beinahe, streckte die Finger nach ihr aus …

Voller Verzweiflung, getrieben von der überwältigenden Gewissheit, dass sie sterben würde, wenn es sie berührte, kämpfte Nell darum, sich dieser erstickenden Finsternis zu entziehen. Das schien ihr alle Willenskraft und Energie abzuverlangen, die sie besaß – so wie auch bei einer extremen körperlichen Anstrengung die Muskelfasern bis zum Zerreißen gefordert werden.

Und dann hatte sie sich befreit aus der Dunkelheit, der Vergangenheit, war so unvermittelt wieder in der Gegenwart, dass es ihr beinahe ebenso viel Angst machte wie zuvor die Vision. Sie hatte überwältigende Kopfschmerzen und hörte sich selbst aufschreien.

Nie zuvor hatte sie solche Kopfschmerzen gehabt. Der Schmerz war unvorstellbar. Es war, als versuche da etwas, sich in ihr Hirn zu bohren oder aus ihrem Hirn heraus, etwas Heißes, Unheilvolles …

»*Nell.*«

»Böse«, murmelte sie, als sie die Augen öffnete. Zuerst sah

sie nur Dunkelheit. Doch es wurde rasch heller, bis sie schließlich ein dunkelblaues Hemd und eine schwarze Lederjacke anstarrte.

»Nell, um Gottes willen …«

Sie spürte undeutlich, dass Max ihre Oberarme gepackt hielt, und als sie zu ihm hochblickte, sah sie, dass er bleich war und grimmig dreinblickte. Erst als er ihre Handgelenke packte, merkte sie, dass sie ihre Hände seitlich ans Gesicht presste, sehr fest, beinahe, als wollte sie … etwas drinnen halten.

»Keine Ohnmacht diesmal, was?«, fragte Max und zog ihr sanft die Hände vom Gesicht.

»Ähm … nein«, sagte sie schließlich. Ihre Stimme war kaum mehr als ein Flüstern, denn alles, was lauter war, schmerzte. »Schwindlig. Ich glaube … ich glaube, ich setze mich mal kurz hin.«

Max führte sie die wenigen Schritte bis zu einer Bank am Fußende des Bettes der Lynchs. Erst da sah sie Ethan, der an der Frisierkommode lehnte, die Arme vor der Brust verschränkt. Seine Miene war ausdruckslos, doch auch er war ein wenig blass, ebenso wie Max.

Nell brachte ein zittriges Lachen zu Stande. »Ich habe wohl eine ziemliche Show abgeliefert, was?« Sie sprach leise.

»Na ja, du könntest noch Flitter und Neonlicht einsetzen, um das Ganze weiter aufzupeppen, aber diese Totenstille und dieser in die Ferne gerichtete Blick waren verdammt effektiv.« Ethan sah auf die Uhr. »Zwanzig Minuten lang warst du ein Zombie.«

»Was?«

Max setzte sich neben sie. »Ich versuche seit mindestens zehn Minuten, dich da rauszuholen.«

»Ich habe eine leichte Ohrfeige vorgeschlagen«, meinte Ethan, »aber Max wollte nicht.«

»Warum warst du so tief da drin?«, fragte Max Nell und ignorierte die Bemerkung des anderen Mannes.

Der Schwindel ging vorüber, doch die Kopfschmerzen waren immer noch so stark, dass es ihr schwer fiel, klar zu denken. »Es ... ich ... ich war nicht hier.«

»Komisch, dabei sah es ganz so aus.«

»Ethan, würdest du bitte mal die Schnauze halten, ja? Nell, wovon redest du da? Wenn du nicht hier warst, wo dann?«

»Ja, wo dann?«, echote Ethan.

Hätte man ihr einige Minuten Frieden und Ruhe gegönnt, um nachzudenken, dann hätte Nell sich vielleicht anders entschieden. Aber angesichts von Max beharrlicher Fragerei und Ethans eher spöttischer Attitüde zusätzlich zum pochenden Schmerz in ihrem Kopf handelte sie impulsiv.

»Ich sage dir gerne, wo«, meinte sie und blickte den Sheriff direkt an. »Sobald du uns gesagt hast, wie lange deine Affäre mit Hailey gedauert hat.«

Völliges Schweigen senkte sich herab und dauerte mehrere Herzschläge an. Ohne zu blinzeln, starrte Ethan zurück. Dann sagte er langsam: »Sie hat es dir erzählt.«

»Ich habe seit fast zwölf Jahren überhaupt keinen Kontakt zu meiner Schwester, Ethan. Und sonst wusste niemand davon, oder? Hailey hat darauf bestanden, es geheim zu halten.«

»Ich wusste jedenfalls nichts davon«, murmelte Max.

Ethan sah kurz zu ihm, dann wandte er den Blick wieder Nell zu. »Ja, sie hat darauf bestanden, es geheim zu halten. Warum, wollte sie mir nicht sagen. Es gab ja eigentlich keinen Grund dafür. Wir waren beide über einundzwanzig. Meine Ehe war vorbei, und sie traf sich auch mit niemandem sonst. Zumindest nicht öffentlich. Und es hat nur zwei Monate gehalten.«

»Wie hast du also das von ihr und Peter Lynch herausbekommen?«, fragte Nell. Zuerst dachte sie, er würde ihr nicht antworten, doch nach einer Weile tat er es.

»Ich glaube, sie wollte, dass ich es herausfinde. Wir waren

bei mir, und sie brauchte irgendwas aus ihrer Handtasche, ich weiß nicht mehr, was. Sie bat mich, es für sie zu holen. Die Handtasche hatte eine Innentasche mit einem Reißverschluss, der stand offen, und da guckte ein Foto raus. Es war ein Bild von ihr und Peter.« Sein Gesicht verzerrte sich ein wenig. »Sie spielten da irgendein Sexspielchen. Hailey war angezogen wie eine … wie ein Schulmädchen. Wahrscheinlich, weil er sie gerne jung hatte.«

Nell hatte genug von Haileys sexuellen Großtaten gesehen und war deshalb nicht besonders schockiert. Dennoch tat es ihr für ihre Schwester in der Seele weh. Etwas an der Art, wie Ethan über sie sprach, sagte ihr, dass das mit ihm eine ernsthafte, vielleicht sogar eine dauerhafte Beziehung hätte werden können. Nell fragte sich, ob Hailey das gewusst hatte, ob sie mit voller Absicht das zerstört hatte, was hätte sein können.

Und falls ja, wieso? Weil sie glaubte, es nicht zu verdienen? Weil ihr Körper und ihre Seele zu dem Zeitpunkt schon viel zu viele Narben aus den Spielen mit sadistischen Männern davongetragen hatten? Oder weil sie gewusst hatte, dass jede ernsthafte Beziehung ausgeschlossen war, solange Adam Gallagher lebte?

Mit fester Stimme sagte Nell zu Ethan: »Seit wann weißt du, dass Hailey der gemeinsame Faktor bei diesen Morden ist?«

»Ich bin mir nicht einmal jetzt sicher, ob das stimmt«, entgegnete er sofort. »Mit George Caldwell hatte sie nie etwas, soweit ich weiß.«

»Aber mit den anderen? Lynch, Ferrier, Patterson. Du wusstest, dass sie mit jedem von ihnen mal was hatte.«

Er zögerte. »Wie gesagt, das mit Lynch habe ich herausgefunden, lange bevor er ermordet wurde. Lange bevor Hailey weggegangen ist. Was die anderen beiden betrifft … Ferrier war betrunken und hat mir gegenüber einmal damit angegeben, dass er im Laufe der Jahre ein paar vergnügliche Nächte mit Hailey verbracht hätte. Offenbar keine Affäre, nur hin und wieder Sex, wenn sie beide gerade nichts mit jemand anders hatten.«

»Und Patterson?«

Ethan zuckte mit den Achseln. »Als ich diese ganze Scheiße in seinem Keller gesehen habe, wusste ich, dass Hailey wahrscheinlich mal was mit ihm gehabt hatte.«

»Wegen ihrer Narben? Wegen der Peitschenstriemen, der Zigarettenmale?«

Er zuckte zusammen. »Ja.«

Trotz des pochenden Schädels konzentrierte Nell sich mit allen Sinnen auf den Sheriff und versuchte, ein Gespür für ihn zu entwickeln, das ihr ein für alle Mal sagen würde, ob sie ihm vertrauen konnte, ob sie ihn als Verdächtigen ausschließen konnte. Seine Affäre mit Hailey machte ihn eigentlich noch verdächtiger, zumindest auf den ersten Blick und wenn man davon ausging, dass Hailey wirklich der gemeinsame Nenner bei diesen Morden war. Doch Nell hatte so ein Gefühl, dass es noch viel komplizierter war.

Eigentlich wollte sie sein Privatleben nicht vor anderen ausbreiten, nicht einmal vor Max – der trotz seines Ärgers und der Bitterkeit, die seit Langem zwischen ihm und Ethan herrschte, niemals das Leben oder die Entscheidungen seines Stiefbruders verurteilen würde –, doch sie glaubte nicht, dass sie noch zurückkonnte, nicht jetzt. Sie musste es wissen.

»Du hast sie nie nach ihren Narben gefragt? Warum?«

»Woher zum Teufel weißt du das?«

»Weil ich es gesehen habe, Ethan. Ich habe den Streit gesehen, den du vor über einem Jahr mit Hailey hattest. War es im Januar? Im Februar? In einem Wohnzimmer, ich vermute mal, in deiner Wohnung. Du hattest ihre Beziehung zu Lynch offenbar gerade erst herausbekommen, und du warst völlig außer dir. Hailey war … ziemlich brutal in dem, was sie zu dir gesagt hat. Aber sie hat auch explizit erwähnt, dass du sie nie nach den Narben gefragt hättest. Offenbar dachte sie, sie wüsste, warum, aber ich denke, sie hat sich geirrt. Oder?«

Zum ersten Mal war Ethan sichtlich erschüttert. »Mein Gott. Du redest, als wärst du dabei gewesen.«

»War ich auch. Gerade eben war ich dabei. Beantworte meine Frage, Ethan. Warum hast du Hailey nie nach den Narben gefragt?«

»Weil ich dachte, ich wüsste, wie sie an die gekommen ist.«

»Du hast gedacht, es wäre unser Vater gewesen?«

Er nickte, die Bewegung war so abgehackt wie seine Sprechweise. »Es schien logisch, fand ich zumindest. Du und deine Mutter, ihr wart beide so panisch davongelaufen, ihr hattet offensichtlich schreckliche Angst vor ihm, und dann Haileys Narben ... sogar die Art, wie sie über Adam sprach, als würde sie ihn anbeten – und zugleich hat sie ihn gehasst wie die Pest. Das war alles so verdammt extrem. Keine der Narben war frisch, soweit ich es beurteilen konnte, und ich dachte – ich habe geglaubt –, sie wäre als Kind missbraucht worden. Ich versuchte, sie dazu zu bringen, dass sie von ihrer Kindheit erzählt, aber sie wollte nicht. Wurde höllisch empfindlich. Über ihr Leben wollte sie gar nicht sprechen. Sie hat klargestellt, dass ich sie nur vertreibe, wenn ich sie weiter bedränge. Also habe ich es gelassen.«

Max regte sich, sagte jedoch nichts. Er wusste, dass keines der Gallagher-Mädchen von ihrem Vater sexuell missbraucht worden war. Als Nell ihn nun ansah, wurde ihr klar, dass er über den Besuch in Pattersons Keller nachdachte und sich fragte, was Nell dort gesehen haben mochte.

Sie sah wieder Ethan an, zögerte und kam dann unvermittelt zu einer Entscheidung, was ihn betraf. Sämtliche Instinkte und jeder Sinn, den sie für sich beanspruchen konnte, sagten ihr, dass Ethan Cole kein Mörder war. Und wenn sie diesen Instinkten und Sinnen nicht trauen konnte, dann musste sie sich einen neuen Beruf suchen. Leise sagte sie: »Unser Vater hat uns niemals so missbraucht. Hailey hat die

Narben von Patterson. Sie war – sehr jung, als sie mit ihm zusammen war.«

»Wie jung?«, wollte Max wissen, der sich offenbar noch gut daran erinnerte, wie sehr Nell der Aufenthalt im Keller erschüttert hatte.

Widerstrebend sagte sie: »Sie sah aus wie – zwölf oder dreizehn. Älter nicht. Es muss ungefähr um die Zeit gewesen sein, als wir unsere Mutter verloren.«

Ethan sah aus, als wäre ihm übel, doch er war Polizist genug, um die Bedeutung von Nells Worten zu erfassen. »Sie sah aus? Das hast du auch gesehen?«

»Ja. Ich … habe Pattersons Haus still und leise einen Besuch abgestattet.«

»Und den Keller gesehen.«

Nell nickte. »Die Szene, in die ich mich eingeklinkt habe, hat mir gezeigt, was für eine … Beziehung sie hatten.«

Nach einer Weile meinte Ethan ohne jede Überzeugung in der Stimme: »Das ist doch alles Quatsch. Du kannst das unmöglich gesehen haben, und Hailey bei mir auch nicht.«

»Theoretisch unmöglich. Aber ich habe es gesehen.«

»Das ergibt doch keinen Sinn«, widersprach er mit lauter werdender Stimme. »Du hast mir selbst gesagt, dass das, was du siehst, die Erinnerungen eines Ortes sind. Hier war ich nie mit Hailey zusammen, also wie kannst du dich – wie hast du das genannt? – in einen Streit zwischen uns *eingeklinkt* haben?«

»Das ist eine gute Frage«, merkte Max leise an.

»Und ich wünschte, ich hätte eine gute Antwort darauf.« Nell seufzte. »Ich weiß nicht, wie ich das gemacht habe, Ethan. Vielleicht, weil ich mich auf Peter Lynch konzentriert habe und du hier warst – vielleicht bin ich dieser Verbindung zu dem Streit zwischen dir und Hailey gefolgt, bei dem es um Lynch ging.«

»Ja, klar, das klingt total logisch«, fuhr Ethan sie an.

»Hör mal, es tut mir ja Leid, dass ich dir nicht alles fertig verschnürt zu Füßen legen kann. Aber die Wahrheit ist, wir verstehen erst ganz allmählich besser, wie übersinnliche Begabungen funktionieren, und wir haben immer noch verdammt viele Fragen, mehr Fragen als Antworten. Ich kann dir nicht erklären, wie ich sehen konnte, was ich gesehen habe – ich weiß nur, *dass* ich es gesehen habe. Dass ich dort war, in der Vergangenheit, und Zeugin jenes Streits zwischen dir und Hailey geworden bin.«

»Was wiederum«, betonte Max, immer noch leise, »neu für dich ist. Stimmt's? Dass die Erinnerung, die du angezapft hast, zu einem anderen Ort gehört.«

Sie nickte. »Es hat sich von Anfang an anders angefühlt. Ich musste … mich stärker antreiben, meine Kraft anders einsetzen. Vielleicht habe ich mich dabei irgendwie zu weit getrieben.«

»Mitten rein in Ethans Erinnerungen?«, schlug Max vor.

Ethan fluchte. »Also, wenn das nicht unheimlich ist, dann weiß ich auch nicht. Selbst wenn es möglich wäre. Und das ist es nicht.«

Nell erinnerte sich an Haileys schockierten Blick und war versucht, den beiden zu erklären, wie anders diese »Vision« gewesen war. Doch sie hatte hämmernde Kopfschmerzen, sie war erschöpft – und da war noch eines, was sie an diesem Tag erledigen musste.

Sie stand auf und protestierte nicht gegen Max' Hilfe oder dagegen, dass er ihren Arm nicht losließ. Als der Schwindel verging, sagte sie: »Ethan, du musst deinen Deputy loswerden. Ich muss dir etwas zeigen.« Sie sah hoch zu Max. »Ich muss euch beiden etwas zeigen.«

16

Das Häuschen, das Pearl Gallagher gehört hatte, hatte nie viel hergemacht. Es hatte nur vier Zimmer und ein Blechdach gehabt. Eine Modernisierung hatte die alte Dame stets abgelehnt – sie hatte es gerne schlicht gehabt. Die einzige moderne Annehmlichkeit waren sanitäre Einrichtungen im Haus gewesen, und auch das nur, weil Adam Gallagher darauf beharrt hatte, dass alles andere einfach unhygienisch sei.

Doch das Häuschen war Pearls Zufluchtsstätte gewesen, und vielleicht war es nicht verwunderlich, dass es sie nicht lange überlebt hatte.

Viel war nicht mehr übrig. Das Einzige, was noch stand, war das Fundament aus Hohlziegeln, das umgeben war von den verkohlten Überresten kollabierter Holzpfosten und -balken, von verzogenem Blech sowie allerlei Krimskrams, der seltsamerweise intakt geblieben war – wie zum Beispiel der Küchenspüle, die überraschend sauber und noch wie angegossen in der im Übrigen größtenteils verbrannten Arbeitsplatte aus Massivholz steckte. Dann ragte noch das Messingkopfende des alten Bettes aus dem einstigen Schlafzimmer empor, nunmehr begraben unter den verbrannten Überresten des eingestürzten Dachs.

»Was soll ich hier?«, wollte Ethan wissen, während er, die Hände in die Hüften gestützt, die Ruine betrachtete. Weder ihm noch Max schien aufzufallen, dass hier noch vor Kurzem etwas verändert worden war. Andernfalls wären sie sicherlich auch von Vandalismus ausgegangen.

»Damit ich das nur ein Mal erzählen muss.« Nell zwang sich zu einem wenn auch schwachen Lächeln. Sanft befreite sie ihren Arm aus Max' Griff und drehte sich zu den beiden

Männern um. »Am Abend des Schulballs kam ich hierher zu Oma, um ihr mein Kleid zu zeigen. Als ich klopfte, machte sie nicht auf, deshalb bin ich einfach reingegangen. Ich konnte die Dusche hören und beschloss zu warten, bis sie fertig wäre. Ich wollte unbedingt, dass sie mein Kleid sieht.«

Nell verstummte. Sie dachte, ihre Miene sei ausdruckslos, doch in ihrem Gesicht musste sich etwas geregt haben, denn Max trat auf sie zu.

»Nell?« Seine Stimme war leise, der Tonfall besorgt.

Sie zwang sich fortzufahren und so ruhig wie möglich zu sprechen. »Ich hatte schon vorher Visionen gehabt, aber sie waren meist flüchtige Angelegenheiten gewesen. Szenen, die leicht verständlich waren und die ich als Teil meines Lebens akzeptiert hatte. Teil des Gallagher-Fluchs. Nichts besonders Dramatisches oder Tragisches, einfach nur beunruhigend. Aber an dem Abend … sah ich etwas, das anders war als alles, was ich bis dahin gesehen hatte.«

»Was?«, wollte Ethan widerwillig fasziniert wissen.

»Ich sah einen Mordschauplatz.« Mit fester Stimme, die von hart erkämpfter Distanziertheit zeugte, beschrieb sie, was sie gesehen hatte: das Blut und die Anzeichen eines heftigen Kampfes, die Leiche, die so verdreht dagelegen hatte, dass sie das Gesicht nicht hatte sehen können.

»Also weißt du nicht, wer das war?«, fragte Ethan nach.

»Doch. Doch, ich weiß es. Ich wusste es schon da.«

»Aber wie, wenn du das Gesicht doch nicht sehen konntest?«, fragte Max.

»Da war ein Medaillon. Ein silbernes Medaillon, das ich wiedererkannte.« Nell wandte sich um und ging um die Ruinen herum voraus zur Hinterseite des Hauses, wo man viele Jahre zuvor einen altmodischen Wurzelkeller gegraben hatte, nur wenige Meter von der Hintertür entfernt. »Ich wusste, die Leiche musste irgendwo in der Nähe vergraben oder versteckt sein, aber ich wusste nicht genau, wo ich mit meiner Suche anfangen sollte, besonders nach all den Jahren – und nach der Vision, die ich im Wald hatte.« Sie sah Max an, und er nickte.

»Du hast jemanden gesehen, der die Leiche einer Frau trug. Deshalb hast du dir keine Sorgen gemacht, dass es ein zukünftiger Mord sein könnte. Du wusstest, dass er bereits geschehen war.«

»Ich war mir jedenfalls ziemlich sicher. Aber in der Vision wurde die Leiche in einer stürmischen Nacht zu diesem Haus getragen, und ich wusste, sie – sie war hier getötet worden, drinnen. Ich dachte, er hätte vielleicht vorgehabt, die Leiche woanders zu vergraben, hätte es aber wegen des Sturms nicht gekonnt. Also hat er sie hierher zurückgebracht.«

Ethan blickte hinab auf die verzogenen und gesplitterten alten Türen des Wurzelkellers. »Du meinst, da unten ist eine Leiche?«

»Ich bin heute Morgen hierher gekommen, um mich umzusehen. Den Wurzelkeller hatte ich vergessen. Er war den Großteil meiner Kindheit über von einem alten Werkzeugschuppen verborgen und wurde nie benutzt. Aber nachdem ich eine Weile im Haus herumgestöbert hatte, fiel er mir wieder ein. An der Tür hing ein Vorhängeschloss, aber ich habe es abbekommen.«

Max und Ethan wechselten einen Blick, dann bückten sich beide und öffneten die Doppeltür zum Keller. Zum Vorschein kamen steinerne Treppenstufen, die in die Dunkelheit hinabführten. Ein dumpfer, modriger Geruch entströmte dem Keller. »Ich habe zwei Batterielampen drin liegen lassen«, sagte Nell und ging die Treppe hinunter. Die Männer folgten ihr. Unten nahm sie die kleinen Lampen von einem wackligen alten Regal an einer Seite und schaltete sie ein. Dann ging sie wenige Schritte. Die Lampen beleuchteten einen Raum von etwa drei Meter mal zwei Meter vierzig, der nicht einmal einen Meter achtzig hoch war. Die Wände waren aus Erde.

Ethan, der sich ebenso wie Max leicht duckte, sagte: »Und wo …« Er musste die Frage nicht zu Ende bringen.

273

Zu Nells Füßen befand sich ein offenes Grab. Frisch ausgehobene Erde lag zu beiden Seiten der flachen Grube aufgehäuft. Im Grab befand sich ein nur teilweise freigelegtes Skelett.

Nell stellte eine der Lampen am Fuß des Grabes ab, dann ging sie um den Erdhaufen herum auf die andere Seite und stellte die zweite Lampe gleich oberhalb des matt glänzenden Schädels ab.

»Mein Gott«, murmelte Ethan. »Wer ist das?«

»Meine Mutter.« Nell kniete sich hin und beugte sich vor, um ihnen ein angelaufenes Silbermedaillon an einer Kette zu zeigen, das nun zwischen Knochen und Erde lag. »Im Medaillon sind Bilder von Hailey und mir. Sie hat es immer getragen.«

Max atmete tief durch. »Sie ist nie fortgegangen.«

»Sie ist nie fortgegangen. Sie lag all die Jahre hier, viel näher, als ich je ...« Nell schüttelte den Kopf. Das Licht der Lampe verlieh ihrem Gesicht ein gehetztes Aussehen. Aber vielleicht war es auch nicht nur das Licht. »Sie hat ihren Mann gar nicht verlassen. Sie hat ihre Kinder nicht verlassen. Sie war hier. Sie war die ganze Zeit hier.«

»Was hat sie umgebracht?«, wollte Ethan wissen.

»Die Liebe«, murmelte Nell. »Mein Vater hat sie umgebracht.«

Als sie mit dem Mittagessen fertig waren, hatten Justin und Shelby noch immer keine neue Idee, wie man herausfinden könnte, was George Caldwell in den alten Geburtenbüchern der Gemeinde gesucht haben könnte. Was nicht hieß, dass sie nicht viel Spaß beim Überlegen gehabt hätten. Vielleicht hatten sie aber auch nur die Gegenwart des anderen genossen.

Justin fragte sich lieber nicht, was von beidem.

Die Mittagsgäste des Cafés waren beinahe alle fort, als sie mit dem Essen fertig waren und sich zum Aufbruch bereitmachten. Doch Justin war beklommen zu Mute, weil diverse

Polizisten, die freihatten, sowie mehr als ein neugieriger Bürger ihn und seine Begleiterin bemerkt und verstohlen Interesse an ihnen bekundet hatten.

Was er nicht wusste, war, ob sich dies als gefährlich für Shelby erweisen würde.

»Ich glaube, Sie machen sich zu viele Sorgen«, sagte sie, als sie in sein Auto stiegen. »Abgesehen davon: Sie brauchen meine Hilfe.«

Er steckte den Schlüssel ins Zündschloss, dann hielt er inne und sah sie an. »Stimmt das wirklich?«

»Es stimmt. Zwei Köpfe sind besser als einer.«

»Nun, wenn das der einzige Grund ist …«

»Kommen Sie, wem können Sie denn sonst trauen? Gibt es bei der Polizei irgendjemand, dessen sie sich *völlig* sicher sind?«

»Nein, aber – Shelby, wenn wir richtig liegen, wurde George Caldwell wahrscheinlich ermordet, weil er etwas herausgefunden hatte, das den Mörder bedroht hat. Aus keinem anderen Grund. Kein hochgesinntes Motiv wie die Suche nach der Wahrheit, Gerechtigkeit oder der American Way of Life. Er ist tot, weil er etwas wusste, das er nicht wissen sollte. Weil er dem Mörder potenziell in die Quere kommen konnte. Richtig?«

»Richtig.«

»Glauben Sie dann nicht, dass er ohne zu zögern jeden anderen umbringen würde, der auch nur potenziell eine Bedrohung für ihn ist? Auch einen neugierigen Rotschopf, der seine Kameras vielleicht ein, zwei Mal auf das falsche Objekt gerichtet haben könnte?«

»Wenn ich eine Bedrohung wäre, hätte er mich schon längst aus dem Weg geräumt.«

»Vielleicht ist er bis jetzt noch nicht darauf gekommen, dass Sie eine Bedrohung sind. Bis er sie mit mir zusammen gesehen hat. Bis er gesehen hat, wie sie mir einen Stapel Fotos gezeigt haben.«

»Was ich permanent mache. Selbst wenn er Verdacht geschöpft hätte, müsste er doch wissen, dass ich mich genauso verhalte, wie ich mich immer verhalte. Warum sollte ihn das also beunruhigen?«

»Soweit wir wissen, hat auch George Caldwell nicht viel getan – nur die Geburtenbücher durchsucht.«

Plötzlich runzelte Shelby die Stirn. »Wissen Sie, da haben Sie Recht. Woher soll der Mörder gewusst haben, dass George eine Bedrohung für ihn darstellte? Selbst wenn er sein Lager im Gerichtsgebäude aufgeschlagen und George dabei gesehen hätte, wie er die Aufzeichnungen durchsucht – daran war nichts Ungewöhnliches. Ich meine, George hat so was relativ häufig getan. Worin lag also die Bedrohung?«

Abgelenkt runzelte Justin die Stirn. »Darüber habe ich auch schon nachgedacht. Egal, was er gefunden hat … er muss jemandem davon erzählt haben, vielleicht sogar dem Mörder.«

»Weil ihm nicht klar war, dass es eine Bedrohung darstellte?«

»Vermutlich. Für George war das womöglich nur ein interessantes Stückchen Wissen. Aber für den Mörder …«

»Eine Bedrohung.« Shelby schüttelte den Kopf. »Geburtenbücher. Sie glauben doch wohl nicht, er hat nur herausgefunden, dass ein vermeintlich respektabler, angesehener Bürger in Wirklichkeit ein Dreckskerl ist oder so? Ich hätte nämlich nicht gedacht, dass das heutzutage noch eine Rolle spielt. Jedenfalls nicht so sehr, dass man dafür jemanden umbringen würde.«

Justin grübelte kurz darüber nach und ließ schließlich geistesabwesend den Wagen an. »Es sei denn, es wäre um eine Rechtsfrage gegangen. Ein Erbe, das davon abhing, dass jemand ehelich geboren wurde.«

»Auch da frage ich – heutzutage?«

»Es gibt ein paar richtig alte Gesetze, Shelby, manche regelrecht arkan. Vielleicht ging es auch weniger um Unehe lichkeit als um etwas anderes – sagen wir, um ein Familienunternehmen oder um eine Verfügung, dergemäß ein Vermögen rechtlich an einen bestimmten Familienzweig gebunden ist. Das ist zumindest denkbar. Oder die Bedrohung könnte sogar noch simpler sein – ein Familiengeheimnis, von dem der Mörder aus irgendeinem Grund nicht wollte, dass es ans Licht kommt.«

»Noch ein Rätsel.« Shelby seufzte. »Ich schätze, es gibt nicht viel Hoffnung, dass wir herausfinden, wem George erzählt hat, was er da in den Geburtenbüchern gefunden hatte.«

»Der Typ war Banker. Er hat den lieben langen Tag mit Leuten geredet. Und soweit ich feststellen konnte, war er auch außerhalb der Bank ziemlich gesellig.«

»Also fangen wir mit der ganzen Stadt an und engen dann den Kreis der Verdächtigen ein?«

Nun war es an Justin zu seufzen. »So langsam begreifen Sie, warum wir bisher kein Glück bei der Suche nach dem Mörder hatten.«

Plötzlich klopfte es an Justins Scheibe. Das Geräusch ließ sie beide zusammenfahren. Sie sahen hinaus und entdeckten diverse grinsende Polizisten, die neben dem Wagen standen. Justin kurbelte das Fenster herunter.

»Parkverbot auf der Main Street«, tadelte Deputy Steve Critcher in ernstem Tonfall.

»Aber natürlich darf man hier parken,« widersprach Shelby fröhlich und beugte sich vor, um an Justin vorbei aus dem Fenster zu sehen.

»Ich meinte eine ganz bestimmte Art von Parken«, sagte der Deputy, »das wissen Sie sehr wohl. Noch dazu bei helllichtem Tage.«

Justin ignorierte die Anspielung und sagte: »Habt ihr Jungs nichts Besseres zu tun, als Kollegen zu schikanieren, die freihaben?«

»Eigentlich nicht«, erwiderte Lauren Champagne lächelnd.

»Jedenfalls im Augenblick nicht«, pflichtete ihr Partner Kyle Venable ihr bei. »Ziemlich ruhiger Samstag, größtenteils. Und wir kommen gerade erst aus der Mittagspause.«

»Also schlendern – ich meine, patrouillieren – wir einfach die Main Street entlang und tun unser Bestes, das Böse in Schach zu halten.« Steve wurde plötzlich ernst. »Oder wir sprechen jedenfalls darüber. Scuttlebud sagt, der Sheriff steht kurz davor, das FBI dazuzuholen. Er hat eigentlich keine andere Wahl, haben wir gehört.«

Justin erwiderte: »Ich könnte mir vorstellen, dass Sheriff Cole immer eine Wahl hat.«

»Bis jetzt vielleicht, aber der Stadtrat macht eine Menge Getöse. Gestern Abend haben sie eine Dringlichkeitssitzung abgehalten, weißt du.«

»Nein«, sagte Justin, »das wusste ich nicht. Also bedrängen Sie Cole, Hilfe von außen zu holen?«

»Klingt so.« Steve lächelte. »Wobei ich persönlich ja glaube, dass er sich seine Hilfe ein bisschen mehr in der Nähe sucht. Hellseherhilfe.« Er stimmte die ersten Töne der Erkennungsmelodie von *Unglaubliche Geschichten*, einer alten Mystery-Serie, an.

»Das kannst du nicht wissen, Steve«, wies Lauren ihn milde zurecht.

»Nein, das kann ich nicht wissen. Aber weshalb hätte der Sheriff sonst mit Nell Gallagher zum Haus der Lynchs fahren sollen. Während Terrie nicht da war, übrigens.«

»Du denkst doch nicht wirklich, dass Sheriff Cole an dieses Zeug glaubt?«, fragte Lauren.

»Eigentlich nicht. Andererseits, vielleicht packt ihn ja wirklich langsam die Verzweiflung.«

»Oder«, schlug Justin vor, »vielleicht lässt er einfach nur keine Möglichkeit außer Acht. Sie soll übersinnlich begabt sein, nicht wahr?«

»So sagt man«, erwiderte Kyle lakonisch.

»Das ist doch alles totaler Quatsch«, beharrte Steve.

»Wenn ausgebildete Cops nicht herausfinden können, wer diese Morde begangen hat, dann eine angebliche Hellseherin schon gar nicht. Wenn ihr mich fragt, der Sheriff holt das FBI dazu, und je eher, desto besser.«

»Wir schließen Wetten darauf ab«, sagte Kyle. »Bis jetzt stehen die Quoten in etwa ausgeglichen, dass wir Mitte nächster Woche bis zu den Ohren in arroganten FBI-Agenten waten.«

»Oh, fantastisch«, murmelte Justin.

Steve zuckte übertrieben mit den Achseln. »Ach, zum Teufel, vielleicht sollten wir einfach zugeben, dass wir völlig ratlos sind, und den roten Teppich ausrollen. Zumindest sind wir dann nicht mehr allein in der Schusslinie.«

Shelby fragte: »Sind Sie denn stark unter Beschuss?«

Er verzog das Gesicht. »Sagen wir, man hat mich schon mehr als ein Mal gefragt, wie *wir* zulassen konnten, dass respektable Bürger ermordet wurden.«

Trocken versetzte Shelby: »Respektable Bürger mit Sadomaso-Stübchen im Keller?«

»Das fällt dann praktischerweise unter den Tisch, genauso wie Glücksspiel, Unterschlagung und Pornosammlungen.«

Kyle sagte tadelnd: »Warum sagst du das nicht noch lauter, damit die ganze Main Street mithören kann? Vielleicht gibt's ja noch ein, zwei Leute, die nicht alle Fakten kennen?«

Ohne jede Reue entgegnete Steve: »Wenn du glaubst, dass es in ganz Lacombe Parish auch nur eine Menschenseele über vierzehn Jahre gibt, die nicht genau weiß, was los ist, dann hast du sie nicht mehr alle.«

»Ich glaube, dass der Sheriff uns alle rausschmeißt, wenn er hört, dass wir darüber reden, als ginge es nur darum, was wir zum Mittagessen hatten. Benutz mal deinen Kopf, Steve.«

Doch Steves Antwort, wie sie auch ausgefallen wäre, ging unter, als die Funkgeräte an den Gürteln sämtlicher Deputys wie auch das in Justins Wagen unvermittelt und laut plärrend Aufmerksamkeit heischten.

Max sah Nell scharf an, sagte jedoch nichts. Ethan ging in die Hocke und betrachtete das Skelett grimmig. »Adam hat sie umgebracht? Bist du dir da sicher?«

»Wer hätte es sonst sein sollen? Er war doch der, der behauptet hat, sie sei fortgegangen, sie sei davongelaufen. Er kam problemlos an ihre Sachen heran, er hätte ohne Weiteres ein bisschen was zusammenpacken und entsorgen können, sodass es aussah, als hätte sie ein paar Kleidungsstücke und persönliche Sachen mitgenommen. Niemand sonst hätte das tun können. Und er war so unverhohlen wütend und verbittert darüber, dass sie weggelaufen war – da ist niemand auf die Idee gekommen, sich zu fragen, ob es wohl wirklich so gewesen war.«

Ethan seufzte. Er betrachtete immer noch das, was von Grace übrig war. »Wird uns nach all der Zeit wahrscheinlich nicht mehr erzählen können, wie sie umgebracht wurde.«

»Ich erinnere mich – in der Vision habe ich Stichwunden gesehen. Viele. Aber ich glaube nicht, dass sie tödlich waren. Vielleicht hat er das Messer irgendwann im Kampf fallen lassen, ich weiß es nicht. Aber ich weiß, dass es einen Kampf gab, und zwar einen ziemlich heftigen. Der ganze Raum lag in Trümmern.« Nell sprach mit fester Stimme. »Wie auch immer, ich bin mir ziemlich sicher, dass ihr Genick gebrochen war. Ein Gerichtsmediziner sollte das feststellen können.«

Ethan sah sie an und hob die Augenbrauen. »Und wobei bist du dir sonst noch ziemlich sicher?«

»Dass die Leiche lange ungeschützt dalag, bis sie irgendwann in diesem sehr flachen Grab beerdigt wurde. Du siehst ja, von der Kleidung sind nur noch Fetzen übrig, aber sie ist mindestens ebenso sehr zerrissen wie verrottet, und an einigen der Knochen sind ganz feine Spuren. Bissspuren, würde ich sagen. Wahrscheinlich Ratten.« Ihre Stimme klang immer noch gelassen, sachlich. »Ich glaube, er hatte nicht sofort Zeit, sie zu begraben, also hat er sie hier unten gelassen und mit einer alten Plane oder so was zugedeckt. Die Ratten sind über sie hergefallen, vielleicht auch andere Tiere. Als er endlich dazu kam, sie zu begraben, war nicht mehr viel übrig.«

»Das glaubst du?«

»Das glaube ich.«

Ethan verzog das Gesicht. »Warum habe ich nur das Gefühl, dass du irgendwie weißt, wovon du hier sprichst?«

Nell zögerte nicht. Sie griff in die Tasche ihrer Jacke, holte ein ledernes Ausweisetui hervor und warf es ihm zu. »Weil es irgendwie so ist.«

Ethan öffnete das Etui und starrte die FBI-Dienstmarke und den Ausweis an. »Du meine Güte.«

Nell musste über seine Ungläubigkeit lächeln, wenn auch nur schwach. »Man weiß nie, was aus den Menschen wird, was?«

»Du meinst, du bist ein Cop? Ein FBI-ler?«

»So ist es.«

Ethan sah zu Max. »Wusstest du das?«

»Hab's vor ein paar Tagen rausgefunden.«

Nells FBI-Ausweis geöffnet in der Hand, erhob Ethan sich langsam, warf nochmals stirnrunzelnd einen Blick darauf und warf ihn dann wieder Nell zu. »Sag mir, dass es Zufall ist, dass du hier just dann den Familienbesitz ordnen willst, wenn wir mitten in diesen Mordermittlungen stecken.«

»Ich fürchte, das kann ich nicht.«

Mit angespannter Miene sagte er: »Du bist offiziell hier. Und mich hat man weder dazu befragt noch davon in Kenntnis gesetzt. Möchtest du mir vielleicht sagen, warum?«

Nell wählte ihre Worte mit Bedacht. »Durch die offiziellen Kanäle erhielten wir eine Anfrage nach einem FBI-Profil des Mörders, der hier in Silence aktiv ist. Das erste Profil ließ erkennen, dass der Mörder mit großer Wahrscheinlichkeit ein Cop ist.«

Ethan wandte sich um und stieg aus dem Keller.

»Glaubst du, er ist sauer?«, murmelte Nell.

»Hast du was anderes erwartet?«

Nell seufzte und stand auf. »Nein. Ich hoffe nur, bei ihm brennt jetzt nicht die Sicherung durch.«

»Wir haben beide gelernt, unser Temperament ein bisschen besser zu zügeln als früher.«

»Ist mir schon aufgefallen.«

Max lächelte halb, sagte jedoch: »Nell ... deine Mutter. Es tut mir Leid. Aber wenigstens weißt du jetzt, dass sie euch nicht absichtlich verlassen hat.«

»Ja. Ich wünschte, ich hätte das früher gewusst.« Offensichtlich nicht willens, dieses Thema weiterzuverfolgen, fügte sie hinzu: »Wir lassen die Lampen erst mal hier unten. Ich hoffe, Ethan gibt seine Zustimmung, dass wir die Überreste zur Analyse ins FBI-Labor schicken dürfen.«

»Und wenn nicht?«

»Ich glaube, er wird sie uns geben. Egal, wie er darüber denkt, dass einer seiner Leute möglicherweise ein Mörder ist, es liegt in seinem Interesse, diese Entdeckung geheim zu halten, zumindest erst einmal. Diese Stadt kann jetzt nicht noch einen Mord bewältigen, auch wenn er schon über zwanzig Jahre her ist. Besonders, wenn er schon über zwanzig Jahre her ist.«

»Was ist mit dir?«

»Was soll mit mir sein?«

»Kannst du diesen Mord bewältigen?«

»Ich habe ihn bereits bewältigt.« Ohne einen weiteren Blick auf die Leiche ging Nell um das Grab herum. Dann stieg sie die Treppe hinauf und verließ den Keller.

Max folgte ihr ziemlich grimmig.

Sie trafen Ethan dabei an, wie er nochmals die ausgebrannten Überreste des Hauses inspizierte, dabei aber offensichtlich an etwas ganz anderes dachte. Seine Miene war finster. Als sie bei ihm ankamen, fragte er ohne Umschweife: »Wie sicher ist sich euer Profiler, dass es ein Cop ist?«

»Ziemlich sicher. Zumindest war er das, als ich hier heruntergekommen bin.«

Ethan drehte den Kopf und musterte sie eindringlich: »Und jetzt?«

»Ich glaube, er ist sich immer noch sicher. Aber mir sind ein paar Zweifel gekommen.« Nell zuckte mit den Achseln. »Ich bin kein Profiler, auch wenn ich einige Kurse in Psychologie belegt habe. Gut möglich, dass ich mich irre.«

»Aber?«

»Aber ... da ist Hailey.«

»Du glaubst doch wohl nicht ernsthaft, dass Hailey vier Männer kaltblütig ermordet haben könnte?«

»Ich glaube, dass wir bis jetzt keine bessere Verbindung zwischen den Männern gefunden haben. Sie hatten alle Geheimnisse, und zwar ziemlich widerliche, und eins dieser Geheimnisse bestand darin, dass sie alle irgendwann mal eine sexuelle Beziehung zu Hailey hatten.«

»Ich hab dir doch gesagt, dass George Caldwell meiner Einschätzung nach nie irgendeine Beziehung zu Hailey hatte.«

»Dann«, schlug Max vor, »wurde er vielleicht aus einem anderen Grund ermordet. Weil er etwas wusste, etwas herausgefunden hatte. Weil er eine Bedrohung darstellte. Vielleicht haben deine Leute deshalb keine Geheimnisse bei ihm gefunden, weil er keine hatte.«

»Ob du's glaubst oder nicht, darauf bin ich auch schon gekommen«, fuhr Ethan ihn an. »Ich verstehe was von meinem Job, Max.«

»Ich habe auch nichts anderes behauptet.«

»Komisch, und ich dachte, genau das hast du gerade getan.«

»Das bildest du dir ein.«

Nell war nicht so erschöpft, dass sie die Anzeichen wachsender Spannungen zwischen den beiden Männern nicht erkannt hätte. Max war verärgert, weil er dachte, dass sie sich weigerte, die Entdeckung der Wahrheit über ihre Mutter zu »bewältigen«, und Ethan war stinksauer, weil das FBI ohne sein Wissen oder seine Zustimmung direkt vor seiner Nase gearbeitet hatte. Beide wollten sie Dampf ablassen.

Falls sie das taten, würde Nell sie beide erschießen, befürchtete sie, so stark setzten ihr die Kopfschmerzen zu.

»Der springende Punkt ist doch«, sagte sie, ehe tatsächlich ein Streit ausbrechen konnte, »dass wir bei drei von vier Morden die Opfer mit Hailey in Verbindung bringen können. Jeder von ihnen hatte eine geheime sexuelle Beziehung zu ihr. Und jeder von ihnen wurde der Fallanalyse zufolge als Bestrafung für seine Laster ermordet. Wurde ermordet, weil der Mörder aller Wahrscheinlichkeit nach persönliche Verletzungen erlitten hatte, für die er keine Gerechtigkeit erlangen konnte.«

»Willst du damit sagen, Hailey könnte sie ermordet haben, weil sie sie verletzt haben?«, wollte Ethan wissen.

»Ich will sagen, es wäre möglich.«

»Ja? Dann erklär mir mal, warum Patterson erst über zwanzig Jahre, nachdem er in seinem Keller seine sadistischen Spielchen mit Hailey getrieben hat, ermordet wird. Das heißt, wenn du Recht hast damit, wie alt sie war, als es zum ersten Mal passiert ist.«

»Wir wissen doch gar nicht, ob Hailey nur als Kind etwas mit ihm hatte«, betonte Nell.

Diese Vorstellung erschütterte Ethan nicht so sehr, wie sie es vielleicht noch einen Tag zuvor getan hätte. »Okay. Aber die Frage bleibt.«

Sich an ihre morgendliche Vision der kleinen Hailey erinnernd, die eine brutale eheliche Vergewaltigung mit ansah, sagte Nell: »Wahrscheinlich hat sich da nach und nach etwas aufgebaut. Sie ist ja nicht nur ein Mal verletzt worden, sondern immer wieder. Die Jahre vergingen, die Verletzungen häuften sich, und irgendwann konnte Hailey einfach nicht mehr.«

»Sie ist *fortgegangen*«, sagte Ethan. »Vielleicht hatte sie ja wirklich die Nase voll, aber ihre Reaktion war, aus Silence wegzugehen. Denkst du etwa, sie versteckt sich seit acht Monaten hier irgendwo in der Nähe und ermordet nach und nach die Männer, die sie wie Dreck behandelt haben? Und niemand hat sie gesehen, nicht mal flüchtig?«

Ohne auf seine Fragen einzugehen, meinte Nell: »Da ist noch etwas, weswegen ich sicher bin, dass Hailey etwas damit zu tun hat.«

»Und das wäre?«

»Der erste Mann, der letztes Jahr gestorben ist, war mein Vater.«

»Moment mal. Du glaubst, Adam wurde auch ermordet?«

»Ja. Ich …«

Nell.

Nach einer Schrecksekunde fasste Nell sich an die Schläfen und massierte sie sanft. Das waren nur die Kopfschmerzen, sonst nichts. Nur diese seltsamen, pochenden Kopfschmerzen. Da war niemand, der ihr ins Ohr flüsterte.

Niemand.

»Geht es dir gut?«, fragte Max.

»Mir geht's gut. Ethan, ich weiß, er ist angeblich an einem Herzinfarkt gestorben, aber ich glaube, es ist zumindest möglich, dass …«

Du irrst dich. Du irrst dich in allem.

»Nell?«

Einen Augenblick lang starrte sie Ethan an, dann schüttelte sie den Kopf. »Tut mir Leid. Ich … tut mir Leid. Es fällt mir schwer, mich zu konzentrieren.«

»Du musst dich ausruhen«, sagte Max in einem Tonfall, den man am ehesten entschieden nennen konnte. »Wenn sich da eine Ohnmacht ankündigt …«

»Nein. Zumindest glaube ich das nicht. Ich habe nur Kopfschmerzen, das ist alles.« Nell seufzte. »Aber ich denke, ich muss mich wahrscheinlich wirklich ausruhen. Ethan, könntest du dafür sorgen, dass die Überreste zur Analyse ins FBI-Labor gebracht werden, wenn du einverstanden bist? Das

285

wäre am schnellsten, und am unauffälligsten, so erfährt niemand in der Stadt etwas davon, bis du bereit bist, es den Leuten zu sagen.«

Ethan fluchte kaum hörbar, doch er sagte: »Wenn Hailey dahintersteckt und kein Cop, dann ist es egal, ob es geheim bleibt. Aber für den Fall, dass dein Profiler Recht hat, denke ich, es wäre am besten, wenn von meinen Leuten keiner damit zu tun hat.«

»Dann kümmere ich mich darum.«

Er nickte. »Soweit ich weiß, arbeiten FBI-Agenten selten allein. Du hast hier einen Partner, oder?«

Nell zögerte nicht. »Wie du schon sagst, wir arbeiten selten allein. Aber manchmal müssen wir sehr unauffällig arbeiten, hinter den Kulissen. Oder getarnt.«

»Und ich soll wohl nicht danach fragen.«

»Ich wäre dir dankbar, wenn du nicht mehr fragst.« Nell lächelte. »Bitte stell dir uns nicht als Spione vor, Ethan. Wir tun unsere Arbeit, genau wie du. Wir versuchen, das Richtige zu tun, genau wie du. Wir versuchen, einen Mörder zu fassen – genau wie du.«

»Okay, es ist angekommen.« Ethan straffte die Schultern – ganz die Haltung eines Mannes, der sich, wenn auch widerstrebend, in etwas fügt, was ihm nicht gefällt, woran er aber im Prinzip auch nichts ändern kann. »Willst du dir heute immer noch George Caldwells Wohnung ansehen?«

Nell wartete Max' Protest gar nicht erst ab. »Vielleicht später am Nachmittag, falls ich dem dann gewachsen bin.«

»Ich möchte immer noch all das über Adams Tod hören«, sagte Ethan. »Und zwar je eher, desto besser.«

»Ich weiß.«

»Aber jetzt muss ich erst mal zurück in die Stadt, und du musst dich anscheinend ausruhen.« Ethan beäugte Max. »Ich vermute, du bleibst.«

»Du vermutest richtig.«

Nell sagte nur: »Wir sollten die Kellertüren schließen, falls

Kinder vorbeikommen, aber innerhalb einer Stunde wird jemand hier sein, um die Überreste einzusammeln. Mit etwas Glück haben wir irgendwann morgen die ersten vorläufigen Ergebnisse.«

»Schnelle Arbeit«, grunzte Ethan. Er ging zum Keller und schloss die Doppeltür. Dann kehrte er zu den beiden zurück, und gemeinsam gingen sie durch den Wald zum Haus der Gallaghers. Ethan hatte seinen Mitarbeiter in der Stadt abgesetzt, ehe er sich hier zu Nell und Max gesellt hatte. Deshalb wartete sein Streifenwagen nun auf ihn.

»Lass es mich wissen, wenn du dich nachher in der Lage fühlst, Caldwells Wohnung zu besichtigen«, sagte Ethan zu Nell. Ohne Umschweife fügte er hinzu: »Und ich erwarte, dass man mich ab jetzt über die Aktivitäten und Ergebnisse des FBI auf dem Laufenden hält.«

»Das wird man.«

Ethans Funkgerät murrte leise, aber gebieterisch. Er drehte die Lautstärke auf und nahm den Funkruf entgegen. Alle drei hörten sie die dringende Durchsage des Mitarbeiters aus der Einsatzzentrale.

»Sheriff, wir haben noch einen. Noch einen Mord.«

17

»Du hättest nicht bleiben müssen«, meinte Nell.

Max überlegte schweigend, kam jedoch zu dem Schluss, dass es niemandem nutzen würde, wenn er darüber diskutierte, jedenfalls im Augenblick nicht. Also ignorierte er Nells Bemerkung. »Kümmert dein Partner sich um die … Überreste?« – »Sozusagen. Er überwacht den Abtransport.«

»Von da draußen kann er dich wohl kaum beobachten. Das ist mir ja ein Wächter.«

Nell lächelte schwach. »Er weiß, dass du hier bist.« Sie trank von ihrem Kaffee und hielt den Blick auf den dunklen Kamin geheftet. Hier im Wohnzimmer hielt sie sich nicht gerne auf, zumal der Raum kaum heller geworden war, als sie die Vorhänge aufgezogen hatte. Doch das Sofa war bequem, und es war immer noch besser, als im Bett zu liegen – worauf Max ansonsten bestanden hätte.

»Du warst nicht überrascht über diesen letzten Mord«, bemerkte er.

»Nein. Ich war … vorgewarnt, dass es wahrscheinlich noch einen geben würde. Dass er so bald nach dem letzten begangen wurde, ist ein schlechtes Zeichen. Ein sehr schlechtes Zeichen. Uns läuft die Zeit davon.«

Auf seinem Stuhl nahe dem Kamin, von wo aus er sie im Auge behalten konnte, sagte Max: »Du kannst nicht mehr als dein Bestes geben. Niemand erwartet mehr von dir als das.« – »Ja. Ich weiß.«

»Kopfschmerzen weg?«

»Na ja, da ist noch ein leises Pochen«, gab sie zu. »Aber längst nicht so schlimm wie vorhin. Und zumindest …«

»Zumindest was?«

»Zumindest haben sie diesmal keine Ohnmacht angekündigt.« – Max verzog das Gesicht. »Eigentlich wolltest du etwas anderes sagen.«

»Kannst du jetzt schon Gedanken lesen?«

Max beugte sich vor, um seine Tasse auf dem Tisch abzustellen, und sagte kühl: »Deine manchmal schon, ja. Aber das weißt du ja.«

Endlich sah Nell ihn an. Ihr Gesicht war ausdruckslos.

»Du weißt es«, sagte er, als hätte sie es bestritten. »Auch wenn du alles getan hast, was in deiner Macht stand, um mich auszuschließen, seit du wieder hier bist. Du hast die ganze Zeit gewusst, dass es dir nicht gelungen ist. Nicht ganz.«

»Diese Tür ist zu.«

»Ja. Du hast sie zugemacht. Und all die Jahre hast du dich geweigert, sie wieder zu öffnen, außer in den Augenblicken, wenn deine Abschirmung versagt hat, wenn du zu erschöpft oder zu aufgeregt warst, oder manchmal auch, wenn du geträumt hast. Dann hat sie sich geöffnet, nur ein kleines bisschen. Dann konnte ich einen flüchtigen Blick auf dein Leben erhaschen, einen Schnappschuss von deinen Gefühlen.«

»Ich wollte dich nie …«

»Mich nie ausschließen? Oder mich überhaupt nie einlassen?« Er hielt inne, doch als sie nicht antwortete, sagte er beinahe sanft: »Hast du auch nur die leiseste Ahnung, wie frustrierend das für mich war zu wissen, dass diese Tür da ist – und sie nicht selbst öffnen zu können?«

Nell atmete tief durch. Sie wandte den Blick nicht ab, ihre Augen wiesen einen Ausdruck auf, der zugleich wachsam und benommen war, als erwarte sie irgendeine Art von Schlag. »Ja. Ich weiß. Es tut mir Leid.«

»Du hättest mich freigeben können.«

Sie zuckte zusammen. »Ich wollte nicht – ich hab's versucht. Ich konnte nicht.«

»Und jetzt?«

Man sah ihr an, dass sie unschlüssig war und dann sichtlich vor der Beantwortung dieser Frage zurückscheute. Mit einem Blick auf die Uhr sagte sie: »Es ist fast eine Stunde her, seit Ethan weg ist. Ich frage mich …«

»Lenk nicht ab, Nell.«

»Schau, glaubst du nicht, dass ein neuer Mord Vorrang hat vor …«

»Nein. Glaube ich nicht. Nicht diesmal. Ethan hat ganz klar gesagt, dass er dich nicht an diesen neuesten Tatort lässt, bis seine Leute mit ihrer Arbeit fertig sind, sowohl um den Mörder nicht zu warnen, falls er wirklich ein Polizist ist, wie auch um deine Tarnung so lange wie möglich aufrechtzuerhalten. Es wird also noch Stunden dauern, bis du etwas Neues prüfen kannst.«

»Trotzdem …«

»Trotzdem würdest du lieber über etwas anderes reden. Über alles andere, nur nicht über uns.«

»Es gibt kein ›uns‹.« Nell setzte ihre Tasse auf dem Couchtisch ab, stand auf und stellte sich vor den Kamin. »Es ist zwölf Jahre her, Max. Wir haben uns beide weiterentwickelt. Das hast du selbst gesagt. Du hast gesagt, du bist über mich hinweg.«

»Und du hast mir geglaubt?« Er lachte freudlos und stand ebenfalls auf. »Hast du wirklich geglaubt, es könnte jemand anders für mich geben? Hast du wirklich geglaubt, ich würde mich mit etwas … Durchschnittlichem zufrieden geben? Mit etwas, das nie auch nur halb so intensiv sein könnte wie das, was wir hatten? Könntest du das? *Hast* du?«

»Du weißt, dass da nichts war.«

»Genau wie du weißt, dass da bei mir auch nichts war.«

Nell spielte an einem dekorativen Goldkästchen auf dem Kaminsims herum, dann rückte sie ein schwarz gerahmtes Bild ihrer Familie zurecht, das mehr als fünfunddreißig Jahre alt sein musste. »Trotzdem, zwölf Jahre sind eine lange Zeit …«

»Ich weiß, dass es eine lange Zeit ist. Und wie ich das weiß. Und man kann nicht behaupten, dass ich nicht versucht hätte, dich zu vergessen. Ich wollte nicht mal mir selbst gegenüber zugeben, dass niemand deinen Platz einnehmen kann, dass niemand mir so viel bedeuten kann wie du. Aber schließlich musste ich es mir eingestehen. Denn es konnte niemand deinen Platz einnehmen. Auch nicht annähernd.«

»Vielleicht hast du es gar nicht richtig versucht.« Sie starrte das Foto an, wünschte, sie könnte seine Stimme, seine Beharrlichkeit ausblenden. Wünschte, ihre Kopfschmerzen würden endlich verschwinden.

»Zwölf Jahre hatte ich Zeit. Zwölf Jahre, in denen ich mir immer wieder gesagt habe, dass du nicht zurückkommst. Dass ich für dich nicht mal so wichtig war, dass du mir von irgendwo unterwegs eine Weihnachtskarte geschickt hättest, dass du mich hättest wissen lassen, dass du ab und zu an mich denkst. Zwölf Jahre, in denen ich mir immer wieder gesagt habe, dass ich ein Idiot bin. Und dann laufe ich letzte Woche die Main Street entlang, und da bist du.«

»Es tut mir Leid.« Nell starrte die alte Fotografie an. Irgendetwas an ihr störte sie vage. Doch ihr Kopf schmerzte. Er schmerzte beinahe so schlimm wie im Haus der Lynchs.

»Nell, jetzt verstehe ich ja, warum du weggelaufen bist.« Seine Stimme war ihr nun näher, kam von unmittelbar hinter ihr. »Nach dieser Vision am Abend unseres Highschoolballs musst du eine Todesangst gehabt haben. Zu glauben, dass dein Vater deine Mutter umgebracht hatte, dass er keine von euch je freiwillig gehen lassen würde …«

»Ich habe versucht, Hailey davon zu erzählen«, murmelte sie und blinzelte, weil sie anscheinend nicht mehr klar sehen konnte. »Aber sie hat mir nicht geglaubt. Sie meinte, so etwas würde er nie tun, er würde uns nie verletzen. Sie war … Ich konnte sie nicht überzeugen. Wir waren nie gut miteinander ausgekommen, und zu dem Zeitpunkt waren wir wie Fremde füreinander. Also bin ich weggelaufen.«

»Vor der Liebe. Als du das gesagt hast, dachte ich … Aber du bist vor seiner Liebe davongelaufen, nicht wahr? Vor einer Liebe, die so besitzergreifend, so eifersüchtig war, dass sie die geliebten Menschen eher getötet hat, als ihnen ihre Freiheit zu geben.«

»Ich wusste, dass er fähig war, es noch mal zu tun. Eine von uns zu töten, wenn wir versuchten wegzulaufen. Oder jemanden zu töten, den wir – ich wusste, dass er das konnte. Und auch wenn Hailey gesagt hat, dass sie mir nicht glaubt, tief drinnen muss Hailey das auch gewusst haben, denn sie hat alle ihre Beziehungen vor ihm geheim gehalten. Sogar die zu Ethan.«

»Nell …«

»Ich schätze, Glen Sabella war der Erste, der ihr wichtig genug war, um für ihn davonzulaufen.« Mit wachsender Verwirrung streckte Nell die Hand aus, um das Foto zu berühren. »Wer ist …«

Glühender Schmerz durchbohrte ihr den Schädel, als hätte jemand einen Dorn hindurchgetrieben, und ehe Nell auch nur Luft holen konnte, um aufzuschreien, wurde alles schwarz.

Nate McCurrys Leiche lag ausgestreckt quer auf seinem Bett, ein Schlachtmesser aus seiner eigenen Küche ragte aus seiner Brust. Er trug nur kurze Unterhosen, doch wenn man nach dem zerwühlten Zustand seines Bettes, nach der Tatsache, dass er auf der Bettdecke lag, sowie nach der geschätzten Todeszeit ging, schien es ihm an jenem Morgen zumindest noch gelungen zu sein, aus dem Bett aufzustehen, ehe er ermordet worden war.

»Feiner Weckruf«, murmelte Ethan.

»Ja.« Justin stand in der Nähe des Sheriffs, beide sahen sie zu, während die beiden einzigen Spurensicherungsexperten, deren sich das Amt des Sheriffs von Lacombe Parish rühmen konnte, ihre Arbeit erledigten: Der eine fotografierte die Leiche aus jeder erdenklichen Perspektive, die andere bepinselte jede infrage kommende Oberfläche im Raum auf der Suche nach Fingerabdrücken.

»Apropos, hat er wie die anderen einen Anruf erhalten?« Justin nickte. »Gestern Abend. Der Rufnummernerkennung zufolge von einem öffentlichen Telefon in der Stadt aus.« – »Aber wir haben noch keine Belege für ein Doppelleben gefunden. Bis jetzt.«

»Bis jetzt«, stimmte Justin zu. »Keine verborgenen Zimmer oder Fächer, kein doppelter Boden in einem der Schränke, kein verborgener Safe. Der Papierkram hier sieht normal aus, nur private Rechnungen und Dokumente, und wenn Kelly etwas Ungewöhnliches in seinem Büro gefunden hätte, hätte sie angerufen. Nach allem, was wir bis jetzt haben, war er ein ganz normaler Versicherungsvertreter – falls es so was überhaupt gibt.«

Ethan lächelte knapp über den schwachen Witz, doch er sagte nur: »Diesmal war der Mörder sehr, sehr nahe dran. Man kann nicht eigenhändiger morden, als wenn man jemanden in die Brust sticht. Es sei denn, er hat vor, sein nächstes Opfer zu strangulieren.«

»Sie glauben, es wird noch ein Opfer geben?«

»Sie nicht?«

Seufzend meinte Justin: »Wir halten ihn jedenfalls ganz sicher nicht auf, das weiß ich. Und dass er so schnell schon wieder gemordet hat …«

»Ist ein schlechtes Zeichen. Ja, ich weiß. Entweder er geht aus Angst schneller vor, oder er eskaliert die Dinge aus Gründen, die wir nicht kennen, oder weil das, was ihn vorher noch gehemmt hat, ihn jetzt nicht mehr zurückhält. Und wir haben keine Möglichkeit herauszufinden, wieso.«

Justin beäugte den Sheriff nachdenklich. »Hören Sie, ich bin mir ziemlich sicher, dass George Caldwell kein schmutziges kleines Geheimnis hatte, das er verbergen wollte. Ich denke, da sind wir uns doch alle einig.«

Ethan nickte. »Ich glaube, wir hätten es mittlerweile gefunden, wenn es eines gäbe.«

»Okay. Aber wir sind zu mindestens sechzig Prozent sicher, dass er vom selben Mann umgebracht wurde.«

»Von derselben Person«, murmelte Ethan.

Justin entging diese Berichtigung nicht, doch er sagte lediglich: »Und das muss bedeuten, dass Caldwell eine Bedrohung für den Mörder war, dass er ihm irgendwie in die Quere gekommen ist und sich zur Zielscheibe gemacht hat.«

»Höchst wahrscheinlich.«

»Erinnern Sie sich noch, dass ich Sie gefragt habe, warum Caldwell alte Geburtenbücher der Gemeinde durchsucht haben könnte?«

»Ja. Ich hatte noch keine Gelegenheit, Sie zu fragen, ob Sie was gefunden haben.«

»Tja, ich habe nichts gefunden. Oder zumindest habe ich nichts gefunden, das nach etwas *aussieht*. Trotzdem ist es immer noch das Einzige, was Caldwell in den Wochen vor seiner Ermordung getan hat, wofür wir keine Erklärung haben. Er muss also etwas gefunden haben, irgendeine Information, die er dann entweder in aller Unschuld oder zufällig an den Mörder weitergegeben hat. Eine Information, die der Mörder für bedrohlich hielt.«

»Und George wurde ermordet, um ihn zum Schweigen zu bringen.«

»Alles andere ergibt keinen Sinn, jedenfalls in meinen Augen nicht.«

Ethan dachte nach. »Aber wie finden wir heraus, was es war? Sie haben gesagt, es waren die Geburtenbücher von über vierzig Jahren, richtig?«

»Richtig. Sind jede Menge Babys geboren worden in den letzten vierzig Jahren, das kann ich Ihnen schon mal sagen. Und wir wissen nicht mal, ob es um die Geburten geht oder um etwas anderes. Geburtsort, Name der Eltern, tot geborene Kinder oder solche, die jung gestorben sind, Zeugen der

Geburt, die Ärzte, die die Säuglinge entbunden haben – Gott weiß, wonach wir suchen. Ich habe jedenfalls nichts gesehen, das es wert wäre, deswegen zu morden.«

»Sie sind neu in der Gegend«, bemerkte Ethan, »deshalb haben Sie vielleicht etwas übersehen, was jemandem, der hier geboren und aufgewachsen ist, aufgefallen wäre.«

»Das stimmt allerdings«, sagte Justin nach kurzem Zögern. Er hütete sich immer noch, Shelbys Beteiligung zu erwähnen.

»Haben Sie die Kopien der Aufzeichnungen?«

»Im Kofferraum meines Wagens eingeschlossen.«

»Wenn wir wieder ins Büro kommen, bringen Sie sie mir. Wenn da irgendetwas faul ist, möchte ich wetten, dass ich es ziemlich schnell finde.«

»George Caldwell wurde vielleicht ermordet, weil er es gefunden hatte«, erinnerte Justin ihn.

Ethan mochte nicht glauben, dass einer seiner Deputys oder Detectives ein Verräter war, und er war fast genauso unglücklich darüber, dass einer von ihnen womöglich ein getarnter FBI-Agent war, aber einer Sache war er sich ganz sicher: Er konnte es sich nicht leisten, Ratespielchen zu spielen oder seine eigenen Instinkte im Nachhinein infrage zu stellen. Deshalb sprach er mit Justin Byers weiter so, als hätte der Schatten des Zweifels sich nie über ihn gelegt.

»George konnte den Mund nicht halten«, erklärte er. »Ich schon. Außerdem war ihm möglicherweise nicht bewusst, dass das, was er wusste, eine Bedrohung für jemanden darstellte. Ich würde das wissen.«

»Wenn Sie etwas finden.«

»Ja. Wenn ich etwas finde.«

»Und wenn nicht?«

»Dann sind wir auch nicht schlechter dran als jetzt.« Ethan zuckte mit den Achseln. »Wir sind an einem Punkt, an dem ich fast alles probieren würde.«

»Einschließlich des Übernatürlichen? Wie zum Beispiel mit einer ausgewiesenen Hellseherin zu sprechen?«

Grimmig sagte Ethan: »Entweder ist Steve Critcher doch nicht so verschwiegen, wie ich geglaubt habe, oder jemand anders hat mich mit Nell Gallagher sprechen sehen.«

»Die Stadt ist klein. Schwer, etwas unbemerkt zu tun«, sagte Justin lediglich.

»Sie meinen, außer ein schmutziges kleines Geheimnis zu bewahren?«

Justin lächelte sarkastisch. »Ja. Das ist mir noch nicht ganz klar. Was Ihr Gespräch mit Nell Gallagher angeht – hat Sie Ihnen helfen können?«

Diesmal zögerte Ethan: »Vielleicht. Ich möchte lieber nichts dazu sagen, bis wir Nate McCurry gründlich überprüft haben. Und ich meine gründlich, Justin. Ich will wissen, mit wem er geredet hat, wer seine Kumpels waren, mit wem er in den letzten zehn Jahren ausgegangen ist und wer ihm die Zähne gereinigt hat.«

»Matt ist gerade mit zwei Deputys unterwegs und sammelt diese Informationen. Was suchen wir?«

»Ein Geheimnis«, meinte Ethan. »Ein Geheimnis, das alle diese Männer gemeinsam hatten.«

»Sie meinen, sie hatten alle dasselbe Geheimnis? Abgesehen von den hässlichen schlechten Angewohnheiten, die wir schon entdeckt haben?«

»Ich glaube schon. Außer George, bis jetzt. Ich will wissen, ob Nate auch eins hatte.«

»Es wäre vielleicht hilfreich, wenn ...«

»Ich weiß, aber ich möchte ... Ihr Urteil lieber nicht beeinflussen, solange ich nichts Handfestes habe, keinen Beweis, den ich dem Gericht vorlegen könnte, um diese ... Theorie zu stützen.«

»Handfester als die Auskunft einer Hellseherin?«

Mit einer Grimasse nickte Ethan. »Genau. Was Sie übrigens nicht zu stören scheint.«

»Es ist mir egal, ob wir die Antwort im Kaffeesatz finden, solange wir sie nur finden«, sagte Justin offen. »Ich habe genug seltsame Dinge in meinem Leben gesehen, um nichts von vornherein auszuschließen. Vielleicht ist es ja möglich, dass manche Menschen Dinge sehen, die wir anderen nicht sehen. Vielleicht ist das nur eine weitere ganz natürliche, wenn auch seltene Fähigkeit des Menschen. Wer bin ich, dass ich sagen dürfte, das kann nicht sein?«

»Tja, ich habe damit mehr Schwierigkeiten als Sie, aber zugleich bin ich mir meiner Gewissheiten nicht mehr so sicher wie noch gestern.« Ethan seufzte. »Wir müssen wohl einfach abwarten. Ich fahre zurück ins Büro, ich habe jede Menge Berichte und Anrufe am Hals. Sie bleiben hier und bringen das hier über die Bühne, ja? Und versuchen Sie nach Möglichkeit, die Leiche ohne Aufsehen hier abzutransportieren.«

»Ich tue mein Bestes.« Justin sah dem Sheriff nach, dann wandte er sich wieder den beiden Spurensicherungsexperten zu, die immer noch schweigend ihre Arbeit taten. Er verdächtigte die beiden nicht, etwas anderes zu sein, als sie zu sein schienen, aber es konnte jedenfalls nicht schaden, wenn möglich jeden Aspekt der Ermittlungen zu überwachen, um sicherzustellen, dass nichts durchs Raster fiel.

Es wunderte ihn nicht, dass Ethan Cole ihm nicht alles hatte sagen wollen, was er wusste. Justin selbst war auch nicht gerade völlig offen und ehrlich zu ihm gewesen. Er fragte sich, ob diese Verschwiegenheit sich irgendwann einmal rächen würde, doch dann wies er diesen Gedanken von sich.

Daran konnte er im Moment nichts ändern.

Er wollte den Fotografen gerade fragen, ob er fertig sei, da sprach Brad als Erster.

»Hey, Justin, habt ihr das gesehen?«

»Was gesehen?« Justin ging zu dem Fotografen, der neben dem Bett stand.

»Mein Zoomobjektiv hat es eingefangen«, erklärte Brad. »Siehst du das kleine Stückchen Stoff, das da unter dem Saum seiner Unterhose vorguckt?«

Justin beugte sich dichter darüber und betrachtete es stirn-runzelnd. »Ja. Und?«

»Ich glaube nicht, dass es zu seiner Unterhose gehört. Er trägt normale Baumwollboxershorts, und dieses kleine Stückchen Stoff hier ist Seide. Farbige Seide, wenn du es genau wissen willst.«

»Eine Art Futter vielleicht?«

»Nein, außer es ist selbst gemacht. Ich trage die gleiche Marke, die sind nur aus Baumwolle. Die sind nicht gefüttert.« Er hatte schon in zu vielen Mordfällen ermittelt, um noch zimperlich zu sein, deshalb zögerte Justin nicht. Er beugte sich noch dichter über die Leiche, packte das Stückchen Stoff und zog sanft daran, ganz vorsichtig. Nach und nach zog er es aus der Unterhose des Toten heraus.

»Sieht wie ein Halstuch aus«, murmelte Brad und sah aufmerksam zu, wie immer mehr von dem seidigen blauen Stoff zum Vorschein kam. »Ein Damenhalstuch. Man kann Blümchen sehen – hey! Was zum Teufel …?«

Als Justin plötzlich Widerstand spürte, hörte er auf zu ziehen und hob stattdessen behutsam den Bund der Boxershorts so weit an, dass er hineinsehen konnte. »Mein Gott.«

»Was?«

Justin zögerte, warf einen kurzen Blick auf Nate McCurrys offene blicklose Augen und murmelte: »Tut mir Leid, Kumpel, aber ich muss das tun.«

»Muss was tun?«, wollte Brad wissen.

»Hilf mir mal, die Boxershorts runterzuziehen. Du wirst ein Foto davon machen müssen.«

Brad öffnete den Mund, dann schloss er ihn wieder und half stattdessen Justin, dem Toten die Unterhose bis auf die Knie herabzuziehen. Als die Genitalien freilagen, murmelte der Fotograf leise etwas, dann begann er, Fotos zu schießen.

Auf einmal sagte die Fingerabdruckexpertin zu Justin: »Seid ihr schon mal auf die Idee gekommen, dass ihr vielleicht hinter 'ner Frau her seid?«

»Bis jetzt nicht«, sagte Justin. Sie nickte. »Tja, ich würde sagen, es ist ziemlich wahrscheinlich, dass das hier eine Frau war. Vielleicht eine verschmähte Frau. Oder einfach eine, die so *richtig* sauer war.«

»Ja«, murmelte Justin und sah auf das hinab, was man Nate McCurry angetan hatte. »So richtig sauer.«

Das farbige Seidentuch war in einer kecken Schleife um Penis und Hoden gebunden.

In einer ländlichen Gegend zu arbeiten hatte seine Vorteile: Galen hatte die befriedigende Gewissheit, dass die sterblichen Überreste, die er und Nell am Morgen entdeckt hatten, von einem sehr effizienten Team abtransportiert und ins FBI-Labor gebracht worden waren, ohne dass die Ortsansässigen dessen Kommen und Gehen bemerkt hatten.

Davon ging er jedenfalls aus.

Es war noch nicht dunkel, als Galen die Beobachtung des Gallagher-Hauses wieder aufnahm. Da Tanners Wagen vor dem Haus stand, wusste er, dass Nell nicht alleine war, doch als er nun das Haus musterte, war ihm seltsam unbehaglich zu Mute. Irgendetwas war anders, und er wusste nicht, was.

Etwas, das er sah?

Etwas, das er spürte?

Als sein Handy klingelte, war er sehr erleichtert, dass der Anruf von Nell kam.

»Setzt Tanner dir sehr zu?«, fragte er anstelle einer Begrüßung.

»Noch nicht«, erwiderte Tanner ungerührt. »Im Augenblick ist Nell bewusstlos – und ich will mit Ihnen reden. Von Angesicht zu Angesicht.«

Galen zögerte nur kurz. »Geht es Nell gut?«

»Ich weiß es nicht.«

»Wie lange ist sie schon bewusstlos?«

»Über eine Stunde.«

Diesmal zögerte Galen nicht. »Ich bin gleich da.«

Er benötigte nicht mehr als zwei Minuten bis zur Haustür, wo ein sehr grimmiger Max Tanner ihn erwartete. Galen war mit der Situation vertraut, dass er jemanden zum ersten Mal »traf«, den er zuvor so lange unbemerkt beobachtet hatte, dass er meinte, ihn ganz gut zu kennen. Doch er konnte Max dessen deutlich sichtbaren Argwohn nicht verdenken.

»Ich bin Galen.« Ohne weitere Vorstellung trat er ins Haus.

»Max.« Max verzog den Mund, als würde er erkennen, wie absurd es war, dass er sich diesem Mann noch vorstellte, doch er wandte sich nur um und ging voran ins Wohnzimmer. »Nell liegt oben im Bett«, fügte er hinzu.

»Sie sagen, sie ist seit über einer Stunde bewusstlos?«

»Ja. Ich habe versucht, sie zu wecken, bevor ich Sie anrief, aber ich bekam keine Reaktion. Puls und Atmung sind normal, und ihre Gesichtsfarbe ist okay. Besser als bevor sie zusammengeklappt ist, ehrlich gesagt.«

»Zusammengeklappt? Es war nicht die übliche Ohnmacht? Es gab keine Vorwarnung?«

Max stand dem anderen Mann vor dem kalten Kamin gegenüber. »Gar keine. Wir haben uns unterhalten, und sie hat mitten im Satz das Bewusstsein verloren. Ich habe sie noch nie so schnell oder so tief ohnmächtig werden sehen.«

»Es wird immer schlimmer«, bemerkte Galen bedächtig. »Mehr Ohnmachten. Öfter. Stärkere Schmerzen. Und ich glaube, sie schläft nachts nicht gut.«

»Also habe ich Recht mit der Annahme, dass das nicht normal für sie ist?«

Galen sah ihn an. »Wir haben erst ein paar Mal zusammengearbeitet, aber nach allem, was man mir gesagt hat – nein, es ist nicht normal. Bis sie nach Silence zurückgekehrt ist, ist Nell durchschnittlich alle paar Monate ein Mal ohnmächtig geworden. Jetzt ist sie nicht mal eine Woche hier, und das ist mindestens die vierte Ohnmacht.«

»Liegt es daran, dass sie ihre Fähigkeiten zu oft einsetzt? Sich zu viel abverlangt?«

»Ich weiß es nicht.« – »Das sollten Sie aber, verdammt noch mal!«, sagte Max hitzig in barschem Ton. »Ich weiß, sie findet, diese Spezialeinheit, zu der Sie alle gehören, hat ihr Leben verbessert, aber das gibt euch nicht das Recht, ihr so verdammt viel abzuverlangen – sie zu verheizen, sich völlig verausgaben zu lassen, bis sie am Ende mit durchgeschmortem Hirn im Koma liegt.«

Sanft erwiderte Galen: »Falls es Ihnen noch nicht aufgefallen ist: Niemand verlangt Nell mehr ab als sie selbst. Und nur damit Sie es wissen: Es ist eigentlich nicht unsere Firmenpolitik, Agenten zu verheizen und sie dann fallen zu lassen. Das würde uns doch bei den Lohnkosten teuer zu stehen kommen, von den Schwierigkeiten, neue Mitarbeiter anzuwerben, ganz zu schweigen.«

Max holte tief Luft und gab sich sichtlich Mühe, sein Temperament zu zügeln und seine Besorgnis unter Kontrolle zu bekommen. »Mag sein, aber sogar Nell hat eingeräumt, dass manche übersinnlich Begabten bei dieser Arbeit Schlimmeres als eine Pistolenkugel riskieren. Offenbar gehört sie selbst dazu.«

»Leider wahr. Es ist auch wahr, dass wir nicht wissen, welchen Preis Nell am Ende dafür zahlen muss, dass sie ihre Fähigkeiten bei der Arbeit einsetzt. Aber sie kennt die Risiken. Und sie nimmt sie in Kauf.«

»Weil sie einen Scheiß-Todeswunsch hat.«

»Glauben Sie das wirklich?«

Max zögerte, dann erwiderte er: »Ich glaube, ein Teil von ihr hat so einen Wunsch, ja. Sie ist davon überzeugt, dass Sie von etwas Bösem abstammt und dass ihre Familie verflucht ist. Dass *sie* verflucht ist. Dazu verurteilt, ihr Leben in jeder Hinsicht, die von Bedeutung ist, allein zu verbringen. Unfähig, jemanden an sich heranzulassen, weil sie glaubt, dass dieses so genannte Dunkle in ihr jeden verletzen wird, der ihr etwas bedeutet.«

Max schüttelte den Kopf. »Nach Hause zu kommen hat

es noch schlimmer gemacht, weil sie Belege dafür gefunden hat, dass Adam seine Frau getötet hat – und dass Hailey nicht nur etwas mit sadistischen Männern hatte, sondern sie vielleicht gerade ermordet. Was für eine Familie!«

Galen überlegte schweigend, dann sagte er: »Bevor wir hier runtergekommen sind, hat Bishop – Sie wissen, wer Bishop ist, oder? Der Leiter unserer Spezialeinheit? Er hat mir im Vertrauen gesagt, er sei davon überzeugt, dass Nells Ohnmachten nur indirekt von ihren Fähigkeiten ausgelöst würden. Er glaubt, sie haben etwas mit ihrer Vergangenheit zu tun.«

»In welcher Hinsicht?«

»Tja, das ist die Frage. Es könnte ein Trauma sein, das sie all die Jahre unterdrückt hat, irgendein Wissen, dem sie sich nicht direkt stellen kann. Wahrscheinlich etwas, das mit ihrer Begabung zusammenhängt, weil offenbar ziemlich oft eine Ohnmacht ausgelöst wird, wenn sie ihre Fähigkeiten einsetzt. Allerdings können wir da auch erst sicher sein, wenn wir die Wahrheit kennen. Aber die Sache ist die: Bishop hat gesagt, wenn er Recht damit hätte, dass diese Ermittlungen Nell irgendwie veranlassen, sich mit ihrer Vergangenheit auseinander zu setzen, ihre Wurzeln hier zu untersuchen, dann sei es auch wahrscheinlich, dass ihre Ohnmachten häufiger auftreten oder tiefer sind – weil sie dem näher kommt, was sie auslöst.«

Max runzelte die Stirn. »Haben Sie ihm gemeldet, dass ihre Ohnmachten jetzt häufiger auftreten?«

»Ja. Bishop meinte, wir sollten alles in Betracht ziehen, was sie sagt oder tut, bevor sie ohnmächtig wird. Gibt es eine Gemeinsamkeit? Einen bestimmten Ort? Eine bestimmte Richtung in den Ermittlungen? Alles, was darauf hindeutet, dass da etwas Bestimmtes ist, wogegen ihr Verstand Widerstand leistet.«

Die Stirn immer noch in Falten gelegt sagte Max: »Ich weiß, dass sie an dem Tag, an dem sie hier ankam, ohnmächtig wurde, wahrscheinlich hier im Haus. Heute war sie auch hier, als sie ohnmächtig wurde. Aber sie ist auch in Pattersons Haus ohnmächtig geworden, nach einer ihrer Visionen.«

»Die erste Ohnmacht war vielleicht vor allem stressbedingt«, mutmaßte Galen. »Nach Hause zu kommen muss ihr unglaublich schwer gefallen sein, zumal sie wusste, dass eine ihrer Aufgaben hier die Suche nach den sterblichen Überresten ihrer Mutter sein würde.«

»Das können Sie laut sagen.« Max sah auf die Uhr. »Sie ist jetzt über anderthalb Stunden ohnmächtig. Das ist zu lang.«

»Warten wir noch eine halbe Stunde. Wenn sie bis dahin nicht wach wird und wir sie nicht wecken können, gibt es noch eins, was wir versuchen können. Ein anderer übersinnlich Begabter, ein Telepath, kann versuchen, direkt mit ihrem Geist Kontakt aufzunehmen.« – »Wären Sie das?«

»Ich bin kein Telepath. Aber wir haben noch ein getarntes Team-Mitglied vor Ort, das Telepath ist.« Ein wenig sarkastisch fügte Galen hinzu: »Oder Sie versuchen es mal. Haben Sie es übrigens schon versucht?«

»Ich bin nicht übersinnlich begabt.«

»Nein, aber Sie sind mit ihr verbunden. Haben Sie versucht, das zu nutzen?«

Max wirkte zugleich verdutzt und ein wenig verärgert. Er wich Galens Blick aus, als er sagte: »Sie lässt mich nicht ein. Sie lässt mich nicht einmal in die Nähe. Manchmal fällt ihre Abschirmung aus, dann erhasche ich einen flüchtigen Eindruck, einen Gedankenfetzen, aber dann … Und woher zum Teufel wissen Sie davon?«

»Tut mir Leid, aber in einem Team von übersinnlich Begabten gibt es nicht viele Geheimnisse, besonders wenn so viele Telepathen dabei sind. Bishop wusste, dass sie mit jemandem verbunden war, und zwar eine ganze Weile. Wir haben einfach erraten, dass Sie das waren.«

»Bishop«, murrte Max.

Diese Reaktion wunderte Galen eigentlich nicht. Er sagte leichthin: »Ich weiß, er kann einem ziemlich auf die Nerven gehen. Sehr ärgerlich, wenn man es mit jemandem zu tun hat, der sich nicht oft irrt. Aber für den Fall, dass Sie sich da unsicher sind: Nell ist nicht in ihn verliebt. Er ruft einfach nur eine unglaubliche Loyalität in seinen Agenten hervor. Ehrlich gesagt habe ich so etwas sonst noch nie erlebt. Hat vermutlich viel damit zu tun, dass er im Alleingang ihr Leben umgekrempelt hat.«

Max blickte ihn an, dann räusperte er sich und wechselte das Thema. »Sie haben doch gesagt, wir sollen alles in Betracht ziehen, was Nell eventuell getan oder gesagt hat, bevor sie zusammengebrochen ist.«

»Vielleicht finden wir so ein Stückchen des Puzzles.«

»Okay. Wissen Sie zufällig, ob sie vorgewarnt wurde, bevor sie hier im Haus ohnmächtig wurde?«

»Ja, da bin ich mir in beiden Fällen ziemlich sicher. Beim zweiten Mal weiß ich es genau, weil ich gerade davor mit ihr gesprochen hatte und sie mir angekündigt hatte, es sei eine Ohnmacht im Anmarsch.«

»Einfach die üblichen Ohnmachten von der Sorte, wie sie sie den Großteil ihres Lebens über erlebt hat?«

»Richtig.«

»Aber als sie im Haus von Patterson das Bewusstsein verlor und auch als sie heute hier ohnmächtig wurde, da gab es die übliche Vorwarnung nicht. Ich weiß, dass sie heute mit schlimmen Kopfschmerzen aus der Vision rauskam, aber sie hat darauf beharrt, dass die keine Ohnmacht angekündigt hätten. Immerhin war es so schlimm, dass sie ganz bleich war und später öfter den Gesprächsfaden verloren hat.« Er verschwieg, dass sie auch nicht so wachsam wie sonst gewesen war und dass er diese Verletzlichkeit ausgenutzt hatte, indem er sie zwang, mit ihm über ihre Beziehung zu reden. »Sie wirkte ... abgelenkt, beinahe so, als würde sie versuchen, irgendwo anders zuzuhören.«

304

»Was hat sie in Pattersons Haus gesehen?« – »Sie hatte eine sehr intensive Vision von Hailey, wie sie als kleines Mädchen mit einem Mann … herumgemacht hat …, der gerne Sado-maso-Spielchen spielt.«

Galen nickte. »Heute war sie mit Ihnen und dem Sheriff im Haus der Lynchs. Eine Vision, aber keine Ohnmacht, zumindest nicht sofort. Als Sie alle wieder hier angekommen waren und Nell ihren so genannten Bericht abgeliefert hat, hat sie mir nur gesagt, sie hätte eine Vision gehabt, die anscheinend nichts mit Lynchs Tod zu tun hätte. Eine Vision, durch die sie wüsste, dass Hailey und Sheriff Cole irgendwann mal was miteinander hatten. Sie meinte, die Vision wäre merkwürdig gewesen, hätte sich anders angefühlt, aber sie hat nicht erklärt, inwiefern.«

»Die Gemeinsamkeit scheint Hailey zu sein«, sagte Max bedächtig. »Hailey und ihre Beziehungen.«

»Sie klingen nicht überzeugt.«

»Es fühlt sich irgendwie nicht richtig an. Ich kann gerade noch akzeptieren, dass Hailey sich womöglich irgendwo in der Nähe versteckt hält und sich an den Männern rächt, die sie wie Dreck behandelt haben. Aber das erklärt nicht Nells Ohnmachten. Beide Male ist sie fast oder ganz ohne Vorwarnung ohnmächtig geworden, und die Visionen, die sie kurz vorher gehabt hatte, waren irgendwie ungewöhnlich: In Pattersons Haus war es die Intensität der Vision, und dann – was an dieser letzten Vision eigenartig war, war die Tatsache, dass sie Ethan und Hailey an einem anderen Ort gesehen hat.«

»Sie glauben also, die Ohnmachten werden weniger durch das hervorgerufen, was sie gesehen hat, sondern eher durch die Art und Weise, wie sie es gesehen hat?«

»Ich weiß nur, dass Nell völlig neue Erfahrungen macht. Es ist nicht nur so, dass die Ohnmachten immer häufiger auftreten und immer tiefer sind, sondern auch die Visionen selbst verändern sich. Aber auch das ergibt nicht viel Sinn. Manchmal scheint ihre Begabung immer stärker zu werden, dann sieht es wieder fast so aus, als würde sie schwächer … als wäre sie gedämpft.«

»Als wäre da ein äußerer Einfluss am Werk? Jemand oder etwas, der oder das sie zumindest zum Teil blockiert?«

»Ist das möglich? Ich habe viel über außersinnliche Wahrnehmung gelesen, aber die Forschung zu all diesen Dingen ist lückenhaft …«

»Die offizielle Forschung, ja. Zum Glück haben wir unsere eigene Forschung. Und ja, es ist definitiv möglich, dass ein übersinnlich Begabter von einem anderen blockiert oder beeinflusst wird. Und wir haben Grund zu der Annahme, dass der Mörder – ob nun Hailey oder jemand anders – eine sehr starke übersinnliche Begabung hat.«

Max starrte ihn einen Augenblick an, dann sagte er: »Dann ist es das vielleicht. Hören Sie: Was, wenn wir alle – sogar Nell – völlig falsch liegen? Was, wenn wir nur das sehen, von dem jemand will, dass wir es sehen? Was, wenn Nell so sicher ist, dass Hailey die Mörderin ist, weil der echte Mörder will, dass sie das glaubt?«

Bedächtig sagte Galen: »Dem ursprünglichen Profil zufolge ist der Mörder ein Cop. Man nehme Wissen über polizeiliche Ermittlungsmethoden und einen Polizeiverstand, gebe die Manipulationsfähigkeit des übersinnlich Begabten hinzu …«

»Und schon hat man einen Mörder, der alle an der Nase herumführt«, beendete Max den Satz grimmig.

18

Nell.

Sie wollte den Ruf ignorieren. Die Schmerzen waren hier, wo es dunkel und friedvoll war, nicht so schlimm, und sie sorgte sich um nichts. Nicht um Mörder oder ihre eigene böse Abstammung, nicht darum, ob es ihr diesmal erneut möglich sein würde, Max zu verlassen. Nichts davon machte ihr Sorgen. Alles war wunderbar.

Du musst aufwachen, Nell.

Ein stechender Schmerz durchfuhr ihren Kopf wie ein feuriges Messer, und Nell zuckte zusammen, versuchte, sich noch tiefer in die Dunkelheit zurückzuziehen.

Wenn nur dieses Flüstern aufhören und sie in Ruhe lassen würde …

Es ist nicht mehr viel Zeit.

Sie spürte, wie an ihr gezogen wurde, wie sie erbarmungslos aus der friedvollen Dunkelheit in das kalte Bewusstsein gezerrt wurde. Sie wehrte sich nach Kräften.

Du musst …

Nell öffnete die Augen und setzte sich zugleich auf. Sofort pochte ihr Kopf wieder, doch zumindest war es ein dumpfes Pochen, eher ein wundes Gefühl als Schmerzen. Nun, da sie darüber nachdachte, fühlte sich ihr ganzer Körper wund an. Die Frage war nur, warum?

Während sie sich behutsam die Schläfen rieb, murmelte Nell: »Was zum Teufel ist passiert?«

Sie befand sich in ihrem von Lampen erleuchteten Schlafzimmer, im Bett. War mit einer Steppdecke zugedeckt, bis auf die Schuhe vollständig angezogen. Als es ihr gelang, den Blick scharf zu stellen und auf die Uhr zu sehen, erkannte sie lediglich, dass sie mindesten eine Stunde bewusstlos gewesen war, möglicherweise länger. Wahrscheinlich länger.

Himmel, wodurch war es diesmal ausgelöst worden? Sie war im Erdgeschoss gewesen und hatte sich mit Max unterhalten, oder? Hatte dagesessen und Kaffee getrunken. Oder hatten sie gestanden? Er hatte unbedingt über sie beide sprechen wollen, über ihre Beziehung, und sie hatte wirklich schlimme Kopfschmerzen gehabt, und – was dann?

Offenbar wieder eine dieser unheimlichen, unvermittelt auftretenden Ohnmachten. Entweder war sie schlicht erschöpfter, als ihr klar gewesen war – oder der zu häufige Einsatz ihrer Begabung ermüdete ihr Gehirn allmählich ernsthaft. Die zweite Möglichkeit war ausgesprochen beängstigend, doch Nell schob sie grimmig beiseite. Daran konnte sie jetzt nichts ändern. Nichts.

Nichts?

Das Flüstern war sehr leise, sie war fast sicher, dass sie in Wirklichkeit gar nichts gehört hatte. Trotzdem lauschte sie eine Weile, doch nun hörte sie nur Gemurmel im Erdgeschoss, männliche Stimmen. Sie hatte eigentlich nicht viel zusätzliche Energie, mit der sie ihr Gehör verstärken konnte, doch das wenige, das sie einsetzen konnte, ermöglichte es ihr, mit ziemlicher Sicherheit festzustellen, dass da unten Max mit jemand anderem sprach.

Galen.

»Oh, großartig.« Die beiden waren so ziemlich die letzten Menschen, von denen sie wollte, dass sie die Situation – und zweifellos auch sie – erörterten.

Nell warf die Decke zurück und stand behutsam auf. Eine Dusche, die brauchte sie nun. Eine lange heiße Dusche, um die Hirngespinste und das wunde Gefühl hinwegzuspülen. Vielleicht würde sie dann endlich herausfinden, was mit ihr nicht stimmte.

Andererseits – vielleicht wusste sie das bereits.

»Sie ist wach«, sagte Max.

Galen nickte, dann lauschte er. »Unter der Dusche. Sie kennen sie besser als ich, aber ich würde sagen, sie wird nicht richtig glücklich darüber sein, dass wir uns hier unterhalten.«

»Sie wird teuflisch reizbar sein«, stimmte Max zu. »Aber ich denke, wir sind beide einer Meinung, dass es an der Zeit ist, wenigstens ein paar unserer Karten offen auf den Tisch zu legen. Besonders wenn die Möglichkeit besteht, dass Nell von jemand beeinflusst wird.«

»Das ist der Teil, der ihr überhaupt nicht gefallen wird.«

»Ja. Ich weiß.« Max schüttelte den Kopf. »Die Frage ist, wer beeinflusst sie? Selbst mit dem Profil … ist es eher wahrscheinlich oder eher unwahrscheinlich, dass es Hailey sein könnte statt eines Fremden?«

»Auf den ersten Blick eher wahrscheinlich. Der Einfluss beziehungsweise die Kontrolle, über die wir hier reden, ist selbst unter übersinnlich Begabten selten. Außer zwischen Lebensgefährten oder Geschwistern ist so etwas kaum möglich.«

»Aber?«

»Aber mal abgesehen davon, dass Hailey nach Nells fester Überzeugung nie eine übersinnliche Begabung hatte, sind wir im Lauf der Jahre auf eine ganze Reihe bestialischer Mörder gestoßen, deren übersinnliche Fähigkeiten durch das schiere Böse ihres kranken Verstandes anscheinend noch verstärkt wurden. Sie waren zu ganz unglaublichen Dingen fähig – unter anderem zu bestimmten Formen der Gedankenkontrolle.«

»Das ergibt einen Sinn. Und ich vermute, der Mörder hat angefangen, Nell zu beeinflussen, weil er misstrauisch wurde. Aber wodurch könnte sie sich verraten haben?«

»Das kann man einfach nicht wissen.« Galen zögerte, dann fügte er hinzu: »Aber wir wussten beinahe von Tag eins an, dass der Mörder Nell beobachtet hat, mindestens ein Mal.«

Er berichtete von dem Foto, das Shelby gemacht hatte, und was es nach einhelliger Meinung mutmaßlich bedeutete.

»Mein Gott.« Ungläubig fügte Max hinzu: »Sie wollen sagen, dieser Wahnsinnige geht in Nells Verstand ein und aus ...«

»Nein, nicht im Sinne einer direkten Kommunikation. Das hätte Nell gemerkt. Er beobachtet sie, zumindest hin und wieder, das bestimmt. Und was die Frage angeht, wie er sie blockiert, sie womöglich sogar beeinflusst – ich tippe darauf, dass er einen Kontakt zu ihr hergestellt hat, als sie bewusstlos war oder geschlafen hat, während also alle ihre Schutzmaßnahmen außer Kraft waren. Dann hat er tief in ihrem Geist eine Art posthypnotischer Suggestion gesetzt, die die Kopfschmerzen und vielleicht auch die Ohnmachten auslöst, sobald sie dem zu nahe kommt, was er geheim halten möchte.«

»Ich hatte keine Ahnung, dass so etwas möglich ist.«

»Wie gesagt, wir sind auf ein paar übersinnlich Begabte mit ernsthaften psychischen Störungen gestoßen. Wenn wir eins gelernt haben, dann dass da, wo der menschliche Wille ins Spiel kommt, nichts unmöglich ist.«

»Wie zum Teufel soll sie sich gegen so etwas schützen?«

»Das kann sie nicht«, erwiderte Galen sachlich. »Oh, sie könnte wohl einen Schutzschild um ihren Geist herum errichten, aber sie ist keine Telepathin, deshalb musste sie so etwas nie lernen, um sich zu schützen. Die Chancen stehen gut, dass ihr Schild nicht stabil genug wäre, um jemanden, der offenbar so machtvoll ist wie dieser Kerl, draußen zu halten, zumal Nells Energiereserven im Augenblick nicht gerade auf dem Höchststand sind. Eine bestehende Verbindung zu blockieren ist eine Sache; einen zu allem entschlossenen Psychopathen draußen zu halten, den es einen Dreck kümmert, ob er eine Tür eintreten muss, das ist was völlig anderes.«

»Sie haben gesagt, es ist noch ein anderer Agent hier, ein Telepath ...«

»Ja, aber Nell zu helfen, ihre geistigen Abwehrmechanismen zu verstärken, das kann nicht jeder Telepath. Übersinnlich Begabte sind eigenartig isoliert in ihren Fähigkeiten, unfähig, ihre Kräfte miteinander zu verbinden, um sich gegenseitig zu helfen. Ich kenne nur eine Ausnahme.«

»Und zwar?«

»Liebespaare. Offenbar ist eine ganz besondere Art von Vertrauen nötig und ein intimerer Umgang, als die meisten von uns ertragen könnten, damit zwei übersinnlich Begabte eine so tiefe Verbindung eingehen können, dass sie ihre Fähigkeiten miteinander teilen können.«

Nach einem Augenblick sagte Max: »Und wenn nun ein Teil des ... Paares keine übersinnliche Begabung hat? Welche Art von Verbindung kann es dann geben?«

»Das müssten Sie besser wissen als ich.« Galen wartete, bis Max seinem Blick begegnete, dann fügte er hinzu: »Aber nach allem, was ich gehört habe, unterscheidet sich die Verbindung zwischen Geliebten, von denen einer keine Begabung hat, von Paar zu Paar. Es hängt davon ab, wie stark der übersinnlich Begabte ist. Und wie stark die körperlichen und emotionalen Bande zwischen den beiden sind. Manchmal entsteht eine echte telepathische oder empathische Verbindung, manchmal nicht.«

»Nicht gerade ein erschöpfend erforschtes Fachgebiet, nehme ich an.«

»Nicht einmal von unserer Seite her. Wie gesagt, es ist schwer, innerhalb einer Gruppe von übersinnlich Begabten Geheimnisse für sich zu behalten, aber trotzdem sind manche Dinge privater als andere.«

»Ja.« Mit einer beinahe sichtbaren Anstrengung schob Max das Thema beiseite, zumindest für den Augenblick. »Hören Sie, eins noch, bevor Nell herunterkommt.« Er ging zum Kamin, nahm ein gerahmtes Foto und reichte es Galen.

Galen betrachtete das alte Familienfoto, das offenbar von einem Berufsfotografen gemacht worden war. Es war vor dem Haus aufgenommen worden. Adam Gallagher, seine junge Frau und seine Mutter standen auf den Stufen, zwei weitere Frauen standen im Hintergrund nahe der Haustür. Grace Gallagher wirkte unglücklich, und man sah, dass ihre Schwangerschaft schon einige Monate fortgeschritten war. Die anderen beiden Frauen schienen von ihren Schürzen und ihrer Position im Hintergrund her Dienstboten der Familie zu sein.

»Was soll ich hier sehen?«, fragte Galen.

»Just bevor sie das Bewusstsein verlor, hat Nell mit diesem Bild herumgespielt. Sie hat es irgendwie angesehen, aber nicht richtig.« Max zuckte mit den Achseln. »Wir waren – sagen wir einfach, das Gespräch verlief ein wenig angespannt.«

»Okay. Und dann?«

»Und dann hat sie aus heiterem Himmel die Stirn über das Bild gerunzelt, wollte fragen, wer irgendjemand sei – und dann gingen bei ihr die Lichter aus, als hätte jemand den Schalter betätigt. Ich habe auf die Rückseite des Fotos gesehen, und dem Datum nach zu urteilen würde ich sagen, das Bild wurde ein paar Monate vor Haileys Geburt aufgenommen.«

»Ihre Eltern wird Nell natürlich erkannt haben. Ihre Großmutter auch. Also muss eine der beiden anderen Frauen ihre Aufmerksamkeit erregt haben.«

»Das habe ich auch gedacht. Wenn ich mich recht erinnere, hatte Adam Gallagher zu manchen Zeiten so viel Glück mit seinen Geldgeschäften, dass die Familie eine ganze Menge Dienstboten hatte, besonders in jenen frühen Jahren. Nicht solche, die im Haus wohnten, aber auf jeden Fall eine Haushälterin und eine Köchin, die täglich kamen.«

Galen nickte. »Aber hätte Nell das nicht gewusst? Ich meine, auch wenn das Bild vor ihrer Geburt aufgenommen wurde – würde sie nicht einfach annehmen, dass diese anderen Frauen Hausangestellte waren? Das geht doch aus ihrer

Haltung und Kleidung ziemlich deutlich hervor. Merkwürdig, dass sie mit auf dem Familienfoto sind, aber ...«

»Gar nicht merkwürdig, wenn man Adam Gallagher kannte. Er sah sich gern als den wohltätigen Patriarchen und Herrn über alles, was er überblickte. Die Haushaltshilfen mit aufs Familienbild zu nehmen, hat nur die gute Meinung verstärkt, die er von sich selbst hatte.«

Galen hob eine Augenbraue, sagte jedoch nur: »Dann müsste Nell meiner Meinung nach aber ganz logisch davon ausgegangen sein, dass diese Frauen Dienstboten sind. Warum also ihr Interesse an einer oder an beiden?«

»Mir macht Sorgen, dass sie nicht in der Lage war, die Frage zu Ende zu bringen. Es war, als wenn ... als hätte man sie aus dem Verkehr gezogen, sobald sie dem Foto ihre Aufmerksamkeit zuwandte.«

»Weil sie vielleicht dem zu nahe kam, was unser Mörder mit den übersinnlichen Fähigkeiten verbergen will. Oder ... vielleicht war der Zeitpunkt auch reiner Zufall.«

Max nickte. »Oder es war Zufall. Das Problem ist nur, die einzige Methode, das herauszufinden, wäre, dass Nell das Foto noch einmal ansieht.«

»Aber dann wird sie vielleicht noch mal für mehrere Stunden aus dem Verkehr gezogen – oder womöglich dauerhaft.«

»Genau. Kein Risiko, das ich eingehen möchte. Also habe ich gedacht, Sie könnten sich vielleicht mal damit befassen. Ein paar von diesen FBI-Hilfsquellen anzapfen und sehen, ob sie den Gesichtern Namen geben können. Wissen Sie, wahrscheinlich steckt gar nichts dahinter. Aber vielleicht gibt es auch einen Grund, wieso Nell keine Fragen zu diesen Frauen stellen soll.«

Galen nickte und drehte den Rahmen um, sodass er ihn hinten öffnen und das Foto entnehmen konnte. »Ich kann Nells Laptop benutzen, das Foto einscannen und nach Quantico mailen. Aber wenn nicht eine der Frauen vorbestraft ist oder als vermisst oder ermordet gemeldet wurde, werden wir

313

sie im FBI-Archiv vermutlich nicht finden. Das hier ist ein professionell gemachtes Foto, wahrscheinlich von einem lokalen Fotografen aufgenommen. So etwas findet man normalerweise nicht in den Datenbanken des Bundes. Kennen Sie hier jemanden, der das diskret überprüfen könnte?«

Max zögerte, dann meinte er: »Vielleicht.«

Galen lächelte schwach. »Sie könnten immer noch Justin Byers dransetzen. Schließlich – ist er Ihr Mann in Silence. Oder etwa nicht?«

»Ich verstehe bloß nicht, warum Sie es mir nicht eher gesagt haben.«

»Weil ich das nicht sollte.« Shelby sah Justin stirnrunzelnd an. »Nell hat mir gesagt, ich soll nichts sagen, es sei denn, es gibt noch einen Mord. Vorher nicht.« Die Falten auf ihrer Stirn vertieften sich noch. »Wenn ich so darüber nachdenke, hatte sie offenbar keinen Zweifel, dass es noch einen gibt. Ich glaube, sie hat damit gerechnet. Armer Nate.«

»Wenn sie FBI-Agentin ist, hat sie natürlich damit gerechnet. Sie sagen, die haben ein Profil erstellt, also wussten sie verdammt gut, dass wahrscheinlich noch ein Mord passiert.« Justin klang, als fühlte er sich reichlich zum Narren gehalten.

»Ich glaube, es war mehr als das.« Shelby schüttelte den Kopf. »Egal. Der springende Punkt ist, dass Nell mich gebeten hat, ... ähm ... Ihnen vorzuschlagen, in dieser Richtung zu ermitteln. Die Geburtenbücher. Das konnte sie nicht offen selbst machen, da wäre ihre Tarnung geplatzt, und sie wusste, dass man Ihnen vertrauen kann.«

Justin betrachtete sie ein wenig ergrimmt. »Und woher wollte sie das wissen?«

»Sie wusste es eben. Sie schien sich ganz sicher zu sein. Hey, sie ist übersinnlich begabt. Ich dachte, sie wird es schon wissen. Möchten Sie einen Kaffee?«

»Nein, danke. Ich bin nur vorbeigekommen, um zu fra-

314

gen, ob Sie irgendetwas Nützliches über Nate McCurry wissen. Und um Ihnen zu sagen, dass Sheriff Cole die Geburtenbücher selbst durchgehen will.«

»Ich weiß nicht viel über Nate, jedenfalls sehr wahrscheinlich nichts, was Ihnen hilft, diesen Mord aufzuklären. Was Ethan angeht – sein Interesse an den Aufzeichnungen scheint Ihnen keine Sorgen zu machen.« Plötzlich lächelte sie. »Sie haben Bescheid bekommen, dass Sie ihm trauen können, richtig?«

Justin zählte im Stillen bis zehn, dennoch klang er ein wenig angespannt, als er erwiderte: »Und wie lange wissen Sie das schon?«

»Ähm … ein Weilchen.«

»Noch was, das Sie mir nicht sagen sollten?«

Shelby grinste entschuldigend. »Tut mir Leid, Justin, aber ich hatte Nell versprochen, genau das zu tun, was sie mir sagt. Es war fast so, als … als wüsste sie, dass alles in einer bestimmten Reihenfolge passieren muss, weil das wichtig ist. Oder vielleicht hat das auch weniger mit übersinnlichen Dingen zu tun als mit den Ermittlungsmethoden des FBI. Wie auch immer, ich hatte ihr versprochen, ihre Anweisungen bis aufs i-Tüpfelchen zu befolgen.«

»Hm-hm. Und wie lange haben Sie gebraucht, um Fotos zu finden, die Cole zu belasten *schienen?*«

»Nicht besonders lange«, erwiderte Shelby fröhlich. »Er spricht mit so ziemlich jedermann, wissen Sie, und ich mache schon seit Jahren Bilder von ihm, das war also nicht schwer. Ich musste natürlich die Daten ein bisschen frisieren, damit es so aussah, als hätte er mit den Männern gesprochen, kurz bevor sie umgebracht wurden …«

»Also wirklich, Shelby.«

»Na ja, Sie hätten mich wohl nicht hinter sich herlaufen lassen, wenn ich Ihnen keinen guten Grund geliefert hätte, Ethan noch mehr als ohnehin zu misstrauen. Und das Profil deutet ja nun wirklich darauf hin, dass der Mörder ein Cop sein könnte, deshalb wollte Nell nicht das Risiko eingehen, dass Sie sich dem falschen Kollegen anvertrauen. Da war es viel besser, wenn Sie mit mir sprechen würden, zumal ich nicht nur herausfinden sollte, was Sie wissen und mutmaßen, sondern Sie auch in Richtung der Geburtenbücher stupsen sollte.«

»Also wirklich«, sagte er noch einmal.

Sie sah ihm direkt in die Augen und lächelte ganz leicht. »War ich etwa die Einzige, die gelogen hat?«

»Ich könnte Sie wegen Behinderung der Justiz anzeigen, ist Ihnen das klar?«, fuhr er sie an, nicht willens, sofort nachzugeben.

»Ich denke, das könnten Sie. Und was würde man Ihnen zur Last legen? Ich meine, *gibt* es da was, was man einem Privatdetektiv mit Lizenz zur Last legen kann, wenn er sich eine Tarnung zulegt und einen Posten bei der örtlichen Polizei annimmt? Oder wäre das gar nicht illegal, sondern nur etwas, worüber Ihre Kollegen bei der Polizei so richtig sauer wären?«

Justin beugte sich auf Shelbys Sofa vor, stützte die Ellbogen auf die Knie und rieb sich langsam mit beiden Händen übers Gesicht. »Junge, Junge«, murrte er. »Geheimnisse bleiben in dieser Stadt nicht lange geheim.«

»Das ist gewissermaßen eine erwiesene Tatsache. Derjenige, der dieser Stadt ihren Namen gegeben hat, hatte einen wunderbaren Sinn für Ironie.«

»Sie wollen also sagen, Nell wusste die ganze Zeit, dass ich für Max arbeite?«

»Offenbar. Sie hat ihm wohl nicht gesagt, dass Sie es wissen, was? Vielleicht, weil er selbst auch nichts gesagt hat.«

Justin atmete tief durch, während er sich wieder aufrecht hinsetzte. »Oh, welch verworrenes Netz wir weben. Ich wusste, dass da noch mal jemand drüber stolpert.«

»Ihre Metapher ist schief, finde ich. Hören Sie, falls Sie sich dann besser fühlen: Nell ist wirklich gut in solchen Sachen, Justin. Und Sie war immer schon verschwiegen, auch bevor sie diese FBI-Dienstmarke bekommen hat. Außerdem waren sie ziemlich sicher, dass der Mörder ein Cop ist, deshalb mussten alle verdeckt arbeiten und darauf achten, wem sie was sagen, damit …«

»Alle?«

»Ja, na ja, ich glaube, da sind noch mehr. Bin mir nicht sicher, weil Nell nichts sagen wollte, aber ich glaube nicht, dass sie alleine gekommen ist.«

»Weiß Sheriff Cole davon?«

»Jetzt schon, glaube ich. Nell wollte es ihm heute sagen. Sie hat mir eine Nachricht auf meinem Anrufbeantworter hinterlassen. Ich habe sie abgehört, als Sie mich nach dem Mittagessen nach Hause zurückgebracht hatten.«

»Das war dann wohl, bevor wir den Anruf wegen Nate McCurry bekamen.«

»Dass sie es Ethan erzählt hat? Ja, ich denke schon. Warum?«

»Noch ein gewandter Lügner«, versetzte Justin seufzend. »Er gab zu, dass er mit Nell gesprochen hatte, aber er tat so, als wäre er nur daran interessiert, wie sie die Mordfälle als Hellseherin einschätzt.«

»Das stimmt wahrscheinlich sogar, zumindest war das wohl sein Motiv, bevor sie ihm gesagt hat, wer sie wirklich ist.«

Justin runzelte die Stirn. »Wenn sie ihm gesagt hat, wer und was sie ist, dann muss sie ihm auch gesagt haben, dass das FBI-Profil auf einen Cop als Mörder hindeutet.«

»Das war der Plan.«

»Er hat sich nicht verhalten, als würde er mich verdächtigen. Entweder weil er ein guter Schauspieler ist oder weil Nell ihm von mir erzählt hat?«

»Ich hätte nicht gesagt, dass er ein guter Schauspieler ist, aber seine Gedanken konnte er schon immer gut für sich behalten. Soll ich Nell anrufen und fragen?«

»Nein. Jedenfalls nicht jetzt. Ich habe vor etwa einer Stunde mit Max telefoniert, und er hat gesagt, Nell schläft.«

»Sie schläft? So früh?«

»Sie ist ohnmächtig geworden.«

»Nell ohnmächtig? Warum?«

Leicht spöttisch entgegnete Justin: »Sie meinen, es gibt allen Ernstes etwas, das Sie *nicht* wissen?«

»Sagen Sie mir einfach nur, was es mit dieser Ohnmacht auf sich hat, okay?«

Das tat er, hielt seine Erklärung jedoch kurz und fügte noch hinzu: »Sie steht offenbar sehr unter Druck. Nach so vielen Jahren zurückzukommen und dann verdeckt hier zu ermitteln. Anscheinend nimmt es sie schon an einem normalen Tag sehr mit, wenn sie ihre Fähigkeit einsetzt. Und so einen normalen Tag hatte sie vermutlich nicht mehr, seit sie hier ist. Max macht sich Sorgen um sie.«

»Ich mache mir auch Sorgen um sie«, gab Shelby zu. »Als ich gestern Morgen da draußen bei ihr war, sah sie schrecklich erschöpft aus. Und besorgt. Und wenn der Mörder sie im Verdacht hat …«

»Moment mal.« Justin starrte sie an. »Ich weiß, Max macht sich deswegen auch Sorgen, aber bei Ihnen klingt es mehr wie eine feststehende Tatsache. Warum sollte der Mörder Nell im Verdacht haben? Ich will ja nicht überheblich sein, aber wenn ich nicht darauf gekommen bin, dass sie beim FBI ist, dann glaube ich nicht, dass andere drauf kommen.«

Shelby berichtete von dem Foto, das sie aufgenommen hatte, und was es wahrscheinlich zu bedeuten hatte.

»Scheiße. Sie meinen, wir haben nicht nur einen Mörder, der wahrscheinlich ein Cop ist, sondern obendrein ist er noch übersinnlich begabt?«

»Das scheint die vorherrschende Meinung zu sein, ja.«

»Kann es noch komplizierter werden?«

»Ich frage mich eher, ob es noch unheimlicher werden

kann.« Shelby seufzte. »Das Bild hat Nell erschüttert, und ich kann es ihr nicht verdenken, dass es sie verfolgt – sorry, das Wortspiel konnte ich mir nicht verkneifen. Es muss grässlich sein, zu wissen, dass irgendwo im Äther vielleicht ein brutaler Mörder lauert und einen beobachtet. Einstweilen unsichtbar. Woher soll sie wissen, wann er sie beobachtet und wann nicht?«

Justin lehnte sich zurück und runzelte die Stirn. »Er. Nach dem, was Nate McCurry widerfahren ist, war ich mindestens halb überzeugt, dass wir nach einer Frau suchen sollten.«

»Nach einer Polizistin? Es gibt doch nur rund ein halbes Dutzend, oder?«

»So ungefähr.«

»Irgendwelche Verdächtigen?«

Justin dachte flüchtig an Kelly Rankin und ihre nüchterne Warnung, er solle seine Rückendeckung nicht vergessen. Nur eine gute Polizistin, die einen Kollegen warnt, oder mehr? »Ich kenne keine von ihnen gut genug, um auch nur zu raten. Aber dieser letzte Mord … McCurry so zu hinterlassen …«

»Aus Bosheit?«

»Oder aus Wut.«

»Oder«, schlug Shelby vor, »um die Polizei in diese Richtung zu lenken. Wissen Sie, wenn ich ein männlicher Mörder wäre, der die Polizei abschütteln will, würde ich vielleicht genau so was probieren.«

»Um uns von seiner Fährte abzubringen?«

»Na ja, denken Sie mal nach. Bei den ersten drei Morden läuft alles nach Plan. Die Männer sterben, ihre schmutzigen kleinen Geheimnisse kommen raus, und ihr Cops konzentriert euch alle sehr auf diesen Aspekt der Verbrechen. Genauso wie er es will. Dann steckt George Caldwell offenbar seine Nase irgendwo rein und wird das nächste Opfer, und weil der Mörder ihn nicht in sein Schema bekommt, ragt dieser Mord plötzlich aus den anderen heraus. Sie gehen anders an ihn heran, sehen genauer hin. Jetzt hat der Mörder potenziell ein Problem. Sie sehen nicht da hin, wo er will, dass Sie hinsehen. Dadurch ist die Chance größer, dass Sie etwas herausfinden, von dem er nicht will, dass Sie es wissen. Also mordet er noch ein Mal, viel schneller als vorher, und am Tatort hinterlässt er einen Hinweis, den Sie nicht übersehen können.«

Sie lächelte bedauernd. »Jede Wette, Sie finden heraus, dass das Halstuch einer bestimmten Frau gehört hat.«

»Und schon werden wir wieder hinters Licht geführt«, meinte Justin.

Einen Moment lang starrten sie sich an, dann sagte Shelby: »Wissen Sie, ich finde, Sie sollten Max anrufen und ich Nell. Ich glaube, es wird langsam Zeit, dass wir unsere Informationen zusammenwerfen.«

»Höchste Zeit«, meinte Justin und griff nach seinem Handy.

Ethan telefonierte gerade mit der Bürgermeisterin, als Justin nach sechs Uhr in sein Büro kam, um die Kopien der Geburtenbücher abzuliefern. Daher hielt er nur kurz die Sprechmuschel zu und sagte knapp: »Danke. Ist das nicht eigentlich Ihr freies Wochenende? Gehen Sie nach Hause und nehmen Sie eine Mütze Schlaf. Sie sehen miserabel aus.«

»Dieses Halstuch, das wir bei McCurry gefunden haben ...«

»Wir versuchen, ihm auf die Spur zu kommen, aber Samstag ist nicht die beste Zeit dafür. Wenn wir irgendwie weiterkommen, rufe ich Sie an. Gehen Sie nach Hause.«

Justin zögerte, dann nickte er und ging.

Ethan nahm die Hand von der Sprechmuschel. »Casey, ich bin nicht stinksauer, weil Sie die gerufen haben. Na ja, nur ein bisschen. Aber wie sind Sie auf die Idee gekommen, dass ich das sein könnte ...«

»Ich konnte einfach kein Risiko eingehen, Ethan, das wissen Sie. Wir mussten völlig unparteiische Ermittlungen von Leuten durchführen lassen, die nichts mit Ihrer Behörde zu tun haben, und es musste schnell gehen und in aller Stille. Die State Police wollte ich nicht holen, also war das FBI die beste Lösung. Die Begegnung mit Nell schien mir wie ein Wink des Schicksals.«

»Ich frage mich, ob sie das auch so sieht«, murmelte Ethan.

Bürgermeisterin Lattimore seufzte. »Ich weiß, es war hart für sie, wieder herzukommen. Aber vielleicht ist die Vergangenheit danach wenigstens abgeschlossen für sie.«

»Ja. Vielleicht. Hören Sie, Casey, ich habe einen neuen Mord am Hals, und auf dem Schreibtisch türmt es sich. Wir reden morgen.«

»In Ordnung. Und ich werde mein Bestes tun, den Stadtrat von übereilten Entscheidungen abzuhalten.«

»Wie mich zu feuern? Das weiß ich zu schätzen.«

»Sie haben Angst, Ethan.«

»Ja, ich weiß. Wir reden morgen, Casey. Wiederhören.«

»Bis morgen, Ethan.«

Er legte auf und starrte mehrere Minuten die gegenüberliegende Wand seines Büros an. Nate McCurry. Du lieber Himmel. Noch wusste niemand davon – oder zumindest glaubte er, niemand außer ihm wisse davon –, aber Nate war ein weiterer verflossener Liebhaber von Hailey.

Ethan hätte es ebenso wenig gewusst, wenn Nate nicht ihn und Hailey gesehen hätte, als sie gerade ein Motel draußen vor der Stadt verließen, und Ethan später gewarnt hätte, mit Hailey gebe es »nichts als Ärger«.

Ethan hatte diese Warnung nicht gut aufgenommen.

Doch es war Ethan gelungen, Nate davon zu überzeugen, dass der sich um seine eigenen Angelegenheiten kümmern und nicht über die anderer Leute plaudern solle, und seither hatte er kaum noch an den Mann gedacht.

Bis heute.

Er hatte noch keine Fotos vom Tatort gesehen, aber Justin hatte berichtet, was er und der Fotograf entdeckt hatten – sozusagen. Jenes Halstuch, das den Toten anscheinend verhöhnen und demütigen sollte.

Es klang wie etwas, das eine Frau tun würde.

Es klang wie etwas, das Hailey tun würde.

Er hatte nicht vorgehabt, sich in Hailey zu verlieben. Hatte es nicht gewollt. Als es anfing zwischen ihnen, hatte er geglaubt, was sie ganz offensichtlich geglaubt hatte: dass es nur Sex war, dass da nur zwei Leute ihren Spaß miteinander hatten, die einander schon fast ihr ganzes Leben lang kannten und sich in der Gegenwart des anderen wohl fühlten.

Seine Ehe war damals bereits zerbrochen gewesen, und Hailey schien genau das zu sein, was er brauchte: eine anspruchslose Bettgefährtin ohne weiter reichende Absichten. Zudem eine Bettgefährtin, die so erfahren und hemmungslos gewesen war, dass ihm einige überwältigende heiße Erinnerungen an die Zeit mit ihr geblieben waren, von denen er wusste, dass er sie für den Rest seines Lebens nicht vergessen würde.

Mit der Zeit hatte er gemerkt, dass ihn ihr Beharren auf Geheimhaltung irgendwie störte. Dass ihn die verblassten Narben auf ihrem ansonsten schönen Körper störten. Dass ihn ihre Weigerung störte, über ihr Leben außerhalb des Betts zu reden, das sie jede Woche ein paar Stunden miteinander teilten. Dass ihn der Blick störte, mit dem sie ihn angesehen hatte, wenn er ungeschickt versucht hatte, mehr als nur Sex von ihr zu bekommen.

Was ihn nun störte, war die Gewissheit, dass Hailey jene letzte Auseinandersetzung vorzeitig herbeigeführt hatte. Er hatte sie bedrängt, hatte versucht, ihr näher zu kommen. Sie hatten weiterhin explosiven Sex gehabt, was Hailey zumindest auch zu brauchen schien. Doch sie hatte es vorgezogen, ihn zu verlassen, statt ihm zu gestatten, ihre Beziehung zu vertiefen.

Es war nicht ihre Art, eine Beziehung leise zu beenden. Sie hatte ein Drama vorgezogen, es vielleicht sogar gebraucht, sie hatte die Trennung unter Kontrolle haben müssen, so wie sie alles andere in ihrem Leben unter Kontrolle gehabt hatte. Sie hatte sich vormachen müssen, dass es ihr nichts bedeutete.

Ethan fragte sich, ob nicht er selbst sich etwas vormachte, wenn er glaubte, dass es ihr etwas bedeutet hatte. Dass er ihr etwas bedeutet hatte. Doch er war wütend und verwirrt gewesen, und damals hatte er es für das Beste gehalten, nicht zu widersprechen, als sie sagte, es sei vorbei. Zeit, hatte er gedacht, sie brauchten bloß Zeit, *Hailey* brauchte Zeit. Zeit für sich, Zeit ohne ihn, der sie bedrängte und ihr zusetzte. Also hatte er einige Wochen gewartet.

Die Szene, die Nell »gesehen« hatte, hatte sich tatsächlich Anfang Februar zugetragen. Ethan hatte erst gegen Ende März wieder versucht, sich Hailey zu nähern. Sie war kühl und ausweichend gewesen, und er hatte sich gesagt, er müsse noch mehr Geduld haben.

Doch nur wenige Wochen später, als zwischen ihnen noch gar nichts geklärt war, hatte Hailey die ganze Stadt schockiert, indem sie sich mit Glen Sabella, einem zweifachen Vater, auf und davon gemacht hatte.

Soweit Ethan wusste, hatte kein Einwohner von Silence sie seither wieder zu Gesicht bekommen. Außer den fünf ermordeten Männern möglicherweise.

»Bist du das, Hailey?«, murmelte er. »Tust du das? Und falls ja … warum hast du mich noch nicht erledigt?«

19

Aus der Kanne auf dem Esszimmertisch schenkte Nell sich ihre wohl dritte Tasse Kaffee ein, dann lehnte sie sich zurück und dachte versonnen, dass das förmliche Esszimmer des alten Hauses gewiss noch nie eine Zusammenkunft wie diese beherbergt hatte.

Zwei FBI-Agenten, ein Polizist, der zum Privatermittler und wieder zum Polizisten mutiert war, ein Rancher mit einem Abschluss in Politikwissenschaften und eine Fotografin, die eher wie ein Model aussah.

Niemand war das, was er oder sie zu sein schien.

Und alle waren sie auf der Hut – außer Shelby natürlich.

»Will außer mir noch jemand was von dem Sesamhuhn?« Shelby wartete, bis die anderen den Kopf geschüttelt hatten, dann zog sie den Pappkarton zu sich heran und ließ es sich schmecken. »Jetzt wünschte ich, wir hätten auch was von dem süßen Gebäck genommen«, meinte sie zu Justin.

»Wo stecken Sie das hin?«, fragte er fasziniert.

»Ich verbrenne alles, bei mir setzt nichts an. Die Kalorien, meine ich.« Sie wedelte mit den Essstäbchen in Nells Richtung. »Hey, ich wollte vorhin schon fragen, woher du wusstest, dass Justin einer von den Guten ist. Hellseherkram?«

Nell lächelte schwach. »Wir haben natürlich die Vorgeschichten von allen Polizeimitarbeitern überprüft. Justin stach zunächst heraus, weil er noch nicht lange dabei gewesen war, weil er von Atlanta hierher gezogen war, und weil er hier keine Angehörigen hatte. Außerdem, der Wandel vom Cop zum Privatdetektiv und wieder zum Cop schien eindeutig ... interessant.« – »Und ich dachte, mein Hintergrund wäre wasserdicht«, murmelte Justin.

»Beinahe«, versicherte ihm Nell. »Aber wir graben tiefer als ein potenzieller Arbeitgeber – und deshalb haben wir die Privatdetektivlizenz gefunden, die Ethan nicht gefunden hat.«

»Und woher wusstest du, dass er für Max arbeitet?«, fragte Shelby.

»Als wir ihn genauer überprüften, stellten wir fest, dass er und Max an der Uni Zimmergenossen gewesen waren. Und dass Max ihn mehrfach angerufen hatte, bevor Justin nach Silence zog, man die beiden aber nie zusammen gesehen hatte, seit Justin hier lebte. Also war das einfach logisch.«

»Nach unseren Maßstäben jedenfalls«, murmelte Galen und trank einen Schluck Kaffee.

»Ich finde das alles faszinierend«, sagte Shelby unnötigerweise. »Ich meine, ich weiß, es geht hier um Mord, und Männer sind tot. Aber was hier alles hinter den Kulissen abgeht, finde ich total faszinierend.«

»Aber hilft es uns weiter?« Nell streckte die Hand aus und klopfte auf einen Aktenordner auf dem Tisch. »Du und Justin, ihr habt wirklich überhaupt nichts Verdächtiges in diesen Geburtenbüchern gefunden?«

»Nichts, was uns verdächtig vorkam. Vielleicht findet Ethan ja was.«

Justin warf ein: »Ich habe ihm nicht gesagt, dass ich Kopien von den Kopien gemacht habe und einen Satz heute Abend hierher bringen wollte. Ehrlich gesagt habe ich ihm gar nicht gesagt, dass ich hierher wollte. Er denkt, ich bin zu Hause.«

Da er leicht schuldbewusst klang, sagte Nell: »Es ist wichtiger, dass Ethan diese Geburtenbücher durchgeht, als dass er hier bei uns sitzt und sich anhört, wie wir unsere Informationen wiederkäuen. Bis jetzt haben wir nichts Neues, was wir ihm sagen können, zumindest keine stichhaltigen Beweise, keine neue Spur. Wenn er außerdem wüsste, wie die Geburtenbücher ins Spiel gekommen sind, würde ihn das nur

325

aus dem Konzept bringen. Er hat für den Augenblick genug von übersinnlichen Fähigkeiten gehört.«

Max regte sich und sagte zu Nell: »Ich weiß, du bist vor ein paar Tagen ins Gericht gegangen. Bist du da darauf gekommen, dass die Geburtenbücher wichtig sein könnten?«

Sie nickte. »Dass ich den Familienbesitz ordnen muss, war ein guter Vorwand, wenigstens ein Mal hinzugehen. Allerdings habe ich nicht wirklich nach etwas gesucht, das uns bei den Ermittlungen helfen könnte. Aber als ich einmal da war, habe ich ein flüchtiges Bild von George Caldwell erhascht, und da wusste ich, er hatte etwas gefunden, was er nicht erwartet hatte, als er die alten Geburtenbücher der Gemeinde durchgegangen war. Ich konnte nicht sagen, was es war, aber ich war sicher, deswegen war er ermordet worden.«

Justin beobachtete sie unablässig. »Und Sie glauben immer noch, dass Hailey die Mörderin sein könnte?«

Nell antwortete vorsichtig wie immer, wenn sie mit dieser Frage konfrontiert wurde. »Ich glaube, dass Hailey der gemeinsame Nenner der ersten drei Morde ist. Bis jetzt habe ich noch von keiner Verbindung zu George Caldwell gehört, aber da ich denke, dass er aus einem anderen Grund ermordet wurde, habe ich das auch nicht erwartet.«

»Und Nate McCurry?«

»Zu früh, um mit Sicherheit etwas sagen zu können. Aber demnach zu urteilen, was Sie über dieses Tuch erzählt haben, ist es zumindest möglich, dass er von einer Frau ermordet wurde.«

»Und was ist mit Shelbys Idee, dass uns das vielleicht in die Irre führen soll?«

»Das ist auch möglich.« Nell seufzte. »Als ich vor einer Weile meine E-Mails gelesen habe, fand ich eine Nachricht aus Quantico, dass man weder sie noch Glen Sabella aufstöbern konnte, also könnte einer von ihnen in der Nähe sein.«

»Aber wie wahrscheinlich ist das?«, widersprach Max. »All die Monate hier in der Nähe, und keiner hat sie gesehen? Außerdem, alle scheinen sich doch einig zu sein, dass der Mörder eine ungewöhnlich machtvolle übersinnliche Begabung hat, und du bist dir sicher, dass Hailey keine solche Gabe hatte.«

»Du glaubst, es war Zufall, dass die ersten drei Opfer allesamt ihre Liebhaber waren?«

»Ich glaube, der Begriff ›Liebhaber‹ geht an der Sache vorbei, aber nein, ich glaube nicht, dass es Zufall ist. Ich glaube bloß nicht, dass Hailey diese Männer umgebracht hat.«

»Dann wurden sie eben ihretwegen umgebracht.« Im selben Moment, in dem sie diese Worte aussprach, begriff sie fröstelnd, dass dies die Wahrheit war. »Ihretwegen«, wiederholte sie langsam.

Max runzelte die Stirn. »Wir wissen, dass Patterson in seinem Keller seine masochistischen Spielchen mit Hailey gespielt hat, als sie noch ein Kind war, und Ethan zufolge hatte Lynch sie wie ein kleines Mädchen angezogen, um seinen sexuellen Kick daraus zu beziehen. Was ist mit Ferrier? Du hast gesagt, sie hatten was miteinander, aber du hast nichts davon gesagt, dass er sie verletzt hätte.«

»Ich glaube, das hat er auch nicht.« Nell schüttelte langsam den Kopf. »Zumindest nicht so, dass Hailey es nicht irgendwie genossen hätte.«

»Furchtbar«, murmelte Shelby.

Nell verzog zustimmend das Gesicht. »Den meisten Frauen würde das nicht gefallen, aber Hailey … schien es zu genießen, sogar in vollen Zügen, jedenfalls nach allem, was ich gesehen habe. Trotzdem, das heißt nicht, dass er sie nicht auch missbraucht hätte.«

Galen sagte: »Aus Sicht eines Außenstehenden hat er das vielleicht. Vielleicht wurden alle diese Männer – jedenfalls bis auf Caldwell – ermordet, um sie für das zu bestrafen, was sie Hailey angetan hatten.«

»Weil sie sie verletzt hatten?«, fragte Shelby nach.

»Vielleicht«, entgegnete Nell. »Oder weil sie … sie besudelt hatten. Dieser Mörder, wer er auch sein mag, hat vielleicht eher die Männer als Hailey für ihre Lebensweise verantwortlich gemacht. Er sieht die heimliche, brutale Sexualität oder erfährt irgendwie davon, und er glaubt, diese Männer haben sie besudelt.«

»Weil er sie liebt?«, schlug Galen vor.

»Könnte sein. Hass und Eifersucht zusammen können machtvolle Antriebskräfte sein.«

»Und warum hat er nicht schon früher mit dem Morden angefangen?«, fragte Max.

Dann gab er selbst die Antwort. »Weil sie fortging. Sie lief mit einem anderen Mann davon und wurde von ihrem eigenen Vater enterbt, also war es unwahrscheinlich, dass sie zurückkommen würde. Und da hat der Mörder allen Männern in ihrem Leben die Schuld daran gegeben, dass sie ihm weggenommen wurde.«

»Das passt ins Bild«, sagte Justin. »Und womöglich hat der Mörder selbst noch nie direkten Kontakt zu Hailey gehabt. Viele verschmähte Liebhaber sind es nur in ihren Fantasievorstellungen und Tagträumen. Das würde es uns noch mehr erschweren.«

Shelby ergänzte ernsthaft: »Also hat er sich diese ganze Beziehung zu Hailey vielleicht nur in seiner Einbildung aufgebaut, hat sie auf ein Podest gestellt, hat von ihr geträumt – und dann hat er allmählich das mit den anderen Männern herausgefunden. Aber anstatt sie vom Podest zu stürzen, hat er sie als Opfer gesehen und den Männern die Schuld gegeben, die sie quälten.«

»Nur so konnte er sich wahrscheinlich gestatten, sie weiter zu lieben«, sagte Nell. »Selbstbetrug ist einer der stärksten Abwehrmechanismen.«

Shelby streckte die Hand aus und klopfte auf den Stapel Geburtenbücher. »Und was haben die hier damit zu tun?«

Nell versuchte, sich an das zu erinnern, was sie im Gerichtsgebäude gesehen hatte, doch es war nur ein flüchtiges

Bild gewesen, eine Ahnung, weniger eine echte Vision. »Ich weiß nicht. Vielleicht nichts, unmittelbar. Ich meine, vielleicht hat es gar nichts mit Hailey zu tun, vielleicht sind es nur Informationen, von denen der Mörder nicht wollte, dass sie herauskommen. Vielleicht etwas, was ihn mit den ersten drei Morden in Verbindung bringen würde.«

»Oh, großartig«, murrte Justin. »Weiten wir den Kreis der Möglichkeiten doch noch mehr aus! Woran liegt es eigentlich, dass wir jedes Mal, wenn wir was Neues rausfinden, nur immer noch mehr zu bedenken haben?«

»Murphys Gesetz«, bot Shelby an.

»Die Frage ist: Was ist unser nächster Schritt?« Galen sah Nell an.

Anstelle einer direkten Antwort sagte sie: »Justin, Ethan wollte die Geburtenbücher heute Abend durchgehen, stimmt's?«

»Ja, das hat er gesagt. In den letzten Wochen hat er meist bis weit nach Mitternacht gearbeitet und sich dann für ein paar Stunden auf der Couch in seinem Büro hingehauen. Das macht er heute bestimmt auch, besonders nach diesem neuen Mord. Und Shelby und ich können euch garantieren, dass eine einzelne Person viele Stunden braucht, um all die Kopien durchzugehen.«

»Ich würde ganz bestimmt nichts finden, was ihr übersehen habt«, meinte Nell. »Sie sind ein guter Polizist, und Shelby kennt diese Stadt und ihre Einwohner. Was die Geburtenbücher angeht, müssen wir also einfach abwarten, ob Ethan etwas findet.«

Max sagte: »Heute ist es zu spät, um noch Nate McCurrys Haus oder George Caldwells Wohnung zu überprüfen, auch wenn du dich dazu in der Lage fühlen würdest. Und wenn man bedenkt, dass der Mörder dich möglicherweise auf irgendeine Art beeinflusst, wenn du deine Fähigkeit einsetzt ...«

»Ich bin mir immer noch nicht sicher, ob das möglich ist«,

widersprach Nell wie beim ersten Mal, als Galen und Max das Thema zur Sprache gebracht hatten.

»Du weißt, dass es möglich ist«, entgegnete Galen.

»Ja, ich weiß, dass es jemandem, dessen übersinnliche Begabung stark genug ist, *technisch* möglich ist, den Geist eines anderen zu beeinflussen. Ich glaube bloß nicht, dass mich jemand beeinflussen könnte, ohne dass ich es weiß. Ohne dass ich es irgendwie spüre.«

»Wenn er dich nur erreichen kann, wenn du schläfst oder bewusstlos bist«, warf Max ein, »wie willst du es dann merken? Nell, du wirst zu oft ohnmächtig, und es passiert offenbar immer gleich im Anschluss an eine Vision oder wenn du dir zu viel abverlangt hast. Woher willst du wissen, dass er nicht einen Weg gefunden hat, wie er todsicher dafür sorgt, dass du ohnmächtig wirst, wenn du zu nahe dran bist, seine Identität herauszufinden?«

»Auch wenn das stimmt, muss ich weiter nach ihm suchen«, sagte Nell. »Das ist mein Job, der Grund, wieso ich hier bin.«

»Ja, das wissen wir. Ich weiß das. Aber wenn du bewusstlos bist oder Schlimmeres, klärst du gar nichts auf. Ich sage ja nur, dass es vielleicht nicht so eine gute Idee wäre, wenn du deine Begabung noch einmal einsetzt, jedenfalls nicht so bald.«

»Inzwischen«, warf Galen nach einem Blick auf die Uhr ein, »ist es fast zehn, und ich denke, wir sind einer Meinung, dass das ein langer Tag war. Was haltet ihr davon, wenn wir morgen in aller Frische weitermachen?«

Erneut hatte Nell das ungute Gefühl, dass ihnen die Zeit davonlief, doch sie sagte sich, es liege nur daran, dass sich allmählich alles ineinander fügte. Das sei alles.

»Mir recht«, sagte sie fest.

Es war nach acht Uhr, als Ethan endlich dazu kam, sich mit den Kopien der Geburtenbücher an den Schreibtisch zu setzen. Da war er bereits so müde, dass er befürchtete, er werde es gar nicht bemerken, wenn er auf etwas Wichtiges stieße, selbst wenn es sich auf die Hinterbeine stellen und ihn in die Nase beißen sollte. Dennoch trank er eisern schwarzen Kaffee, schaltete den Fernseher an, stellte CNN ein und drehte die Lautstärke herunter. Dann begann er mit der Durchsicht der Geburtenbücher.

Mindestens zwei Stunden und etliche Tassen Kaffee später erregte ein Eintrag seine Aufmerksamkeit, und er konzentrierte sich wieder stärker. Er war bereits auf die Geburtseinträge mehrerer seiner Deputys und der meisten ihm bekannten Fünfunddreißig- bis Vierzigjährigen in der Stadt gestoßen, ohne etwas Bemerkenswertes zu entdecken, doch an diesem Eintrag störte ihn unterschwellig etwas.

Warum?

Geburtsort, Geburtszeit, Name des Vaters, Name der Mutter –

Name der Mutter.

Ethan kannte die Geschichte und die Einwohner von Silence sehr gut. Er hatte es sich zur Aufgabe gemacht, sie zu kennen, und zwar seit vielen Jahren. Daher war er meistens auf dem Laufenden darüber, wer sich scheiden ließ oder heiratete, wer ein Baby erwartete, wer womöglich in finanziellen Schwierigkeiten war, wer ein Alkoholproblem hatte oder seinen Ehepartner betrog.

Doch das war jetzt. Ereignisse, die sich während seiner frühesten Kindheit oder gar vor seiner Geburt zugetragen hatten, hatten ihn nicht sonderlich interessiert. Wie die meisten Kinder hatte er alles unbesehen geglaubt. Wenn also ein anderes Kind irgendwann erwähnt hatte, dass seine Mutter – seine richtige Mutter – Jahre zuvor gestorben sei, dann hatte Ethan das sicher nicht infrage gestellt. Wahrscheinlich hatte er nur eine flüchtige Verbundenheit mit einem Leidensgenossen empfunden. Vielleicht hatte er dann noch selbst geklagt, dass die Wiederheirat seines Vaters mit Max Tanners Mutter ihm eine neue Mutter und ein jüngeres Geschwisterteil beschert hatte, die nun die gesamte Zeit und Aufmerksamkeit, die sein Vater nach der nicht enden wollenden Arbeit auf der Ranch noch erübrigen konnte, für sich beanspruchten.

Ein Augenblick der Verbundenheit mit einem zufälligen Bekannten, ein Ereignis, das in Ethans Leben kaum herausragte.

Bis jetzt.

Er nahm einen Bleistift und umkringelte den Namen, den er gefunden hatte. »Sie hat ihn großgezogen«, murmelte er. »Ihr Name steht hier als der seiner leiblichen Mutter. Warum hat er dann gesagt, seine richtige Mutter sei tot?«

»Du hast kein Wort dazu gesagt, dass ich mich mit Galen in Verbindung gesetzt habe.«

Nell sah nicht von den Kopien der Geburtenbücher auf, die sie studierte. »Was soll ich denn dazu sagen? Du hast eine Ermessensentscheidung getroffen, wahrscheinlich die richtige. Wir waren an einem Punkt, an dem es zweifellos das Beste war, sich zu treffen und zu beraten.« Sie hielt inne, dann fügte sie sarkastisch hinzu: »Allerdings wird uns das eine wertvolle Lehre zum Thema verdeckte Ermittlung sein. Das nächste Mal sorgen wir garantiert dafür, dass nicht jeder Zugang zum Menü oder den Wiederwahloptionen unserer Handys hat.«

»Ich dachte mir schon, dass da vielleicht etwas übersehen wurde.«

»Ja. Man lernt eben nie aus im Leben.«

»Wenn man lange genug lebt.«

Nell war nicht überrascht gewesen, dass Max – ohne Kommentar oder Erklärung – zurückgeblieben war, als die anderen gegangen waren. Er hatte Shelby geholfen, die Reste des chinesischen Essens abzuräumen, das sie und Justin für alle mitgebracht hatten, und Nell so Gelegenheit gegeben, rasch und unter vier Augen mit Galen zu sprechen. Dann hatte er frischen Kaffee gemacht, während die anderen sich von Nell verabschiedet hatten.

Der Kaffee sagte ihr, dass er davon ausging, er werde noch eine Weile bleiben.

Er hatte sie fast den ganzen Abend mehr oder weniger unablässig beobachtet, und sie war sich dessen in hohem Maße bewusst gewesen. Außer dass er sie gefragt hatte, ob es ihr besser gehe, hatte er nichts mehr zu ihrer Ohnmacht gesagt, und da Galen anwesend gewesen war und Justin und Shelby sehr bald darauf eingetroffen waren, hatten sie keine Gelegenheit mehr gehabt, die unterbrochene Diskussion darüber fortzusetzen.

Dafür war Nell zutiefst dankbar.

Max und Galen schienen gut miteinander auszukommen, was sie nicht gewundert hatte. Galen konnte sehr liebenswürdig sein, wenn er wollte, und da er nicht der Typ war, der mit anderen Männern Machospielchen spielte, hatte Max ihn zweifellos als sowohl informativen wie auch angenehmen Gesprächspartner empfunden.

Informativ. Nell hatte noch nicht den Mut gehabt zu fragen, worüber genau die beiden Männer gesprochen hatten, während sie bewusstlos im Obergeschoss gelegen hatte, doch die Möglichkeiten, die zur Auswahl standen, beunruhigten sie.

Dennoch, Max war ganz ruhig gewesen. Wirklich überraschend, wenn man bedachte, wie sehr er sich wegen ihrer Ohnmachten sorgte. Sogar als Max erfuhr, dass Nell von Anfang an von Justin Byers Tätigkeit für ihn gewusst hatte, schien ihn das nicht allzu sehr zu stören. Shelbys Mitarbeit allerdings hatte ihn überrascht, zumindest anfangs.

Doch nun brauchte Nell ihn gar nicht erst anzusehen, um seine wachsende Spannung zu spüren. Sie hörte es an seiner Stimme.

»Du und Ethan, ihr scheint mir heute alles in allem ganz gut miteinander ausgekommen zu sein«, bemerkte sie und ignorierte damit seine Bemerkung. »Wann schließt ihr zwei endlich Frieden?«

»Sobald er so weit ist. Ich bin seit Jahren mehr als bereit dazu. Aber ich bin auch nicht derjenige, der meint, ihm sei Unrecht getan worden.«

Da sah Nell hoch und blickte Max über den Tisch hinweg mit erhobenen Augenbrauen an. »Es war wohl kaum deine Schuld oder auch nur deine Entscheidung, dass sein Vater dir die Ranch hinterlassen hat. Außerdem wäre Ethan ein lausiger Viehzüchter, jeder weiß das. Sogar Ethan weiß das.«

»Ich vermute, es geht ums Prinzip. Oder um Fairness. Die Ranch war seit drei Generationen im Besitz der Familie Cole.«

»Und er hätte sie verkauft, wenn er sie geerbt hätte. Jedenfalls hat sein Vater ihm andere Grundstücke und Beteiligungen hinterlassen. Der Besitz wurde fair zwischen euch beiden geteilt.«

»Ich war der Stiefsohn, trotzdem habe ich das geerbt, was sein Vater am meisten liebte. Das macht ihm zu schaffen. Und daran kann ich nichts ändern.«

»Also muss er den ersten Schritt tun«, seufzte Nell.

»Würdest du mit Hailey Frieden schließen, wenn sie hier vor dir stünde?«

»Ich weiß es nicht«, antwortete Nell ehrlich. »Ich würde sie gerne nach den Gründen für einige der Entscheidungen fragen, die sie in ihrem Leben getroffen hat. Ob sie sich mit all den Männern, die sie missbraucht haben, eingelassen hat, weil sie auf irgendeine abwegige Weise dachte, sie würde damit unseren Vater dafür bestrafen, dass er sie nicht geliebt hat. Oder sich selbst dafür, dass sie seiner Liebe nicht wert war.«

»Glaubst du das?«

»Das klingt doch plausibel. Vielleicht irre ich mich, vielleicht hat Patterson sie ja auf den Pfad geführt, dem sie für den Rest ihres Lebens folgen muss, indem er sie verführt oder sie in sein Spielzimmer im Keller gelockt hat, als sie noch ein Kind war.«

»Aber?«

»Aber ich glaube nicht, dass es so einfach war. Ehrlich gesagt wäre ich kein bisschen überrascht, wenn sie Patterson verführt hätte statt umgekehrt.«

»Im Ernst? So jung?«

Nell zögerte, dann sagte sie: »Als sie noch jünger war, da … sah sie in unserem Haus etwas mit an. Etwas, das ihr eine sehr verquere Vorstellung davon eingegeben haben muss, wie die Beziehung zwischen Mann und Frau aussehen soll.«

Max schwieg einen Moment lang, dann fragte er: »Und was ist mit dir, Nell? Wie hat sich das Leben in diesem Haus darauf ausgewirkt, wie du Beziehungen siehst?«

»Ich bin davongekommen.«

»Als du siebzehn warst. Aber jeder Psychologe wird dir bestätigen, dass die meisten unserer Haltungen und Einstellungen sich ausbilden, bevor wir erwachsen sind. Also, wie verquer sind deine Vorstellungen von der Beziehung zwischen Mann und Frau?«

Nell wusste, er reizte sie mit voller Absicht – aber sie wusste auch, dass es zugleich eine echte, ehrliche Frage war, und so versuchte sie auch, nach Möglichkeit ehrlich zu antworten.

»Ich habe in meiner eigenen kleinen Welt gelebt, Max, das weißt du. Auch als ich noch klein war, wusste ich, dass mit meinem Vater etwas nicht stimmte, dass etwas Widernatürliches an der Art war, wie er uns alle behandelt hat. Während Hailey also gierig beobachtete und nach Kräften versuchte, so zu sein, wie er sie wollte oder wie sie dachte, dass er sie wollte, habe ich versucht, von ihm wegzukommen.«

»Und ich?«

»Was ist mit dir?«

»Warum hast du dich zu mir hingezogen gefühlt? Warum konnte ich dir nahe kommen, obwohl niemand anders das konnte?«

Da senkte Nell den Blick auf die Kopien vor sich auf dem Tisch. »Ich weiß nicht. Ich kann mich nicht einmal daran erinnern, dich gekannt zu haben, ehe du in dem Sommer von der Uni zurückkamst.«

»Im Sommer davor. Als du sechzehn warst.«

Sie nickte. »Damals blieb ich schon so lange wie möglich von zu Hause weg. Im Sommer hieß das, dass ich viel geritten bin. Die Felder und Wege und den Wald erkundet habe. Ich habe mich morgens ganz leise aus dem Bett geschlichen, habe ein bisschen Obst und ein Sandwich in eine Papiertüte gesteckt, dann mein Pferd gesattelt und bin losgeritten. Meistens bin ich erst bei Sonnenuntergang zurückgekommen.«

»Hat es deinen Vater nicht gestört, dass du den ganzen Tag weg warst?«

»Es hat ihm nicht gefallen. Aber da war es schon so sehr zu einer Gewohnheit geworden, dass er nicht mehr viel sagen konnte. Als ich noch kleiner war, da hörte ich manchmal etwas, wenn ich mit dem Pferd unterwegs war – und das war dann er, der mich vom Auto oder einem anderen Pferd aus beobachtet hat.«

Max atmete tief durch. »Das erklärt auch, dass du selbst meilenweit von diesem Haus entfernt immer so angespannt und nervös warst.«

»Als ich sechzehn war, ist er mir nicht mehr so oft gefolgt. Ich schätze, er hatte begriffen, dass ich immer allein war und nie irgendetwas tat, wogegen er etwas hätte sagen können. Aber er ist immer mal wieder ohne Vorwarnung aufgetaucht und hat nach mir gesehen. Damit ich wusste, dass er es konnte. Ich wusste, ich durfte in meiner Wachsamkeit nie lange nachlassen.«

»Mein Gott.« Max schüttelte den Kopf. »Verdammt, ist dir eigentlich klar, dass es ein echtes *Wunder* ist, dass du dir überhaupt gestattet hast, dich mit mir einzulassen?«

»Ist das so?«

»Na ja, aus meiner Sicht schon. Aus deiner Sicht ist es vielleicht der eine große Fehler, den du in deinem Leben gemacht hast.«

Nell zuckte leicht zusammen. »Das habe ich nie gesagt.«

»Nein. Du bist nur ohne einen Blick zurück aus meinem Leben gerannt. Und das, nachdem ...« Er atmete nochmals tief durch, doch als er weitersprach, war seine Stimme immer noch angespannt: »Und das, nachdem wir uns genau an dem Tag zum ersten Mal geliebt hatten. Wir hatten uns geliebt, und während ich noch immer versuchte, mit den unerwarteten ... Nachbeben davon fertig zu werden, warst du schon weg.«

»Ich habe dir gesagt, wieso.«

»Zwölf Jahre später hast du mir das gesagt. Damals ... wusste ich nur, dass du weg warst. Du warst siebzehn Jahre alt und soweit ich wusste völlig allein auf der Welt. Ich kann dir gar nicht sagen, wie viele Nächte ich schweißgebadet aufgewacht bin, voller Panik, du könntest irgendwo verschollen sein, ohne jemanden, der dir hilft, womöglich noch schwanger, und müsstest Gott weiß was tun, um am Leben zu bleiben.«

»Es tut mir Leid. Es tut mir Leid, dass ich mich nicht von dir verabschiedet habe, dass ich dich nicht habe wissen lassen, dass es mir gut ging. Es tut mir Leid, dass ich zu feige war, in all den Jahren einmal zurückzukommen. Aber solange mein Vater gelebt hat, wollte ich ...«

»Du musstest nicht zurückkommen, um mich wissen zu lassen, dass es dir gut ging. Du hättest nicht mal einen Telefonhörer in die Hand nehmen oder eine Postkarte schicken müssen.« Max sprach langsam, bedächtig. »Du hättest mich nur lange genug einlassen müssen. Was hätte es dich gekostet, die Türe nur für eine Minute zu öffnen, Nell?«

Sie stieß ihren Stuhl zurück und verließ wortlos den Raum.

Max folgte ihr. Er war nicht überrascht, dass sie im kältesten, förmlichsten Raum des Hauses landeten: im Wohnzimmer. Nur zwei Lampen brannten, daher war es dort dämmrig, kühl und still. Nell stand wie früher am Tag vor dem dunklen Kamin und schien das Fehlen des Familienfotos auf dem Sims nicht zu bemerken.

»Glaubst du, es ist kalt genug für ein Feuer? Nein, lass mal, es ist sowieso schon so spät ...«

»Diesmal nicht«, sagte Max grimmig. Er packte sie an den Schultern und drehte sie zu sich herum. »Diesmal beenden wir das, und wenn es uns beide umbringt.«

»Max ...«

»Ich will es wissen, Nell. Ich will wissen, warum du mich lieber in dem Glauben gelassen hast, du könntest tot sein oder Hunger leiden, als dich für mich zu öffnen.«

»Du wusstest, dass ich nicht tot war.« Sie versuchte nicht, sich aus seinem Griff zu befreien, sondern stand einfach da und sah ihn mit unergründlichem Blick an.

Er stieß ein Lachen aus, nicht mehr als ein lauter Atemzug. »Ja. Das wusste ich. Das war fast das Schlimmste daran, es *ist* das Schlimmste daran, dich immerzu wahrzunehmen. Wenn es ganz still ist, kann ich dich beinahe atmen hören. Du bist immer bei mir. Und doch wieder nicht. Ein blitzartiger Eindruck von deiner Stimmung, aber irgendwie nicht greifbar – wie Quecksilber. Das Flüstern eines Gedankens. Das Aufflackern eines Traums. Und dann entschlüpfst du mir wieder. Kühl, fern, gerade eben außer Reichweite – ein Teil von mir, den ich nicht einmal berühren kann.«

»Es tut mir Leid.«

»Früher habe ich gedacht, du machst das absichtlich, um mich zu bestrafen.«

»Wofür zu bestrafen?«

»Dafür, dass ich dich liebe. Dass ich dir zu nahe gekommen bin. Dass ich das getan habe, was dich vertrieben hat.«

»Ich wollte nie – es tut mir Leid.«

Er schüttelte sie. »Hör auf mit dem Spruch, verdammt! Du wusstest nicht, dass es passieren würde, oder? Du wusstest nicht, dass es dich jenes kleine Stück von dir kosten würde, wenn wir uns lieben, dass es eine Tür aufstoßen würde, die du nie wieder schließen kannst, jedenfalls nicht für immer.«

»Nein. Ich wusste nicht, dass das passieren würde.«

»Und wenn du es gewusst hättest?«

»Was willst du hören? Dass ich es nicht getan hätte, wenn ich es gewusst hätte? Auch wenn es mir jemand gesagt hätte, wenn jemand mich vorgewarnt hätte, hätte ich nicht verstanden, was es bedeutet. Und wenn ich es verstanden hätte, hätte ich ... mich wahrscheinlich nicht darum gekümmert. Damals nicht. Ich habe dich geliebt, Max. Ich wollte zu dir gehören. Und ich glaube nicht, dass es mich abgehalten hätte, wenn ich gewusst hätte, dass es für immer ist.«

Er hob eine Hand und berührte sie an der Wange. »Warum schließt du mich dann jetzt aus?« – »Es ist zwölf Jahre her.«

»Das ist es nicht. Ich will die Wahrheit, Nell. Was ist es, das ich nicht wissen soll?«

»Max ...« – »Was soll ich nicht sehen?«

»Sie sind sehr still«, bemerkte Shelby, als sie sich der Innenstadt von Silence näherten. Sie fuhr, da sie ihr Auto genommen hatten, und Justin hatte nicht viel zu sagen gehabt.

»Ich denke einfach über die Ermittlungen nach. Über all die Fragen.«

Sie warf einen Blick auf sein Gesicht, das im Schatten lag. »Sicher, dass Sie nicht immer noch wütend auf mich sind?«

Er seufzte. »Ich war gar nicht wütend, Shelby. Aber das ist eine gefährliche Situation, und Nell hatte kein Recht, Sie da hineinzuziehen.«

»Sie hat mich nicht hineingezogen. Sie hat gefragt, ob ich interessiert wäre. *Und* dafür gesorgt, dass ich bei einem Polizisten bin, falls Sie das vergessen haben sollten.«

»Sie können nicht vierundzwanzig Stunden am Tag bei mir bleiben, bis diese Sache vorbei ist.«

»Kann ich nicht?«

Er sah sie an, schwieg jedoch.

»Sie sind einfach erschöpft«, meinte Shelby. »Hören Sie, wenn Sie sich dann besser fühlen, was meine Beteiligung an diesem Fall angeht, dann schlafen Sie doch heute Nacht bei mir. Ich habe ein sehr gemütliches Gästezimmer.«

Nach einem langen Augenblick sagte Justin: »So müde bin ich auch wieder nicht.«

Shelby nahm die Kurve, die sie zu ihrem Haus bringen würde, und sagte ruhig: »Nun, das Schlafzimmer ist auch sehr schön, falls du das vorziehst. Ich muss dich allerdings warnen: Ich schlafe auch im Winter bei offenem Fenster.«

Justin wartete, bis der Wagen in ihrer Einfahrt stand, ehe er erwiderte: »Falls das eine Entschuldigung sein soll – so weit musst du wirklich nicht gehen.«

Shelby war nicht beleidigt, sie lachte. »Nein, das würde ich nicht tun. Aber falls du es nicht magst, wenn die Frau fragt, dann sag es einfach.«

»Ich bin geschmeichelt.«

»Tatsächlich?«

»Und verwirrt.«

Shelby stellte den Motor ab, wandte sich ihrem Beifahrer zu, lehnte sich über die Getriebekonsole und küsste ihn. Ein, zwei Augenblicke später zog sie sich so weit zurück, dass sie murmeln konnte: »Immer noch verwirrt?«

Seine Arme schlossen sich um sie. »Nein.«

»Gut. Gehen wir rein.«

20

»Was ist es, Nell? Was soll ich nicht sehen?«

»Ich habe es dir schon gesagt.« Ihr gesamter Körper war angespannt, als sie zu ihm hochblickte. »Du hast mir nicht geglaubt, aber es stimmt. In meiner Familie gibt es Böses, etwas Dunkles, das tief in uns verwurzelt ist. Auch in mir.«

»Du hast in deinem ganzen Leben noch nichts Böses getan.«

»Das kannst du nicht wissen.«

»Doch, das kann ich.« Sein Griff um ihre Schultern wurde fester. »Das kann ich.«

»Ich wache aus Albträumen auf, Max, aus grauenvollen Träumen voller Blut und Gewalt. Jede Nacht, seit ich wieder zu Hause bin, aber auch vorher schon, auch vor vielen Jahren schon. Du weißt das. Du hast es ein paar Mal mitbekommen, oder?«

»Das sind bloß Träume, Nell. Die haben wir alle, auch dunkle und gewalttätige.«

»Nein, nicht solche Träume. Ich weiß, was Abnormität ist, glaube mir. Ich habe sie öfter in Fleisch und Blut gesehen, als mir lieb ist. Und eins weiß ich: dass meine Träume direkt aus der Hölle kommen.«

»Na und? Nell, dein Leben *war* die reinste Hölle. Du hast diese Familie überlebt und das, was in diesem Haus passiert ist. Dann bist du weggelaufen, als du kaum mehr als ein Kind warst, und musstest ganz alleine zurechtkommen im Leben. Musstest mit Fähigkeiten leben, die du kaum verstanden hast. Und dann bist du zum FBI gegangen und ermittelst jetzt in den allerschlimmsten Verbrechen, hast es mit den übelsten, bösartigsten Mördern überhaupt zu tun. Logisch, dass du da

Albträume hast. Ohne dieses Ventil wärst du wahrscheinlich längst zusammengeklappt. Oder wärst wie Hailey geworden, hättest auch einen solchen Schaden davongetragen, dass eine normale Beziehung für dich nicht einmal denkbar wäre.«

»Wie kommst du darauf, dass sie für mich denkbar ist?«

»Finden wir es heraus.« Er zog sie an sich und küsste sie.

Halb hatte Nell damit gerechnet, dass es diesmal anders sein würde, aber das war es nicht. In dem Moment, in dem sein Mund den ihren berührte und seine Arme sich um sie schlossen, war sie sich nur noch des überwältigenden Gefühls bewusst, genau dort zu sein, wo sie sein sollte, wie an jenem warmen Frühlingstag vor zwölf Jahren.

Sie gehörte zu Max. Sie hatte schon immer zu ihm gehört.

Dies zu wissen war wie die Anerkennung einer elementaren Wahrheit. Auch in all den Jahren, in denen sie fern voneinander gewesen waren, hatte ein Teil von ihr stets gewusst, dass sie ohne Max niemals ganz sein könnte. Dies jetzt zu erkennen gab ihr ein Gefühl von Sicherheit und Freiheit, das mit nichts zu vergleichen war, was sie kannte.

»Ich glaube, sie ist sehr wohl denkbar«, sagte Max.

Nell kam nicht zu Wort, denn er küsste sie erneut, und sie küsste ihn und spürte, was sie nicht gespürt, was sie sich nicht erlaubt hatte zu spüren, seit er sie zum letzten Mal so gehalten hatte. Eine Welle von Gefühlen und Sinneswahrnehmungen überrollte sie, und sie hätte beinahe aufgeschrien, weil diese Freuden so einfach und unkompliziert waren.

»Lass mich ein, Nell.«

»Nein ... du würdest sehen ...«

»Ich will sehen.« Er küsste sie wieder und wieder, tiefe, betäubende Küsse, so drängend, dass alles in ihr sich danach sehnte, ihm zu geben, was er auch von ihr benötigen mochte. »Ich muss sehen.«

Hinterher war Nell sich niemals sicher, ob sie erneut widersprochen hätte, wenn sie noch ein, zwei Augenblicke Zeit zum Nachdenken gehabt hätte. Max gewährte sie ihr nicht.

Sie spürte, wie er sie hochhob und aus dem kühlen Wohnzimmer die Treppe hinauftrug. Sie war etwas schockiert darüber, dass er dies so leicht tun und sie es so sehr genießen konnte.

Dann stürmten die Wahrnehmungen auf sie ein und drängten alles andere beiseite. Kleidung, die von ihr abfiel, ihr über die Haut glitt. Seine Hände auf ihr, warm und fest und drängend. Sein starker Körper unter ihren suchenden Fingern. Ihr Herz, das ihr gegen die Rippen hämmerte, ihr Atem, der beschleunigt war und flach. Dann das Bett unter ihr, beunruhigend weich und so ganz anders als die dünne Wolldecke, die sie kaum vor dem kalten Frühlingsboden geschützt hatte.

Seitdem waren zwölf Jahre vergangen. Bei diesem Gedanken wurde ihr schwindlig, doch ihr eigener Körper bestand darauf, dass sie es begriff. Sie war nun kein jungfräuliches Mädchen mehr, scheu und sich halb zu Tode ängstigend vor dem, was sie wollte, und Max war nicht mehr der sanfte, vorsichtige junge Mann, dem es in seinem Bemühen, sie nicht zu verletzen, gar nicht in den Sinn gekommen war, dass für diese wenigen Minuten unglaublicher Nähe ein hoher Preis von ihnen gefordert werden könnte.

»Nell ...«

Diesmal war er gröber, direkter, drängender. Sein Verlangen nach ihr war so wild, dass es eine Liebkosung für sich darstellte, ihre tiefsten Instinkte anrührte und eine Reaktion in ihr entzündete, die so unwillkürlich war wie der Schlag ihres Herzens.

Blind griff sie nach ihm, sie brauchte ihn so nahe bei sich wie nur irgend möglich. Ihre Arme umschlangen ihn, und es war nicht nahe genug. Ihr Körper hielt ihn umschlungen, und es war nicht nahe genug. Er musste ihr näher sein.

Näher.

Als es zum ersten Mal geschehen war, hatte es Max völlig erschüttert. Hatte ihn erbeben lassen. Nichts in seinem Leben hatte ihn auf die unvorstellbar intime Nähe vorbereitet, die Nell ihm geboten hatte. Nein – gefordert. Die Leidenschaft und ein tiefes Bedürfnis hatten bis auf den Instinkt alles weggesengt. In der körperlichen Vereinigung mit dem Mann, den sie liebte, ging Nell instinktiv die tiefstmögliche Verbindung mit ihm ein.

Diesmal war er dafür bereit.

Max hielt den Atem an, Nell ebenfalls. Er sah ihr in die Augen, während ihre Sinne, ihre Gedanken, ihre Gefühle mit seinen verschmolzen. Es ging viel tiefer, als nur etwas miteinander zu teilen, es war elementarer, es war absolut. Ihre Herzen schlugen exakt im gleichen Takt, ihrer beider Atmung war völlig synchron, ihre Körper gehorchten in ihren Bewegungen einem einzigen Willen.

Sie waren eins.

Ethan legte den Geburtseintrag, der ihm zu denken gab, beiseite und wendete sich den restlichen Kopien zu. Doch je weiter die Zeiger der Uhr auf seiner Anrichte rückten und je mehr Einträge er las, desto rastloser wurde er, desto unbehaglicher war ihm zu Mute. Einmal stand er auf und wanderte durchs Gebäude. Er wollte nicht etwa seine Mitarbeiter kontrollieren, vielmehr half ihm die körperliche Bewegung beim Denken.

Als er schließlich an seinen Schreibtisch zurückkehrte, ließ sich die Frage, die ihm durch den Kopf ging, immer noch nicht beantworten, obwohl sie so klar zu sein schien.

Das konnte es nicht sein, oder?

So einfach?

Meine richtige Mutter ist tot. Sie ist bei meiner Geburt gestorben.

Die unerklärliche Lüge eines kleinen Jungen? Oder steckte mehr dahinter?

Es war beinahe Mitternacht, als Ethan sich zurücklehnte – über die Hälfte der Einträge musste er noch lesen – und den einen in die Hand nahm, der ihn beschäftigte. So spät an einem Samstagabend konnte er das nicht mehr überprüfen – es sei denn, er würde einfach fragen.

Eine gute Idee oder eine schlechte?

Jemanden mitnehmen oder allein gehen?

Er öffnete die Schreibtischschublade und holte den Dienstplan heraus, um nachzusehen, wer an diesem Wochenende Dienst hatte. Doch schon während er ihn studierte, fiel ihm wieder ein, was sein Gang durchs Gebäude ihm gezeigt hatte: Die meisten Deputys waren entweder immer noch offiziell im Dienst oder hatten sich im Aufenthaltsraum versammelt und spielten Poker oder unterhielten sich leise. Einige waren wohl zu ihren Familien nach Hause gefahren, aber die meisten drückten sich einfach hier herum, wie schon seit Wochen.

Und warteten.

Immer noch unentschlossen legte Ethan den Dienstplan weg. Er nahm den Geburtseintrag wieder zur Hand und starrte den eingekreisten Namen der leiblichen Mutter an. Der vermeintlichen leiblichen Mutter.

Er war Polizist genug, um zu wissen, dass Mörder die eigenartigsten, unerklärlichsten und häufig überaus rationale Begründungen für ihre Taten fanden. Doch er konnte sich wirklich nicht vorstellen, warum dieser Name auf einer Geburtsurkunde George Caldwell den Tod gebracht haben sollte.

Meine richtige Mutter ist tot.

Hatte das etwas zu bedeuten?

Ethan zog kurz in Betracht, bei Nell anzurufen, verwarf die Idee jedoch sogleich wieder. Nein. Allen Beteuerungen der Bürgermeisterin gegenüber zum Trotz war er ganz und gar nicht glücklich darüber, dass man hinter seinem Rücken das FBI hinzugezogen hatte. Er würde jetzt garantiert nicht brav hinter Nell herlaufen, die Hand grüßend an den Hut legen und ja, Ma'am, nein, Ma'am sagen, während sie und ihr unsichtbarer Partner den Fall aufklärten.

Außerdem schien sie ihm zu sehr davon überzeugt, dass

Hailey die Mörderin war, und je länger Ethan darüber nachdachte, desto unwahrscheinlicher kam ihm dies vor. Zwar hatte Nell bisher noch nicht erklärt, was es denn nun mit Adam Gallaghers Tod auf sich hatte, doch Ethan sah nicht, wie dieser Tod, auch wenn er nicht natürlich gewesen sein sollte, auf Hailey verweisen könnte. Sie war zu dem Zeitpunkt bereits fort gewesen, enterbt von einem unverhohlen wütenden Vater. Warum hätte sie also zurückkommen sollen, und das auch nur so lange, bis sie ihn unter die Erde gebracht hatte?

Nein, Hailey als Mörderin, das passte einfach nicht.

Was diesen Geburtseintrag anbetraf …

Unvermittelt traf Ethan eine Entscheidung, faltete das Dokument zusammen und steckte es in die Tasche. Dann holte er seine Pistole aus der Schublade und befestigte sie am Gürtel. Er schlüpfte in seine Jacke und ging hinaus ins Großraumbüro. Da mehrere Streifen unterwegs waren, befanden sich nur zwei Deputys in dem großen Raum. Einer von ihnen telefonierte. Der andere saß auf der Ecke eines Schreibtischs und betrachtete eine Dartscheibe an der Wand. Neben ihm blieb Ethan stehen.

»Hallo, Kyle. Wo ist Lauren?«

»Nach Hause gefahren, um zu duschen. Offiziell sind wir nicht im Dienst, aber …«

»Ja, ich weiß.« Ethan vergewisserte sich, dass Steve Critcher immer noch telefonierte, dann sagte er zu Kyle: »Lust auf eine kleine Spritztour?«

»Klar. Wo soll's denn hingehen?«

»Raus zu Matt Thorton. Ich muss ihn was fragen.«

»Du hattest Angst«, sagte Max. »Das war es, wenigstens zum Teil, oder? Deshalb hast du die Tür in all den Jahren so gut du konntest verschlossen gehalten. Deshalb hast du mich um jeden Preis ausschließen wollen, seit du wieder hier bist. Ich bin so gut wie gar nicht zu dir durchgedrungen.«

»Ich hatte Angst«, gab Nell zu. Die friedvolle Atmosphäre in dem von Lampen erleuchteten Schlafzimmer ermöglichte es ihr, auszusprechen, wogegen sie sich anderswo gesträubt hätte.

»Wegen meiner Reaktion beim ersten Mal.«

Sie zögerte, dann seufzte sie. »Die habe ich dir nicht übel genommen. Was da passiert ist, hat mich auch erschüttert, deshalb war mir klar, wie schwer es für dich sein musste, damit umzugehen. Du bist ... ein bisschen ausgeflippt.«

»Total ausgeflippt. Aber ich war auch fasziniert, Nell, das musst du gewusst haben.«

»Ich wusste es. Ich wusste auch, dass es dich erschreckt hatte. Dass du dich hinterher gefragt hast, ob du dann keine Privatsphäre mehr haben würdest. Jeder braucht einen stillen Raum in sich, wo er allein sein kann, und du hattest Angst, dass du den nicht mehr haben würdest.«

»Deshalb hast du die Tür so schnell geschlossen, als wir beide wieder klar denken konnten.«

»Es war nicht nur deine Reaktion, die mir Angst gemacht hatte, Max. Das war einfach eine so gewaltige Erfahrung ... das hat mir auch große Angst gemacht. Ich war noch nie jemandem wirklich nahe gewesen, und dann warst du mir plötzlich so nahe ...«

Max verlagerte sein Gewicht, sodass er auf sie hinabsehen konnte. »Und jetzt? Die Tür ist wieder geschlossen. Diesmal hast du sie nicht zugeknallt, du hast sie einfach in den letzten paar Minuten sachte zugeschoben.«

Nell musste seine Gedanken nicht lesen können, um zu wissen, dass ihn das verstörte. »Max ...« Sie schüttelte den Kopf. »Ich bin kein Telepath, und du auch nicht. Diese Verbindung, die wir da haben, dieser Zugang – ich glaube nicht, dass die Tür immer weit offen stehen sollte.«

»Ist das eine Regel?«

»Sei nicht böse. Das mache ich doch nicht, weil ich dich nicht will. Du weißt, dass das nicht stimmt, wir wissen es beide. Aber ich … es *gibt* Dinge, die ich nicht mit dir teilen möchte, die ich dich nicht sehen lassen möchte.«

»Die Albträume. Die Visionen.«

Sie brachte ein Lächeln zu Stande. »Warum sollten wir gleich beide einen Kurzschluss im Hirn riskieren?«

»Also darf ich zwar das Vergnügen und die Freuden mit dir teilen, aber die Schmerzen und Ängste nicht?«

Nell streckte die Hand nach oben, um sein Gesicht zu berühren. Mit den Fingerspitzen fuhr sie die schmale Linie seines grimmig zusammengepressten Mundes nach, suchte vergeblich, sie zu erweichen. »Wäre das so schlimm?«

Max fing ihre Hand ab und hielt sie fest. »Ich liebe dich, Nell. Ich liebe dich, seit du sechzehn warst. Und in all den Jahren, seit du weg warst, war das Einzige, was das Leben für mich erträglich gemacht hat, diese entfernte, kaum spürbare Verbindung zu dir. Manchmal habe ich monatelang nichts gespürt, und dann wusste ich aus heiterem Himmel wieder, wie es dir ging, ob du aufgeregt oder glücklich oder besorgt warst – oder ob du Angst hattest. Manchmal habe ich dann einen flüchtigen Einblick in einen Albtraum von dir erhascht oder bin aus einem von meinen Träumen erwacht und war mir sicher, dass du neben mir lagst, dass ich dich atmen hören konnte.«

»Ich weiß«, murmelte sie. »So war es bei mir auch.«

»Und du hast es gespürt, wenn ich mal wieder daran gedacht habe, dich zu suchen. Denn sobald ich daran gedacht habe, wusste ich, dass du das nicht wolltest. Das war alles, nur diese kategorische Verneinung, diese Ablehnung. *Bleib weg.* Manchmal dachte ich, ich hätte es mir nur eingebildet, aber tief im Innern wusste ich, dass das nicht stimmte.«

»Max …«

»Du konntest mich bewusst abweisen, aber du konntest mir nicht sagen, warum du weggelaufen warst, oder auch nur, ob du glücklich warst im Leben. Und ich konnte es nicht beurteilen, nicht anhand des Wenigen, was ich gespürt habe.

Aber ich wusste, dass da Verletzungen und Sorgen und Ängste waren. Und ich wusste, du bist allein.«

»Manchmal ist es am besten, allein zu sein.«

Max nickte, als hätte er die Antwort erwartet. »Das ist es in Wirklichkeit, Nell, oder? Du musst allein sein, du musst die Tür zwischen uns so gut wie möglich verschlossen halten, weil du davon überzeugt bist, dass der Gallagher-Fluch wirklich ein Fluch ist, etwas Widernatürliches, Dunkles, sogar etwas Böses. Du bist davon überzeugt, dass er dich früher oder später in den Wahnsinn treiben *wird*.«

Nell holte Luft und stieß sie dann in einem freudlosen Lachen wieder aus. »Warum sollte ich die Ausnahme sein? Er hat die anderen wahnsinnig gemacht, warum also nicht auch mich?«

Ruhig entgegnete Max: »Ich kenne die Geschichten. Nachdem du weg warst, habe ich ein paar Nachforschungen angestellt. Ich weiß, dass die meisten Gallaghers, die übersinnliche Fähigkeiten für sich in Anspruch genommen haben, irgendwann ... unter ärztlicher Aufsicht gelandet sind.«

»Du meinst, sie sind in Gummizellen gelandet, wo sie sich die Seele aus dem Leib geschrien haben«, berichtigte sie ihn.

»Und zwar tatsächlich alle. Früher oder später. Manche sind wie meine Großmutter bis ins hohe Alter einigermaßen unversehrt geblieben. Die galten nur als exzentrisch bei ihren Familien und Nachbarn. Soweit ich weiß, war sie bis in die letzten Lebensmonate ziemlich klar im Kopf. Aber dann musste man sie einweisen.«

»Nell ...«

»Sie war eine Gallagher-Cousine, weißt du, und außerdem hat sie meinen Großvater geheiratet. Ihr Vater war in einer Irrenanstalt gestorben. Wenn man zweihundert Jahre zurückgeht, also lange, bevor die Gallaghers sich in Silence niederließen, ist in jeder Generation mindestens einer wahnsinnig geworden. Und sie hatten alle den Fluch. Damals haben sie ihn natürlich nicht so genannt. Tatsächlich haben sie ihn eine ›Gabe‹ genannt. Sogar einen Segen. Im Flüsterton. ›Sie hat eine Gabe.‹ ›Er hat das zweite Gesicht.‹ Aber der Fluch hat sie alle in den Wahnsinn getrieben.«

»Dir wird das nicht passieren.«

»Nein? Woher willst du das wissen, Max? Sonst kann mir nämlich niemand eine Garantie geben. Ich habe dir schon einmal gesagt, dass nicht einmal die Ärzte genau wissen, was in meinem Kopf vorgeht, aber die meisten sind sich einig, dass all die elektrische Energie, die sie bei ihren diversen Tests gemessen haben, nichts Gutes verheißt.«

»Ich weiß, dass es dir nicht passieren wird, weil ich in deinem Kopf war, Nell.« Er steckte seine Hände unter ihren Schultern hindurch und hielt sie fest, als fürchtete er, sie werde versuchen, ihn zu verlassen. »Ich habe gespürt, wie stark und machtvoll dein Geist ist, ich habe gespürt, wie beherrscht, wie zuversichtlich, wie vernünftig du in deinem tiefsten Inneren bist. Mensch, du bist die gesündeste Person, die ich kenne.«

»Jetzt vielleicht. Aber was passiert später? Ist dir klar, dass es nicht einmal einen Namen gibt für das, was ich tue? Ich sehe in die Zeit hinein. Buchstäblich in die Zeit hinein.«

»Orte speichern Erinnerungen, das hast du gesagt.«

»Ja. Und diese Erinnerungen anzuzapfen, dafür gibt es zumindest eine rationale Erklärung, eine, die ich zum Teil verstehen und als vernünftig akzeptieren kann. Aber ich kann nicht erklären, wie ich etwas sehen kann, das noch gar nicht passiert ist. Und ich kann nicht erklären, wie ich in Ethans Haus komme, wo ich ihm dabei zusehe, wie er mit Hailey eine Auseinandersetzung hat, die vor über einem Jahr stattgefunden hat. Und ich kann ums Verrecken nicht erklären, wie ich dort sein konnte, wirklich dort in der Vergangenheit *sein*. Sie hat mich gesehen, Max. Hailey hat sich umgedreht und mich gesehen.«

Seine Arme schlossen sich fester um sie. »Bist du sicher?«

»Absolut. Ich war da, körperlich da in der Vergangenheit.« Sie lachte gezwungen. »Glaubst du immer noch, dass ich nicht den Verstand verliere?«

»Hast du deshalb … Als du aus dieser Vision zurückkamst, war das erste Wort, das du gesagt hast, *böse*. War es deshalb? Weil deine Gabe anders funktioniert hat als sonst und du überzeugt warst, dass es etwas Böses war?«

»Ich erinnere mich gar nicht mehr, dass ich das gesagt habe, aber wahrscheinlich ist es das. Es ist das, was ich fühle. Was ich immer gefühlt habe. Und jetzt ist es stärker, so viel stärker, Max … sag nicht, du hättest es nicht auch gefühlt. Dieses Dunkle in mir. Die Ohnmachten, die immer öfter auftreten, und jetzt auch ohne Vorwarnung. Ich glaube … ich fürchte, das ist erst der Anfang vom Ende.«

»Das akzeptiere ich nicht.« Er war versucht, ihr zu sagen, was Galen ihm über Bishops persönliche Ansicht diesbezüglich erzählt hatte, dass nämlich Nells Ohnmachten zumindest teilweise durch etwas ausgelöst sein könnten, was Nell unbewusst unterdrückte, doch er hatte Angst, er würde damit mehr Schaden anrichten als helfen. Der menschliche Verstand unterdrückte Informationen oder Erfahrungen normalerweise nur aus gutem Grund, und Max wusste nur, dass es eine ganz schlechte Idee wäre, sie zu zwingen, sich einer solchen Erfahrung erneut zu stellen, ehe sie bereit dafür war.

»Ich weiß, dass du das nicht akzeptierst.« Nell lächelte schwach. »Hey, ich hoffe, du hast Recht.«

»Aber für den Fall, dass nicht, lässt du die Tür zu.«

»Meistens.« Sie schlang ihm die Arme um den Hals. »Aber nicht immer. Du hast mich vorhin gefragt, ob ich mich mit etwas Durchschnittlichem zufrieden geben könnte, mit etwas, das nicht halb so intensiv wäre wie das, was wir zusammen hatten. Ich könnte es nicht. Max, das ist das einzig Gute, was aus dem Gallagher-Fluch je hervorgegangen ist. Und egal, wie hoch der Preis dafür ist, ich zahle ihn.«

»Mein Gott, Nell …« Sie küsste ihn, lud ihn ein, näher zu rücken. Näher. Öffnete die Tür.

Galen hatte vor langer Zeit die Fähigkeit entwickelt, wie eine Katze zu schlafen: alle Sinne wachsam, sich seiner Umgebung zumindest mit halbem Verstand voll bewusst, während die andere Hälfte ruhte. Hin und wieder ein Zwanzig-Minuten-Nickerchen – so funktionierte er wochenlang höchst effizient. Bei Bedrohung oder wenn man ihn rief, konnte er sofort reagieren.

Als daher ein Anruf auf seinem Handy ankam, das auf Vibrieren statt Klingeln gestellt war, antwortete er sofort, während seine Augen sich noch öffneten.

»Ja.«

»Irgendwas Neues?«

»Nichts Nennenswertes. Ich habe dir ja schon erzählt, was bei unserem kleinen Gipfeltreffen herausgekommen ist. Byers und Shelby Theriot sind schon längst weg, wahrscheinlich zu ihr.

»Ach ja?«

»Ja. Die hatten diesen Blick.«

»Was ist mit Nell und Max Tanner?«

»Nun, er ist noch nicht weg.«

Galen sah auf die Uhr.

»Nach Mitternacht. Ich würde sagen, der bleibt. Unten sind noch die Lichter an, aber die Lampe in Nells Schlafzimmer ist vor ein paar Minuten ausgegangen.«

»Du hörst oder siehst aber nichts, was dir Sorgen macht?«

»Klingt und sieht aus wie eine friedvolle Nacht. Ich höre Ochsenfrösche und Grillen, sogar eine Eule. Hier im Wald regt sich nichts Verdächtiges. Und da unser Mörder erst vor so kurzer Zeit zugeschlagen hat, würde ich sagen, er müsste sich schon ernsthaft bedroht fühlen, um so schnell wieder aktiv zu werden.«

»Du kommst dir als Wachhund also überflüssig vor?«

»So ziemlich. Tanner hat sie kaum aus den Augen gelassen, und ich würde auf ihn setzen, egal, worum der Streit geht. Sie ist also in guten Händen.«

»Dann ist das vielleicht ein guter Zeitpunkt, um uns zu treffen.« – »Ist das nicht ein ziemliches Risiko?«

»Doch, aber ich will dir ein paar Sachen zeigen, und ich darf nicht allzu lange nicht zu erreichen sein. Also treffen wir uns besser in der Nähe der Stadt.«

»Und mitten in der Nacht sind wir nicht so gut zu sehen. Okay. Sag, wo.«

Sonntag, 26. März

Seine Meditationsübung fiel ihm ein wenig schwerer als sonst, nicht weil er besonders müde gewesen wäre, sondern weil er überreizt war. Also musste er sich zunächst beruhigen, wirklich meditieren, sich konzentrieren und seine Mitte finden.

Das war natürlich totaler Quatsch.

In Wirklichkeit musste er jenen Sprung ins Ungewisse wagen, ohne den er seinen Körper nicht verlassen konnte. Träge fragte er sich, was geschehen würde, wenn jemand seinen Körper fände, während er fort war.

Er hatte sich einmal mit einem Camcorder selbst aufgenommen, weil er wissen wollte, wie er dann wohl aussah. Enttäuscht musste er feststellen, dass er einfach aussah, als würde er dösen.

Aber was, wenn jemand versuchen würde, ihn zu wecken? Würde ihn das zurück in seinen Körper reißen? Oder würde schon eine leichte Berührung das zarte Band zu seiner Hülle aus Fleisch und Blut zerreißen lassen?

Er hatte es noch nicht darauf ankommen lassen, sondern seine Meditationszeiten mit Bedacht so gelegt, dass garantiert niemand seinen Körper stören würde. Dadurch war er zeitlich stark eingeschränkt und hatte Nell nicht so oft besuchen können, wie er gewollt hätte.

Deshalb sorgte er dafür, dass jeder Besuch ein Treffer war. Es war wirklich schon spät, als er sie Samstagnacht besuchte. Eigentlich war es bereits Sonntagmorgen, weit nach Mitternacht. Er gelangte rasch zu ihr, wie immer, steuerte direkt ihr Schlafzimmer an.

Sie war nicht allein.

Sie lagen eng beieinander, beinahe ineinander verschlungen, unter der Bettdecke, doch offensichtlich nackt, und es versetzte ihm einen tiefen Schock, die beiden so zu sehen.

Nell so zu sehen.

Entehrt.

Entehrt, so wie Hailey.

Er wollte schreien, brüllen, in seiner Trauer etwas zerstören. Wie konnte sie ihm das antun? Wie konnte sie sich diesem ... diesem Cowboy mit Kuhscheiße unter den Fingernägeln hingeben?

Und das war erst der Anfang, das wusste er. Es würde noch einen Mann geben und noch einen und noch einen, alle würden sie sie benutzen, ihren Samen in ihr abladen und dann zur nächsten gebrochenen Seele, zum nächsten gefallenen Engel weiterziehen ...

»Nell«, flüsterte er verzweifelt. »Wie konntest du nur? Ich wollte dich nicht bestrafen müssen. Das hatte ich nie vor. Nie.« Er schwebte näher heran, er wusste, wenn er seinen Körper dabeigehabt hätte, würden ihm nun die Tränen übers Gesicht strömen.

»Sieh, wozu du mich zwingst ...«

Der Traum gefiel Nell nicht, auch wenn er kein regelrechter Albtraum war.

Sie träumte, sie befände sich an einem sehr dunklen Ort, und irgendjemand flüsterte ihr etwas zu, sagte ihr, was sie tun sollte. Sie wollte näher an Max heranrücken, spüren, wie er sie, und sei es auch nur im Schlaf, fester in die Arme schloss, wie er sie sicher hielt, doch das Flüstern nagte an ihr.

Und es machte ihr Sorgen. Ein Instinkt, der tiefer saß als Gedanken, sagte ihr, dass Max in Gefahr war, dass sie die

Tür zwischen ihrer beider Verstand und Seelen fest verschlossen halten und körperlich von ihm abrücken sollte.

Sie tat es nur sehr ungern. Sie verließ ihn nur sehr ungern. Aber sie musste es tun.

Sie träumte, sie würde sachte von ihm abrücken und aus dem Bett gleiten. Mondschein strömte nun durch die Fenster ins Zimmer, sodass sie ihre Kleidung mühelos fand.

Das Flüstern trieb sie an, und sie gehorchte ihm, zog sich warm an, fand Schuhe und eine Jacke. Mucksmäuschenstill machte sie sich fertig auszugehen, dann verließ sie das Schlafzimmer.

Im Erdgeschoss brannte Licht, was sie überraschte. Warum hatte niemand das Licht ausgemacht? Nicht, dass das wirklich eine Rolle spielte, aber dennoch.

Sie schloss die Haustür auf und öffnete sie, ging hinaus auf die Veranda. Schlüssel. Sie hatte ihre Autoschlüssel nicht bei sich. Egal. Die Stimme wollte, dass sie zu Fuß ging. Es sei nicht weit, durch den Wald, das sagte die Flüsterstimme.

Nell träumte, es wäre eine kalte Nacht für März, doch der Mond war beinahe voll, und sie konnte den Weg mühelos erkennen. Während sie ging, erläuterte die Flüsterstimme ihr sorgfältig, wohin sie gehen sollte, ließ es sie wiederholen und drängte sie ein letztes Mal, sich zu beeilen.

Sie ging schneller.

Nicht weit, das hatte die Stimme gesagt. Überhaupt nicht weit, und wenn sie dort sei, werde sie glücklich sein, weil ein alter Freund sie dort erwarte.

Ein alter Freund.

Zum ersten Mal stockten ihre Schritte. Ein alter Freund. Aber ...

Nell.

Aber sie hatte eigentlich gar keine alten Freunde in Silence. Oder? Sie war doch vor so langer Zeit fortgegangen.

Nell, los, komm zu dir!

Der Traum gefiel ihr immer weniger, sie hatte kalte Füße,

und die Stimme war kein wohltuendes Flüstern, sondern scharf und beharrlich und zerrte an ihren Nerven.

Nell!

Sie wollte schon zurückbrüllen, die Stimme sollte sie verdammt noch einmal in Ruhe lassen, da bekam sie eine bestürzend feste Ohrfeige und blieb buchstäblich wie angewurzelt stehen.

Und wachte auf.

Da stand sie nun, völlig verwirrt, mitten auf einer mondbeschienenen Lichtung im Wald und hatte keine Ahnung, wie sie hierher gekommen war. Automatisch hob sie die Hand an ihre brennende Wange, da sah sie, wer ihr die Ohrfeige versetzt hatte, und ein zweiter Schock durchfuhr sie.

»Die alten Hausmittelchen«, sagte Hailey grimmig, »funktionieren doch immer noch am besten.«

21

»Verdammt, musstest du mich so fest schlagen?«, fragte Nell und rieb sich die immer noch brennende Wange.

»Du hast noch Glück gehabt, dass du dich nicht auf den Arsch gesetzt hast. Dich anzubrüllen hat ja nichts gebracht. Junge, Junge, wenn du einmal weggetreten bist, dann *bist* du auch weg.«

»Na ja, du hättest trotzdem nicht ...« Nell biss sich auf die Zunge und starrte ihre Schwester an. »Was tust du hier? Warst du etwa die ganze Zeit in Silence?«

»Erst seit du wieder da bist.«

»Also – hast du diese Männer nicht umgebracht?«

»Natürlich habe ich sie nicht umgebracht. Warum um alles in der Welt hätte ich das tun sollen?«

»Ach, ich weiß nicht. Vielleicht, weil sie dich wie den letzten Dreck behandelt haben?«

Hailey lachte. »Ich weiß, es ist nicht jedermanns Sache, Schwesterchen, aber ich mochte es, wie sie mich behandelt haben.«

»Das ist ja widerlich.«

»Das ist jetzt nicht sehr nett von dir.«

»Hailey ...«

»Hör zu, wir haben nicht viel Zeit. Komm mit.«

Nell folgte Hailey durch den Wald und begriff erst nach einer Weile, dass sie sich noch weiter von ihrem Elternhaus entfernten. »Warte mal, wohin gehen wir? Übrigens, was tue ich hier draußen im Wald, mitten in der Nacht?«

»Du erinnerst dich nicht?«

»Nun ... da war ein Traum. Ich dachte, es wäre ein Traum. Du meinst, ich habe geschlafwandelt?«

»In gewisser Weise. Denk nach. Versuche, dich an den Traum zu erinnern.«

Nell versuchte es, während sie automatisch ihrer Schwester folgte. Sie fühlte sich sonderbar benommen, als suchte sie etwas und müsste sich dabei einen Weg durch dichten Nebel bahnen. Doch Haileys Stimme hatte so eindringlich geklungen, dass sie ihre Anweisung nicht ignorieren konnte, daher kämpfte Nell sich durch den Nebel.

Sie erinnerte sich … mit Max im Bett gewesen zu sein – beide waren sie eingeschlafen, nachdem sie sich unglaublich intensiv geliebt hatten. So viel zwischen ihnen war noch ungeklärt, und doch herrschte bereits in vielen Dingen Akzeptanz und Verständnis. Sie erinnerte sich … an friedvollen Schlaf, der allmählich von einer unangenehmen, Furcht erregenden Dunkelheit erfüllt wurde. Und dann … dann war da ein Flüstern gewesen?

Ein eigenartig vertrautes Flüstern, das sie aufforderte, etwas Bestimmtes zu tun?

Plötzlich hatte sie hämmernde Kopfschmerzen und rieb sich die Schläfe. »O verdammt! Nicht noch eine Ohnmacht, nicht jetzt.«

»Er will nicht, dass du über ihn nachdenkst, wenn du wach bist. Über ihn nachzudenken bringt dich näher an das, woran du dich nicht erinnern sollst.«

»Er? Wer ist er?«

Hailey blieb stehen und wandte Nell das Gesicht zu. Ein Mondstrahl stahl sich durch die Bäume und beschien ihr Gesicht, beleuchtete ihr schiefes, spöttisches Lächeln.

»Er ist unser Bruder.«

Galen benutzte seine Bleistiftlampe, um die Polizeiakte zu lesen. »Das ist ja ganz übel, dass wir das jetzt erst herausfinden«, bemerkte er grimmig.

»Ja.«

»Wie haben wir es denn überhaupt herausgefunden?«

»Diese Morde schienen so offensichtlich auf Silence beschränkt zu sein, so eindeutig das Werk eines Einheimischen, dass wir einfach gar nicht außerhalb der Stadt geguckt haben. Aber als wir die ersten drei Morde dann mit Hailey in Verbindung gebracht hatten, kamen mir allmählich Zweifel. Sie war so verschwiegen gewesen, hatte sich solche Mühe gegeben, ihre sexuellen Kontakte in Silence geheim zu halten, da lag die Möglichkeit doch auf der Hand, dass sie auch außerhalb von Silence etwas laufen gehabt hatte. Also habe ich in unserer Datenbank nach ähnlichen Verbrechen in der Region gesucht. Und bingo!«

»Weitere vier Männer ermordet in den letzten fünf Jahren«, sagte Galen. »In allen Fällen waren Familie und Freunde total überrascht, als rauskam, dass jene netten, respektablen Männer mindestens ein schmutziges Geheimnis gehabt hatten, meist sexueller Natur. Verschiedene Ortschaften, deshalb hat auch keiner der Cops, die nach dem Mörder gefahndet haben, die Morde miteinander in Verbindung gebracht. Für den ersten Mord sitzt sogar jemand im Knast.«

»Ja. Ich vermute stark, er ist unschuldig.«

»Klingt so. Hilft uns das, den Kreis der Verdächtigen einzuengen?«

»Ich denke schon. Ich habe die Arbeitszeiten sämtlicher Deputys und Detectives, die in den letzten fünf Jahren im Amt des Sheriffs gearbeitet haben, mit den ungefähren Tatzeiten dieser Morde verglichen. Hier in Silence könnte der Mörder sehr wohl im Dienst gewesen sein und trotzdem einen Mord begangen haben, aber ich dachte, bei den Morden außerhalb der Stadt hatte er wahrscheinlich doch gerade frei oder sogar Urlaub.«

»Und?«

»Und am Ende hatte ich nur noch zwei Namen von Männern, die entweder zum Zeitpunkt eines der Morde freihatten oder deren Verbleib sonst wie nicht geklärt war. Einer von ihnen ist Sheriff Cole.«

»Bei dem wir einigermaßen sicher sind, dass er nicht verdächtig ist. Und der andere?«

»Kyle Venable.«

»Mein Gott«, sagte Galen.

»Ja. Was sagt man dazu.«

»Das ist nicht dein Ernst«, sagte Nell und hob auch die andere Hand, um beide Schläfen zu massieren. Sie fühlte sich zunehmend benommen, hatte immer noch hämmernde Kopfschmerzen, und es fiel ihr immer schwerer, sich zu konzentrieren.

»O doch. Kyle Venable ist unser Bruder. Unser Halbbruder jedenfalls. Der Sohn unseres Vaters von einer anderen Frau.« Hailey wandte sich um und ging weiter.

Nell folgte ihr und versuchte zu denken, zu verstehen. »Was für eine Frau? Und wann ist das passiert?«

»Du redest, als wäre es ein Autounfall gewesen.«

»Hailey, ich …« Ihr war schwindlig, ihr war übel.

»Hör mir zu«, fuhr Hailey sie an. Ihr Tonfall war eindringlich. »Hör auf meine Stimme, Nell. Konzentriere dich darauf.«

»Mein Kopf.«

»Ich weiß. Aber du musst dich durch die Schmerzen kämpfen, du musst die Kontrolle behalten. Du darfst diesmal nicht zulassen, dass er dich blockiert.«

»Mich blockiert?«

»Er sitzt seit Jahren in deinem Kopf.«

Nell blieb stehen, ihr Magen rebellierte so heftig, dass sie sich beinahe übergeben hätte. »Was?«

»Ihr habt etwas gemeinsam, Nell. Außer dem Blut unseres Vaters. Den Gallagher-Fluch. Komm, geh weiter. Wir haben nicht viel Zeit.«

Nell gehorchte beinahe blind. »Aber was … wie …«

»Es ist passiert, Schwesterchen, bevor wir zwei geboren wurden. Wie du dich vielleicht erinnerst, oder auch nicht, hatten unsere Eltern ein paar … Meinungsverschiedenheiten, wenn es darum ging, das Bett miteinander zu teilen. Anscheinend hatten sie die von Anfang an. Also hat sich der gute alte Paps eine heiße Nummer nebenbei gegönnt. Genau genommen gleich mehrere in diesen ersten Jahren. Haushaltshilfen meistens.«

»O mein Gott«, murmelte Nell.

»Ja, abscheulich, nicht wahr? Wenn du mich fragst, die meisten haben es gern getan. Wahrscheinlich hat er sie verführt, nicht gezwungen. Er konnte sehr charmant sein, wenn er etwas wollte, und er wollte oft Sex. Normalerweise hat er sich ältere Frauen ausgesucht, Witwen oder geschiedene Frauen. Du weißt schon – die Sorte, denen Sex wahrscheinlich Spaß gemacht hat, die aber keinen festen Partner fürs Bett hatten. Und er hatte gern Abwechslung, weshalb unsere Köchinnen und Haushälterinnen es scheinbar nie lange bei uns ausgehalten haben.«

»Willst du damit sagen, er hat unter seinem eigenen Dach mit anderen Frauen geschlafen?«

»Mindestens ein paar Mal«, erwiderte Hailey kühl. »Ich habe ihn gesehen. Werd nicht langsamer, wir müssen uns beeilen.«

Nell folgte ihr, so benommen, dass sie nicht sicher war, ob sie im Augenblick überhaupt etwas empfand außer dem Hämmern in ihrem Kopf. »Und als er sie geschwängert hatte? Kyle Venables Mutter? Was dann?«

»Nun, fairerweise muss man sagen, er wusste nicht, dass er sie geschwängert hatte. Weißt du, sie war anders als die anderen. Unverheiratet und sexuell unerfahren. Jünger, hübscher. Ehrlich gesagt sah sie ein bisschen wie Mama aus. Er war leicht besessen von ihr, fing an, sie genauso zu kontrollieren, wie er uns kontrollieren wollte. Sie hat es mit der Angst gekriegt und ist aus Silence weg.«

»Schwanger.«

»Genau. Ich schätze, sie hatte zu viel Angst, um ihn um

Hilfe zu bitten, oder sie hatte einfach nur zu viel Angst, Punkt. Damals war es immer noch ein Skandal, wenn eine Frau schwanger war, ohne einen Ehemann zu haben, fast überall. Sie war katholisch, war mal ein braves Mädchen gewesen. Eine Abtreibung wäre also auch dann nicht infrage gekommen, wenn sie gewusst hätte, wo sie einen Arzt finden sollte, der dazu bereit gewesen wäre.«

Nell kämpfte immer noch um einen klaren Kopf. Sie hatte so viele Fragen, dass sie sich für keine entscheiden konnte, also hörte sie einfach zu.

»Ihre Schwester, eine junge Witwe, lebte in der Nähe von New Orleans. Da ist sie dann hin. Hat ihrer Schwester alles erzählt, sie aber versprechen lassen, wenn irgendwas passieren sollte, dürfte die Schwester nicht versuchen, Kontakt zu Adam Gallagher aufzunehmen, oder ihn jemals wissen lassen, dass es ein Kind gab. Als es so weit war, ging sie unter dem Namen ihrer Schwester ins Krankenhaus. Vielleicht hatte sie selbst ganz schwach das zweite Gesicht, sie ist nämlich bei der Geburt gestorben.

Also musste die Schwester plötzlich ein Kind aufziehen. Als ihr Mann gestorben war, hatte er sie vergleichsweise wohlhabend zurückgelassen. Ich weiß nicht, warum sie mit Kyle hierher gekommen ist. Vielleicht fand sie, er sollte in der Nähe seines Vaters sein. Vielleicht war sie nur neugierig. Oder vielleicht war es auch für den Fall, dass sie ihn womöglich eines Tages mal kontaktieren müsste. Aber sie hat es nie getan.«

»Ein Sohn«, murmelte Nell.

»Ein erstgeborener Sohn. Er wurde einen Monat vor mir geboren.« – »Ohne den Namen Gallagher.«

»Aber mit dem Fluch der Gallaghers. Er wusste schon von klein an, dass er anders war. Er hatte Erlebnisse, die er sich nicht richtig erklären konnte. Hat seiner Mutter eine Heidenangst eingejagt, und am Ende hat sie ihm gesagt, wer sein Vater war. Großer Fehler, und zwar in mehr als einer Hinsicht.«

»Was ist passiert?«

»Als Kind war er ein ziemlicher Voyeur. Hat gerne Leute beobachtet, ohne dass sie es mitbekamen. Er fing an, Papa zu beobachten. Hat heimlich durchs Fenster hereingelinst und sich hinter Bäumen versteckt. Er hat gesehen, wie Papa uns kontrolliert hat, als wären wir Marionetten oder Puppen. Er hat gesehen, wie er sich immer in Mamas Nähe herumgetrieben hat, sie berührt hat, sie auf diese merkwürdige Art gestreichelt hat, als wäre sie sein Lieblingshaustier. Er hat gesehen, wie Papa die Hausangestellte gevögelt hat wie ein mittelalterlicher Gutsherr, wie er alle Frauen außer uns behandelt hat, als wären sie nur praktische Taschentücher, in die man abspritzen kann.«

»Woher weißt du …«

»Und dann hat Kyle noch etwas gesehen.« Hailey blieb stehen und wandte sich zu ihrer Schwester um. »Er hat gesehen, wie Papa Mama umgebracht hat.«

Aus den Augenwinkeln sah Nell, dass sie den Waldrand erreicht hatten und hinter einem bestellten Feld ein Haus mit mehreren erleuchteten Fenstern stand, aber sie wandte den Blick nicht von ihrer Schwester ab. »Ich habe versucht, es dir zu sagen.«

»Ich weiß. Ich glaube, ich habe dir sogar geglaubt. Ich konnte es nur nicht zugeben. Aber es ist passiert. Und es gab einen Zeugen.«

»Er hat zugesehen?«

»Ja. Er hat durchs Fenster gelinst. Er hat sie streiten gehört, hat gehört, wie Mama sagte, sie würde fortgehen – und uns mitnehmen. Papa hat sie beschuldigt, dass sie einen Liebhaber hätte, dass sie sich selbst entehrt hätte, dass sie zugelassen hätte, dass ein anderer Mann sie besudelt. Dann fing er an, sie zu schlagen.«

Unvermittelt und gnadenlos sah Nell das Bild einer zarten Frau aufblitzen, die sich weinend duckte, während ein großer dunkler Mann große Fäuste schwang. Sie hörte eine barsche Stimme, die wieder und wieder das gleiche Wort brüllte.

Hure. Hure. Hure. Hörte die dumpfen feuchten Schläge, die auf die Frau einhämmerten wie die Kopfschmerzen auf Nells Kopf, die ihre Haut aufplatzen, ihre Knochen brechen ließen, sie verletzten.

Die sie töteten.

Tiefe Trauer erfüllte sie, und die Kopfschmerzen waren so heftig, dass sie beinahe in die Knie gegangen wäre.

»*Nell.*«

Sie öffnete die Augen – sie hatte gar nicht gemerkt, dass sie sie geschlossen hatte – und blickte ihre merkwürdig teilnahmslose Schwester an. »Ich … ich habe es gesehen. *Ich habe gesehen, wie er sie umgebracht hat.*«

»Sag mir eins«, verlangte Galen trocken. »Sag mir, was eine übersinnliche Begabung einem Ermittler nutzt, wenn man damit kaum jemals auch nur das aufschnappt, was man gleich vor der Nase hat?«

»Er schirmt sich ab. Das ist nicht ungewöhnlich, zumal in einer kleinen Stadt. Es gab keine Anzeichen dafür, dass sein geistiger Schild sich in irgendeiner Weise von dem anderer in Silence unterscheidet.«

»Du klingst defensiv.«

»Tja, ich freue mich genauso wenig wie du darüber, dass mir das entgangen ist.«

»Ich dachte, übersinnlich Begabte erkennen sich gegenseitig.«

»Nicht immer. Das würde es wohl auch zu einfach machen. Das Universum würde uns etwas schenken. Das tut es in der Regel nicht.«

»Hm-hm. Und findet sich diese kleine Unzulänglichkeit irgendwo in den Unterlagen der Special Crimes Unit? Weil ich mich nämlich nicht erinnern kann, darüber gelesen zu haben, als ich angeheuert habe.«

»Wir hängen das nicht an die große Glocke. Es beunruhigt die Neulinge oft.«

»Kann ich mir vorstellen. Hör mal, glaubst du, wir sollten –
Hey. Was ist? Hast du etwas gesehen?«

»Nein. Ich habe nichts gesehen. Fahr zurück zu Nell.«

»Was hast du vor?«

»Die Truppen in Bewegung setzen.«

»Ich habe gesehen, wie er sie umgebracht hat«, wiederholte
Nell.

Hailey nickte. »Kyle hat dich hinterher gefunden, als er zu-
rückkam, um ... am Schauplatz des Verbrechens herumzu-
schnüffeln. Du warst in einem Schrank versteckt. Da hattest
du mit einem Wurf Kätzchen gespielt, bis der Streit anfing.
Du hast ziemlich unter Schock gestanden. Vielleicht hast du
ihm Leid getan. Oder vielleicht färbten die Ansichten unseres Vaters auch langsam auf ihn ab, und er wollte nicht, dass
dein unschuldiges Köpfchen vom Anblick deiner Mutter verdorben würde, die fürs Herumhuren bestraft wurde.«

»Er hat mich berührt«, erinnerte sich Nell. »Er hat seine
Hände zu beiden Seiten an meinen Kopf gelegt. Er hat mir
gesagt, alles würde gut. Ich würde ... nie schlimme Träume
haben.«

»Fairerweise muss man sagen, dass er das wirklich versucht hat. Aber er war selbst erst dreizehn und hatte seine
Fähigkeiten nicht völlig unter Kontrolle. Er war eigentlich
gar nicht in der Lage, das zu tun, was er vorhatte. Er konnte
dir die Erinnerung daran nicht nehmen, aber es ist ihm gelungen, sie vor dir zu verbergen, sie in einer ganz kleinen,
dunklen Ecke deines Verstandes wegzuschließen. Ohne auch
nur zu wissen, was er da tat, hat er da auch eine Blockade
gesetzt, sodass du jedes Mal ohnmächtig wirst, wenn du zu
nahe daran bist, dich zu erinnern.«

»Das waren gar nicht die Visionen?«

Hailey schüttelte den Kopf. »Du bist nur deshalb so oft
ohnmächtig geworden, nachdem du eine Vision hattest, weil
die Visionen einen Bereich deines Verstandes nutzen, der in

der Nähe der Blockade liegt. Oder vielleicht ist es auch die gleiche Art elektrischer Energie, weil sowohl die Visionen als auch die Blockade vom Gallagher-Fluch herrühren. Von unserer Familie, unserem Blut.«

Nell schwieg einen Augenblick und versuchte, das zu verdauen. »Hailey, woher weißt du das alles?«

»Spielt das eine Rolle?«

»Ich glaube schon.«

Hailey wandte den Kopf und blickte über das Feld zum hell erleuchteten Haus. Dann sah sie wieder Nell an und sagte: »Dafür haben wir keine Zeit. Hör mir zu, Nell. Dieses Dunkle, vor dem du dich all die Jahre gefürchtet hast, das bist nicht du. Das warst nie du. Das ist Kyle. Als er deinen Geist berührt hat, hat Kyle Mist gebaut, er hat etwas von seiner Energie zurückgelassen, schätze ich, von seinem Wesen. Ihr wart beide so jung, keiner von euch war in der Lage, sich vor dieser Art von Energie zu schützen, und er ist so tief gegangen … So konnte er auch gleich wieder einen Kontakt zu dir herstellen, als du zurückkamst.«

»Er … steht zu mir in Verbindung? Geistig, meine ich?«

»Nicht so wie Max. Er kann nicht deine Gedanken lesen, er weiß nicht, was du denkst oder fühlst – und wenn du mal drüber nachdenkst, wirst du feststellen, dass du ihn nie wahrgenommen hast. Als anderen Verstand, meine ich, als andere Person. Aber er ist in der Lage, dich zu beeinflussen, wenn du schläfst oder bewusstlos bist. Das war das Flüstern, das du manchmal in deinen Träumen gehört hast, seit du wieder hier in Silence bist.«

Nell atmete tief durch. Der Nebel in ihrem Kopf schien sich zu lichten, doch es fiel ihr immer noch schwer, dies alles zu verarbeiten. »Er ist der Mörder. Kyle ist der Mörder. Und er hat all diese Männer umgebracht … wegen dir.«

Hailey zog eine Grimasse. »Wie der Vater, so der Sohn, schätze ich. Gibt nur zwei Arten von Frauen auf der Welt, wenn's nach denen geht. Und bei mir hat sich rausgestellt, dass ich zur falschen Sorte gehöre. Er konnte es nicht ertragen, dass jemand von seinem Blut ... besudelt worden war. Verdorben. Aber er konnte sich lange nicht dazu durchringen, mir die Schuld daran zu geben. Das waren die. Diese Männer. Die hatten mich verdorben, und dafür mussten sie büßen. Also hat er dafür gesorgt, dass sie dafür büßten.«

»Wir können ihn aufhalten, Hailey. Wir können ihn ins Gefängnis stecken, wo er nie wieder jemanden verletzt.«

»Ja, klar, toll. Aber erst müssen wir ihn kriegen. Und mir wäre lieber, wir kriegen ihn, bevor er Ethan umbringt.«

Nell merkte, dass sie fröstelte. »Was?«

»Das Haus da hinter dem Feld ist Ethans. Kyle hält ihn da drin fest und will ihn umbringen. Er wartet nur noch auf dich.«

»Auf mich? Deshalb hat er mich hier herausgeholt? Damit ich sehe, wie er Ethan umbringt?«

»Das wirst du ihn selbst fragen müssen, aber ich weiß, dass er auf dich wartet. Und wenn du nicht kommst, dann weiß er, dass etwas nicht stimmt, und dann wird er wieder versuchen, in deinen Kopf einzudringen. Das dürfen wir auf keinen Fall zulassen.«

»Er wird *nicht* mehr in meinen Kopf eindringen«, sagte Nell grimmig.

Hailey lächelte. »Nein, das wird er nicht. Indem du dich an das erinnert hast, woran du dich nicht erinnern solltest, hast du die Blockade zerstört, Nell. Und seinen Zugang auch. Aber wenn er das merkt, bevor wir bereit sind, dann verlieren wir das Überraschungsmoment. So nennen sie das doch in all den Krimis, oder? Das Überraschungsmoment?«

»Das hier ist kein Buch, verdammt.«

»Ja, ich weiß. Die Waffen sind echt.« Hailey griff in ihre Jacke und holte eine Pistole hervor, die sie Nell sehr behutsam reichte. »Er hat dich deine nicht mitbringen lassen, also nimm. Ich finde, die Waffe sollte immer der FBI-Agent bekommen, oder?« – »Der FBI... Woher weißt du das?«

»Egal jetzt. Der springende Punkt ist, du musst dort rein, und bewaffnet ist bestimmt besser als unbewaffnet.«

Automatisch prüfte Nell, ob die Waffe geladen und gesichert war, dann sagte sie: »Warum zum Teufel hast du mir das ganze wichtige Zeug nicht früher erzählt, damit ich die Truppen in Bewegung setzen kann? Ich bin mindestens zwei Meilen von jedem Telefon, von jeder Unterstützung entfernt. Kyle hat ein Scharfschützenabzeichen – das weiß ich noch von der Überprüfung seiner Vorgeschichte –, also selbst wenn er denkt, er hat mich unter Kontrolle, wird mir das keinen großen Vorteil verschaffen.«

»Halt ihn einfach hin, halt ihn davon ab, Ethan umzubringen. Ich hole deine Partnerin.«

»Galen ist …«

»Den nicht.«

Nell blinzelte. »Ich will trotzdem Galen. Er wird zum Pitbull, wenn er sauer ist. Manchmal auch, ohne dass er sauer ist.«

»Ich werde sehen, was ich tun kann. Inzwischen könntest du versuchen, Max zu rufen.«

»Rufen?«

»Ach, komm schon, du konntest ihn doch immer schon rufen, auch bevor ihr zwei eure Initialen in diesen Baum geritzt habt. Ruf ihn her. Vielleicht wirst du dich wundern, wie gut er dir helfen kann, jetzt, wo Kyle nicht mehr in deinen Kopf kann.«

Darauf hätte Nell gerne etwas erwidert, doch Hailey grüßte sie leicht spöttisch zum Abschied, eilte auf dem gleichen Weg wieder durch den Wald davon und ließ Nell murrend zurück.

Verdammt, das hatte Hailey schon immer gekonnt. Nur die Fragen zu beantworten, die sie beantworten wollte, Menschen zu manipulieren, damit sie das taten, was sie wollte, ohne sich die Mühe zu machen, Erklärungen abzugeben. So verdammt typisch.

Trotz der Spannungen zwischen ihnen wusste Hailey, wie sie Nell mitreißen, wie sie all ihre Einwände und Bedenken hinwegfegen konnte – tu dies, tu das, beeil dich jetzt –, und am Ende steckte Nell immer in Schwierigkeiten.

Viel zu viel an dieser Situation verwirrte sie. Doch während sie nun vorsichtig über den Acker auf das erleuchtete Haus zueilte, lichtete sich der restliche Nebel in ihrem Kopf, und endlich standen ihr auch ihre Kenntnisse und ihre Instinkte wieder zur Verfügung.

Die Lage war außerordentlich heikel. Nell war allein, und auch eine gut ausgebildete und erfahrene FBI-Agentin benötigte mehr als nur ein Überraschungsmoment, um die Oberhand über einen psychotischen Mörder zu gewinnen, der zufällig nicht nur Polizist, sondern außerdem ihr Halbbruder war. Und übersinnlich begabt.

Sie brauchte Hilfe.

Vielleicht gelang es Hailey ja, die Kavallerie rasch in Gang zu setzen, vielleicht aber auch nicht. Nell musste von Letzterem ausgehen und entsprechend planen, das sagten ihr ihre Ausbildung und ihre Intuition. Sie war allein und …

War sie wirklich allein? Darüber dachte sie nach, während sie sich zu einem der erleuchteten Fenster schlich und vorsichtig durch die schmale Öffnung zwischen den Gardinen ins Haus spähte.

Durchs erste Fenster erblickte sie ein Zimmer, das aussah wie ein gemütliches Arbeitszimmer, in dem sich aber niemand aufhielt. Im zweiten Raum jedoch, dem Wohnzimmer, saß Ethan auf einem Esszimmerstuhl, die Hände hinter dem Rücken gefesselt. Der Kopf hing ihm auf die Brust herab, und Nell sah, dass er an einer Seite Blut im Gesicht hatte. Allerdings vermochte sie von ihrer Warte aus nicht zu sagen, wie schwer seine Verletzungen sein mochten.

Kyle Venable befand sich ebenfalls im Raum. Er lehnte am Türrahmen. In den Händen hielt er ein Seil. Er knüpfte eine Schlinge.

War es das, was er für Ethan plante, Selbstmord? Wenn er es richtig anfinge, könnte das sicherlich plausibel wirken. Das FBI hätte ja schließlich ein Profil geliefert, in dem es hieß, der Mörder sei ein Polizist. Zudem gab es keine hieb- und stichfesten Beweise, die Ethan vom Verdacht freisprachen. Nur Nells Gewissheit. Und wenn Kyle sie hierher geholt hatte, damit sie Zeugin von Ethans Tod wurde, dann würde sie wohl kaum lange genug leben, um für Ethan auszusagen.

Eine Leiche mit einem Abschiedsbrief, die Motive für die Morde und den Selbstmord überaus einleuchtend – wer würde da noch Fragen stellen? Der Sheriff, der letzte von Haileys Liebhabern in Silence, bringt sich selbst um, nachdem er die Männer ermordet hat, welche die geliebte Frau verdorben hatten.

Kyle sah auf die Uhr und runzelte die Stirn. Sogleich zog Nell sich vom Fenster zurück und machte sich auf den Weg ums Haus herum zur Haustür. Sie überprüfte nochmals die Pistole, dann steckte sie sie wieder hinten in den Bund ihrer Jeans, wo sie unter ihrer Jacke verborgen war.

Sie wusste, sie konnte die Waffe schnell erreichen, doch würde das schnell genug sein?

Sinnlos, sich etwas vorzumachen: Sie hatte panische Angst, sowohl weil sie gleich dem Mörder gegenübertreten würde als auch weil es zumindest möglich war, dass Hailey Recht damit hatte, dass Kyle all die Jahre in ihrem Kopf gelauert hatte wie ein Krebsgeschwür, ihr das Bewusstsein genommen, ihr Selbstbild verzerrt hatte. Nell hatte nicht genügend Zeit gehabt, um alles zu verarbeiten, was Hailey ihr gesagt hatte, alles, was ihr selbst klar geworden war, doch diese Möglichkeit ließ sich nicht von der Hand weisen. Die Vorstellung, dass all die Jahre über etwas Fremdes in ihr gewesen sein könnte, war entsetzlich.

Doch zugleich gab sie ihr Hoffnung, und an die klammerte sich Nell.

Dass nämlich das einzig Böse in ihr Kyle gewesen war.

Sie musste es wissen. Sie musste einfach. Nell ging zur Haustür und legte die Hand auf den Türknauf. Dann schloss sie kurz die Augen.

Max. Ich brauche dich.

Sie öffnete die Tür und ging ins Haus, wobei sie sich stirnrunzelnd und blinzelnd im Licht der Diele umsah und versuchte auszusehen wie jemand, der aus einem tiefen Schlaf erwacht.

»Hey, Nell. Komm rein.«

Galen machte sich nicht die Mühe, seinen Beobachterposten im Wald wieder einzunehmen, denn sobald er sich dem Haus näherte, sah er, dass die Eingangstür offen stand. Seine Eingeweide krampften sich zusammen, und er zog seine Waffe, bevor sein Fuß die erste Treppenstufe berührte.

»Sie ist weg.« Max erwartete ihn gleich hinter der Tür. Er hatte sich offensichtlich hastig angekleidet und zog noch beim Sprechen seine Jacke über. »Bei Ethan.«

Galen stellte keine Fragen, bis sie in Max' Wagen die Auffahrt hinabrasten, und dann fragte er nur: »Teilt sie Ihnen jetzt etwas mit?«

»Ein wenig, aber ich kapiere nicht alles. Hier und da ein bisschen. Dass Hailey da ist, dass Venable Ethan festhält und ihn gleich umbringen will. Und dass Venable ihr Bruder ist. Mein Gott, wie hat er sie nur an uns beiden vorbei aus dem Haus bekommen?« – »Ich war in der letzten Stunde nicht vor dem Haus«, sagte Galen. »Wir haben nicht geglaubt, dass er so schnell wieder zuschlagen würde, und wir wussten, dass Sie bei ihr im Haus waren.«

Max verschwendete keine Zeit damit, sich vorzuwerfen, dass er nichts von der Gefahr gemerkt hatte, in der Nell sich befunden hatte, oder Galen vorzuwerfen, dass er seinen Posten verlassen hatte. Er packte das Lenkrad nur noch fester und drückte das Gaspedal durch, sobald der Wagen die Straße erreicht hatte.

»Ein Bruder?«, fragte Galen, holte sein Handy heraus und tippte eine Nummer ein.

»Ja.«

»Wir müssen ein paar neue Hellseher und Telepathen anheuern. Die, die wir haben, übersehen permanent ziemlich wichtiges Zeug.«

»Ich hätte mit Ethans Bestrafung lieber noch ein bisschen gewartet«, sagte Kyle und bedeutete Nell mit seiner Pistole, sich auf die Couch zu setzen, die im rechten Winkel zu Ethans Stuhl und seinem eigenen Standort an der Tür stand. »Meine lieben Kollegen hätten ruhig noch ein Weilchen im Dunkeln tappen und nach Nate McCurrys geheimem Laster suchen können, während Ethan wie ein Trottel aussieht. Aber was soll's. Ich kann es auch jetzt zu Ende bringen.«

Nell setzte sich so auf den Rand der Couch, dass sie ihre Pistole erreichen konnte, falls sie dazu die Gelegenheit erhielte. »Ich verstehe das alles nicht.« Es fiel ihr nicht schwer, verwirrt zu klingen.

»Wirklich nicht?«

»Nein.« Sie warf einen verstohlenen Blick zu Ethan. Sein Kopf hing immer noch nach vorn, und seine Augen waren geschlossen, aber sie hatte so ein Gefühl, dass er zumindest halb wach war. »Wirklich nicht.«

»Ach, es ist ganz einfach, Nell. Ich musste mich doch um dich und Hailey kümmern. Ich musste euch beschützen. Dafür sind große Brüder da.«

»Wir haben keinen Bruder«, sagte sie, weniger um Zeit zu schinden, sondern weil sie ihrem Instinkt folgte.

»Ich weiß, wir wurden einander nie richtig vorgestellt, das ist eine Schande.« Er lächelte entspannt. »Schließlich sind wir in verschiedenen Haushalten und bei verschiedenen Müttern aufgewachsen. Aber Adam Gallagher war auch mein Vater. Er wusste nichts von mir, weißt du. Er wusste nichts, bis ich es ihm erzählt habe. Vergangenen Mai.«

»Mai? Du meinst – kurz bevor er gestorben ist?« – »Tja, das war nicht geplant. Ich wusste, er war außer sich, weil er seine Mädchen beide verloren hatte. Du warst schon seit Jahren weg, und dann auch Hailey. Ich dachte, er sollte mich kennen lernen. Ich dachte, es würde ihn froh machen. Ich bot ihm an, meinen Namen zu ändern, um sicherzustellen, dass der Name Gallagher weiterlebt.«

»Und der Gallagher-Fluch?«

Kyles Lächeln wurde breiter, doch seine Augen waren merkwürdig matt. »Ich dachte, das würde ihn am meisten freuen.«

»Hat es aber nicht, hm?«

»Nein, hat es nicht. Er hat mich aus dem Haus geworfen, ist das zu glauben? Hat mich buchstäblich die Treppe runtergeschmissen.«

Nell beobachtete aufmerksam Kyles Gesicht. Zu ihrer Überraschung blitzte eine starkes Bild auf, eine barsche Stimme, die brüllte. »Er hat dich einen Lügner genannt. Er … hat deine Mutter ›Hure‹ genannt.«

»Das hätte er nicht tun dürfen«, sagte Kyle vernünftig, aber mit einem scharfen Unterton. »Dafür musste ich ihn bestrafen. Denn meine Mutter war keine Hure.«

»Hast du ihn da getötet?«

»Ich musste. Das verstehst du doch, oder, Nell? Dass ich ihn töten musste?«

22

Nell holte Luft und nickte langsam. »Das musstest du wohl. Aber wie? Alle dachten doch, es wäre ein Herzinfarkt gewesen.«

»Bei jemandem einen Herzinfarkt auszulösen, der schon seit Jahren kurz vor einem natürlichen Herzinfarkt steht, das war nicht schwer. Ehrlich gesagt habe ich Digitoxin verwendet. Und ich musste natürlich dabei sein, ich wollte ja nicht, dass er Hilfe holt.«

»Du hast zugesehen, wie er gestorben ist?«

»Ich habe es genossen, ihm dabei zuzusehen.«

So sehr Nell ihren Vater auch gehasst hatte, in diesem Augenblick wurde ihr klar, dass sie es nicht genossen hätte, ihn sterben zu sehen. Trotz des Wissens, dass er ihre Mutter zu Tode geprügelt hatte.

Geprügelt?

»Ich wusste, dass er Hailey enterbt hatte«, fuhr Kyle ruhig fort. »Dass er alles dir hinterließ. Ich habe ehrlich nicht geglaubt, dass du noch einmal zurückkommst. Also habe ich diskrete Erkundigungen eingeholt, ob es irgendeine Möglichkeit gab, wie ich erben könnte – ohne beweisen zu müssen, dass er mein Vater war, natürlich.«

»Weil du das nicht gekonnt hättest?« Nell konzentrierte sich auf das Gespräch, auf ihn. Später wäre noch genügend Zeit, so hoffte sie, um übrig gebliebene Puzzleteilchen einzusetzen.

»Weil er mich nicht anerkannt hatte. Vielleicht hätte ich den Namen ganz legal bekommen können, aber was soll's? Und ich brauchte seinen Besitz nicht. Wenn du nicht zurückgekommen wärst, hätte ich da vielleicht etwas unternommen. Aber du bist zurückgekommen.« Plötzlich verfinsterte sich sein Gesicht.

Nell begriff, was er »gesehen« haben musste, als er in dieser Nacht zu ihr gekommen war. Bedächtig sagte sie: »Ich bin heute Nacht hier, weil du wolltest, dass ich komme. Weil du … zu mir gekommen bist. Du hast es gesehen, nicht wahr? Du hast Max bei mir gesehen?«

»In deinem Bett. Hat er sich wenigstens die Mühe gemacht, sich die Kuhscheiße unter den Fingernägeln hervorzukratzen?«

Sie wählte ihre Worte mit Bedacht. »Er hat mich nicht besudelt, Kyle. Er hat mich nicht verdorben.«

»Natürlich hat er das.«

»Nein. Ich liebe Max. Und er liebt mich.«

»Das ist keine Liebe«, sagte Kyle verächtlich. »Ringkampf zwischen den Laken? Rammeln wie die Tiere? Hast du mal zugesehen, Nell? Hast du gesehen, wie das aussieht, wenn zwei nackte, behaarte Körper das tun? Es ist hässlich. Unaussprechlich hässlich. Wenigstens musste ich euch nicht dabei zusehen. Aber Hailey …«

»Du bist ihr gefolgt. Du hast sie beobachtet.«

»Ich musste. Sie war krank, schon von klein auf. Krank. Randal Patterson hatte sie mit seiner Krankheit angesteckt. Da unten in seinem Keller, als sie noch ein kleines Mädchen war.« Sein Mund verzog sich. »Damals wollte ich ihn umbringen. Aber ich war selbst noch ein Kind, also konnte ich das nicht.«

Er zuckte mit den Achseln und sah stirnrunzelnd hinab auf die Pistole, die er immer noch scheinbar nachlässig in einer Hand hielt, und Nell nutzte die Gelegenheit, um rasch zu Ethan zu schauen. Ein Augenlid flackerte, und sein Kopf bewegte sich minimal. Da wusste sie, dass er nun hellwach war.

Doch es war noch nicht der richtige Zeitpunkt. Noch nicht. Noch nicht.

Sie sagte das Erste, was ihr in den Sinn kam, um das Gespräch in Gang zu halten. »Es gab andere Männer nach Patterson. Wie konntest du weiterhin ihnen die Schuld geben statt Hailey?«

»Sie wusste nicht, was sie tat«, erwiderte Kyle und machte zur Betonung zwischen jedem Wort eine kurze Pause. »Die Männer schon. Sie haben sie ausgenutzt. Ich weiß, dass es sie aus dem Gleichgewicht gebracht hat, als eure Mutter wegging, aber ...«

»Unsere Mutter ist nicht weggegangen, Kyle. Er hat sie umgebracht. Du hast gesehen, wie er es getan hat.«

Kyle sah sie lange an, ohne zu blinzeln, dann lächelte er. »Du auch.«

»Und du hast es mich vergessen lassen.«

»Das musste ich. In deinen Adern fließt ihr Hurenblut, ich wusste, es würde nur einen Auslöser brauchen. Du hattest mit angesehen, wie sie bestraft wurde, du hattest sie weinen und flehen und beteuern gehört, sie wäre eine anständige Frau, obwohl jeder sehen konnte, dass sie ganz dreist log – das hätte womöglich schon gereicht.«

Nell spürte, wie sich ihr der Magen umdrehte, und bemühte sich verzweifelt, sich nichts anmerken zu lassen. »Warum hast du ... das nicht mit Hailey versucht? Warum hast du nicht versucht, ihre ... ihre Krankheit so zu kurieren?«

»Sie hatte die Gallagher-Gabe nicht. Ach, ich habe es schon versucht, und nicht nur ein Mal. Zu ihr durchzudringen, ihren Geist zu berühren. Sogar sie zu besuchen, während sie schlief, so wie ich dich besuchen konnte. Aber bei ihr hat das nie funktioniert. Ich schätze, da war sie bereits verdorben, auch wenn ich mir das nicht eingestehen wollte.«

»Du hast mich besucht? Während ich geschlafen habe?«

Kyle lächelte erneut. »Die ganze Zeit, bis du aus Silence weggelaufen bist. Als du weg warst ... ich weiß nicht. Ich habe dich irgendwie verloren. Ich war mir nicht einmal mehr sicher, dass ich es wieder könnte, als du zurückkamst, aber dann war es ganz einfach. Vielleicht weil ich wusste, dass du da in dem Haus warst. Das muss es gewesen sein, meinst du nicht? Dass ich wusste, wo du warst?«

»Ich ... denke schon.«

»Ich hatte keine Ahnung, dass ich dich dazu bringen konnte, etwas Bestimmtes zu tun. Zuerst habe ich ganz klein angefangen – ich habe dir gesagt, du sollst dich im Bett umdrehen. Du sollst aufstehen und deine Haare eine Zeit lang bürsten. Auf den Dachboden gehen und deine Puppe suchen.«

»Ich hatte mich schon gefragt, wie die auf mein Kopfkissen gekommen ist«, sagte Nell und zwang sich, mit ruhiger Stimme zu sprechen, obwohl sie eine Gänsehaut hatte.

»Du bist wirklich nicht darauf gekommen? Du hattest keine Ahnung, dass ich das war?«

Nell verlagerte ein wenig ihr Gewicht und legte die Hände neben ihren Hüften aufs Polster, als wollte sie sich innerlich wappnen. Leise sagte sie: »Wie hätte ich darauf kommen sollen? Ich wusste nichts von dir. Ich wusste nicht, dass ich einen Bruder habe. Und du hast dafür gesorgt, dass ich mich nicht daran erinnere, was du für mich getan hattest.«

»Es gab keinen Grund, wieso du dich daran hättest erinnern sollen.« Kyle runzelte die Stirn. »Ich frage mich, ob du Max Tanner deshalb in dein Bett gelassen hast, weil du dich daran erinnert hast, dass das Blut einer Hure in deinen Adern fließt. War es das?«

Sie ignorierte die Frage. »Was war der Auslöser bei Hailey? Warum hast du angefangen ... die Männer zu bestrafen, mit denen sie Sex gehabt hatte? Weil sie mit Glen Sabella durchgebrannt ist?«

Kyle lachte. »Sie wäre nie mit ihm durchgebrannt, Nell. Aus ihm hat sie sich genauso wenig gemacht wie aus den anderen Männern. Er hat einfach nur ihre Krankheit genährt, verstehst du denn nicht? Nachdem Großmutter gestorben war, hat Hailey ihr Haus als Treffpunkt benutzt, damit sie rammeln konnten. Aber mehr wollte sie nicht von ihm.«

»Du hast ihnen zugesehen.«

»Sicher. An jenem letzten Tag haben sie sich wegen irgendwas gestritten. Und er hat sie geschlagen. Sie hat nur gelacht, aber … mir gefiel das nicht. Mir gefiel das überhaupt nicht. Sie hat sich immer als Erste angezogen und ist gegangen, also habe ich solange gewartet. Und sobald sie weg war, bin ich reingegangen. Ich hatte meinen Schlagstock dabei. Er war stark, aber ich habe ihn überrumpelt.«

»Du …«

»Ich hatte ihn eigentlich nicht umbringen wollen. Ich wollte ihn nur bestrafen. Aber er hörte nicht auf, sich zu bewegen, er wollte einfach nicht still sein, er hat immer weiter gestöhnt. Also habe ich immer weiter auf ihn eingeschlagen.« Er seufzte. »Hailey kam aus irgendeinem Grund noch einmal zurück, ich weiß nicht, warum. Sie hat mich gesehen. Sie hat gesehen, was ich mit ihm gemacht hatte. Da ist sie dann weggelaufen.«

»Was … hast du mit Sabella gemacht?«

»Ihn begraben. Und es war so einfach, so simpel. Ich dachte, es würde sich anders anfühlen, jemanden umzubringen, den ich kenne, aber so war es nicht. Es war so, als ob man eine Fliege totschlägt.«

»Wenn er aus einem der Fenster sieht«, sagte Galen kaum lauter als im Flüsterton, »sind wir erledigt. Bei dem Riesenmond ist es hier draußen taghell.«

»Er wird nicht raussehen«, sagte Max ebenso leise. »Nell hat ihn in ein Gespräch verwickelt.«

»Diese Direktverbindung, die Sie da haben, ist enorm praktisch«, meinte Kelly Rankin und überprüfte ihre Waffe zum dritten Mal. »Erklärt mir das mal jemand?«

»Später«, sagte Justin. »Max, wie lange kann Nell ihn noch hinhalten?«

»Ich weiß nicht. Ein paar Minuten vielleicht.« Die letzte Viertelstunde hatte Max anschaulich vor Augen geführt, warum die Tür, die Nell aufgestoßen hatte, die meiste Zeit besser verschlossen bleiben sollte: Es fiel ihm unglaublich schwer, sich auf zwei Orte gleichzeitig zu konzentrieren, ganz zu schweigen von dem Durcheinander aus seinen und ihren Gedanken und Gefühlen.

Nell versuchte, ihm zu helfen, das merkte er. Sie konzentrierte sich stark auf Kyle Venable und das, was er sagte, gestattete sich jedoch nicht allzu viele Gedanken über das, was der Psychopath ihr erzählte.

Zudem dämpfte sie ihre Gefühle und weigerte sich, dem Grauen und dem Abscheu, die seine Enthüllungen in ihr auslösten, nachzugeben.

Dennoch war es quälend und höchst verwirrend für Max. Er ging davon aus, dass es mit zunehmender Übung leichter würde, und er war verdammt froh, dass die Tür jetzt, wo Nell einem wahnsinnigen Mörder gegenüberstand, geöffnet war, doch er musste zugeben, es war gut möglich, dass sich dies eher als hinderlich denn als hilfreich erweisen würde.

»Nur die zwei Türen.« Lauren Champagne glitt sachte neben die anderen, die am Rand des Feldes im Schatten verschiedener Ackergeräte kauerten. »Aber auf der anderen Seite des Hauses ist ein Fenster. Das bekomme ich auf, glaube ich. Dann hätten wir drei Wege hinein. Drei Chancen.«

Obwohl seine Aufmerksamkeit so stark beansprucht war, sah Max sie an und bemerkte: »Das da drin ist Ihr Partner.«

»Falls Sie sich fragen, ob ich ihn töten kann, wenn ich muss: Machen Sie sich keine Sorgen.«

Sogar im Schatten der Geräte war genügend Licht, um zu sehen, dass ihr hinreißendes Gesicht völlig gelassen wirkte. »Ich habe kein Problem damit, tollwütige Tiere unschädlich zu machen.«

»Und sie ist eine erstklassige Schützin«, murmelte Justin.

Lauren sah ihn mit erhobener Augenbraue an.

»Der Schießstand«, erklärte er. »Ich habe dich vor ein paar Wochen da üben sehen.«

»Ah.«

379

Galen sagte: »Max, Sie sind der Einzige hier, der kein Polizist ist. Falls Sie Nells Waffe haben, geben Sie sie mir bitte.«

»Vergessen Sie 's.«

»Max.«

»Ich bin auch ein erstklassiger Schütze.«

»Das ist mir scheißegal«, erwiderte Galen höflich. »Das hier wird wahrscheinlich schmutzig genug, auch ohne dass ein Privatmann an einer Schießerei beteiligt ist.«

»Es wird keine Schießerei geben«, versetzte Max. Er fluchte kaum hörbar. »Nell ist da drin. Glauben Sie wirklich, ich will, dass hier die Kugeln fliegen?«

»Uns läuft die Zeit davon«, sagte Lauren.

»Und Zeit ist der entscheidende Faktor«, fügte Galen hinzu. »Beziehungsweise das richtige Timing. Wir haben nur eine Chance, das hinzukriegen.« Max wurde einen Augenblick ganz still. »Wir müssen handeln«, sagte er. »Jetzt.«

»Jemanden umzubringen ... den du kennst? Du meinst Sabella war nicht der Erste?«

Kyle zuckte mit den Achseln. »Er war der Erste aus Silence. Aber Hailey war manchmal auch woanders unterwegs, und ich konnte diese dreckigen Mistkerle doch nicht ungeschoren davonkommen lassen, oder? Sie mussten alle büßen. Sie haben sie immer mehr vergiftet, und dafür mussten sie büßen.«

Im Bewusstsein der Uhr, die in ihrem Kopf tickte, rutschte Nell auf der Couch ein wenig beiseite. »Und das bringt uns zu Ethan, vermute ich. Warum willst du ihn töten, Kyle?«

»Er ist nicht anders als die anderen.« – »Wirklich nicht?«

»Nein. Er hat sie auch nur benutzt und dann fallen gelassen, wie die anderen. Er hat ihre Krankheit genährt. Ich muss ihn bestrafen, genau wie die anderen.«

»Und was ist mit mir, Kyle? Was habe ich getan?« Sie hielt ihren Blick fest auf sein Gesicht geheftet.

»Du hast Tanner in dein Bett gelassen. Du bist auch infiziert, Nell. Ich dachte, die Gallagher-Gabe würde dich retten, aber das hat sie nicht. Siehst du denn nicht, dass die Infektion immer weiter fortschreitet? Ich habe versucht, sie zu heilen, aber ich glaube – ich glaube, die einzige Möglichkeit ist, sie herauszuschneiden.«

»Du meinst, mich zu töten.«

»Ich muss die Infektion herausschneiden«, sagte Kyle in einem vernünftigen Tonfall, der sie frösteln ließ.

»Du willst mich umbringen, ohne mir Gelegenheit zu geben ... zu bereuen? Mich zu verändern?«

Zum ersten Mal wirkte Kyle verunsichert. »Ich möchte das nicht.«

»Dann tu's auch nicht.«

Nell stand auf, wobei sie darauf achtete, keine abrupte Bewegung zu machen, damit er nicht womöglich vor Schreck die Waffe benutzte, die er immer noch in der Hand hielt. Es gelang ihr, sich gerade so weit zu drehen, dass Ethan ihre linke Hand sehen konnte, ohne dass Kyle mitbekam, wie sie ihre Finger bewegte.

Sie begann mit einer Faust, dann streckte sie ganz langsam einen Finger nach dem anderen aus. Zwischen den einzelnen Fingern machte sie kurze Pausen. Bis fünf zählen. Sie hoffte nur, dass Ethan es sah – und begriff –, denn eine andere Möglichkeit, ihn vorzuwarnen, war ihr nicht eingefallen.

»Wenn du die einzige Verwandte, die du hier in Silence noch hast, umbringst, bist du ganz allein«, führte sie ihm vor Augen. »Willst du das wirklich?«

Kyle schüttelte den Kopf, allerdings eher vorwurfsvoll als verneinend, und mit der freien Hand griff er nach dem Seil, dass er bei Nells Ankunft auf einen Tisch in seiner Nähe gelegt hatte. »Ich möchte nur ...«

Nell sah das Huschen in der Diele hinter Kyle im selben Augenblick, in dem sie »fünf« zählte. Sie spürte und hörte, dass Ethan seinen Stuhl zur Seite zerrte, während sie nach ihrer Waffe griff.

381

»Fallen lassen, Venable, sofort!«, ertönte Galens Stimme.

Vielleicht lag es an ihrer Ausbildung oder ihrem Instinkt – Nell wusste, dass Kyle dem Befehl nicht gehorchen würde. Vielleicht sagten ihr aber auch das Gallagher-Blut und der ihnen beiden gemeinsame Gallagher-Fluch, was er tun würde.

Sie sah, wie er sich umwandte, die Waffe in ihre Richtung schwenkte. Mit einem dieser eigenartigen Teleskopblicke, die sich häufig in kritischen Situationen einstellen, sah sie sogar, wie seine Finger sich fester um den Abzug krümmten und sein Mund sich zu einem Lächeln verzog.

Es war, als spielte sich alles im Zeitlupentempo ab. Sie bewegte sich, brachte die Waffe, die Hailey ihr gegeben hatte, in Anschlag und warf sich in Richtung eines Stuhls, der die einzig erreichbare Deckung darstellte. Sie sah Kyle zusammenzucken, noch ehe sie den Schuss hörte, sah, wie sich sein Uniformhemd scharlachrot färbte. Dann sah sie, wie ihn eine zweite Kugel traf und ironischerweise so herumriss, dass er besser auf sie schießen konnte. Ihre Pistole bäumte sich im selben Augenblick in ihrer Hand auf, in dem sie den Rückstoß seiner Waffe sah.

Dann schlug etwas mit der Gewalt eines heranrasenden Zuges in ihr ein, und alles wurde schwarz.

Sobald Nell die Augen öffnete, wusste sie, dass Zeit vergangen war. Viel Zeit. Sie spürte diese gewisse Schwere und hatte das Gefühl, Sandpapier in den Augen zu haben. Sie musste also stundenlang geschlafen haben, dennoch fühlte sie sich bemerkenswert gut.

Jedenfalls bis sie sich bewegte.

»Aua. Verdammt.«

»Geschieht dir recht. Beweg dich nicht, dann tut es auch nicht so weh.«

Vorsichtig drehte sie den Kopf und erblickte Max, der neben ihrem Bett saß. Ihrem Krankenhausbett. Ihr Kopf schmerzte ein wenig, und sie spürte Widerstand im Bereich ihrer linken Schulter und ihres linken Arms. »Was ist passiert?«, wollte sie wissen.

»Du erinnerst dich nicht?«

Nell dachte nach, und langsam kehrte die Erinnerung vollständig zurück. Beinahe vollständig jedenfalls. »Ist Kyle tot?«

»Ja.« Max verzog das Gesicht. »Auch wenn es eine Kugel aus fast jeder Waffe brauchte, um ihn auszuschalten. Und trotzdem hat er es noch geschafft, auf dich zu schießen.«

Das erklärte wohl die eingeschränkte Bewegungsfreiheit von Arm und Schulter. Offenbar dicke Verbände. Nell tastete mit der rechten Hand nach der Bettsteuerung und stellte das Kopfende ein wenig hoch.

»Aua«, sagte sie nochmals, als ihre Schulter im Einklang mit ihrem Kopf zu pochen begann. »Die Kugel hat nichts Lebenswichtiges getroffen, oder?«

»Erstaunlicherweise nicht. Glatter Durchschuss. Der Doc sagt, die meisten großen Verbände können morgen abgenommen werden, und dann trägst du etwa eine Woche lang eine Armschlinge. Er sagt, das heilt schnell.«

Nell betrachtete ihn.

Sie wusste nur zu gut, dass er seinem gleichmütigen emotionslosen Tonfall zum Trotz so harmlos wie Nitroglyzerin war. Die geistige Tür zwischen ihnen war sicher verschlossen. Sie hatte sie in der Sekunde zugeschlagen, als ihr klar wurde, dass Kyle vermutlich auf sie schießen würde, weil sie nur zu gut wusste, dass Max sonst ihren Schmerz geteilt hätte – womöglich mehr als das. Doch auch ohne diesen direkten Gedankenaustausch kannte sie Max Tanner gut genug. »Ich fühle mich gut«, sagte sie ihm. »Erholt, ehrlich gesagt. Wie lange war ich bewusstlos?«

»Jetzt ist es fast fünf. Sonntagnachmittag.«

Sie blinzelte. »Was? Ich habe den ganzen Tag geschlafen?«

»Der Doc meinte, du bräuchtest offenbar Erholung – so heilt der Körper sich selbst. Galen hat mir erzählt, dass du schon mal angeschossen worden bist und damals auch viele Stunden geschlafen hättest.«

»Ist es das?«

»Was?«

»Bist du deshalb verärgert, weil ich schon mal angeschossen worden bin?«

Max atmete tief durch, der Inbegriff des beherrschten, geduldigen Mannes. »Ich bin verärgert, weil du überhaupt angeschossen worden bist. In beiden Fällen. Du wirst verzeihen. Dich da blutend liegen zu sehen wird garantiert keine meiner Lieblingserinnerungen.«

»So etwas kommt nicht oft vor. Die meisten Agenten ziehen in ihrer gesamten Laufbahn kaum einmal ihre Waffe, geschweige denn, dass sie angeschossen werden.«

»Dir ist es zwei Mal passiert. Und wie lange bist du schon Agentin?«

Nell lächelte ihn an. »Mir geht's gut, Max. Wirklich.«

Er sah sie an, dann nahm er ihre Hand in seine. »Tu mir das nicht noch einmal an. Nie mehr.«

»Ich werde mir auf jeden Fall Mühe geben. Es hat nicht gerade Spaß gemacht.«

»Hast du deshalb die Tür zugeknallt? Damit ich nicht spüren kann, was mit dir geschieht?«

»Ich wollte dich nicht ausschließen. Aber ich musste es tun. Wenn du gefühlt hättest, was ich gefühlt habe, hätte dich das womöglich genau in dem Moment außer Gefecht gesetzt, in dem du dich hättest bewegen oder reagieren müssen.«

Max zögerte, dann erwiderte er mit Bedacht: »Die gestrige Nacht hat mir die Vor- und Nachteile einer geistigen Verbindung zu dir ziemlich klar vor Augen geführt. Ich verstehe jetzt also besser, warum du die Tür normalerweise geschlossen halten möchtest.«

»Aber?«

»Aber … in all den Jahren, die du nicht da warst … zu wissen, dass die Tür da ist, immer da war, und ich nichts tun konnte, um das verdammte Ding von mir aus zu öffnen, das war …«

»Frustrierend? Unerträglich?«

»Schmerzhaft.«

Sie hielt seinem Blick stand. »Noch ein Nachteil, wenn du dein Schicksal mit dem einer übersinnlich Begabten verknüpfst. Es tut mir Leid, Max, aber ich wüsste nicht, wie ich das ändern soll oder wie ich dir irgendeine Form von Kontrolle darüber geben könnte. Ich denke – all das, was du in den Jahren gelesen hast, das hast du getan, weil du nach einer Lösung gesucht hast. Stimmt's?«

»Ja, mehr oder weniger.«

»Du hast keine gefunden.«

Ein kurzes Auflachen entfuhr ihm. »Verdammt, ich habe nichts gefunden, das auch nur ansatzweise erklärt hätte, was zwischen uns passiert war, geschweige denn eine Idee, wie ich eine aktivere Rolle dabei übernehmen könnte.«

Nell wählte ihre Worte mit Bedacht. Max mochte aller Liebe zum Trotz am Ende sehr wohl zu dem Schluss kommen, dass ein Leben mit einer übersinnlich begabten Frau doch nicht die Zukunft war, die er sich wünschte. Das war Nell nur allzu bewusst. »Ist es das, was du möchtest? Selbst übersinnlich begabt sein? Oder geht es dir eigentlich um Kontrolle?«

»Es geht darum, die Dinge miteinander zu teilen, Nell. Ich muss selbst keine übersinnlichen Fähigkeiten haben, nicht, wenn du bereit bist – wenn du wirklich bereit bist –, dich mir zu öffnen. In schlechten wie in guten Zeiten.«

»Wenn die Tür offen gewesen wäre, als ich angeschossen wurde, hättest du das gespürt, Max. Ich habe dir doch gesagt, es hätte …«

»Es hätte mich verletzen können, ja. Aber wenn ich mir aussuchen darf, was mich verletzt, dann möchte ich deine Schmerzen teilen und es darauf ankommen lassen, was danach passiert. Sicher, es lenkt ab, und wahrscheinlich ist es schwierig, die Tür offen zu halten, aber trotzdem – jedes Mal, wenn du mir die Tür vor der Nase zuschlägst, fühle ich mich, als hättest du mich aus deinem Leben verstoßen. Jedes Mal. Und das tut weh.«

»Ich will dich doch nicht ausschließen. Das wollte ich nie.«

»Du schließt mich jetzt, in diesem Augenblick aus.« Er schüttelte den Kopf. »Ich habe gestern Nacht einiges mitbekommen – du bist dir ziemlich sicher, dass das Dunkle, das du all die Jahre in dir gespürt hast, Kyle war. Sein Böses, nicht deins. Das stimmt doch, oder?«

»Ich … glaube schon. Ganz sicher bin ich natürlich nicht, aber als ich aufgewacht bin, habe ich gespürt, dass da eine Leichtigkeit in mir ist, die ich noch nie gespürt habe. Als wäre ein Gewicht von mir genommen. Aber es gibt keine Garantie, Max. Nichts, was mir sagt, dass meine Begabung nicht eines Tages … meinen Verstand zerstören wird.«

»Das will ich gerne riskieren. Ich musste zwölf Jahre ohne dich auskommen, Nell, und das eine weiß ich mit absoluter Sicherheit: Ich will bei dir sein.«

»Und meine Arbeit? Die ist mir wichtig.«

»Ich weiß«, erwiderte er sogleich. »Ich würde dich nie bitten, sie aufzugeben.«

»Deine Ranch ist hier. Dein Leben ist hier.«

»Wir finden eine Lösung, Nell. Du musst einfach nur sagen, dass du es auch willst.«

»So, wie du das sagst, klingt es ganz einfach«, murmelte sie.

»Dieser Teil ist auch ganz einfach. Sag mir, dass du mich liebst und den Rest deines Lebens mit mir verbringen willst. Alles andere wird sich mit der Zeit fügen.«

»Max …«

»Es ist wirklich so einfach, weißt du. Alles andere ist eine Frage der Übung und der Absprache.« Sie musste lachen, allerdings unsicher. »Unsere Zukunft, auf zwei Sätze eingedampft?« – »Na ja, darauf bauen wir auf.«

Instinktiv rutschte Nell näher zu ihm und zuckte zusammen, als ihre Schulter protestierend zu pochen begann. »Sei nicht voreilig. Vielleicht sollten wir sämtliche Entscheidungen verschieben, bis ich wieder im Vollbesitz beider Arme bin.«

Max hob eine Augenbraue. »Du hältst mich hin.«

»Nein, tue ich nicht.«

»So wirkt es von meiner Warte aus aber.«

Nell lachte wieder, diesmal freudvoller. Sie war dankbar, dass Max ein wenig nachgab, denn trotz seiner zuversichtlichen Worte wusste sie, dass es für sie beide noch vieles zu bedenken gab. »Vielleicht solltest du deinen Standort wechseln«, schlug sie vor.

Max' Finger schlossen sich fester um ihre Hand, und er rückte auf sie zu, doch da betrat Ethan das Zimmer. Er sah sehr erschöpft und recht interessant aus mit dem quadratischen Verband an seiner Schläfe.

»Du bist also wach«, sagte er zu Nell. »Gut. Die Ärzte wollten Max schon ruhig stellen.«

»Sehr komisch«, bemerkte Max.

Nell lächelte Ethan an. »Alles in allem siehst du gar nicht übel aus.«

»Ich komme mir vor wie ein Vollidiot«, sagte er rundheraus. »Da ziehe ich fröhlich mit dem Mörder los. O Mann, ich bin vielleicht ein Cop.«

»Wo wolltest du denn mit ihm hin?«

»Ich hatte ihn gebeten, mit mir zu Matt Thorton rauszufahren. Ich hatte in diesen Geburtenbüchern etwas gefunden, das mich störte, und ich wollte Matt danach fragen. Ich dachte, es wäre clever, da nicht allein hinzufahren. Hab mir nur leider den falschen Deputy als Begleitung ausgesucht, verdammt.«

»Du dachtest, Thorton könnte der Mörder sein?«

»Ich wollte einfach wissen, warum er mir als Kind erzählt hatte, seine richtige Mutter sei tot, obwohl das gar nicht stimmte.«

387

»Und warum hat er das getan?« Ethan zog eine Grimasse.

»Er war sauer auf sie. Sie hat ihm nicht erlaubt, bei irgend so einer dämlichen Exkursion mitzumachen, also beschloss er, dass sie nicht seine richtige Mutter ist. So weit, so gut, schade nur, dass er seinen Wunschtraum ausgerechnet mir erzählen musste.«

Nell runzelte die Stirn. »Okay, aber – was hat Kyle jetzt aktiv werden lassen? Ich meine, warum hat er ausgerechnet gestern Nacht beschlossen, dich umzubringen?«

»Ich habe noch einen zweiten Fehler gemacht: Ich habe ihm gesagt, dass ich die Geburtenbücher durcharbeite, um herauszufinden, weswegen George Caldwell umgebracht worden war.«

»Beachte: Ich sage gar nichts dazu«, meinte Max.

»Das tust du aber ziemlich laut.«

»Jungs.« Nell schüttelte den Kopf. »Also, hat er zufällig erwähnt, *warum* Caldwell sterben musste?«

»Nein, aber ich finde es schon noch heraus. Irgendwann.«

»Und wo«, fragte Nell, »sind die anderen?«

»In meinem Büro«, erwiderte Ethan. »Jetzt, wo sozusagen alle Farbe bekannt haben, schien es mir am besten, dass wir gemeinsam die Berichte schreiben und die Beweise zusammentragen.«

»Und«, meinte Max, »du findest, die FBI-Agenten können ruhig auch was tun, wenn sie schon mal da sind, richtig?«

»Richtig.«

»Was ist mit Hailey?«, fragte Nell. »Sie war doch beim Stoßtrupp in deinem Haus gestern Nacht nicht dabei, oder, Ethan? Ich weiß nämlich, dass sie nicht schießen konnte, und sie hat immer wie ein Mädchen geboxt.«

Er ging auf die andere Seite des Bettes und sah stirnrunzelnd auf sie hinab. »Nein, Hailey war nicht da. Wie kommst du darauf, dass sie hätte da sein können?«

»Sie war diejenige, die mir gesagt hat, dass Kyle dich in seiner Gewalt hätte und dich umbringen wollte. Nachdem sie mich mit einer Ohrfeige wieder aus diesem schlafwandlerischen Zustand geholt hatte, in den er mich versetzt hatte.«

Stirnrunzelnd sah Nell erst Ethan, dann Max an. »Sie wollte Hilfe holen. Hat sie euch Jungs nicht gefunden?«

Mit einem eigenartigen Gesichtsausdruck sagte Max: »Nell, Hailey war gestern Nacht nicht da. Das konnte sie gar nicht.«

»Wie meinst du das? Ich habe sie gesehen, Max. Ich habe mit ihr gesprochen. Sie war da.«

»Nell«, sagte Ethan, nachdem er einen Blick mit Max gewechselt hatte, »dein Boss hat sich vor ein paar Stunden mit uns in Verbindung gesetzt. Wegen der … sterblichen Überreste, die du beim Haus deiner Großmutter gefunden hast. Das FBI-Labor konnte einen Abgleich mit zahnärztlichen Behandlungsakten vornehmen: Es gab eine eindeutige Identifizierung. Aber es ist nicht deine Mutter.«

»Es ist Hailey«, führte Max die Erklärung bedächtig zu Ende. »Sie schätzen, dass sie seit ihrem vermeintlichen Weggang aus Silence tot ist. Seit fast einem Jahr.«

Epilog

Montag, 27. März

Man konnte von Max nicht behaupten, dass er nur mit zwei Fingern tippte, aber Maschine schreiben war nicht gerade seine große Stärke, und so dauerte es länger als geplant, seine recht ausführliche Aussage zu Papier zu bringen.

»Warum tippe ich das?«, fragte er Ethan. »Sollte das nicht jemand von deinen gescheiten Jungs oder Mädels tun?«

»Die sind alle beschäftigt«, antwortete ihm Ethan.

»Beschäftigt? Zwei Drittel haben frei.«

»Nachdem ich mein Überstundenbudget für das gesamte Jahr verbraucht habe, werden sie jetzt alle eine Zeit lang Urlaub und Krankentage nehmen. Es ist eine Aussage, Max, du weißt doch, wie man eine verfasst.«

»Okay, dann rück mir nicht so auf die Pelle.«

»Ich rücke dir nicht auf die Pelle. Ich dachte nur, du wüsstest vielleicht gerne, dass Nells Boss hier ist.«

Max hörte auf zu schreiben. »Bishop?«

»Eben der.«

»Was will der hier?«

»Hat offenbar gerade andere Ermittlungen in Chicago abgeschlossen.«

»Und was will er hier?«

Ethan grinste. »Ich wüsste zu gern, ob du ihn für einen Rivalen hältst oder einfach für jemanden, der Nell wieder nach Virginia wegbeamt.«

Max gönnte ihm die Genugtuung nicht und entgegnete nur: »Antworte auf meine Frage. Was macht er hier?«

»Er verknüpft noch ein paar lose Fäden. Liefert uns ein

paar dringend benötigte Papiere wie dieses Original-FBI-Profil. Hilft uns mit seinen Fachkenntnissen bei der Beantwortung der paar offenen Fragen. Sammelt seine Leute.«

»Wo ist Nell?«

»Die unterhält sich im Besprechungszimmer mit ihm.«

Max schob seinen Stuhl zurück und stand auf.

»Aussage fertig?«, fragte Ethan höflich.

»Zwing mich nicht, dir zu sagen, was du mit deiner Aussage machen kannst. Ich schreibe sie nachher zu Ende.«

Ethan lachte und widersprach nicht, als Max das Büro verließ, in dem er gesessen hatte, und sich an den größtenteils verwaisten Schreibtischen vorbei auf den Weg zum Besprechungszimmer machte.

Entgegen Ethans Neckerei betrachtete Max Bishop eigentlich nicht als Bedrohung für seine Beziehung zu Nell. Doch er war höchst neugierig auf den Mann. In der Tür blieb er kurz stehen und bemerkte Galen – sehr entspannt, die Füße auf dem Tisch, blätterte er die örtliche Tageszeitung durch. Justin und Shelby waren ebenfalls da. Sie saßen am anderen Ende des Konferenztischs.

Außer diesen dreien befanden sich noch zwei weitere Personen im Raum. Nell war leger in Jeans und Pullover gekleidet. Die Schlinge, die ihren linken Arm ruhig stellte, war das einzige Anzeichen der Schussverletzung in ihrer Schulter. Der gestrige Schock über die Nachricht, dass Hailey tot war – dafür aber offenbar erstaunlich körperhaft erschienen war, um Nell zu helfen –, hatte nicht sehr lange angehalten. Nell war in solchen Dingen weit leichtblütiger als manch anderer.

Ihr einziger, sarkastischer Kommentar hatte gelautet, sie hätte wissen müssen, dass Hailey noch aus dem Grab heraus versuchen würde, die Dinge nach ihrem Gutdünken zu lenken.

Nun unterhielt sie sich, gelassen wie immer, angeregt mit dem Mann, der ihr gegenüber halb auf dem Konferenztisch saß.

Er war groß, wahrscheinlich Ende dreißig, wie die Übrigen leger gekleidet: dunkle Hose und schwarze Lederjacke. Der sichtlich kraftvolle Mann war von athletischer Statur und hielt sich auf eine Art, die sehr selbstsicher wirkte.

Er sah außerdem sehr gut aus, auf diese dunkle falkenartige Weise, die Frauen offenbar liebten. Rabenschwarzes Haar. Sonnenbräune, die nicht von der Sonnenbank stammte. Das gute Aussehen eines Filmstars, dachte Max und betrachtete das makellose Profil voller Unbehagen. Da wandte Bishop plötzlich den Kopf, und Max erschrak.

Die Narbe auf Bishops linker Wange war eher markant als entstellend und verlieh ihm zusammen mit einem eindrucksvollen spitz zulaufenden Haaransatz und der schmalen Strähne rein weißen Haars gleich über der linken Schläfe ein ebenso imposantes wie ungewöhnliches Aussehen.

Dieser FBI-Agent, dachte Max, konnte wohl kaum verdeckt ermitteln.

Max trat in den Raum und ließ sich mit Noah Bishop bekannt machen. Als sie einander die Hand gaben, fiel ihm auf, dass das gut aussehende Gesicht reglos und die ruhigen Augen frostig wirkten. Das lag wahrscheinlich an ihrer hellen silbernen Farbe.

Oder auch nicht.

»Freut mich, Sie endlich kennen zu lernen«, sagte Bishop mit tiefer Stimme. Sie klang nicht ganz so kühl, wie die Augen wirkten.

Max beschloss, diese Aussage nicht in Zweifel zu ziehen, und erwiderte lediglich: »Eine interessante Einheit haben Sie da zusammengestellt, Agent Bishop. Nell hat mir erzählt, Sie sind ein Telepath? Ein Kontakttelepath, sagte sie, glaube ich.«

Bishops strenger Mund rundete sich ein wenig. »Das ist richtig.«

»Und das bedeutet ... was? Dass Sie die Gedanken der Leute lesen können, wenn Sie sie berühren?« Er versuchte, sich nichts dabei zu denken, dass sie einander gerade noch die Hand gegeben hatten.

Noch immer schwach lächelnd zuckte Bishop mit den Achseln. »In rund sechzig bis siebzig Prozent der Fälle, ja.«

Shelby sagte: »Wem hätte das gedeucht? FBI-Agenten mit übersinnlicher Begabung.«

»Was denen wohl als Nächstes einfällt?«, murmelte Justin.

Max, der entschlossen war, nicht zu fragen, ob er zu den sechzig bis siebzig Prozent der Fälle gehörte, deren Gedanken Bishop lesen konnte, begegnete Nells ruhigem amüsiertem Blick und fragte sich plötzlich, ob er so leicht zu durchschauen war, dass noch ein Blinder seine Gedanken lesen könnte, geschweige denn ein Telepath.

Da meldete sich Galen zu Wort. »Wir sind nicht alle übersinnlich begabt, wissen Sie.«

Bishop sah ihn an und hob die Augenbrauen. »Na ja, genau genommen bist du 's aber.«

»Nur nach deiner Definition. Und dass du keine Fußnote ins SCU-Handbuch geschrieben hast, um sicherzugehen, dass ich auch für den Job qualifiziert bin, das kaufe ich dir nicht ab.«

»Es gibt ein Handbuch?« Shelby sah mit strahlenden neugierigen Augen von einem zum anderen.

Max interessierte mehr, wie Galen in die Special Crimes Unit passte. Er öffnete schon den Mund, um zu fragen, vergaß sein Vorhaben jedoch sofort, als Bishop unvermittelt zur Tür sah und sein Gesichtsausdruck sich drastisch veränderte.

Der Agent lächelte – diesmal ein echtes Lächeln –, und seine so frostigen Augen erwärmten sich um mindestens fünf Grad und verwandelten ihn von einem kühlen Profi in einen sehr glücklichen Mann, der sich nicht darum scherte, wer davon wusste. Er ging an Max vorbei zur Tür, und Max wandte sich gerade rechtzeitig um, um zu sehen, wie die prachtvolle Lauren Champagne lächelnd ins Zimmer trat und in einer liebevollen Umarmung hochgehoben wurde.

Ein wenig verdutzt bemerkte Justin: »Ich gehe mal davon aus, dass die beiden sich kennen.«

»Das könnte man so sagen.« Nell grinste. »Man könnte auch sagen, sie sind miteinander verheiratet.«

Max starrte sie an. »Du hast nie erwähnt, dass Bishop verheiratet ist.«

»Nein. Das habe ich wohl nicht.«

Galen kicherte und meinte: »Es ist schrecklich, wenn sie genau weiß, welche Knöpfe sie bei Ihnen drücken muss, was?«

»Jetzt mach hier nicht den Unruhestifter«, sagte Nell zu ihrem Partner.

»Wer – ich?«

»Du genießt das doch. Hört mal, setzen wir uns doch mal alle hin.«

»Macht deine Schulter Probleme?«, fragte Max sie.

»Knöpfe, überall Knöpfe«, murmelte Galen.

Nell warf ihm einen drohenden Blick zu und sagte zu Max: »Nein, alles in Ordnung. Aber da wir heute alle unsere Berichte und Aussagen zu Ende bringen wollen, gibt es wahrscheinlich ein paar Punkte, die wir besprechen sollten.«

»Ich würde nicht sagen, dass da noch viel offen ist«, warf Galen ein wenig träge ein.

»Ein paar lose Fäden«, sagte Bishop, als er und seine Frau sich am Konferenztisch zu den anderen gesellten.

Justin, dem auffiel, dass Lauren Champagnes vorher dunkle Augen nunmehr stahlblau waren, sagte langsam: »Kontaktlinsen.«

Sie lächelte ihn an. »Es ist erstaunlich, wie man mit ein paar einfachen Handgriffen völlig anders aussehen kann. Braune Kontaktlinsen, eine Flasche Selbstbräuner, ein etwas anderer Akzent. Ich bin übrigens Miranda.«

»Warum ein falscher Name?«, wollte Max wissen.

»Das war kein falscher Name, es war bloß nicht meiner.« Sie zuckte mit den Achseln. »Manchmal geht es schneller und ist leichter, sich Namen und Vorgeschichte einer realen Person auszuborgen – weshalb wir eine Liste von Polizisten und anderen nützlichen Leuten im ganzen Land aufgestellt haben und pflegen, die bereit sind, zeitweise ihre Identität aufzugeben. Die echte Lauren Champagne ist eine Polizistin, die sich ein paar Monate Auszeit von ihrem Job in Virginia gönnt und jetzt kreuz und quer durchs Land reist.«

»Jede Ermittlung, die wir übernehmen, ist anders«, meinte Bishop. »In diesem Fall hatten wir Nell, die einen guten Grund hatte, in Silence zu sein – die perfekte Tarnung. Aber wir brauchten auch jemanden im Amt des Sheriffs, jemanden, der sich zwischen den anderen Cops bewegt und sie beobachtet, die Akten und den anderen Papierkram überprüft, so etwas eben.«

»Es hat eine Weile gedauert«, fuhr Miranda fort. »Also bin ich als Erste hierher gekommen, zwei Monate, bevor wir erfuhren, dass Adam Gallaghers Testament gerichtlich bestätigt ist und wir mit Nell rechnen konnten.«

»Als ich hier ankam«, fuhr Nell fort, »hatte Miranda die meisten Cops schon von der Liste der Verdächtigen gestrichen, aber es gab mehrere, bei denen wir nicht sicher waren. Und dann waren da Sie, Justin.« Sie lächelte fein. »Wir waren uns sicher, dass Max Sie engagiert hatte, weil Ethan sich darüber ausließ, dass er ihn wegen der Morde verhaften lassen wollte, und er wusste, dass er jemanden brauchte, der in den Ermittlungen eindeutig auf seiner Seite stand. Aber selbst wenn wir uns darin geirrt hätten, hätten wir Sie aus dem Kreis der Verdächtigen ausgeschlossen, weil Sie noch nicht lange genug in Silence gewesen waren.«

»Sie wussten, dass man mir trauen kann. Deshalb haben Sie ja auch Shelby auf mich angesetzt.«

Shelby begann zu lachen. Nell grinste. »Nun ja. Ich wusste, dass der Grund für George Caldwells Ermordung in diesen Geburtenbüchern stand, aber ich konnte ja nun wirklich nicht gut selber nachsehen.«

»Und was war der Grund?«, wollte Shelby wissen. »Das hat mir noch niemand gesagt.«

»Kyle hatte, wie er es nannte, einige ›diskrete‹ Erkundigungen eingeholt, um zu erfahren, ob er nicht den Besitz meines Vaters – unseres Vaters – erben könnte«, sagte Nell. »Er konnte nicht gut zu Wade Keever gehen, zum einen weil der für seine Indiskretion bekannt ist, zum anderen weil er der Familienanwalt der Gallaghers war. Deshalb ging Kyle zu einem anderen Anwalt, einem, der nicht so viele Fragen stellen würde.«

Nell seufzte. »Der Golfpartner dieses Anwalts war zufälligerweise George Caldwell, dem gegenüber er Kyles Fragen beiläufig erwähnte. Und Caldwell fing dann aus Neugier an nachzuforschen. Die Ironie liegt aus unserer Sicht darin, dass es nichts zu finden gab. Nichts an Kyles Geburtsurkunde war auch nur im Mindesten verdächtig.

»All die Stunden, die wir über den Geburtenbüchern gehangen haben«, stöhnte Shelby.

»Ich weiß. Tut mir Leid. Soweit wir wissen, ist es so gelaufen: Als Caldwell in den Büchern nichts finden konnte, hat er Kyle beiläufig gefragt, ob der mit den Gallaghers verwandt wäre. Da hatte sich – dank Wade Keever – schon die Nachricht verbreitet, dass ich zurückkomme. Kyle hatte Angst, dass Caldwell mir die gleiche Frage stellen könnte, und da er selbst den Zeitpunkt bestimmen wollte, an dem er sich mir als mein Bruder vorstellt, beschloss er, Caldwell aus dem Weg zu räumen. Ein weiterer Mord bedeutete ihm schließlich gar nichts. Für ihn war das so, als würde er eine lästige Fliege totschlagen. Den Erpressungsplan zu fingieren war nur ein zusätzlicher Spaß.«

»Was ist mit dem anderen Anwalt?«, fragte Justin. »War der nicht die größere Bedrohung für Kyle?«

»Nein, denn Caldwell hatte keine Gelegenheit, Kyle zu sagen, was ihn neugierig gemacht hatte. Aber wir hatten Angst, dass er womöglich Wade Keever als Bedrohung ansieht. Wir wussten zwar nicht, ob er etwas wusste, das eine Bedrohung für den Mörder sein könnte. Aber wir waren sicher: *Falls* er etwas wusste, würde er natürlich den Mund nicht halten können.« Plötzlich runzelte Nell die Stirn und sah Miranda an. »Ich schätze, wir können ihn jetzt nach Hause gehen lassen.«

»Ich habe schon im Versteck angerufen und seine Freilassung angeordnet.« Miranda gluckste. »Mittlerweile droht er nicht mehr mit einer Klage. Er hat mit dem Agenten, der ihn bewacht hat, Poker gespielt. Jetzt hat er endlich einmal etwas, das sich auszuplaudern lohnt.«

»Wollen Sie damit sagen, Sie haben Keever gekidnappt?«, rief Shelby grinsend.

»Ganz und gar nicht«, entgegnete Miranda. »Ich hatte ihm nur nahe gelegt, dass er vielleicht umziehen möchte, bis wir den Mörder identifiziert haben.«

»Mit vorgehaltener Waffe nahe gelegt«, murmelte Bishop. »Nachts unter einer Straßenlaterne.«

»Als ob du nicht das Gleiche getan hättest.«

Bishop setzte zu einer Verneinung an, dann hielt er inne, dachte noch einmal darüber nach und lächelte plötzlich. »Du hast Recht. Das hätte ich.«

»Noch nicht fertig?«, fragte Nell, als sie das kleine Büro betrat, in dem Max seine Aussage niederschrieb.

»Fast. Ich glaube ja, Ethan hat mir diese Liste mit Fragen nur deshalb gegeben, um mich den ganzen Tag hier festzuhalten.«

»Würde er so etwas wirklich tun?«, fragte Nell und setzte sich auf eine Ecke des Schreibtischs, an dem Max saß.

»Die Antwort spare ich mir.«

»Schön, dass ihr zwei wieder friedlich miteinander spielt.«

»So würdest du das nennen?«

Nell grinste. »Na ja. So wie ihr euch aufgeführt habt.«

Max seufzte. »Wir werden sehen. Hör mal, ich wollte dich

397

vorhin schon fragen, ob du vorhast, nach der Stelle zu suchen, wo Adam deine Mutter begraben hat.«

»Ethan sagt, seine Leute kümmern sich darum. Jetzt, wo wir wissen, dass der Mord in meiner Vision der an Hailey war, bleibt wirklich nur noch, meine Mutter zu finden. Um es endgültig abzuschließen, meine ich.«

»Glaubst du, Kyle hat ihr Medaillon absichtlich mit Hailey begraben, um dich von seiner Spur abzubringen, falls du je zurückkommen solltest?«

»Vielleicht. Oder vielleicht wollte er auch nur alles loswerden, was er von seiner anderen Schwester hatte – von mir. Das werden wir jetzt wohl nie erfahren, denke ich.«

»Außer Hailey kommt noch einmal zurück.«

Nell lächelte. »Ich glaube nicht, dass sie das tut. Sie hat ihre Angelegenheiten in einer Nacht geordnet.«

»Und jetzt hat sie ihren Frieden gefunden?«

»Ich hoffe es. Bishop sagt, diese Art Besuch ereignet sich nur, wenn der Geist bereit ist, weiterzuziehen.«

Max schob seinen Stuhl ein Stück vom Schreibtisch zurück und betrachtete sie ein wenig unschlüssig. »Hat Bishop nicht auch gesagt, der Plan sei, dass euer Team morgen in aller Frühe abreist?«

»Ja, aber er und Miranda sind schon weg.« Nell lächelte. »Wenn man bedenkt, wie lange sie hier unten bleiben musste und dass sie sich in der ganzen Zeit fast gar nicht sehen konnten, dann gehe ich davon aus, dass sie sich auf dem Rückweg nach Quantico noch eine kleine Auszeit genehmigen.«

»Ich weiß ja nicht, wo er die letzten Wochen verbracht hat, aber ich würde sagen, sie hat sich eindeutig ein bisschen Urlaub verdient.«

Nell nickte. »Sie arbeiten so viel wie möglich zusammen, aber manchmal müssen sie in verschiedenen Fällen ermitteln. Das ist hart für die beiden, denke ich.«

Max wappnete sich innerlich. »Ich schätze, es ist leichter, weil sie sich lieben. Oder schwerer.«

»Damit haben sie sich wohl auseinander setzen müssen.«

»Ganz offensichtlich haben sie das getan – sich mit den Problemen auseinander gesetzt und eine Lösung gefunden, damit es funktioniert.«

Nell atmete tief durch. »Apropos.«

»Ja.« Max fragte sich, ob er so angespannt aussah, wie er sich fühlte. »Ich habe versucht, dich nicht zu bedrängen, Nell. Ich habe versucht, dir Zeit zu geben, damit du alles bedenken kannst.«

»Ich weiß das. Und ich danke dir.«

Sie war so ernst, dass Max wirklich Angst bekam und ihm ein kalter Schauder über den Rücken lief. »Du wirst nicht ... Du reist morgen nicht ab. Oder?«

»Max, bist du sicher? Wirklich sicher?«

Nun war es an ihm, tief durchzuatmen.

»Wenn du noch daran zweifelst, dann öffne endlich diese verdammte Tür. Ich liebe dich, Nell. Ich will mein Leben mit dir verbringen.«

Immer noch ernst sagte sie: »Selbst wenn es bedeutet, dass ich manchmal beruflich verreisen muss? Bishop sagt, es gibt keinen Grund, wieso die Special Crimes Unit nicht auch in anderen Gegenden des Landes Agenten stationieren sollte, zumal wir sowieso so viel reisen. Ich könnte vom Außenbüro in Baton Rouge aus arbeiten. Könntest du damit leben?«

»Ja. Mit Freuden.«

»Meine Arbeit ist manchmal gefährlich, das weißt du ja. Und ich kann es mir nicht leisten, im falschen Augenblick abgelenkt zu sein. Wenn die Tür also offen bleiben soll, müssen wir beide lernen, damit umzugehen.«

»Das werden wir.«

»Bist du sicher?«

»Öffne die Tür, Nell.«

Sie sah ihm lange in die Augen, dann öffnete sie die Tür. Seine absolute Gewissheit, seine Gedanken und Gefühle, strömten in ihren Geist und vereinten sich mit ihren Gedanken und Gefühlen. Sie hielt den Atem an und wandte den Blick nicht von seinen dunklen Augen ab.

»Ich liebe dich«, sagte er. »Wir haben von Anfang an für immer zusammengehört, Nell. Wusstest du das nicht?«

»Jetzt weiß ich es«, sagte sie.

Darauf bedacht, ihre verletzte Schulter zu schonen, zog Max sie zu sich herab in seine Arme, und wieder hatte Nell das Gefühl, nach Hause zu kommen. Doch diesmal gab es keine Angst, kein Widerstreben, nichts in ihr, was darauf beharrt hätte, dass sie einen Teil von sich vor ihm verbergen musste.

Diesmal brauchte Nell keinen körperlichen Akt, um ihm ihren Geist und ihr Herz zu öffnen. Und diesmal war nicht einmal sie fähig, diese Tür wieder zu schließen. Jetzt nicht mehr.

»Ich liebe dich, Max.«

»Das wurde auch verdammt noch mal Zeit«, erwiderte er und küsste sie.